樂土在上

劉芷妤——著

謹以本書獻給親愛的曾珍珍教授。

在連我都放棄的時候，您也不曾放棄這個故事與我。

Contents

✦漫長的末日—0

琥珀不是喜歡想像「如果世界末日就快要來臨，你最想做什麼？」的那種人，她一直覺得這種假想很無聊，畢竟沒有人會知道世界末日會以什麼型態出現，又是否有讓人選擇想要做什麼的機會。這種問題唯一的用處就是拿來問戀人時，得到對方一句「我只要跟你在一起就夠了。」的答案，然後啊啊討厭啦好幸福好甜蜜啊接著滾上床，如此而已。

喔對了，可能還會有人來上一句「難道只有我覺得……」，以顯示出自己和別人不一樣的思考高度。

這簡直堪稱世界上最無聊的煩惱第一名，琥珀甚至覺得，如果真的會有世界末日，肯定就是整天在想這類問題的人造成的。

琥珀知道自己這種想法偏激了點，不過她一直覺得這沒什麼問題，作為一個語言天才，她忙著強化自己的優勢，學更多語言，也學得更深些，還要到處表演給別人看，這樣的人偏激一點是很正常的，當然也完全沒有反省自己的時間，直到，世界末日真的來了。

世界末日來了，人們這樣想的同時，下一個世界末日也來了，現在這到底是第幾個了？到底算是正在末日還是末日後？未來會有新的末日，打破前面的紀錄，成為下一個真正的世界末日嗎？

作為一個目前尚且算活著的倖存者，琥珀似乎有義務為末日做點什麼紀錄，但不管她如何回望，都始終無法確知那個真正的「末日點」究竟在什麼時候。

「那還用說，當然是全球性傳染病爆發那一年啊。」

螢幕上分割為六塊的視訊畫面裡，大部分的人都和琥珀一樣有著偏淺的膚色，也都穿著差不多邋遢的居家服，卻各自操持了不同的語言，同一個人使用的語言甚至會不時切換，每個人都想盡辦法用世上已知最少見的語言，希望能難倒彼此——這是他們這群語言學家長久以來保持的默契，每一次聚會都是練習與交流，當然，也是挑戰。

為了自己的尊嚴，他們絕對不使用任何翻譯軟體或機械，深信自己的語言能力比起任何翻譯工具都好得多，不過話說回來，這世上也還沒有哪一個翻譯軟體能夠應付得來這種場面。

其中唯一一位漆黑膚色的鬈髮女子，用一種帶有濃厚宗教色彩的古老語言，斬釘截鐵地說：「這一切都是從那個該死的傳染病病毒開始的！」

「你是說那個肺炎嗎？都什麼時代了，你以為一個傳染病就能造成世界末日？」琥珀搖搖頭，這或許是世界多數人的意見，但她從來無法認同，這種說法未免太小看人類了。

「就一個肺炎，當然說不上是什麼末日，但那是末日的開始啊，接下來一連串的事件累積起來就是末日了嘛，比方說，要不是國際衛生組織明知病毒源頭是哪裡，還對外發布無疑點的爛調查報告，害得大家失去戒心，又或者說，那些和祖國交好的愚蠢國家領導人，採用了祖國建議的那種根本像是大型墳場的隔離政策……」一個墨色鬈髮死白膚色，外型宛如吸血鬼一般的男人，操著一個極地內陸小國的方言，卻無礙於他的咬牙切齒。男人的家族在疫情一開始蔓延時，便因局勢不明下政府輕率採取的隔離政策而傷亡慘重，他本人則因為當時正在極地小國的偏遠村落做研究而倖免於難。

然而回到家鄉時，發現心愛的家人早在粗糙的防疫措施下孤獨死去、與一大批無名屍體共同火化，連最後一面都見不到，連火化後的屍骨埋在哪裡都不知道，那樣該有多心痛，琥珀可以想見。

「如果一切僅止於那場肺炎，那也就罷了，那就只是祖國的某個生化武器實驗室裡洩漏出來的病毒，雖然難以處理，但也不是完全處理不了。」另一位紅髮女子使用的語言來自雨林裡的一個中型部落，是琥珀比較不熟悉的，她必須很專心地聽，並且加上前後文的推測才能理解全部的意思。

「沒錯，問題在於各國對他們發動經濟與外交制裁，加上祖國國內民怨四起，把他們逼到無路可退了，索性就大規模釋出手上所有還沒研發完成的不穩定生化武器，才會讓原本只是單純肺炎的疫情失控……」一個褐髮男人以標準祖語接話。此言一出，其他視窗裡的人明顯都躁動了起來。

「等等，你的意思是，局面會弄得這麼擰，還得怪被那場災疫害慘的各國對祖國做出制裁？如果不制裁不就沒事了？你是這個意思嗎？」長得像吸血鬼的男人不可置信地說。

「我用的是現在全球唯一通用的官方語言，可沒用什麼艱深語言，你要是連我是什麼意思都聽不懂，那我可幫不了你。」褐髮男人語氣譏誚。

「我的語言能力不勞你費心，不過你是不是記憶力有問題啊？你難道忘了，咱們今天會變成這個樣子，全是因為祖國為了報復制裁和穩定國內局勢，隨便釋出不穩定的生化武器，放任這些病毒交互作用，發展出無法控制的多種變異，才搞得世界大亂嗎？更不用說，他們最後甚至趁著其他國家沒有餘力反擊的時候發動戰爭！」長得像吸血鬼的男人氣得拍桌，整張臉湊到視訊鏡頭前，完全忘了要用最艱澀的語言互相為難的聚會初衷，竟下意識地使用了戰前國際交流時最方便的通用語，破口大罵：「你是笨還是壞？還是單純老了腦子不好使？你不能因為祖國最後贏得了這場戰爭，就當他們做了什麼都是對的吧？」

螢幕上的視窗透過網路吵成一團，口不擇言之際，每個人脫口而出的都是母語，幾乎沒有人記得這個固定視訊集會的目的，就是讓大家在不容易見面的疫情期間，仍能透過不斷的遠距練習，保有不同語言的聽說能力。

在戰前，他們都是同一個語言交流協會的成員，但從肺炎疫情爆發至今，還勉強能聯繫上，且有能力參與這個線上會議的，只剩螢幕上這寥寥數名了。

在疫苗與解藥的研發速度，再也追不上病毒變異速度的戰前，琥珀就曾眼睜睜看著這個視訊集會原本密密麻麻的視窗，以驚人的速度減少；戰爭期間，聚會停辦好長的一段時間，等到戰後他們終於又有餘力恢復集會時，只剩眼前這些人了。

看來，連這些擁有多重語言能力的人，都沒有辦法好好對話下去了。

當各種交互作用的病毒，變異速度快到沒人記得住那些亞種變種的各式編號，傳染途徑與發病症狀、影響器官也早已失控後，人們索性將之統稱為「災疫」，彷彿這麼一來，就能把那樣史無前例的人禍，當成無可奈何的天災。

災疫奪去了無數生命，但這世界所損失的，又豈止生命而已。就拿這些分割視窗裡的每個人來說，無論他們曾經因為自己的努力與天賦而得到了什麼樣的成就，如今全部都不算數了。

這被災疫與隨之而來的戰爭所摧毀的世界，還有機會重建嗎？

琥珀搖搖頭，甩去不該由她煩惱的問題，用某個熱帶島嶼的原住民語言扔下一句「我要去噴水了」之後，就拔掉耳機，起身離開桌前的螢幕。

每個人心中的「末日點」都不一樣，對那個長得像吸血鬼般的男人來說，他的末日可能在他的家人幾乎全歿的時刻就來臨了；而對那個褐髮男人而言，說不定還覺得這幾年的世界只是變動大了點，才沒有末日這回事呢。

不過，即使每個人的想法如此極端，但就像大家都得吃飯喝水尿尿大便一樣，有些事情依然是多數人板上釘釘的共識。

她走進洗手間，拉下睡褲，坐上馬桶。

比方說，絕大多數從災疫與戰爭中活下來的倖存者，想必都會同意，如果有什麼是讓原本亂七八糟但至少還能維持平衡的世界一路傾斜坍塌至此的絕對關鍵，那一定就是鯨島。

全世界誰不知道，地大人多的祖國，對僅僅相隔一道海峽的東方鄰國鯨島垂涎了將近百年之久，無論祖國主政者是誰，無不是用盡各種軟的硬的招式，企圖以統一之名吞併鯨島。鯨島雖是蕞爾小國，卻擁有無比驚人的韌性，更別說無論從政治運作方式到社會經濟文化都與祖國截然不同，面對祖國的意圖，同樣用盡了軟的硬的各種招式，百般抵抗推拒。

然而，當包括鯨島在內的世界各國因慘重疫情而陷入恐慌，祖國也終於找到時機對鯨島出手，投以壓倒性的武力優勢與致命生化武器，幾乎完成了他們向來聲稱的「留島不留人」目標。

對鯨島人而言，那時肯定就是末日點了。

從一個後見之明的角度看來，那不只是鯨島人的末日點，也是整個世界的。

但當時的琥珀並不知道。她不住在鯨島，甚至從沒去過鯨島，她住在離祖國與鯨島很遠的另一塊大陸上，也從來沒有關心過位於另一個陸塊的祖國與鯨島漫長糾葛的抗衡歷史，因此她和大部分的人一樣，當時並不會知道，鯨島末日其實就是世界末日。

祖國為一舉拿下鯨島而不惜投以多種生化武器，讓鯨島上的病毒變種類型更多元也更強勢，其中傳染力較強的幾種病毒株，在藉由鯨島難民輾轉流出後，趁著世界尚無力對抗原本的肺炎之際，引發了全球的新一波疫情，也就是至今仍尚未平息的「災疫」。

而從這場祖國對鯨島的「收復戰爭」開始，祖國聯合另外幾個始終在檯面下發展毀滅性軍武的極權國家，繼續橫掃已經被災疫打擊得不剩幾分實力的世界各國，僅花了三年的時間便取得全面勝利，成立地球聯合政府，各國以聯邦制接受聯合政府管轄，而聯合政府雖名為聯合，實際上則是祖國一手把持。

世界的確變了個樣子，也死了很多人──但人沒有死光啊，這樣算是世界末日嗎？

琥珀釋放完膀胱裡的液體，一邊想著到底要死多少人才稱得上末日，一邊穿上褲子的時候，她聽見洗手間外傳來巨大的撞擊聲響，來得如此突然、吵雜、強硬且急迫。

她第一時間以為是視訊會議裡的大家吵得太兇了，但隨即想起自己拔下了耳機，不應該聽得到來自會議的任何聲音才對。

琥珀急忙衝出洗手間，正好趕上玄關前幾個持槍的武裝人員破門而入的瞬間，她在玄關養的魚缸和花盆全嘩啦啦地灑了一地。

其中一個武裝人員高聲唸出她的名字與其他資料，問她是不是本人。

琥珀努力將視線從玄關地板上掙扎彈跳的瀕死金魚上移開，緩慢地點頭，同時眼角餘光瞥向她剛剛暫離的桌上螢幕，幾乎每一個分割畫面裡都有一把槍，對準了這世界僅存的幾個語言學大師。

「您好，我們奉命前來護送您到指定的工作地點，請您不要驚慌。」

不是，希望對方不要驚慌的做法，總不會是持槍破門而入吧？

「請、請問我是要去、去哪裡，做什麼工作？還有，為誰工作？」由於來者使用祖語，琥珀也使用了祖語回應。

「聽說你是天才語言學家？」武裝人員懷疑地瞥了她一眼。「我看你結結巴巴的樣子，祖語好像說得挺差的。」

斯可忍，孰不可忍！你這拿玩具槍的破腦袋恐怕連這句古代祖文都聽不懂吧？以為我聽不出來你擅自把敬稱換掉了嗎！還敢說我語言不好？

「我剛剛是太驚慌了，畢竟您大爺用槍指著我的腦袋，我的祖語能力好得很，很可能比您老師還好。」

對方不置可否地聳聳肩，掏出掌上通訊器，按下幾個鍵之後，一個眉眼俊朗的深膚男人影像便悄然浮現。

「你好，琥珀女士，我是『無疫之島』的計畫主持人，你可以叫我諾亞。」那個看起來在戰前頗有成為電影明星本錢的男人，即使在通訊器上的模樣也是身形挺拔，但他所操的語言並非祖語，而是戰前通用語。「你應該也聽說了，聯合政府計畫在全球實施一項重大語言政策，希望全球每一個人都能夠透過學習祖國語文，來了解全球現存最古老的祖國文明，並且藉由使用統一的語言文字，來減少溝通上的隔閡，基於這個理念，我們需要借助貴協會成員的語言長才。」

「祖國本來就是世界大國，人口多得很，以祖語為母語的人本來就不少，來幾波疫情都死不完，派去各國，不，派去各自治區教祖語就得了，何必非要我們不可？」琥珀搖搖頭，直覺地閃避這個職務，她當然對祖語文無比嫻熟，但她並不喜歡這個語言——語言本身沒有對錯，只是溝通工具，但使用它們的族群以至於其文化則可能大相逕庭，進而形塑不同語言的特質，甚至導致「某些語意的詞彙」在不同的語言體系中有著繁複或單一的表現……總之，在琥珀的認知中，祖語有著一種注重社會框架更甚於個人思想的特質，而琥珀很不喜歡這種特質。

「是的，但像你們一樣，不僅懂得祖文，還擅長其他多種語言的人，可以制定更適宜不同語言族群的細部策略，讓全球語言統一這個政策更快落實，因此我們會以最高規格來禮遇各位專家……」

「你們手上有槍，領袖手上有按鈕，我很懷疑有什麼政策不能迅速落實的？」琥珀又瞥了一眼螢幕，分割畫面裡的夥伴們驚呆的驚呆，哭泣的哭泣，還有人一團混亂中可能把攝影鏡頭給摔在地上了，畫面上只有凌亂無法分辨情況的影像雜訊。

琥珀突然想起剛才夥伴們的爭執，恍然大悟。「……啊，你們是買通了那傢伙，在我們視訊的時候用訊號來源查到我們在哪裡，對吧？難怪他剛剛瘋狂幫祖國講話，原來是知道有人在監看，所以特別效忠投誠啊，喔，這麼一來就說得通了，你們還真是禮遇專家呢，我可是澈底感受到了！」

「坦白說，我並不清楚他們怎麼找到你們的，我只知道，我手上要進行的這個計畫，被分配到你這位語言專家，我也是十分鐘前才收到你的資料。」諾亞停頓了一下，垂下眼睛望向某個點，彷彿在壓抑自己嘆息的衝動。「你知道，領袖的意志，是無論如何都必須貫徹的，所以即使你拒絕，我主持的這個計畫也一定會進行下去，只是換一位語言學者來協助而已。我可以理解你有很多不滿，但我也強烈建議你，照著身邊拿著槍的那位說的話去做，不管怎麼說，這個世界在這幾年裡，死的人已經夠多了。」

男人說完後，掌上通訊器投影出的影像瞬間消失，琥珀眼前那個武裝人員收起掌上通訊器，再度舉起槍，抬高下顎，示意她往門口走。

琥珀深呼吸，再瞥了一眼桌上的螢幕，每一個分割畫面裡幾乎都只剩無人的空景，只有那個長得像吸血鬼的男人還在分割畫面裡，他在自己的鏡頭前，臉朝下，靜靜地趴在地上，畫面裡唯一在動的，是那灘迅速擴散的血跡。

琥珀立刻知道，自己別無選擇。

她收回視線，舉起腿，循著武裝人員示意的方向，邁開，踏落，並且在另一隻腿重複同樣的動作。

靠著這樣不斷重複的機械動作，她走出了自己的房間，此後，沒有再回來過。

作為一個語言天才，琥珀一直以天賦為傲，也非常努力，連災疫與戰亂都不曾阻止過她不斷練習求好的渴望，但她沒有想過，自己會變成戰前那些給孩子們看的動畫電影中，為邪惡大魔王賣命的那種天才，你知道的，在刻板印象裡，總是在實驗室裡進行可怕實驗，臉部線條總是尖尖的，頭髮永遠是又捲又亂，極度缺乏社交能力，光是看起來就很不討喜的那種天才。

她也沒有想過，穿著睡衣睡褲踏出這個房間以後，自己竟然會在世界末日裡，遇見了那個問題的答案，那個答案，就和她最為不屑的那種，一模一樣。

「如果世界末日就要來臨，你最想做什麼？」

「我只想和你在一起。」

彼星戀人

在島的心中，世界上第二美好的事情，就是親手塗抹色彩，層層疊疊，一步一步，看著作品成型。

此刻的島，正站在工作型單人懸浮器上，離地約十五公尺，額前亮著四百流明的光線，手上抓著漆刷當畫筆，另一架懸浮器上掛著他預計會用上的各色油彩桶，正在浮軌紫微站銜接娛樂大樓的挑高三層樓主廳裡，做著他心中世界第二美好的事。

——如果沒有那個一直跟在旁邊、不停嘀咕的隨行智能助理，可能會更美好一點。

主責繪畫師您好，目前時間是晚上十一點四十五分三十七秒，已為您記錄本日人工手繪起始時間，依照您前三日的作息紀錄，在下基於義務，必須提醒您，今天請務必在限定時間內停止工作，且手繪範圍不可超出作品整體的千分之零點五……

「知道了知道了。」他嘆口氣，眨眨眼，在眼前叫出連動程式，將隨行智能助理所發出的音量調整到最低。

聲音確實消失了，但他眼前開始出現文字。

您目前的樂土價值尚無法完全關閉必要輔助提示的音量，若選擇關閉音量，輔助提示將以文字形式出現在您的眼前，可能影響您的手繪工作，為了您的行動安全與工作上的便利，在下建議您繼續使用……

「我現在的樂值不是六十八級嗎？六十八級耶，為什麼還跟四十二級的時候一樣，連這玩意兒的音量都控制不了？那還算什麼六十八級？他老海的……」島氣悶地嘟囔著，這傢伙滿嘴在下在下的，口氣可是高高在上得很。他瞪著眼前那排還在繼續增加的文字，不得不重新調回聲音模式。

您在重生後的樂土價值確實為六十八級，與四十二級不同的是，凡六十級以上的樂土人民皆可使用骨傳導模式的輔助提示，唯分貝級別仍須依照您的樂土價值做出更細緻的調整。此外，建議您不宜過度使用詛咒性語言，您目前的詛咒性語言每週配額僅有六十點，若超出則將影響您的樂值，甚至可能影響您重生後的評估報告，其中與海有關的詛咒性語言每句以三點計，因此……

「好了我知道了我很抱歉我不會再說了。」島深吸一口氣，求饒似地拜託那顆機械圓球閉嘴。「可以請你暫時先靜音嗎？我要開始畫畫了，我希望我能專心在工作上，這也是思想部、議事廳、或者整個水沒市希望的吧？畢竟我們現在的工作是把水沒市最大的公共空間，變得藝術與樂土價值兼具，不是嗎？」

好——島停了一秒半，確認智能助理的智能足以讓它知道此刻不適合再發出任何聲音，這才長長吐出一口氣，拿起漆刷往眼前的圓頂壁面刷去。

島知道自己不該抱怨，他運氣真的很好，別說像他這樣的重生者，整個樂土恐怕找不到運氣更好的人了，偉哉領袖！島記得非常清楚，在進重生所之前，繪畫這類出自真人意志的創造活動，還普遍被認為是一種宣洩個人情感慾望的不潔產物，私下做這種事情雖不至犯法，但充其量只能算是自身的小小娛樂，連讓外人知道都不太好意思的。絕大多數在樂土公開流通的藝術、文學與音樂作品，其創作主體都必須是模擬領袖心智的精密智能，而人類——就算是樂土人這類貴人種——也只是在這類精密智能作品中添加適量情緒、幽默感或流行語的輔助角色。

離開重生所前，他被所方長官告知自己將來分派到這個工作時，簡直無法置信——據島所知，在古地球時期，繪畫可能還勉強算得上是一種工作，從來沒想到，在樂土這麼高度要求自制與精準的最高級保護區裡，繪畫這種極度情感而不精確的私人減壓活動，居然也能成為一項職業，而且竟然能冠上「師」字。

而他，重生後得到「島」這個嶄新名字的他，則是承接這個職稱的第一人，而且第一項任務，就是重新設計樂土境內最大城市水沒市的主要島站紫微站交通大廳外觀。先別說水沒市三十幾個島站裡以娛樂功能著稱的紫微站，可能是全樂土每日來往人次最多的島站，其中的交通大廳更銜接了這個島站對外的渡船塢、浮軌站與飛艇站，也就是說，幾乎每個來往紫微站的人，無論樂值多少，都必須先經過這個大廳，這個工作同時意味著能讓這麼多人看到自己的繪畫作品，這是島不管重生前重生後都難以想像的幸運。

「建設部部長提到這件事時，我就想，我們這裡剛好有一位才完成洗心革面的樂土人才，剛好擅長這種，唔，以前不太熱門的技術，何不把這件事交給你呢？畢竟你這些年在所裡也表現得很好，值得在重生之後有個好的開始啊。」所長告訴他這件事時的笑容非常完美，據所內的行政人員說，所長非常重視笑容，樂值每升一級，就會立刻購買並下載當時的樂值等級裡所能買到的最高級別笑容外掛。

島也希望自己能夠擁有那種等級的笑容，但要爬到所長那種樂值可不是容易的事。「謝謝所長，我沒想到像我這種犯過錯的人，重生之後還可以……」

「別謝我，樂土能寬容你所有願意悔悟的錯，只要誠心誠意地悔改，每一個樂土人都值得過上幸福快樂的日子啊。」

「是、是……」島激動得連道謝都不知道該從何謝起，只能傻傻地看著所長用他樂值八十四級的笑容，輕快拋出「那我們彼星見囉」之後離開。

彼星見……這尋常的一句客套話，在即將重返樂土社會的島耳裡聽來，意義特別不一樣——

那代表，他終於又能夠成為一個有機會彼星見的樂土人了，而且一重生就有六十八級，足足比他進重生所之前還高上二十六級！那可是普通樂土人花上一輩子都不見得能爬上的高度，這若不是領袖德政，他真不知道還能是什麼了。

雖然在這環繞大廳的巨幅壁面與圓頂天花板上，所有作畫內容都要依照上級指示，他也只是負責畫出草圖，絕大多數的作業都會由精密智能機械完成，但所幸，他依然爭取到了千分之零點五的手繪權限。

整個大廳的牆面，包括垂直壁面與圓頂，在施工期間都以安全為由，用防窺彩片掩蓋，完工後才會在議事卿們主持的揭幕典禮上正式公開，加上這時已經深夜，所有大眾運輸都已經停班，不會有任何人經過這個平時熙來攘往的水沒市娛樂重鎮。雖然被限定在這個時間手繪，額上光線照明的區域僅限眼前一小塊，腳下的懸浮器也讓他畫得時時提心吊膽，但他沒有怨言，他想盡各種藉口爭取到非工作時間可以親自手繪的小小特權，無論如何都是甜美的。

繪畫是他人生中第二美好的事物，而島想畫的，則是他心中的第一。

精密智能機械已經在牆面上打好線稿了，接下來，他只要將色彩蓋上去就好。手上的漆刷在圓頂上來回律動，那些沾上漆刷時還都濕潤流動的油彩，在他技術純熟的刷下，一沾上圓頂，竟都均勻安定地在牆上展現出穩定飽和的色調。

您於丙巳七五七區的繪製與設計藍圖略有偏差，請問需要協助修正嗎？

正享受著，島的耳邊突然響起隨行智能助理的聲音。誰說它可以這樣突然說話打斷藝術創作的啊？「樂土在上！藍圖這兩個字的意思就是我們會在實際執行時視情況改變，如果都要照著藍圖走，那交給你們精密智能就可以了啊。」

您可以修改，但必須提供修改的理由，在下將為您註記下來，以備查驗。

他臭湖的到底是誰要查驗！

「……靈感。我突然就覺得這麼畫會比之前的設計更有藝術性！可以嗎？」

可以的，在下這就為您註記，但由於以靈感為由的修改僅限五次，請您之後在藍圖階段就能留意到這件事，避免未經批准的多次修改。也提醒您目前已過午夜，身為一位自愛的樂土人，應在適當的時候休息，以維護您的生殖能力與品質，若繁衍數值不如預期，將影響您的樂土價值……

島厭煩地瞥了一眼旁邊如影隨形的隨行智能助理，看來，他想讓那些惱人的聲音消失，最好的方法並不是認真工作，而是趕快去睡覺，明天起床後立刻排滿約會，讓自己的精子健健康康地潑灑在各式各樣的樂土子宮裡，這麼一來，樂值提升的速度可能還比較快。

他小心控制臉部肌肉，不讓自己在這顆機械圓球前露出太掉樂值的表情，繼續用細節刷描摹牆面，雖然這樣舉起手刷圓頂的姿勢很容易累，在懸浮器上工作也不太穩定，但整個浩大工程裡，島被允許自己動手處理的千分之零點五，他想要用來記下一些不為人知也不宜為人知的小小細節。

島換了小一點的筆刷，在原本的草圖上裝做不經意但實則無比仔細地調整，盡可能在不被隨行智能助理發現的範圍內，神不知鬼不覺地描摹出他心中唯一更勝繪畫本身的美好之最：那雙桀驁不馴卻總是若有所思的劍眉與鷹眼，那道他永遠不會忘記的微揚唇角——

「噢，彼星啊！大家相信嗎？園真的做到了！園真的成功偷溜進來了，哇！園好厲害啊！大家趕快誇獎園，人家剛剛在躲機器保安時可是都快嚇哭了呢！」

離島十來公尺遠的正下方，突如其來地響起一串彷彿倒入整罐甜味劑的嬌聲抱怨，正在做虧心事的他著實被嚇了一跳，手上筆刷一斜，圓頂上那張稜角分明的臉孔便被毀了。

「他水滂的……」他掐斷嘴裡那句會害他扣兩點的咒罵，咬牙輕拍髮際，關上了額前的光線，這才低頭下望，尋找聲音來源。

停班後的紫微站大廳既寬闊又黑暗，但這個甜聲說話的年輕女子周身一圈美肌光暈，並不容易忽略。遠遠看來，她和自己一樣是淺膚色人種，不僅穿了一身白衣、染了一頭銀色長髮，還對著自帶美肌暖光的飄浮追蹤攝影球，捧著臉興奮地說話，她糖漿一般的聲音被空曠的空間數次反射放大後，流進他的耳裡：

「……請大家不要偷懶，要一直點送心心糖喔！早上大家都有收看園播報的本日運勢吧？今天部首口的運勢是轉角遇到愛，所以園相信大家一定會送園很多心心糖的！因為你們就是園的最愛呀。話可是先說在前頭喲，園要是探險到一半，轉頭看到視窗裡沒有很多心心糖，園會非常、非常、非常傷心的，那就只好關掉超感連結，回家睡覺了！大家也不希望看到園傷心地回家睡覺，對吧？嗯？」

唔。島小心地先將筆刷放回油彩桶中。這話聽起來，是個正在利用超感實境程式進行深夜探險，藉此擴大追隨群的陪伴女孩。

在島還不是島的時候，「陪伴女孩」就已經是樂土少女們最嚮往的職業了，在他離開重生所後，這個趨勢更發展得像是女孩們沒有其他職業選擇似的，幾乎有七、八成的未成年女性渴望進入這個行業。

這一方面當然是因為女孩們本來就適合這種輕鬆不費力的軟性工作，好保護她們天真純潔的天性，另一方面，當然也是因為，女孩們在結婚後就必須依法負起全職的繁衍與養育責任，非妻非母的這段空檔相當短暫，在成年後到結婚前這段時間，其實沒有多少工作能夠選擇，更別說，陪伴女孩本身就是一個能夠快速接觸許多潛在結婚對象的職業，這讓家長們也樂於鼓勵家中女兒朝這個夢幻職業前進。

為了一成年就擁有足夠的追隨群，讓自己能夠迅速躋身知名陪伴女孩之列，許多少女還沒滿十六歲，就會投入大量心力在各式各樣的社群應用程式上——以文字抒發心情為主的《流書》已然沒落，以靜態圖片為主的《光影》也嫌稍微過時，就連曾經紅極一時的影音平台《舞舞》，同樣難以再創用戶人數的新高。

現在最受歡迎的社群程式，莫過於《宛在》、《如臨》這兩個打對台的超感連結品牌，雖然都號稱「超感連結」，但兩者的運作模式卻有微妙的差異：《宛在》能夠讓身處虛擬實境的付費連線者，藉由體感連結，得到和活動主「一同」處於某個現實場景中，就像在彼此身邊那樣的互動感受；而《如臨》則更進一步，讓虛擬實境中的付費連線者得以分享活動主的體感，感受到的不是和活動主一起冒險的團體趣味，而是「自己就是活動主」。

「哇——太好了！謝謝大家，好多心心糖喔，園真的覺得好高樂好幸福啊！那請大家要一直點送喔。這裡也提醒大家，園這週使用的幸運髮色是『彼星銀』，很美吧？人家再轉一圈給大家看清楚一點！這是彩虹彼端獨家贊助的喔，當然囉，『彼星銀』的等級限制較高，如果你的樂值不到八十五級，也歡迎選購其他系列，隨著樂值級數改變，光是銀色就有不同調色可以選擇，每一種都各有特色，更別說其他色系了，而且使用非常方便，選購後系統會自動派發針劑，加入每日營養劑中，依照頭髮長度，只要二到四個小時，你的頭髮就能像人家一樣燦爛奪目喔，喜歡的話請立刻加入訂購，再過兩天就要截止優惠啦！到時可別怪人家沒提醒你喲。」可能是因為園太可愛，說話的模樣既真心又自然，就算是改變髮色藥劑的品牌廣告，也被她描述得連島都想買來試試看。

「接著園就要繼續帶大家來冒險，看看深夜裡的紫微大廳，是不是像大家說的一樣，半夜裡會有神祕的地球鬼魂出現呢？哎喲園好害怕，大家趕快送心心糖給園打氣噢，也請大家留意腳下，剛剛有好幾次不知道是誰踩到人家，害人家差點跌倒，請大家不要推擠啊，要是園真的跌倒了，那可是很容易被發現的——」

聽起來，她是使用《宛在》，帶領一群也想夜遊浮軌站的追隨者來場深夜冒險。但，紫微站究竟有什麼好冒險的？島連續在這裡工作了好幾天，無論怎麼看，這都只是個尋常的浮軌站，每天都有上萬人次出入，島完全想不出有什麼吸引人的賣點。

「依照規定，這個時間不能進入浮軌站對吧？」島輕聲問跟在身邊的隨行智能助理。「那下面那個陪伴女孩是怎麼回事？」

隨行智能助理轉過鏡頭，對準下方的少女半晌。

您說得沒有錯，無營運班次的非營業時間是不能進入浮軌站的，但這位女士有得到許可。

「怎麼可能？這時間這地點有什麼理由可以進來？」

您就是得到許可才能在這個時間在這裡工作的。

「呃，的確是這樣沒錯……但我是在工作耶，她為什麼能這樣隨便跑進來？」

您的樂土價值級別不足，無法查詢。

……好，很好。島愣了一下，然後點點頭，接著再點了一次頭。顯然這個陪伴女孩的樂值比自己更高，他無權過問。

不知為何，當他樂值只有四十二級時，他覺得好像全樂土的人樂值都比他高，等到他足足比當初高了二十六級樂值後，他居然還是覺得隨便誰的樂值都比他高。

下方那個少女的甜美嗓音再度響起。

「我們歷經千辛萬苦，終於來到目的地了，這一路都快把園給嚇壞了，不知道大家都還好嗎……」

無論這神祕探險的氛圍與這個再普通不過的浮軌站有多麼違和，但園的語調絕對將「千辛萬苦」表達得淋漓盡致。島笑起來，覺得這個老是用第三人稱稱呼自己的女孩有點意思，於是輕拍左手手腕，喚醒懸浮器和手腕內置晶片的連線，他腳下的懸浮平台隨即依照他的眼球動向，輕巧無聲地移動角度，緩緩下降，讓自己能夠更接近女孩一點。

懸浮平台停在一個適切的距離和角度，讓島能夠看清楚園的動作表情，但又不至於被她發現。園的五官令人印象深刻——不只是好看，而是印象深刻，看過一次就絕對不可能將她和其他漂亮女孩搞混的那種，島這才將女孩的臉蛋與她的名字串連起來，她是目前活躍的陪伴女孩中最知名、最受歡迎，甚至被冠上「樂土甜心」稱號的園。

果然，連這麼無聊的地方都能開探險團的陪伴女孩，大概只有園了，也難怪自己沒辦法查詢這女孩的資訊，她的樂值恐怕是自己重生兩次都追不上的。

島強化了隱形眼鏡的遠視能力，仔細觀察眼前的園，她的模樣比島從社群媒體裡看到的更為靈動可愛。長得這種模樣的女孩嘛，說得委婉些叫做「有一股危險的迷人氣息」，不過島知道，無論是有心或無意，這樣的女孩肯定會把她身邊的人都弄得雞飛狗跳，永無寧日，似乎沒有做到這種程度，就辜負了她們那樣的美貌似的。

「啊，我看到了幾位剛加入的朋友，你們好，歡迎你們——」女孩原本的聲音就不小，此時更是隨著歡快的情緒拔高，還無比熱烈地對著某個方向用力揮手。

「提醒新來的朋友，一起探險時要離園至少三步遠，不然超感連結很可能會害人家被太靠近的朋友踩到腳，會有點危險噢——好，那人家重新解釋一下這次的深夜探險主題喔，每週末呢，我們愛園追隨群，都會票選出下一週的超感冒險主題！上週票選出來的地點就在紫微站這個施工中的大廳，我們特地來到這裡，是為了解開這三個月來一直號稱施工中，但無論如何都不肯讓人多看一眼的牆面之謎！究竟是什麼藏在這麼大片的防窺彩片後呢？什麼工程需要這麼久的時間，竟然要將這~麼~大的牆面連同天花板全部蓋住呢？很多人都嘗試過偷看，但都被機器保安阻止了，目前似乎還沒有人成功揭開防窺彩片後的祕密。」

園站在伸手就能碰到防窺彩片的地方，臉上的笑容彷彿會自體發光，光是那個笑容，就肯定需要超高樂值並花掉島一整年的薪資。園對著面前的飄浮追蹤攝影球徐徐訴說，不時伸手鬆鬆她燦亮的銀髮，或者指尖輕輕拂過近在咫尺的彩片，一點都沒有急著揭開謎底的樣子。

「有人說，這裡其實不是施工現場，因為我們除了蓋住整個牆面的防窺彩片之外，看不到任何工程機具，也有人說，這是為了掩蓋三個月前那場地震中，從水底冒出來的怪鯨造成的破壞，更有人指出，紫微站很靠近當年的慘案現場，為了鎮壓近五十年前在那場悲愴之戰裡被獻給繁星的地球人鬼魂，因此在結構體中埋藏了人骨！而這次工程是為了換上新的人骨獻祭——但是，答案究竟是什麼呢？大家和園一起站在這裡，完全沒有任何機器保安來阻擋，眼看著答案就要呼之欲出的這一刻，是不是很緊張呢？」

彼星啊，這都是哪個星球來的謠言？樂土人果然是被保護得太周到了，以至於滿腦子都在找荒謬的事情做嗎？島在黑暗裡瞪大眼。他們究竟是太乏味，還是太有趣，竟然能把只是為了保護未乾顏料，以及避免未完成作品提前曝光的防窺措施，編出那麼多可能，而且每一個可能都比上一個更不可能！

「大家準備好了嗎？人家好緊張喔！那麼，現、在、就來為各位揭開，這段期間躲在防窺彩片後面的是——啊——」

園的甜聲瞬間化為一道恐怖尖銳的長聲驚叫，像陷入錯亂的無人機一般，在空蕩的挑高空間中高速碰撞迴盪，層疊出更驚悚的聲調。

接下來的事情，發生得太快也太混亂。

從島所在的角度，他不確定自己是先看到女孩拉開彩片，還是先看到兩個人影扯開防窺彩片衝出來。混亂的聲波捲入了女孩驚慌與吃痛兼具的尖叫，以及粗暴無比的咒罵，原本在女孩面前跟拍的攝影球被其中一個人影一掌拍開，失去控制跌跌撞撞地亂飛，原本照明與美肌兼具的甜美暖白光，頓時像雷射槍一般上下左右掃射，而僅僅是靠著這短暫的光線掃過，他仍看見了女孩被攻擊的瞬間。

他沒來得及思考為什麼這個時候會有人躲在他主責的工程防窺片後，身體已經直覺反應地催動了腳下的懸浮器，懸浮器因應著他的緊繃情緒，迅速往下疾馳至女孩身邊，他舉起手上唯一一樣武器，也就是調色盤，用力往扣住女孩脖子的那人鼻梁揮去。

調色盤並不是什麼見血封喉的利器，但由於島突然從天而降的氣勢與加速度，雙重強化了威嚇力道，那人還是吃痛鬆手，同時女孩頹然落地，眼看著她那張精緻的臉就要撞上固定防窺彩片的鐵架，島急忙伸手去接住她，卻沒留意到，自己身後有另一個人，往他腳下的懸浮器揮下重重一記。

……痛。

好痛！

島的頭好痛，痛到他醒過來時，還以為自己還身在衝突現場，才剛被什麼人揍了一頓，所以連眼睛都還沒完全睜開，他便下意識地先大吼著往四處拳打腳踢了一頓。

這頓拳打腳踢引來了驚呼，這並不奇怪，奇怪的是他並沒有感覺到自己打中了什麼，反倒是有某些連接著自己手腳的什麼被扯斷了。

島終於真正地睜開了眼，發現自己躺在一張柔軟舒適的純白單人床上，剛扯斷的是固定在手腕上的點滴針頭，驚呼的是他床邊一個彩色頭髮的美貌淺膚女孩——呃，等等，她是……島在女孩淚流滿面著急呼喊醫療協助的同時，認出她是那個晚上夜闖圓頂大廳的超高知名度陪伴女孩，被暱稱為「樂土甜心」的園。

顯然島昏迷了好一陣子，時間足以讓樂土甜心的一頭銀髮都變成粉彩漸層了……不對，她本人看起來沒有什麼嚴重的傷勢，那麼她為什麼要淚流滿面？難道——

島悶哼一聲，急忙掀開身上的被單，低頭確認自己手腳都健在，雖然有不少外傷，但也沒少一根指頭。

既然如此，她到底在哭什麼？

「噢，聖哉祖國！他醒了！外面有人嗎？有機器人嗎？誰趕快來一下，他醒過來了，我的、我的……嗚嗚，我的英雄醒過來了……噢，樂土在上，彼星為證，真是太好了……」樂土甜心在他的床邊和病房門邊來回奔跑，健步如飛而且嗓門奇大，看起來就算在那場事故中受了傷，大約也不算嚴重。病房中還有其他兩張病床，一張空著，對面那張床上的中年男子興味盎然地看著眼前的這齣鬧劇。

而他，或許是因為才剛醒過來，也可能是因為傷到視神經了，不知為何，眼裡只看到園的粉彩漸層長髮在床邊與門邊來回飛揚，像一支興奮到模糊的筆刷。

等等，英雄？她剛剛有提到英雄這兩個字嗎？到底發生什麼事了？英雄指的是……？他拚命搜尋著破碎的記憶，卻只讓頭更痛了。

門外走進一位瘦得出奇的淺棕膚色女人，穿著偕護員的鑲紫邊米白褲裝制服，面容平靜如冰，與激動得團團轉的園大不相同。她看似不疾不徐，但腳幅極寬地迅速走到島的床前，彎身看了看他，再抬頭檢視了一下儀器數值，重新處理了島手腕上的點滴接頭。「還好嗎？身體有沒有哪裡不舒服？記得自己的名字嗎？」

「島！他的名字是島！」園在一旁搶答。

「估……我是說，島。」他險些咬到自己的舌頭。「對，島，我的名字是島。」

「嗯，滿好聽的名字。」女人從口袋中掏出感應平板和摹寫筆。「能寫寫看嗎？」

他點點頭，接過筆。其實就只是一個字，他以為很快就能寫完了，但意外的是他竟然有點無法掌握施力方法，筆反覆從他的掌心滑出。

「這……怎麼會這樣？我的手怎麼了嗎？」

女人點點頭，說的話像是從天而降一萬噸海水，但語氣卻清淡無比。「嗯，看來是有點後遺症，不過確切情況需要詳細檢查才會知道。」

「什麼？我、我還要回去把圓頂壁畫完成，要是連筆都拿不好，我要怎麼畫？」島想起事件發生前，他最在意的那張臉被畫壞了還沒來得及處理。若是拖得太久，被精密智能擅自改回原稿的設計，連千分之零點五的調整權限都不留給他，那他想盡辦法、甘冒風險也要留下的這點記憶，也將蕩然無存。

「噢！彼星啊，你都為了拯救人家受了這麼重的傷，竟然還一心一意惦記著自己的藝術作品，怎麼會有這麼偉大的藝術家！太感人了！」

「我認為現在不是擔心那些事的時候……」偕護員面無表情地說。

「那我還要擔心什麼？我的人生……我現在最重要的就是把這個壁畫好好完成呀。」

「我聽說草圖都已經完成了，接下來的著色工作大部分都是精密智能代理，不是嗎？」

「對，但是……」島一時語塞。「我……我對這個作品有責任……」

「都是園不好！如果園不去深夜探險，就不會害你受傷了！都怪我……」

無視於一旁的園跟著激動哭喊，嚷著說不管付出什麼代價都要治好她的英雄，女人只是用同樣不輕不重的態度點點頭，要他再寫寫看。這次她蹲低身子，仔細觀察他的握筆方式、力道與角度，確認讓他難以使力的細節。

「您記得那時您的懸浮器被砸壞了，無法跟您本人連線，然後拖著昏迷的您到處亂飛亂撞嗎？」

「不記得了。」島不知道當時的情況這麼糟。「我以為就是摔倒了，頭撞到什麼東西昏過去……」

「這麼說也沒錯，只是比您想像中多摔了幾次，撞得重了點。」女人淡然的解說差點被一旁園著急的哭喊壓過。「這種情況可能造成的情況很多，所以我們也一直在等您醒過來，做一些比較精細的檢查才會知道，不過我只是僧護員，不能代替精密智能診斷，我先確認一下您的各項數值，待會就去幫您安排檢查，您先不用著急。」島第一次知道，原來「您」這個敬稱竟然可以一點敬意都沒有，反倒充滿冰冷的距離感。

「但，應該只有很嚴重的傷勢或者即將獻給繁星的病患才會需要僧護員吧？一般情況應該只需要搭載精密智能的醫療機器人就可以了，你在這裡，是不是代表我的情況很糟糕？請坦白告訴我！」

「不是這樣的！因為你的樂值只能住到這種層級的病房，但人家又好想報答你的救命之恩，人家就向院方拜託，安排一個僧護員給你，這只是為了讓你得到更好的照顧而已，你也別擔心，這個僧護員沒有很貴，人家也會包辦所有費用喔。」

島忍不住望了一眼「沒有很貴」的那位偕護員，她或許是習慣了這種介紹，臉上一絲表情也沒有。

「你的傷勢不算嚴重，我們那時本來就待在重點巡邏區，機器保安很快就到了，沒讓事情往更糟的情況發展，我們畢竟是在全地球最安全的樂土啊！」

「安全與否，得要看您是哪種人了。」女人說了一句不知道給誰聽的話，靜靜收回平板與筆，刪除了島寫下字跡的那一頁。無視於園不斷懇求她治好救命恩人的各種浮誇眼神語調動作，她抬起頭來，對著島仍是不疾不徐地問一句：「您從前是左撇子？」

「對……你怎麼知道？」島的心跳飛快，左撇子這種天生的小缺陷，只要從小開始調整就能改得過來，也不算什麼大問題，只是，作為一個重生者，關於過去的每一件事被發現，都會讓他相當焦慮。

更別說，他與那張原本想畫在壁畫上的面容，就是在那個左撇子的矯正所相識的。

「看多看久了，就看得出來。別擔心，樂土能寬容所有願意悔悟的錯。」女人說的是誰都會掛在嘴上的尋常句子，那淡然的態度卻意外讓他心安。

不像在場另一位女性。

「噢，彼星啊！你以前竟然是左撇子嗎？真是太可憐了，那你一定常常覺得身體很不平衡，常常兩隻手打結，甚至打到自己的手或頭吧？還好及時治療好了！」或許是看見島對她的驚呼不自覺地皺了眉頭，園趕緊補上一句。「你放心，以前是左撇子這件事，人家不會告訴任何人的。」

她俏皮地輕輕歪頭，對著島送出一個可愛的眨眼。「因為啊，園永遠站在人家的英雄這邊喔，不只是幫你保密，而且我們一定會治好你的，你放心噢，不要擔心。」

關於她逕自承諾了連偕護員都無法打包票的事，島不打算追究，不過，看來該是時候搞清楚，這什麼英雄不英雄的，究竟是怎麼回事。島左右張望，想找到當時也在場的隨行智能助理問個清楚。

「呃，我能問問我的隨行智能助理在哪裡嗎？它平時整天嘀咕個沒完，現在需要搞清楚情況卻找不到了……」

「喔！園記得園記得，那是一顆機器球對吧？它壞掉了！被你的懸浮器撞到之後，整顆壞掉了，真不知道那東西為什麼這麼脆弱耶，等你出院，人家給你申請一顆更好的！最新型的！」

「壞掉了？……不，但我是想搞清楚那天後來發生什麼事了，還是你能告訴我，那天怎麼會有人躲在防窺彩片後面？而且，為什麼你一直叫我英雄？」

對於島的提問，園的反應先是瞬間刷紅了臉，嘴上嚷著「人家才不要說這種羞死人的事呢！」，但手指卻一刻沒停地按向左手腕，眼球迅速轉動，在他們面前開啟一個小型的共享視窗。

視窗自動開啟了系統預設的《山海經》搜尋引擎，園在搜尋欄位上填入自己的名字與職業，緊接而來的一長串搜尋結果，像是一波接一波的連續巨浪那樣，往島撲擊而來——

「水沒市中心超感連結活動闖禍！全靠這一位化解危機、擄獲美人心！」

「英雄救美現場影片流出！這動作讓全樂土男人都服了！」

「最高二十萬人同時上線瀏覽！高人指出一關鍵畫面曝兩人命運交集！」

「就想要新樂土英雄的那傢伙！超高男子力引爆指定搶購潮，全樂土缺貨中」

「深夜探險遇劫，拯救樂土甜心的無名英雄竟是他！」

「等一下！這、這是什麼？」才看到第五條，島已經嚇得再也讀不下去，抖著手指向共享視窗，驚慌得話都說不清楚。

難道他的身分已經被起底了嗎？他們知道他洗心革面前的真實身分了嗎？他可是好不容易才……

「你不要緊張嘛，人家一個一個跟你解釋喔！」島太過焦慮，因此沒有留意到園輕輕地靠過來，極其自然地坐在他身旁，一面微微依偎著他，柔軟的胸脯用一種介於不經意與刻意之間的程度靠著他的臂膀，另一隻手則在空中迅速移動，點擊他們眼前的搜尋結果：「你看，這一則是說，那天有兩個人家的追隨者，看到人家的《宛在》預告，知道園會在紫微站辦超感連結活動，就自己也在《如臨》開了一個襲擊陪伴女孩的超感連結，聽說賣出的名額比人家這邊開的免費參加名額還多！不過好笑的是，那些想要體驗襲擊樂土甜心的人，全都體驗到被你痛打的滋味了。」

「彼星啊，這種體驗是可以允許的嗎？」島睜大眼睛。「如果不是我剛好半夜在那裡工作，你自己一個人去辦這種活動，就算帶了很多超感體驗的追隨者，也沒有一個能實際在現場幫上你的忙吧？」

「就是說啊，還好你在那裡——」島仍然沒意識到園的胸脯又朝他偎了一偎。「那種活動當然是不允許的，所以參與的人都被調查了，不過呢，目前的法律還沒有針對使用超感連結犯罪的法條，所以管不到那些遠端參與者，目前還是只能懲罰直接使用暴力的人，也還在討論要怎麼處理那些購買超感連結名額的人。要人家說的話呀，要不是這事情是發生在人家身上，事情鬧大了，不然警務局才不會介入資訊搜查呢……」

「唉，這真是……你辦這種活動真的太危險了，每個人都知道你什麼時候會在什麼地點一個人探險，根本防不了那些存心想傷害你的人，你要記得，以後別自己去辦這種活動！」

「嗯？這是，在擔心人家的意思嗎？」園竟然一點擔心或戒心都沒有，完全搞錯重點地對著島偏著頭甜笑，還順帶點開了下一則搜尋結果：「你看你看，為了救人家，你拿調色盤打壞人的那一幕，聽說已經入圍今年度的『樂土印象大賞』，年底就會決選，園覺得我們的勝算很大，說不定還要一起去領獎呢，到時可要找一套互相搭配的造型！」

我們？勝算？

「那這一則呢，是說你為了……哎呀，就、就是……為了抱住人家，不讓人家摔下去的時候，也撞掉了旁邊的防窺彩片，結果露出後面的壁畫，然後那個壁畫……恰好畫的是……哎呀，羞死了，人家說不下去了啦！」

糟了，那可是要留給長官們開幕時揭曉的，這下子事先被拍到了還廣傳出去，不知道會不會挨罵……

「那片牆的壁畫剛好是描寫著名的英雄救美故事，也就是一個不善表達的駭客因為暗戀附近一位女性，所以駭入對方的家用螢幕附設攝影機，每天切換不同角度看著她吃飯洗澡睡覺換衣服，也因此發現對方家中有強盜闖入，報警後自己也闖入那個女性家中，及時拯救了狼爪下的鄰居，後來女方相當感動，兩人相親相愛地結了婚，養了很多小孩，過著幸福快樂的日子……」正在確認儀器數值的女人淡淡地幫園接著說完。

「啊，原來是那個故事。」那是基本教材裡其中一個特別膾炙人口的愛情故事，島當時選擇壁畫主題時，想也沒想地就挑了這個出來——不過，為什麼同一個又熱血又浪漫的愛情故事，從這個女人嘴裡說出來，就感覺特別不對勁？基本教材裡是這樣描寫的嗎？概略上說來好像都沒錯，但到底是哪裡有問題？

「對啦，就是這個英雄救美的故事，好浪漫對不對？然後大家在你救了人家的畫面中看到這壁畫，就說這簡直是，簡直是……哎喲這種事怎麼要人家自己說嘛……他們就說，這簡直是天作之合啊，命運般的相遇啊，還說，如果我們交往的話，那完全就是基本教材裡的組合……嘻嘻，總之就是這樣啦，再講下去人家真的要害羞死了！」

不對，根本不一樣好嗎？我的確救了人，但並沒有偷看誰洗澡換衣服啊……島還來不及說點什麼，一直喊著自己再講下去就要羞死了的園，一點發言時間也不留給他，又緊接著說下去了。

「還有啊，你那時用來打壞人的調色盤，現在賣到缺貨耶！大家都要買你手上那種壁畫用的專業版，一般的還不行喔！大家都說，你手上的調色盤是力與美的結合，完全是樂土價值的體現，很能代表我們同時具備高等基因與優異教養的特質，所以超級熱賣，現在還出了很多相關的周邊商品……」

島再也說不出話來了。他知道自己的底細，並不是說他認為自己是個壞人，相反地，島相信自己算是個好人，但，他畢竟曾有個重大的缺陷，這缺陷的重大程度甚至迫使他捨棄從前的身分，忍受了三年的洗心革面，成為一個重生者……但這會兒他卻莫名其妙地承接了那麼多、那麼多不屬於他的讚美，這讓他非常心虛。

「……那當然，大家稍微調查一下，也就發現你的真實身分啦……」園沒有注意到島聽見這句話時整個人繃緊脊背的細微反應，滿心歡喜地繼續說。「大家現在才知道，原來啊，你是超級厲害的藝術家耶！那個站內空間的整個圓頂和壁面全部都是你設計構圖的，還有人去訪問到思想部內部人員，聽說他們都對你的才華讚譽有加，為人也客氣謙虛，非常低調，根本是樂土真男人的模範！還說對你深夜獨自工作時，路見不平英雄救美這回事，都覺得不意外，他們早就知道，你本來就是這種人——」

到底是誰去訪問了誰？哪來的「他們」？哪來的「讚譽有加」和「不意外」？他只是承接第一個案子的繪畫師，要說藝術家，那可差得太遠了！

島覺得自己的每根頭髮都彎成了問號的形狀。從頭到尾，這個案子裡跟他聯繫的都只有一個窗口，那是連他都無法確認究竟是真人還是精密智能的電子信箱帳號，就連那幾個思想部派來協助的機器人，也都在分配完工作後各自處理負責的區塊，根本沒有交集。

和他最密切接觸的，就是那顆出事前還緊跟著他的隨行智能助理——話說回來，那顆囉唆的機器球不也壞了嗎？

「園小姐，島先生剛醒過來，我想還是讓他休息一下比較好，我待會還需要送他去做一些詳細檢查。」女人檢查完儀器數據，轉頭對園簡單下了逐客令。

同時聽這一冷一熱的兩個女人說話，島覺得自己都快要感冒了。

「要做什麼檢查？不管做什麼檢查，人家都可以陪他去呀！大家都很擔心他、想知道他的情況，人家還可以順便直播給大家看……」

「我想目前島先生的狀況還不適合直播，園小姐一定也希望島先生上鏡頭的時候狀況很好，讓園小姐的追隨者都更喜歡他……」

「那是當然！不過他就算現在狀況不好，大家也都能了解啊，而且現在這樣受傷虛弱的樣子，大家看起來會更有真實感，更心疼他……」

「島先生因為救您而受傷了，這件事情本來就是真的，不需要別人看起來像真的才是真的。」

「話是這樣說沒錯，但……」

「園小姐，您真的該離開了。」

那女人雙手掌心按在園的肩頭，輕而堅定地，把她推出病房外，園還一路嚷著：「哎你這人怎麼那麼沒有彈性？可惡……島哥哥人家會再來看你喔，你要照顧身體，人家會等在外面，他們一說可以進來，人家就會立刻進來陪你喔……」

島想了一下，不太確定自己的名字為什麼後頭加上了「哥哥」二字，不過那女人已經將園推出病房門外，她在自己身後帶上門前，停頓了一會兒，對著島說：「稍晚我會來帶你去做幾項檢測，您先休息一下，有任何需要都可以拍一下手腕上的晶片，醫院的系統已經和您的晶片連線了，會監控您的身體狀況，也可以透過晶片來呼叫我。」

「好的，謝謝你……」在門關上前，島想起還不知道女人的名字，趕緊再追問一句。「請問，我要怎麼稱呼你？」

「我是您的專責偕護員，在您住院的這段期間，有任何事情都可以找我。」女人的聲音雖淡，卻說不上輕，更有種沉而實的質地，在關上門前最後一刻，不疾不徐地投向了島。

「我叫做汐，潮汐的汐。」

接下來幾天，島便在一連串漫長的檢查裡度過，檢查結果顯示他的手指動作不靈光是外傷所致，並沒有傷及神經，只要好好休息搭配適當的復健動作，很快就能恢復。

高樂值果然能做到許多像他這種人做不到，甚至沒想過能做到的事。園身為被攻擊的目標，當然也受了一些傷，但那些傷勢似乎都能經由訂閱制的醫療服務處理，島的樂值僅僅六十八級，能夠訂閱的醫療服務等級不足以負擔這麼多治療與檢查項目，只能入院。

進重生所之前，他其實很少生病，除了那場需要漫長復原期的革面手術以外，他幾乎不曾待在醫院裡超過一天——對樂土人而言，醫院是大家嘴上不說，但盡可能避免涉足的地方，一方面是因為樂土人是在上億地球人之中精選出來的優等基因貴人種，傷病率本來就低；一方面也因為，大家生怕在醫院待久了會被視為劣等基因，輕則被身邊同儕歧視，重則可能在品管考量下被逐出樂土，貶為化外之人。

化外之人可說是所有樂土人最深的恐懼了，他們既不見容於樂土，也不能回到地球社會，只能在這座島上的落後地區自生自滅，某種程度上說來，比起一開始就沒有樂土資格、不可能移民彼星的地球人，恐怕更為可悲。

那些化外之人和樂土人共處在一座島上，就在離樂土社會不遠的地方，但從來沒有人知道那些被驅逐的人後來都怎麼了。就像島一樣，還留在樂土的人，每一個都要盡可能證明自己夠好，好得配得上「樂土人」的資格，與那些被驅逐的人不一樣。

像島這樣的重生者，更是如此。

所以，即使島一開始確實覺得圜有點吵、有點煩、有點活在自己的世界裡，但接連著一週七天，每到了開放探病的時間，她都毫無顧忌地出現在自己的病房中，有時候甚至帶了島從未見過的地球果實來，說原始型態的食物對身體比較好，還細心叮嚀偕護員記得要清洗後削皮切片再給他吃，絲毫不像其他人總是盡可能遠離醫院——她所做的這一切，絕不是一般樂土人能做到的事，而這的確讓島有點兒感動。

「島哥哥，你要趕快把人家帶來的果實切片吃完啦，那個偕護員都會把人家帶來給你的東西收走，說是說要幫你冷藏保管，不過呀，圜總覺得她很可能會自己偷偷吃掉，或者拿去賣掉……唉，真是愈想愈溺，怎麼能把這麼高級的食材交給那種人啊。」圜的表情語氣，看不出是對島撒嬌，還是對汐不滿，也或許，兩者都有。「當初急著幫島哥哥找偕護員，沒仔細看她的資料就點頭答應了，真是太失策！再怎麼說，都不能相信名字裡有水的人啊，名字是按照每個人基因特性來分配的，你想想她那基因要有多低劣才會用到部首水呀？人家從小就跟著父親到處拜訪累積人脈，可是連人家都沒見過幾個部首水的人耶，這種名字已經夠少見了，結果她居然一點都不覺得丟臉，還主動介紹她的名字是潮汐的汐耶，樂土在上！根本一點羞恥心都沒有，我看她一定也覺得偷吃別人的東西無所謂！」

島想起那天汐說明自己名字的坦然態度，喉間彷彿梗著什麼似的，連忙轉移話題。

「這些果實很貴吧？你擔心被別人拿走的話，就別再帶來了。」

「人家可不是因為貴才擔心果實被她吃掉的，人家是擔心島哥哥沒吃夠，醫院的日糧列印機品質都不怎麼樣，養病期間可不能只是吃那些而已。而且呀，只要買給島哥哥，什麼東西都不貴，都值得！」

園甜甜的柔情讓島既感動又略微不安，她實在對自己太好了。貴為超高樂值的樂土甜心，園不僅天天在探訪時間準時報到，毫不顧慮這個場所可能傷及她的樂值與形象，而且對他從沒有任何要求，就只是陪著島說話，陪著他檢查，陪著他一個動作一個動作地做無聊的復健，興高采烈地給他看許多自己追隨的名人帳號，彷彿島之於她而言，本來就重要到可以拋下一切、不求回報地陪伴。

不過，園畢竟是全樂土最知名的陪伴女孩，早在紫微站襲擊事件發生前，她的工作排程就已經排得滿滿的了，為了陪伴島，園經常就地在病房裡開啟影像直播，不管是每天早上的部首運勢限時報，或是偶發的疫苗宣導、產品推薦，她都盡可能拉著島一起入鏡。

「……接下來說到部首山的運勢，我們當然要請大家最喜歡的英雄島哥哥，來一起播報囉，部首山的本日運勢是海拔一千五百公尺，要小心人際關係，還要盡可能遠離水面……哇，島哥哥今天運勢有點弱耶，不過島哥哥別擔心，你現在待在天市站醫療大樓的最高樓層，應該是離水面夠遠了，而且今天部首口的運勢有六千公尺，所以只要園待在你身邊，你的運勢至少有三千多公尺喔，記得不要離人家太遠，嘻嘻……」

「……目前的新型避禽疫苗注射率還不到七成，請有跳出系統通知的朋友們，要趕快安排注射喔，千萬不要認為自己沒有機會碰到化外的鳥禽就輕忽了疫苗的重要，既然樂土系統通知你了，就表示判定你是高危險族群，可別自己做判斷喔。而且累積太多應施打未施打的疫苗紀錄，不僅可能影響你未來被選入移民彼星的機率，還可能造成樂值降低，影響生活中的各種權益，那就太划不來了！你看，人家和島哥哥都已經注射疫苗了，可別說我們沒有提醒你喔！」

「園小姐，今天就到這裡為止吧。」汐的聲音清淡卻極有存在感的出現在影片中，逼得園不得不對攝影球喊停。

「可是人家還有一個募捐廣告沒有拍哩！這個活動是要幫助可憐的地球人，號召大家捐出自己在虛擬樂土裡買太多用不到的那些形象、服飾、家具，這個活動很有意義耶，我是覺得啦，我們平常都受地球人供養，吃的用的，全都是地球人種出來養出來做出來的，而且還只有我們擁有移民彼星的資格，這讓我覺得，偶爾也該在不影響自己太多的範圍內回饋一下啊，我之前每次辦這樣的活動都很多人參與，而且不管是樂捐，或是發起活動，樂值都升很快喔，島哥哥現在樂值不夠高，也不能住單人病房，還有很多快速醫療他都不能做，你就算不顧慮到地球人，為了島哥哥好，你就網開一面……」

「地球人不會需要這些虛擬樂土裡的東西。」

「這話可沒道理！你又不是地球人，你怎麼會知道？像你這種名字部首是水的人，難道對地球人一點同情心都沒有嗎！」

「嗶嗶——」

一聲輕巧的警示音在園身邊響起，接著島斷續聽見園的耳際傳來極微細的系統通知，幾乎是同時，他也留意到園微微地僵直了一下，然後深呼吸。

……聲量與情緒指數……平均值……請留意……

汐不像島與園那麼接近，因此顯然沒有聽見或留意到異狀，繼續不疾不徐地解釋：「地球人需要什麼，我可能不清楚，但作為一個偕護員，醫療照護是我的專業領域，就我目前所知，島先生目前並不需要您一直希望他做的那些醫療行為，這不完全是因為他的樂值不足，也因為他的傷勢很單純……」

「好的，園知道了，謝謝汐小姐的解說，不過作為樂土甜心，人家也有一件事要提醒汐小姐。」在系統提示之後，園收斂了情緒，帶著微笑，恢復甜甜的聲調。「樂土女性的工作都只是在沒有丈夫時的暫時謀生方式，不能稱之為專業喔，當然，人家知道汐小姐可能已經沒有丈夫大半輩子了，但還是一樣喔，如果連你都能自稱為專業醫療者，那其他認真工作一輩子的男性怎麼辦呢？我們可不能忽略他們的感受！」

汐沉默了半晌，兩位女性就這麼看著彼此，安靜了幾秒。

然後汐點點頭。「園小姐說得沒錯，不愧是樂土甜心，這麼細節的事情都留意得到，我很抱歉說了這樣的話，以後會多注意用詞的。」

「樂土能寬容你所有願意悔悟的錯喲。」園甜甜一笑，轉頭用那雙濕潤潤的湛藍色眼睛望著島。「島哥哥，你有看到嗎？剛剛發的那個影片收到好多回應喔，我們一起讀取！」

如同以往，島沒有拒絕的機會，也沒有拒絕的理由，更別說沒有人會認為他有拒絕的可能。園輕快地擅自連結了他的系統，島的眼前開始出現來自樂土各地，園的追隨者留下的回應。

各種虛擬形象在他眼前跳出來，七嘴八舌地說著話。

英雄和甜心好登對喔！

簡直是標準的彼星戀人啊！

可不可以出周邊呢？想要彼星戀人的虛擬形象！

你們的病房背景可以出一個虛擬空間嗎？我想在那裡給我的對象求婚！

有沒有彼星戀人的動態全像可以下載？我願意付樂幣！

各種光怪陸離的讚美與要求，沿著系統連線，瞬間炸進島的視聽感官。

一開始，島真沒想過會變得這麼受歡迎，他覺得這一點道理也沒有，畢竟那就是年輕人的玩意兒，而陪伴女孩的追隨者之中，怎麼可能會有人會關心他這種只是在某次超感連結中突然出現，出現時間甚至不到三分鐘的路人角色？

但他隨即發現，不僅有，而且很多。甚至有人為他和其他「潛在競爭者」做了全面評比，但無論評比分數如何，園對島的用心全看在追隨者的眼裡，多數追隨者也都順應了園的偏愛，進而偏愛島這個半路殺出的浪漫傳奇。

問題在於，那些園的追隨者，都將島視為他們心目中「樂土甜心」的救命恩人，甚至稱他為「樂土英雄」，將他們綁定後視為「彼星戀人」，每天談論的、期待的，都是島和園之間有什麼英雄美人之間的小火花小甜蜜，有的猜測他們之間的關係，有的幻想他們的進展，甚至有的編出一整套故事……看著聽著，島忍不住會懷疑，他們其實並不在乎島與園之間對彼此真實的想法，只是想傾倒出自己想說的話，索取符合自己需求的想像。

雖然這一切都並不犯法，但也許樂土人的想像力都給基本教材裡的男女交往模式局限住了，無論那些話語再怎麼充滿善意，都不停在這個方向打轉，有時候島還會被他們了無新意的一廂情願弄得很不耐煩。

但園似乎從來不會不耐煩，她總是盡其可能地滿足追隨者的期待。

喔，啊，我真的好喜歡你，園——啊，園，喔嗚嗚嗚——

突如其來的，一個乍看難以理解是什麼東西的肥碩影像，夾藏在許多虛擬形象之間，撞進島的視窗，坐在病床上的島背後無處可躲，只能下意識地將頭往旁邊一偏，卻沒有躲過那個超感全像往自己粗暴襲擊的體感，有個什麼圓頭的肉膚色長型物體在他躲閃後仍然戳中他的臉頰，然後那個影像在一聲滿足的長吼後消失，只在他的臉頰上留下一片濕濡感。

接著是所有的視窗瞬間消失，園切斷了與島之間的連結。

「島哥哥，對不起！你還好嗎？人家沒想到會夾帶這種東西。對不起！」

園著急的臉湊到他眼前，他表情驚恐，一時回不過神：「夾帶……什麼東西？」沒等園回答，在問出口的同時，島已經電光石火地想通了那是什麼東西。

「好棒，那是好棒，偶爾會有人丟好棒的動態影片或超感全像過來，對不起，島哥哥，你還好嗎？」

他連話都說不出來，側過頭，情不自禁往床邊嘔了起來。

汐匆匆從病房外跑了進來，手上的濕毛巾被島一把搶去，瘋狂搓洗臉頰。

「樂土在上！這是什麼大溺不道的東西？怎麼會有人丟這種超感全像給你！光是看到就夠討厭了，居然還附帶被好棒碰到的體感，太過分了！」

「對不起啦島哥哥，人家應該要先想到有這個可能的，對不起對不起……」園的表情泫然欲泣，看起來真的非常抱歉。「人家怎麼會讓你碰到這種事？是園太疏忽了，對不起島哥哥……」

「你不要道歉！你為什麼要道歉？」島生氣地說。「他們這種全像是衝著你來的，你是該生氣的那個人，怎麼會是你跟我道歉呢？」

「因為，因為人家已經很習慣了啊，可是島哥哥不一樣，你又不是陪伴女孩，你是個堂堂正正的男人，被別人用他們的好棒又戳又射的感覺一定很糟，對不起，園剛剛太開心了，急著想跟你分享大家的回應，沒有考慮到有時會發生這種事，只想著讓你看到很多人喜歡你……」

園委屈落淚的模樣讓島非常心疼，但，好像又有點什麼不太對勁。

「不，我不是怪你讓我看到那種東西，而且，你怎麼可能事先想到……等等，這常常發生嗎？」

「常常啊，」園擦掉淚水，吸了吸鼻子。「因為，人家是陪伴女孩嘛。」

「陪伴女孩又不是什麼隨便就能發洩的仿生情人！你們是還沒有結婚的珍貴少女，怎麼能……」島的話說到一半，眼角似乎瞥見正在清理床邊嘔吐穢物的汐，露出一個似笑非笑的表情，嘴裡的話便遲疑了。「……怎麼能夠這樣意淫你們？」

「不是啊，法律是規定不能姦淫還沒有結婚的少女，沒有規定不能意淫啊，男性的需求有很多嘛，有的人就是喜歡還沒結婚的這一種，可是法律又不允許，如果他們連傳送這種超感全像發洩一下都不行，那就太可憐了……」

「哪裡可憐了？我不能同意這種說法！」

「是人家應該更小心一點，不要讓島哥哥碰到這種事才對，這不是他們的錯，他們只是有比較不一樣的生理需求而已，也許在仿生情人的型號裡得不到滿足，所以找個喜歡的陪伴女孩意淫一下，對我們也不會造成真正的傷害，而且相對的，他們也會提供更多樂幣呀。」

「提供樂幣就能這樣嗎？你又不缺樂幣！而且……」

「放心啦島哥哥，人家沒有那麼小氣，但人家也有人家的底線啊，人家的底線就是，人家的第一次一定是在新婚之夜交給丈夫的，你不用擔心喔。」

「我、我並不是擔心那個……」

「園知道的，島哥哥是討厭被別人的好棒碰到吧？人家雖然不是男生，但聽過很多男生說，被別人的好棒碰到感覺很海很溺，畢竟你們自己就有好棒了，怎麼可能會對別人的好棒有興趣？又不是龍陽癖……」

島倒吸了一口氣，原本還想說些什麼，都硬生生吞下去了，就像是每一個收到他人好棒全像的陪伴女孩所能做的那樣。

「我當然，當然不是……我只是很心疼你，被別人當作一個發洩的東西，你是一個活生生的樂土人，你應該要被當人看待才對。」

「怎麼會呢？他們就是把園當成一個人才想要對我發洩啊，不然他們去找東西發洩的話，選擇可多了，就是把我們陪伴女孩當人看，才會這麼做啊。」園的情緒收放自如，知道島並不怪她之後，淚水很快便收乾了，表情也恢復到幾分鐘前的開朗甜美。

她眨眨眼，俏皮地說：「不然這樣吧，如果島哥哥心疼園，你今天的檢查比較少，晚點陪人家開一個超感連結，當作是給人家的安慰，園想讓追隨群的大家到病房裡來見見你——當然不是他們人真的到病房來，就是用《宛在》創個一小時的虛擬空間給他們，不會真的打擾到你的。」

怎麼可能不會真的打擾到？內建在晶片中的方舟系統已經夠如影隨形了，超感連結的各種應用程式，讓任何人興之所至就能隨時到處打擾別人，消滅所有不能社交的藉口，簡直讓社交恐懼症患者毫無退路。

但在經過剛才的事件之後，島已經沒有辦法乾脆地拒絕她。

「第一次人家只會開放大概二十個名額參與而已，人不會太多的，島哥哥可以接受嗎？拜託嘛拜託嘛，每天都有好多人叫人家開活動來讓他們認識島哥哥，園再不開的話，他們會覺得人家都把你藏起來獨享耶！還是你有什麼條件，都可以跟園說喔，好嘛好嘛，島哥哥你就答應人家嘛～～」

這不是園第一次提出這類要求，島從一開始不知道該怎麼拒絕，想盡辦法委婉迴避，甚至由汐以偕護員的角色出面拒絕，到後來已經能夠自己開口說不。他本以為，像園這樣高知名度的陪伴女孩，不僅家境好、樂值高，而且青春與美貌兼具，成天被人捧在手心上讚美呵護慣了，應該不太能接受被拒絕這種事，沒想到，她無論如何被拒絕，都是歪著頭嘟著嘴，模樣極其可愛地說句「哎呀，真的不行嗎？那好吧。」接著就繼續有說有笑，當真一點也沒有放在心上，而且隔天還是會照樣若無其事地提出同樣的要求，然後同樣被拒絕。

愈和園相處，島愈覺得她成天咋咋呼呼的豐富誇張表情下，真正的心思其實難以摸透。即便是一開始根本對園不感興趣的島，經過長時間的密集相處，也理解到，作為一個隨時要回應追隨者各種要求與情緒的陪伴女孩，原來並不像自己長期以來所想像的那樣，全憑外在條件，內裡其實空洞無腦。

島也許不認識所有的陪伴女孩，但至少，他知道園作為頂尖陪伴女孩，甚至被暱稱為樂土甜心的高知名度、高樂值，並非全靠賣弄外貌而來——不，即便是賣弄外貌，她也得花上極其龐大的精神與樂幣去換取能夠賣弄的外貌，那絕不只是空洞無腦而已。

也許，像島那樣只看表面就輕易評斷他人人生的浮泛想像，才叫空洞無腦。

也許，每天都必須面對那種噁心意淫，並且不能當作一回事，要立刻打起精神面對追隨者的園，比起許多樂土男人都更為堅強。

「可以啊。」這麼一想，島竟情不自禁答應了園這回的請求。

「哎呀，這次也不行嗎……咦？島哥哥，你剛剛是說、是說可以嗎？」園瞪大了眼，島笑起來，他很確定園這次的驚訝是真的驚訝，不是「她這時候應該要驚訝所以驚訝」。

「對呀，我想說你都問好幾次了，就答應一次也沒有關係，反正我這陣子都被關在醫院裡，快悶壞了，試一次看看也無妨，我還沒用過那種程式呢。」

「噢！彼星啊，你是說真的嗎？太好了！那人家要趕快到《宛在》開個活動預告，我們先把時間定在今天晚餐後好嗎？島哥哥有沒有《宛在》的帳號？要在特殊功能裡互動的話，你也需要有帳號參與活動——啊，島哥哥這種成熟的大人一定沒有這種幼稚的玩意兒，那，人家等等開活動時，順便幫島哥哥註冊一個好嗎？」

得到島的首肯，園立刻開心地去一旁操作平台，準備晚上的活動了。島看著園眼神閃亮亮地盯著眼前螢幕，眉開眼笑的表情，忍不住也笑了出來。

「您就這麼全權交給園小姐註冊新帳號了？」

哎喲，聖哉祖國哪！島的身體忍不住小小地彈了一下。有時候，汐突然說起話來還真的會嚇人好大一跳，即使她其實一直都和他們處在同一個空間裡。

島瞥了一眼一旁的地板，剛剛的穢物已經清理好了，甚至以帶有柔和芳香的清潔液消毒過，他有點不好意思，但說些什麼道歉之類的話，實在太不棒了，顯得小家子氣。他只好拐幾個彎，假裝若無其事地開個玩笑。

「樂土在上！汐，這種銷聲匿跡的能力難道是當偕護員的特質嗎？如果是，你簡直專業到值得特別表揚。」

「島先生說笑了，我們這種工作只是善用了女性的天性，只需要熟記知識並熟練運用就能做得好，也就是樂值最低的無腦工作，一點特別之處也沒有。」

啊，真是沉船王。話頭像融在水裡的清潔藥錠般飛快消失，島只好轉回原來的話題。「你剛剛說什麼來著？交給園註冊新帳號應該沒問題吧，我覺得她不會害我的。」

「當然，我同意園小姐不會害您，會害您的不會是她。」汐說。「但每註冊一個新帳號，都會需要閱讀不少隱私權政策、確認功能搜集的資料權限等等，您不親自看看嗎？」

「哈哈，現在誰還看那種東西了？我可不會整天幻想自己有什麼了不起的資料能被盜用。」島笑起來。「園這種高樂士都同意了，我這種人恐怕沒什麼好擔心的吧？她沒問題的話我當然也沒問題。」

汐沉默了一下，顯然島的回答也讓她感覺到話題無以為繼，因此也換了話題。

「看來您和園小姐之間進展得不錯？」

「說不上什麼進展不進展的……你不要跟她的那些追隨者一樣，老是想用世俗的定義界定我們的關係。」

島直覺地隨口反駁回去，但過了半晌，都沒聽見汐的回應，他以為這話題又沉船了，忍不住抬起頭想觀察她，卻發現汐正饒富興味地看著自己。

「幹什麼這樣看我？」

「我在想，」汐看著他的面容，說不上是面無表情還是太多情緒。「您這麼說的意思難道是，您比較喜歡那種，不是世俗定義的關係？」

島的心底閃過一道電光。

不是為整個世界帶來一瞬明亮的那種，是差點劈在自己頭上的那種。

「不、不是這樣好嗎，我只是，還沒決定我要不要跟園發展更深入的關係。」

「我認識的男性裡，我想不出其中有哪一個，在園小姐想要發展關係的情況下，會拒絕這件事的。」

「那、那是因為你認識的男性不夠多吧？」為了有效防衛，島脫口便將所有可用來攻擊的話都丟了出來。「你看看你的身分，現在所有的醫療服務都是用訂閱服務進行，還會待在醫院裡當偕護員的人，就只是幫忙處理一些打針、包紮、鋪床、配藥之類的瑣碎事情，安撫一下某些心靈比較脆弱的病人，產出的樂土價值低得可憐，當然也不可能認識太多真正有格調的高樂值男性吧？作為一個藝術家，我認為仔細思考未來關係這種事，也是一種高樂值的表現，請不要隨便用你那種樂值的狹隘觀念來評斷我……」

他們之間再度陷入沉默，但這次島卻不敢再抬頭看汐的表情。

偉哉領袖啊，讓他跟著這些不該出口的話一起沉船吧。

「抱、抱歉……我不是那個意思……」島的話語在他嘴裡融成一灘軟爛泥水，只有他自己嘗得到那噁心的黏滯，卻抵達不了任何人的耳裡。

「島先生說得沒錯，我這種工作的人，的確不認識什麼高樂值的男性。光看名字也知道我有多低等，不是嗎？」過了好久，島才聽見汐慢悠悠地說。「不過，作為一個女性，並且身為一個偕護員，我的職責是照顧身邊的所有男性，尤其是由我負責的高樂值男性患者——基於這個出發點，我想提醒島先生，我留意到您的動作不太正常，沒有一般樂土男性的特質……」

「什、什麼？」島彷彿被戳中傷口，幾乎要從病床上彈起來。「你這是什麼意思？我很正常，我就是一般的樂土男性……」

「當然，我絕對相信這一點，不過可能是因為受傷的關係，所以做出某些動作對您來說比較困難，依照我的經驗，多做某些，唔，復健動作，應該可以讓您盡快平安出院。」

汐朝著島點點頭致意，然後靠近他，一邊解說一邊示範某些「幫助恢復男子氣概的復健動作」，帶領他如何不經同意便若無其事地觸碰身旁女性的身體，並且視對方反應更進一步地撫觸調情，島被汐摸得全身心都極度不適，但汐的語氣如此冷淡自若，彷彿只是給他塗藥注射，島只能瞠目結舌地任她一邊說明一邊在身上又捏又揉，竟連一句斥責都說不出口。

「大致是我示範的這樣，包括但不限於這些動作，如果在這麼做的同時，能配合一些繁衍笑話，那效果會更好。我知道您因為受傷的緣故，可能一開始還沒有辦法做得這麼周到，那沒有關係，只要動作到位，應該不會有太大問題。」汐冷靜地收回她的手，並且很快地與島拉出一段距離。

「你、我……我本來就知道，你為什麼要特地跟我說這些？」島的心裡響起長聲警鈴：這個女人到底知道什麼！

「沒別的意思，幫助您平安離開醫院是我的職責，這就是一些男性在醫院裡常用的復健動作，如此而已。」汐淡淡地說。「考慮到待會兒您和園小姐將有一場公開活動，要在許多人面前一起相處……我想，事先提醒您這些復健動作，會對您想要在大眾面前呈現的形象很有幫助。」

汐沒等他回話，自顧自地說完就離開了病房。

汐的這些示範與提醒，讓他意識到了自己的處境——他現在不比以往了，洗心革面後，他不只坐擁從前不可能擁有的高樂值，並且接下了一份可能大放異彩的工作，最重要的是，只要他願意，與全樂土的夢中情人交往結婚，從此過著平步青雲的日子，也是可以預見的未來。

只是，那是他想要的嗎？

「島哥哥，人家已經全～部～設定好了喲，趕快趕快，趕快誇獎人家！」園絲毫沒有發現汐的消失與島的沉默，興高采烈地跑過來，一迭連聲說著自己一開啟活動預告，就湧入超多人報名，不只活動名額瞬間額滿，還收到了很多心心糖，多得需要再另租一個虛擬空間暫放。

雖然多數人會選擇直接將這些虛擬禮物兌換為樂幣，不過，對園來說，這些禮物代表的都是追隨者們對她的愛與心意，她不喜歡將它們視為只是樂幣那麼俗氣的意義，但對島而言，在他過往的生命中，可能得花上半年的時間，才賺得到這些樂幣。更別說，重生之前的他，只有四十二級樂值，許多只有高樂值人士能夠享有的建設與權利，他就算身擁再多樂幣，都不被允許。

禮物的珍貴之處究竟是在於心意，或是能夠兌換的幣值？光是這件事，都是這麼顯而易見地取決於收禮者擁有的資源多寡。

……不，不該這樣的。島甩甩頭，警覺到這些全是些反社會的有害思想。他已經是個重生者了，從此以後他就是島，不該再回想任何重生前的記憶，那些是不該存在的。

島強迫自己將注意力拉回眼前這個漂亮女孩的話語裡，他清楚知道，自己此刻的位置與角色，是任何一個正常的樂土男人都夢寐以求的，因此他完全沒有道理不好好扮演這個角色。

因為，他所夢寐以求的，恰是成為一個正常的樂土男人。

就像汐方才提醒他的那樣。

島伸手，將笑容甜美的園拉到自己床邊，動作略微僵硬地摸摸她的頭頂，然後手掌順勢滑下，握住園光裸的臂膀，並且將她攬得更靠近自己一些。

園愣了一下，快得幾乎無法察覺，絕對短於零點零一秒的，那麼一下。如果不是島自己也強烈地留意著自己的舉動所引起的反應，他是不可能發現的。

短於零點零一秒的暫停之後，園神色自若地維持被島勾攬著的姿勢，繼續未完的話題。

「……所以其實登入很方便喔，那人家剛才已經幫島哥哥設好密碼了，是園的安生日喲，嘻嘻，島哥哥記得要換成自己熟悉的密碼，但如果要繼續用人家的安生日當密碼，人家也不介意啦！活動時間快到的時候會有系統提醒，你只要依照指示進方舟系統裡登入活動就可以啦，很簡單，如果不會的話也沒關係噢，反正人家就在島哥哥身邊，到時再教你就好了！」

「然後人家剛剛也去跟另外一張病床的大叔打過招呼了喲，他說沒關係，那個時間他還沒睡，而且他只要不登入這個活動，其實也看不到有誰來過，只要把他那邊的簾子拉起來就不會複製到虛擬空間了，應該是不會被我們打擾。」園熟練地在島的帳號頁面上操作給他看，聲音與用詞雖然甜膩得可以，但思緒卻意外地成熟清晰，設想也相當周到。

「還有啊，這裡一直跳通知的地方是要來邀你成為好友的人，島哥哥可以自己衡量看看要不要加，畢竟島哥哥是救了園的大英雄，現在也算是半個公眾人物了，也要考慮一下未來的規劃和個人定位嘛……朋友多寡和他們的樂值，雖然都會影響你自己的樂值，不過很多人會以為愈多愈好，但如果之後都沒有互動，甚至互動很差因此被留下負評，也可能拉低樂值，所以還是要多想想比較好喔。」

只是加個好友，竟然也要先考慮到未來的規劃？島雖然努力想專注在眼前的操作上，但一直攬著園的手臂卻開始發痠，糟糕，接下來呢？他該把手放下來嗎？或者繼續其他動作？

彷彿感應到島的遲疑似的，園藉著開啟共同視窗、移動視窗位置這些小動作，自然地讓島的手臂不再懸空，而是省力輕鬆地掛在自己的肩膀上。

島太驚訝了，不，與其說驚訝，他簡直覺得身邊的女孩是他從未接觸的生物，好像他在樂土這成長的三十多年來，從來沒有發現原來樂土女人與男人是澈底不同的物種。島試著回想自己從前所接觸過的所有女性，發現她們確實在某種程度上擁有同樣的特質，但，無論性別，明明接受的是同一套知識流的澆灌，究竟在這之中是什麼決定性的因素，造成一方養成如此自然甚至必然的侵略習性，而另一方卻能如此自然甚至必然地被侵略，還樂意去照顧侵略自身的人。

「你想得真周到，坦白說，我們的思考系統好像完全不一樣。」島忍不住脫口說出了心裡的困惑，隨即意識到這不應該是一般樂土男人的思維，趕緊再補上一句：「難道這就是我們的樂值差距那麼大的原因嗎？」

「島哥哥，你不要這麼說嘛，園會想要讓大家認識你，也是因為園希望島哥哥的樂值可以趕快拉高，過更舒適的生活呀。而且，人家的樂值會這麼高，是因為人家從很小就開始努力了！」園沒有發現島的困惑點是來自性別，而非樂值，她可愛地嘟起嘴，想解釋自己的高樂值其來有自。「人家真的很努力很努力，希望讓喜歡園的大家都很開心喔！」

島點點頭，他完全相信園真的從小就為此努力，畢竟能像她事事周全並不容易，但他對這樣「付出努力就能得到回報」的想當然耳，仍有些遲疑，那畢竟不是他的生活經驗。

「那就加好友吧，都加，我會好好經營的。」看著園笑逐顏開，島在心裡使勁穩住思緒：只要把握這個機會，他也可以像園一樣，只要努力，就能得到回報，並將這個道理看得那麼理所當然。

付出努力就能得到相應的收穫，那其實是一種運氣，就連能夠發自內心地相信這件事，都是一種幸運吧。島想著，動手輕拍了一下園緊俏的臀部，在園的嬌嗔中，他的眼角餘光彷彿瞥見病房門口一閃而過的，汐總是沉靜得讓人有點害怕的面容。

島原本以為自己只是因為那個好棒全像的意外，或者出自對於園連日都到病房裡陪伴他的感謝之意，也可能有一點想要藉此提高樂值的私心，才答應了這場他覺得自己肯定無法融入的超感連結。他都已經作好了心理準備，要在這場超感活動中掛著「拯救了樂土甜心的英雄」與「彼星戀人」的牌子，成為一個被展示、被觀看的物件，甚至預想了在這樣的公開場合裡，要假裝不經意地表演幾個充滿男子氣概的動作，以此確立自己在別人眼中的真男人形象。

島以為這整場活動就是一個演出，卻沒想到，自己原來也能從中得到樂趣。

在這場為時一小時的超感活動中，園不僅滿足了參與活動的追隨者的好奇心，讓他們近距離接觸島這個在事發後一直關在醫院裡，不曾在大眾眼光中出沒的「英雄」，也聰明地設計了幾個遊戲，讓大家在玩遊戲的過程中，感覺到自己與這兩位知名人物平起平坐，快速提高親切感，對不習慣接受注視的島而言，也可以在遊戲的各種情境中，免去長時間成為焦點的尷尬與坐立不安。

一個小時的超感活動結束得很快，從整個過程中不斷點送、幾乎是全程滿天掉落的心心糖看來，參與其中的二十個名額顯然都相當盡興，就連島自己都有點意猶未盡，並且再一次發現園的知名度與高樂值，都是其來有自，並不是像他在從前那段生活裡，與其他低樂值朋友們閒聊中所說的那樣，只是因為正好長得比較漂亮而已。

最驚人的是，活動結束後，島便收到了系統通知，告知目前樂值已提升一級，是六十九級了，當然，這不排除是活動前本來就累積到接近升級的樂值，並不會是單一一場活動能做到的事，但島很清楚，自己才離開重生所沒多久，能在這麼短的時間內明確地上升一級，那一定是園這些日子以來拉著他拍影片開直播，迅速累積好感度與聲量值的關係。

島開始覺得自己有點敬佩她。

「園，你現在幾歲呀？當陪伴女孩很久了嗎？」活動結束後，島忍不住問她。

沒料到島突然有此一問，園愣了一下，然後照常笑得燦爛。「咦？島哥哥問這個做什麼？園才剛滿十六歲，要結婚的話還太早，島哥哥太心急啦！」沒等島滿面通紅地否認，園又笑咪咪地繼續說。

「人家才剛滿十六歲，所以真正成為陪伴女孩的時間還很短，只是，從很小的時候，人家就知道自己以後要當陪伴女孩了，所以從說話習慣、人際關係、社交程式、皮膚狀況、髮型、髮質、指甲的形狀、嘴唇的顏色、屁股和腿的比例、培養好聞的體味什麼的……全部全部，全部都是從小就開始培養的，畢竟以後是要當陪伴女孩的人啊，」
「但是，你是怎麼樣從小時候就知道自己要當陪伴女孩的？」
「大家都這麼說啊。」園理所當然地笑起來。「從有記憶起，父親就從初生品種管理局的高等鑑定師，一路做到人口部部長，人家又是家裡的長女，所以人家一直都是在高樂值的環境下長大的喲，也因為這樣，園從很小就知道，人家成年以後就要自己負起提升樂值的責任，可是人家既不像父親和島哥哥那樣是個男人，可以擁有自己的專業，然後呢，正好又長得還滿漂亮的，所以園幾乎沒有其他選擇了呀。如果不當陪伴女孩，人家想不出還能做什麼耶。」
「還是有很多工作可以做啊……」島的話才出口，就知道自己說的都是些躺著不腰疼的風涼話。在悔悟後選擇重生的島比誰都清楚，有時候，大部分的選擇，都是為了突顯骨子裡的別無選擇。
「是啦，人家當然也可以跟大部分的女生一樣，去當工程員、律政員之類的，可是那種工作，唉，樂值就實在太低了嘛——當然啦，大家都知道，所以園當然也知道，樂值低的工作也有他們的重要性，只是，園的父親可是人口部部長耶，父親的樂值那麼高，讓園和弟弟妹妹在高樂值的環境下長大，那我如果沒有事先規劃好高樂值的職業選擇，隨便選一個普通女生就能做的工作，等於一成年，選擇職業就會同時拉低全家人的樂值，拜託，這怎麼可能嘛！」
園對著島眨眨眼。「人家覺得，從小就知道自己要當陪伴女孩，這樣很好啊，這樣一來，人家很早就可以開始準備，事先熟悉很多社交程式、培養人脈，知道什麼時候做什麼事會讓最多人開心，最重要的是，這份工作可以在還沒成年時就先準備，一成年就能幫家人提升樂值，結了婚之後，雖然就要以未來對象的樂值為主，但我的高知名度還是能夠繼續幫助家庭提升樂值，這才是完美的妻子呀——島哥哥，你說對吧？」

園說這些話時的表情如此輕快開朗，而島開始理解，為什麼園能夠隨時隨地都這麼討人喜歡，那是因為，她從小就為了將來這份討人喜歡的工作，被培養成一個討人喜歡的女孩，培養她的人，甚至包括她自己在內。

仔細想想，放眼樂土境內所有高樂值的工作，無論是什麼性質，似乎都有一種「討人喜歡」的共同點，或許這也不是什麼令人驚訝的事，畢竟無論是樂土的存在，或樂值的制度，最終其實就是為了篩選出最適合在彼星延續人類基因的太空移民，那總不會是什麼適合孤僻怪人的差事。

至於那些乏味的、無聊的、重複操作就能熟練的事情，交給地球人和他們研發出來的機器就好了。那些原生食材、日常用品與建設所需的材料，有整個地球的人會幫樂土人做好，而樂土人的職責是努力提高自己的樂值，讓自己更值得被供養，畢竟，延續與傳遞優秀人類基因，是全人類該共同努力的事，而樂土人和地球人，就應該各自用不同的方式努力。

島不知道別人怎麼樣，但他經歷過樂值停滯在四十級、怎麼樣都升不上去的前半生，但重生後，卻可以直接從接近七十級的樂值起跳，如今的樂值很明顯地讓他比從前得到更多，但卻沒有更快樂。

反倒是因為經歷過兩種身分，他特別能理解「討人喜歡」是多不容易的事。

而女性，又比男性更不容易。

「我覺得你很了不起，要成為這麼好的陪伴女孩，一定做了很多犧牲。」島聽見自己說。「雖然陪伴女孩這麼多，但要做得像你一樣好，應該不容易。」

園保持著甜甜的笑，偏頭看著島好半晌，然後第一次在他面前斂起笑容，晶晶地看著他的眼睛說。「謝謝。」

島正為了園這個斂起笑容的罕見表情而驚訝，汐又再次無聲無息地出現在他的病床邊。

「兩位的活動如果結束了，那要請園小姐先離開了，探訪時間已經超過半小時，島先生也需要休息了。」不知汐究竟怎麼辦到的，她竟然能讓聲音都和本人一樣面無表情。

「哎喲，嚇壞人家了！」每次汐一出聲都讓人有種做虧心事被抓到的感覺，不過園不愧是頂級陪伴女孩，情緒控管非常到位，她只微微愣住了極短的時間，便瞬間回到那個表情豐富誇張的模樣，就連驚嚇地拍著胸口的模樣，都還帶著笑容，可愛極了。「汐姊姊，你不要突然出現又突然說話嘛！人家的樂值都快被你嚇掉兩級了，要是真的這樣，看汐姊姊要怎麼賠人家，嘻嘻！」

「園小姐別說笑了，我只有二十級樂值，還要分給我女兒用呢。」

「原來汐姊姊有家庭了呀，有家庭的女人怎麼還能工作呢？哎喲，難道這就是你的名字裡帶水的原因嗎？把丈夫孩子丟下來不管，他們真是太可憐了。」園每一個句子都伴著甜甜的笑。「不過人家很喜歡小孩喔，園可以看在你女兒的份上，下次超感連結時也讓汐姊姊一起進來玩喲，大家如果覺得你是樂土英雄和樂土甜心的好朋友，那也會喜歡你，你們家的樂值就會升得很快喔！聽起來很不錯對不對？更好的是，這種快速提高樂值的方法，汐姊姊你呢，需要做的就只是，讓我和島哥哥多聊一下就可以了，一點都不麻煩的喲。」

「我覺得滿麻煩的，雖然我的工作不討人喜歡，樂值也很低，但是讓兩位聊天不是我的工作，讓他有足夠的休息和治療才是，既然樂值都那麼低了，我更該做好自己的工作，不是嗎？」汐的聲音沒有一點起伏。

「請回吧，園小姐。」

「嘻嘻，真不愧是名字裡有水的女人呢。」

島還沒來得及想清楚該怎麼介入她們之間的話題，園已經迅速收攏情緒，帶著淡淡笑容輕巧起身，柔軟的紗質裙襬掃了半個圓，在島與汐都沒有反應過來前，翩翩走到病床邊，傾身親吻了島的，唇。

並不是蜻蜓點水的輕輕一吻，而是彷彿怕誰沒有看清楚似的，長長的印記。

「島哥哥，明天見囉。」

隨著兩人唇瓣分開，園的紗質裙襬又掃了個半圓，走向病房門口時，還輕輕丟了句話。

「汐姊姊，園的島哥哥就拜託你了，人家不在的時候，你要好好照顧他，明天要原封不動地還給人家喔。」

啊……島看著園離開的背影，沒有轉過頭，但已經感覺到身後那個如冰一般的女人，散發出了更森冷的寒氣，與他唇上還微微發熱的餘溫，恰成對比。

太可怕了。

「那個……我不知道你有孩子，那你這樣出來工作好嗎？孩子的教養、家務什麼的，該怎麼辦呢？」為了避免那道森冷寒氣隨著無語尷尬繼續發展下去，島趕緊隨口找了話題。「你丈夫覺得沒問題嗎？因為……一般說起來，已婚的女士不應該出外工作，尤其是家裡已經安排了孩子，這樣對孩子不……」

「既然您也同意我的情況看起來不像一般說起來的情況，那我覺得您可以不要用一般說起來的情況來衡量我，」她說。「您現在該擔心的是自己，我剛剛有注意到，島先生很用心地做了許多復健動作，雖然還不太自然，但您的努力值得嘉許，不過除此之外，我也擔心島先生的睡眠品質，睡眠對身心都非常重要，睡眠品質不佳，會嚴重影響出院的時間。」

「噢，睡眠……睡眠品質？」島頓了一下，他確實一直沒睡好，這是從進了重生所之後就沒有改善的老毛病，但他想不起來自己什麼時候跟汐抱怨過睡不好的事。「你怎麼知道我睡不好？」

汐也難得地停頓了手上的事，轉過頭看他。「我是偕護員，看您的臉色和黑眼圈就知道了。」

「噢，也是，哈哈，我還以為你趁我睡覺時偷看我哩。」

汐依然看著他，似乎不覺得這句話很幽默，只是靜靜地又將視線轉回儀器上。「您真的得趕快出院才行。」

雖然話題跳得有點遠，而且這句話讓人摸不著頭緒，不過想到圓頂上那張他渴望畫完的臉龐，盡快出院確實也是島的願望。「那，為什麼我還在這裡？我的手應該沒什麼問題了，雖然還沒完全好轉，但感覺恢復得很快，都只是些皮肉傷，似乎可以不用繼續住院。」

「我只是偕護員，沒辦法決定您繼續住院。」汐一如往常地沒有直接回應問題，盯著眼前儀器的表情似乎很煩惱。「但我知道，您最好趕快將睡眠品質調整好，不然這會是一大破綻，很危險的。」

「危險？」島不太理解這個用詞。「我知道睡眠品質對身體有很大的影響，但不至於危險吧？」

「對一般人的確不會。」汐盯著那些島看不懂的數值，憂心忡忡地嘆口氣。「園小姐早上送給您的那些新鮮牛奶，我幫您放在院內冷藏室保存了，待會我去幫您熱一杯，睡前喝應該有助於睡眠品質。」

「噢，原來你是把那些鮮奶……」島有點驚訝，因為早上園將鮮奶送來時，島幾乎還沒看到幾眼，汐就整籃收走了，園還趁汐不在時抱怨了一下，覺得汐肯定又手腳不乾淨，都把她送給島的昂貴食材藉幫忙保管之名占為己有了。島並不真的在意那些高級食材的去向，不過他確實也以為汐私自拿走了這些東西。「那就麻煩你了。」

「這是我的份內職責，島先生可以趁這段時間去花園散散步，對睡眠品質也有幫助。」汐說完便離開了病房，島也從善如流地起身，走到病房外頭的空中花園去。

託園的福，島雖然受限於自己樂值，住不了單人病房，但這間位於空中花園旁的病房其實也是園精心挑選過的。從窗戶就能看見花園裡的投影植栽，一片生氣盎然的風景，據說對病人的身心都相當有幫助，而根據走進花園就自動連線的語音導覽說明，此刻花園裡配合季節選植的銀杏樹，是一種地球常見的落葉喬木，每到秋季，整棵樹的葉片就會轉為迷人的橙黃色，搭配美麗的葉形與樹形，是非常受歡迎的秋季戶外投影素材；地面則是投影了一整片的彼岸花海，優美伸展的花形與搶眼的紅，搭配上銀杏的黃，讓一整個空中花園美得宛如一場彼星上的夢境。

雖然在島站上，大多數時候都是身在公用空氣濾淨罩裡，不太感覺得到季節變化，風雪雨雹都無須擔憂，不過若是真想感受季節變化，除了在虛擬樂土裡調整設定，在實相樂土也有不少高科技能夠做到。目前的投影植栽技術，還能搭配所在地的氣候、風向，微調落葉的飄落姿態與方向，擬真程度可以達到很高的等級，如果想要更進一步地感受，還可以選擇連線方舟系統，讓體感摹擬出花葉拂在身上的觸覺，甚至還能依照個人喜好，調整鼻腔裡感受到的香氣濃淡。

不過，語音導覽也強調了，銀杏樹並不是一種好聞的樹種，建議搭配其他樹種的嗅覺體感。島剛住進病房時嘗試過原始的銀杏樹嗅覺體感，立刻就關掉了。

據說這種樹木從前在這座島上並不常見，但科技發達能帶來的好處，就是全世界的樹木都能隨心所欲地投影出來，尤其是在嚴格防治各種傳染病的樂土境內，什麼花草鳥木蟲魚的，凡是會生死起滅腐朽循環夾帶病原的，全部都必須隔絕，這時，投影的自然景物搭配高科技的體感連線，就是樂土境內最宜人的風景。

穿過成片的金黃豔紅，島走到空中花園的邊緣，從位於高樓的空中花園往外望去。視野中一如他習慣的，是一片彷彿沒有盡頭的黑暗水域，水面上偶有渡船經過的長長波紋，浪尖隨著起落而明暗閃爍，反射的人間燈火都來自他所身處的這幢大樓，以及這幢大樓坐落的，這座島站。

這裡是天市站，就和水沒市的每一座島站一樣，都是純白色的正圓形站面，平面上沿著街道矗立著純白色的方正建築，加上建築裡的璀璨燈光，總能襯得島站外的鯨落湖愈加黑暗深沉，白日則在一片灰黃的霧霾中，顯得自身所處的島站環境格外潔淨。站在明亮的純白高樓空中花園往島站外的黑暗望去，會特別感到心安，特別覺得作為一個被保護的樂土人，真是一件幸運的事。

天市站是整個水沒市裡具備最完整醫療資源的島站，雖然不像以娛樂活動為主的紫微站那樣燈紅酒綠，不過作為水沒市中心三大島站之一，天市站已經擁有睥睨其餘二十八星宿站的規模，也難怪時間都這麼晚了，還有那麼多燈光能將附近的水面映得光點閃耀。而其中最巨大的光源，莫過於他頭頂上的明月燈了。

每個島站都有一個全像投影的明月燈，會在入夜後從島站東方出現，隨著時間過去漸漸移動到島站正上方，再緩緩往西邊落下，為每一座島站提供基本的夜晚光源。明月燈在島站西邊熄滅的時間正是午夜，這也意味著過了午夜之後，水沒市居民便不宜出門——沒有強制，沒有法律規定，但最好遵守，不然如果出了什麼事，警方前來協助時第一句絕不是關心市民遭遇了什麼危險需要什麼幫助，而會是「這麼晚了你還出門做什麼」。

島想起從前為了見到那張他甘冒風險也要畫在圓頂上的臉龐，經常會利用明月燈關燈後的時間，有幾次吃了悶虧，想起會被關切的那些問題，也只能摸摸鼻子算了。那時他們經常笑說，幸好現在的月亮可以關燈了，以前古地球的月亮關不了燈，那大家究竟該怎麼睡覺？而像他們這樣的人，又該怎麼樣才能見得到對方？

在樂土，明月燈關燈後不宜出門這樣的水下律法多不勝數，而且比起浮在水面上的規則，影響人們更為深刻。他們的生活中，充滿了這樣要說些道理也不是說不出道理的道理，那些道理通常邏輯崩壞得不堪一擊，卻又不容許質疑。

唉……島有些後悔地責備自己：他不該抱怨的，即使只是心裡想想也一樣。無論是這幢大樓，或是這幢大樓坐落的天市站，都如此俐落嶄新又先進，和他重生前居住的老舊水上公寓差距極大，彷彿他真的脫胎換骨、鹹魚翻身了似的，但他心裡知道，無論是重生前或重生後，他都還是在同一片水域裡，還是在近五十年前被淹沒在水下的那個地球城市之上，努力著不要被自己的生活淹沒。

回到病房前，島先經過了自己病房的窗前，透過沒拉緊的窗簾縫隙，他看見已經回到病房的汐，正將一杯純白的液體放在病床的桌邊。

一絲頑皮的念頭跳進腦海，島突然想要敲敲窗戶，看看那個總是冰冷自持、沉船無數的女人會不會被嚇一跳，他舉起手，彎起指頭，正準備在敲窗的同時露出嚇人的鬼臉，但指節還沒接觸到玻璃窗，他看見汐很快地左右確認了一下，然後小心翼翼地拿出一個裝著冰藍色液體的玻璃小瓶，往牛奶杯裡滴進了幾滴。

這天晚上，島沒有睡好，雖然他已經好一陣子處於沒睡好的情況，但這一夜又睡得比從前更加不好。

從花園回到病房後，汐一派淡定地否認了島所有拐彎抹角的試探，堅持那杯牛奶裡沒有其他添加物。考慮到在院內所有要進入自己體內的藥物食品都得經過偕護員的確認與處理，島沒有直說自己看到了什麼，只是故意拖延了喝熱牛奶的時間，雖然那杯熱呼呼白色液體的香氣簡直讓他想不顧一切地喝下去，但他在汐面前僅僅是虛應故事地假裝啜飲幾口，趁著汐收工下班後，將大部分的熱牛奶倒掉了。

於是，在這一切折騰之後，沒喝進肚子裡的熱牛奶毫無幫助睡眠的效果便罷了，滿腦子的困惑與懷疑，讓他的睡眠品質直線墜落，簡直是從紫微站那幢最高的娛樂大樓樓頂跳下去，直達充滿鬼魂冤孽的鯨落湖底。整個晚上他都被惡夢與現實胡攪成一團的迷糊爛仗折磨，幾乎分不清自己究竟是一直在半夢半醒間，還是夢見了自己在半夢半醒間。

而這還不是最糟的。

今天很難得地，園並沒有在探訪時間一到就喊著島哥哥島哥哥地衝進病房，病房中的安靜略帶異樣，島不確定那是因為平常這時該在的園不在，還是因為自己對忙著幫他換藥的汐心有芥蒂，只好假裝很關心對面病床那位大叔的出院進度，不斷找話跟正在整理私人用品的大叔閒聊，病房中始終有斷續的話語，但卻更顯出那無所不在的安靜。

所幸，也不幸地，這安靜沒有維持太久。

園衝進病房。

她總是用衝的，但這回並沒有伴隨著甜甜的聲音喊著島哥哥，而是一到他的病床邊，就用一種島沒有見過的表情怒目瞪著汐。「我承認我是不喜歡你，但還真沒想到你會做出這麼無恥低級的事！」

呃……島不明所以，只能尷尬地看著汐眼睛抬也沒抬地繼續低頭幫他換藥，一句話都沒說，表情一絲也沒動搖，很難看出她究竟是行端坐直不在乎，還是默認了什麼。

但究竟是，默認了什麼？

「園，發生什麼事了嗎？」

園沒有立即回應島，抿得緊緊的嘴唇微微地顫抖著，島盯著她看，這才發現她唇上的鮮紅不是妝容，而是不知何時咬出來的血跡。

「園？」

島又喚了她一次，她眼神依然死死地咬著汐，同時很快地拍了一下左手腕，再度在他們之間叫出一個播放影片的區域共享視窗，瞬間整個病房響起了令人坐立難安的淫聲穢語，影片上的場景毫無疑問地就是他們此刻所在的這個病房的這張床上，一男一女的交纏裸體顯然就是，樂土甜心與她的英雄。

因為病房氣氛凝重而正要拎著私人物品準備出院的對面病床大叔，聽到迴響在病房內那激昂放蕩的音效，也忍不住停了下來，一臉驚嚇地看著那個共享視窗，隨即發現島的視線瞥過自己，又趕忙假裝無事地溜出去了。

這就是園今天之所以沒有一到探訪時間就來病房的原因？

「偉哉領袖啊，這到底是什麼？」

島已經不知道自己究竟該驚訝、該羞窘還是該憤怒，畫面中的美貌少女擁有幾乎毫無瑕疵的柔滑肌膚，每一個狂野的體位變換都光影逼真細膩如假包換，每一次令人血脈僨張的仰頭呻吟，都伴隨著島這些日子以來每天聽慣了的「島哥哥」——這毫無疑問，是他與園的繁衍場景。

如果不是島非常清楚自己從來沒有和園發生過繁衍關係，他真的會相信。

不，即使是島，影片的真實細膩依然讓他一度懷疑自己：是不是曾經發生過，只是他忘了？

但這是不可能的。不可能的不僅是「如果有發生過，他不可能忘記」，更是「他不可能這麼做」。

至少，還不可能。

「能夠在這麼短的時間內，取得夠多我和島哥哥的影像和聲音，把這種超感全像做得這麼逼真的人，只有你這位名字帶水的偉大偕護員了。」

島突然意識到園的句子裡不再出現她慣以自稱的「人家」，這事太重大太切身，已經不再是人家的事了。

而且聽園說起來，這不是一般的深偽影片，而是讓付費者能夠代入角色的超感全像，也就是說……島倒抽一口氣——也就是說，只要付錢，人們就能藉由系統連線實際感受與他或園繁衍的體感，而做得愈細膩，使用者的感受也會愈逼真，當然也要付更多樂幣……這種只能在虛擬黑市流通的東西，絕不合法，自然沒有任何樂值限制，只要付得出樂幣，無論任何樂值階層都能輕易在虛擬樂土連結，還可以下載到仿生情人中使用，要是索價太高，還可能有好幾個人集資合購……

彼星啊……島可以想像園幾近崩潰的原因了。

「但……這不是真的。」島說出這句話的時候，連自己都覺得毫無說服力。

「根本不會有人知道這是不是真的，就算他們知道是假的，也不會影響到這個……這個玩意兒的……」園再也說不下去，暴雨般地哭了起來。「而且全樂土都知道！全樂土都知道我喜歡你！昨天我們還和大家用這個病房辦了即時超感活動，他們當然會把活動花絮放上各大社群平台，大家一比對就知道，這個病房這張床就是你的病房你的病床沒錯，這個超感全像還做得那麼真實，根本不會有人懷疑這是假的！」

園哭得柔腸寸斷，抽噎的鼻頭泛紅，淚水爬滿臉頰，明亮的藍色大眼卻仍不斷沁出淚，島非常心疼，但真的想不出任何方式安慰她。

然而同時他也意識到自己內心深處的某種奇特感受……他沒有感覺到像園那樣強烈的打擊和被剝奪感，其中一個原因顯然是因為自己的性別，另一個原因是自己的樂值和知名度都遠低於園，這兩者相加以後，讓他看起來像是，占了便宜——雖然島並不真的占了便宜，但總是「別人看起來沒什麼吃虧」，這讓他至少是鬆了口氣，因為大多時候，別人認為你怎麼樣，比你是不是真的怎麼樣，還更加重要。

他當然知道自己不應該有這種感覺，尤其這種感覺還是建立在園的極度受辱感之上。但最重要的原因，其實是，這個超感全像裡的島，是重生後的他想要成為、或至少讓人相信他是的那個模樣——這幾乎，可以成為他的保命符。

「誰會在乎是不是真的！誰會在乎這是搭了一個和病房一模一樣的場景找了演員來演再換臉，還是直接用動畫技術做出來再換臉！誰會在乎！他們、他們……」園恨恨地瞪著正在為島的手臂包紮收尾的汐。「我做了什麼事讓你要這樣對我！我以後怎麼辦！我是陪伴女孩，是活生生的人，不是仿生情人耶！我不是拿來滿足繁衍欲望用的！我做了什麼？我到底對你做了什麼沉湖的事，你要這樣對我！就因為我吵著要多陪島哥哥一下？你說啊你，為什麼！為什麼！」

「我真的，對這件事感到很抱歉，也很難過……」汐完成了他的傷口包紮，起身面對園，有一瞬間，島真的以為是汐幹了這件事。「但這不是我做的。」

「不是你還會有誰！」

「我不知道，但不是我。」汐靜靜地說。「我不能讓你違反探訪規則，是因為讓島先生多休息趕緊好轉是我的工作，我有責任，我只是做好我該做的事。」

「什麼工作？笑死人了，我的工作才是真正的工作，你那種二十級樂值在做的破事也叫做工作？那種事隨便哪個人形機都會做，政府是怕你們這種低樂佬閒著跑去搗亂做壞事，才把這種事撥給你們做的，你不要自以為有個什麼正當工作，你們這種不討人喜歡、沒有開創性、沒有天分又沒有品格的人，才會做這種只靠技術不用大腦，隨時可以被取代的工作！」

島看不出園的口不擇言究竟有沒有傷到汐，她仍是靜靜地不起一絲波瀾。他想說些什麼緩頰，但想到昨晚汐趁著自己不注意時滴進牛奶杯裡的不明液體，還有昨夜某些他不確定是夢境還是現實的片段——他還是決定吞回嘴邊的話。

「我真的為您發生的事情感到很抱歉，我是真心的。」汐說。「但我想讓園小姐知道，那樣的全像不能減損真正的您，請不要被那種事情打倒。」

「偉哉領袖啊，你這種基因素質，究竟是怎麼進到樂土來的？」島第一次見到園這樣對著天花板一角冷哼的表情。「我說你這個名字帶水的女人，不要自以為知道真正的我是什麼好嗎？我很清楚，我就是很多人的喜歡堆起來的，我就是。這影片要是減損了別人對我的喜歡和好感，那就是減損了我，你這種樂值的女人根本不會懂！不要自顧自地說那種好聽話！」

汐沉默了一下，然後點點頭。

「園小姐說得沒錯，這是我的不對，很抱歉。」汐說。「但是，現在還是要請您離開病房，島先生需要安靜休養才能趕緊好轉出院，雖然您不將我的工作當一回事，但我不能讓您影響他恢復的進度。」

「好啊，終於露出馬腳了吧！」園冷哼一聲，眼裡的淚已經收乾，顯得她的藍眼睛更冷。「你就是想要毀掉我的名譽，趕我走，然後自己接收島哥哥對吧？我昨天一走出病房就查了你的公開資料，我本來還想，一個女人，不僅名字帶水，而且有了家庭還在外頭工作，這種事簡直聽都沒聽過，一查才知道，你根本沒有丈夫！名字帶水的女人，沒有男人願意跟你結婚這也合理，但沒有丈夫卻有女兒，這本身就不合邏輯，婚姻是一生一世不可分割的，所以你丈夫肯定是被獻給繁星了，既然如此，家中的子女就該被安排到其他家庭吧？我是不清楚你們這種樂值到底規定有沒有不一樣，不過可以肯定的是，你樂值太低，根本找不到男人來遞補男主人的位置，也沒有收入來源只好出來工作，你肯定是看島哥哥是藝術家，樂值還是你的三倍不止，所以想要攀上他，跟他結婚，我沒說錯吧？」

汐沒有反駁，只是再度輕拍了左手腕。

兩架安保人形機很快地滑進病房，一到園的身邊，其中一個便先扣住園內置晶片的手腕位置，島很清楚那是預備強制接管個人方舟系統的前置動作，如果園不肯配合，後果不堪設想。

重生前，他曾幾度領教這種滋味，那就像是自己的身體被另一個靈魂奪去控制權，「自己」只能縮在意識的最角落，眼睜睜看著身體被另一個更大的權力操控。

猶如惡夢。

這種滋味他再也不想領教一次，也絕不願意園親身感受，哪怕只是一次，都會讓人對自己的存在價值充滿懷疑。

「等等！我覺得，我……」島在還沒想清楚之前便直覺地喊了出來。「我覺得，我今天很需要園在身邊，被關在醫院裡幾天，我有點悶，她如果可以在我身邊，跟我說說話，對我來說是很好的，因為……呃，心情愉快應該對恢復很有幫助？」

這是一番連他自己都覺得毫無說服力的說法，但汐看著他，停了片刻，接著點頭了。

「島先生說得沒錯，那的確對您的身體有助益。」她對安保人形機下達指令，它們放開了園的手腕。

「園小姐對我有很多不滿，這我都能理解，但您在這裡的時候，島先生確實比較開心，比較放鬆，這對他的傷勢幫助很大，也能讓他盡快出院，我想這是我們三個人共同的目的，為了達到這個目的，我希望園小姐可以答應我，您在病房裡的時候，請不要和我爭吵，盡可能做一些讓島先生減輕壓力，而非增加心理負擔的事情，如果是這樣，我很樂意讓園小姐留在這裡。」

園瞪著汐。

「我會把這件事查出來，然後用證據讓你接受應有的懲罰。」園從牙縫間擠出字句。「在那之前，我同意你的請求，我會在這裡陪島哥哥，不會鬧事。」

汐點點頭，經過她的身邊，和兩個人形機一起離開病房，他們消失在視線中的那瞬間，園像是突然消了氣似的，原本硬撐著的表情全垮了下來，跌跌撞撞地撲向病床上的島。

「島哥哥——」

「好了好了，沒事了，乖。」

抱著懷裡壓抑著聲音低低啜泣的園，島既心疼又不捨，他什麼話都沒說，只是輕輕地拍著她，讓她把想說的話一股腦地都說出來。

「才不是沒事！才不是！」園大哭起來。「人家早上起床正準備要來看你，結果就被父親大罵一頓，說人家丟家裡的臉，做出這麼不要臉的事，讓人占便宜！還說如果你以後不跟人家結婚怎麼辦，誰還會要園這種破鞋，嗚嗚嗚嗚……」

哎，結婚嗎？結婚啊，這個……

「然後人家的方舟系統就被訊息塞爆了，一大堆輿論師發出採訪要求，有的人甚至混在追隨者裡硬塞全像進來，但人家又不能關掉追隨者的通知，好像人家心虛似的。你知道嗎？好多追隨者問園這是不是真的，園說不是，他們就安慰園，可是人家覺得他們根本就不相信，那實在、實在做得太逼真了。」

確實逼真。即使是當事人，島也一度懷疑自己的記憶。

「然後，然後他們就說……就說，這樣白白被換臉做成深偽全像實在太不划算了，要不然，要不然……」

太不划算？這個說法很特別。

「要不然，乾脆來做一場真的，自己賣還能打著正品打擊仿冒的名號賺錢……」

真是非常特別的想法……等等，什麼？「乾脆來做一場真的」是什麼意思？

島驚愕地低下頭，看著撲在他懷中，也正抬起頭來看他的園。「來……來做一場真的？」

「你不要這樣看人家，人家會害羞。」園嘟著嘴，眼神卻沒有一絲羞怯，定定地望著他，那雙眼睛與那道紅唇，彷彿一個專屬於他的祕密邀請。「我的意思是說，既然事情變成這樣，那不如我們順水推舟地結婚，然後推出合法的超感全像……」

「結、結婚？」島張口結舌。「這……好嗎？」

「島哥哥該不會不想跟樂土甜心結婚吧？」

島艱難地吞回了嘴裡的話，支吾半晌。「問題，不是那個，我只是，覺得，拍攝全像實在……」

「園懂了，島哥哥不想要被大家看見你的好棒？現在很少人這麼害羞耶，島哥哥真老派，之前你搭我的肩時我就感覺到了，現在哪裡還有人用這麼委婉的方式表示好感呢？都是一上來就直接約繁衍行程的，不過呀，園很喜歡這種老派的男人喔，就跟基本教材裡的一模一樣，真可愛！」

島沒想到自己做得這麼彆扭的「復健動作」，在園的眼裡竟然只是委婉的表達好感，恐怕一點也沾不上男子氣概的邊。幸而園非常擅長安慰人，他聽著聽著，都差點要以為自己很正常。

不，他的確很正常，他必須要很正常。

「不，我倒是不介意，樂土上哪個男人沒有好棒？我沒必要藏著，只是呢，結婚後你可是要跟著我的樂值計算，你說你因為這個深偽全像，瞬間掉了十級的樂值，跟我結婚還得再掉個十級不止，你怎麼受得了？」

「人家喜歡你嘛！」園拉著他的袖子甜蜜蜜地喊。

「喜歡我喜歡到可以忍受樂值掉那麼多？這不合理……」

「哎呀，老實說呢，人家聽父親說了些議事廳的內幕——這麼說吧，這規定很快就要修法調整了，因為很多中低樂值男性因為樂值太低，沒有女人願意跟他們結婚，於是聯合抗議，吵著要平等的結婚權，所以議事廳已經將這個修法列入議程，以後不會硬性規定結婚時必須以男性樂值為主，讓打算結婚的男女可以選擇其中樂值較高的一方作為婚後家庭樂值的依據，這樣一來，我們結婚的時候就可以用我的樂值了呀！」

「居然有這種事？那，為什麼還要為了他們修法？這些中低樂值的男人為什麼不去找跟他們樂值差不多的女人結婚就好？」

「樂值跟他們差不多的女人不想跟他們結婚啊，現在女生可聰明得很，如果結了婚樂值也提升不了多少，那乾脆不要結了，要不然，現在有很多男人看準了女人結婚以後不能拒絕繁衍邀請，就打算靠妻子和其他男人的繁衍績效來提升家庭樂值，自己什麼都不用做，等著妻子把自己的樂值提高就好了。」

「那，那你不怕我也是這種人嗎？你可是樂土甜心，一旦結了婚，開放繁衍，一定會有很多人來邀請你……如果結婚前就得靠你得到高出現在二十級的樂值，那結婚後也可能靠著你繼續提升樂值……」

「不用等結婚啊，現在只要有人來摸園屁股或摟摟腰，園就會發號碼牌給他們，請他們等人家結婚以後再來。」看著島驚得瞪大眼睛的表情，園忍不住笑出來。「你的表情也太地球了！真可愛，園當然得這樣才能擺脫他們啊，不然人家可是陪伴女孩耶，要是被摸個屁股就兇巴巴地罵人，那人家的樂值會掉得比你還低的！」

「那，那……」島想不通。「那你為什麼要結婚啊？」

「如果不是遇見你，我說不定還真的找不到人能結婚呢。」園還是笑著，但笑容和平常有點不太一樣。島這時才發現，她又忘了用第三人稱說話。

「你可是樂土甜心，怎麼會有找不到人結婚這種事？」

「島哥哥，你弄錯了。是有很多人想找我結婚，但我沒找到能讓我想結婚的人，」園輕輕地說。「在遇見你之前。」

怎麼可能呢？

島如遭雷亟地看著園那雙亮晶晶的眼睛。樂土最受歡迎的陪伴女孩，怎麼可能好不容易找到一個想結婚的對象，居然是像他這樣的男人，連那麼老派的「復健」動作，都得刻意練習的男人……

「咦，大叔，你站在那裡做什麼？」

島還沒決定自己究竟要如何回應那雙亮晶晶的眼睛，便聽見園爽朗的招呼，不自覺跟著園的視線望去。

剛剛離開的那位大叔不知道回來病房多久了，正呆呆地站在一旁看著他們。

「大叔今天辦出院。」島幫忙解釋。「是忘記拿東西了嗎？」

「對、對……」大叔的眼睛似乎不太舒服，眨得頻繁而不自然。「我忘記拿東西了。」

「那怎麼會一直站在這裡看？剛才是被我們登對的模樣震懾到了嗎？」園笑著眨眨眼，一旦有外人在，她便幾乎是本能地轉為陪伴女孩工作模式。「好啦，大叔你趕緊去拿你忘了的東西吧，恭喜平安出院噢！」

「喔，好，不過，那個……」大叔靦腆而和善地傻笑著。「我、我女兒很喜歡園小姐，我想說，如果可以跟你們兩位一起合照，那她一定會很開心……可以嗎？」

「當然呀！我們來拍動態的吧！」園立刻站起身，眉眼都甜蜜地笑著，微張雙手表達歡迎。「大叔你來站在我們兩個中間，然後……你女兒叫什麼名字？幾歲？」

「我……呃，她叫做芳，今年九歲。」

「那怎麼在你住院期間都沒看到她來探訪呀？」

「她、她平常要上學，我覺得她這麼年輕一直到醫院來也不太好，就叫她不要來了……」

園似乎只是隨口一問，並沒有很認真聽大叔的解釋。她親愛地攬住大叔的手，丟出了自己的飄浮追蹤攝影球，攝影球一在空中定位便立刻展開美肌光圈，顯然是最新款的專業版。

「可以稍微換個表情或動作比較不尷尬，那我要開始囉，大家對著鏡頭笑嘻嘻……親愛的芳，謝謝你對園的支持，你有一個很疼愛你的父親喔，要好好吸收知識流，將來幫父母親升級樂值，當個好女孩，知道嗎？樂土可是容不下壞孩子的噢！」

對著眼前的攝影球，島和大叔兩人都有點不知所措，倒是園爽朗俐落地拍完了短影片，並且傳給了大叔。「大叔知道芳的社群帳號嗎？人家可以上傳到我自己的社群上，然後再標記她，這麼一來她應該會更開心喔！」

「我、我不知道耶，哈哈。」或許是受寵若驚，大叔的表情略微尷尬。「那個……小女孩不會想讓父母知道他們的社群帳號啦，她們……她們好像外星人，我都覺得，她們跟我們說的語言好像不一樣似的……」

「哈哈，大叔真愛說笑，現在就連地球人也都一律使用祖語了，還真的得是外星人才會說不同的語言哩！」園不負頂級陪伴女孩的名聲，殷勤又甜蜜地送大叔離開病房，還站在病房門口對他揮手道別。「大叔回家也要保重身體喔，那我們就彼星見囉。」

大叔在一迭連聲的道謝與傻笑間，離開了病房，園回到島的床前，歪著頭看他若有所思的表情。

「島哥哥在想什麼？還在想要不要乾脆來一次真的嗎？嘻嘻。」

「啊？不、不是啦……」不只是大叔，連島在園的面前也會被她逗得話都說不清楚。「只是剛剛大叔說的話讓我想起昨天晚上做的夢……」

「什麼嘛，你不是夢到人家，居然是夢到大叔嗎？園可是絕對不會接受這種事的！」

「不是啦！」看見園又調皮地笑起來，島也忍不住笑。「我只是……這麼說好了，園，現在，的確是整個地球，包括樂土，都是一律使用祖文和祖語，對吧？」

「這是什麼問題？你不如問人家太陽是不是真的打東邊出來，碰到化外的動植物是不是真的會染病好了。」園先是失笑，發現島一副真心苦惱的樣子，便打趣地說。「怎麼了？島哥哥聽說什麼神祕的語言嗎？」

島皺起眉頭，深吸了一口氣。原本只是開玩笑的園，也開始感覺事情有點不對勁。

「咦咦，不是吧？你該不會發現了什麼舊地球語的印刷品？那種東西得要趕快銷毀和通報才行，不能自己留著喔！」

「我知道，我沒有發現什麼奇怪的印刷品，我只是……好像有聽到某種奇怪的語言……」

「什麼意思？你在哪裡聽到的？」

島有些遲疑，但自己的確找不到任何人商量，便說出了昨晚在半夢半醒間，好像聽見汐在他床邊遠端通話，但所用的語言似乎和他們所熟悉的通用祖語大為不同。

「園就知道！那個女人怪怪的，一定有鬼！」園氣呼呼地說。「那個時間她早該下班了，根本不應該還在這裡才對啊！她一定是趁你睡著在這邊搜集做深偽全像的素材！島哥哥，你記得你聽到什麼嗎？」

「我、我其實不確定她是不是真的在我床邊，記憶實在太混亂了，再說，我根本聽不懂那個語言，更別說記到現在……說真的，我根本不知道那是我夢到的，還是真的發生了……」園的激烈反應，讓島決定隱瞞昨晚牛奶裡不明液體的事。「不過，我記得很短的一段話，也不確定有沒有記錯，你要聽聽看嗎？」

「當然！」

「那句話、那句話好像是這樣……你毋免佇遐想空想縫，伊陷眠的代誌我會處理。」

「什麼？」園一臉懵。「你講完了嗎？什麼什麼縫？」

「就是，想空想縫……唉，我也不曉得我到底在說什麼，但就只是記得這樣，還有什麼……唉，我真是記不清楚了。」島努力回想，最終還是嘆了口氣。「我真的不太確定是夢還是現實，但，我跟每個人一樣，從小就只接觸過正統祖語，沒有道理我在做夢的時候會突然冒出不是祖語的語言，所以這應該是我在現實中聽到的，不是我憑空夢見的，對吧？」

「島哥哥這不是說廢話嗎？誰不是從小只接觸正統祖語的？」園歪著頭想了想。「不行，不管怎麼樣，園都覺得，那個女人太奇怪了。先不說她利用和我們長時間相處的機會竊取了我們的影像來做深偽全像，光是讓這種名字裡帶水的陰沉女人來照顧島哥哥，園就覺得很危險。」

「園……我知道這件事對你傷害很深，是很嚴重的犯罪，我也同意這種事很不應該，但你不能就這麼咬定是她做的。」

「聖哉祖國啊，島哥哥，我們從紫微站的事件之後到現在，也不過短短幾天，能做到這件事，還把細節都處理得這麼天衣無縫，根本不可能是其他人好嗎！」園氣沖沖地說。「你知道嗎？人家的樂值從九十七級掉到八十五級了，八十五級耶！人家的樂值從出生到現在從來沒有這麼低過！只差一點點，人家就連彼星銀的髮色都不能用了耶！雖然報案的時候，他們說只要經過詳細調查，確定那個全像是假的，大家對園的好感度就能拉回來，園就可以恢復原本樂值，但人家根本不用等到調查結果出來，現在就知道我們是被陷害的！人家怎麼可以讓她繼續待在你身邊？如果她想要的更多呢？如果她做的壞事不只是製造深偽全像呢？」

島沉默了，他想起昨晚那杯可疑的熱牛奶，那些不確定是不是夢的奇異語言，以及汐總是彷彿能輕易看穿他心中祕密的能力——不知為何，他的心底確實傾向相信汐不會傷害他，但有太多難以說明的疑點，讓他不斷地懷疑自己的直覺。

難道昨夜汐真的在他的牛奶下了藥？還在下班後在他床邊，和遠方不知道是誰的某個人通話嗎……怎麼可能呢？她明明還得回家照顧女兒，他們家裡可沒有男主人能幫忙照顧……

島想起園的話。

是了，樂土怎麼可能會出現沒有男主人的家庭呢？一旦父親角色空缺超過一個月，該家庭裡的孩童就會立刻被安排到其他雙親完整的家庭，破碎的家庭對孩童的身心傷害太大了，是絕對不容許的事。汐身上有太多不可能了，這反倒讓每一種謎團在她身上都算不得奇怪，那麼——如果她真的會講祖語以外的非法語言，或者盜用他們的影像製作深偽全像賺錢，那又有什麼不可能呢？

更何況，她是個名字帶水的女人。

島感覺自己對汐的單方面信任正逐漸動搖。

☾

這天，園不但絲毫沒有打算挑戰探訪時間的規定，甚至比平常還提早了一些離開，離開前對他說：「島哥哥，你放心，我不會再讓那個女人傷害我們。」

島一直知道，她在汐屢次衝突後，本就打算透過關係讓島換一個偕護員，之前自己還想著趕緊出院就好，別節外生枝，對園的想法不表贊同，但這天，他什麼都沒說。

汐彷彿沒有感覺到園在或不在似的，照常地安排他的各種復健與換藥療程，甚至還為他帶來了一個好消息。

「您的出院申請已經通過了，明天再做一次全身的精密檢查，沒問題的話就可以準備出院。」

「真的嗎？」島相當驚訝，他原本就覺得自己的傷勢不算嚴重，也搞不懂自己為什麼要在醫院裡待這麼久，但沒想到汐竟然直接幫他提出了出院申請。

「是的，因此剩下的時間，請一定要好好照顧自己身體，趕快出院。」

汐一直很在意他能不能趕快出院，甚至比他自己還在意——這個一直以來顯而易見的事實，此時才真正跳進他的心裡。

但為什麼？

「謝謝你，但我好像沒有申請出院？」

「的確是，但我的工作是為島先生做最好的設想，因此之前試著申請了出院手續，您最好在還能出院的時候出院。」

島心底掠過一絲陰影。「汐小姐的意思是……」

「我沒有什麼意思，只是很期待您回到崗位上，趕緊完成紫微站大廳的那幅傑作，代表作完成之後，您的樂值和存款都會飛快攀升的。」

「是啊，」島垂下眼，略帶苦澀地笑了笑。「只可惜，雖然將來官方會對外宣稱那整個大廳壁畫都出自我的手筆，但其實我只能設計草圖，還不能照自己的意思設計，而且那些大部分都不是我畫的，就連少部分我被允許自己動手的部分都……唉，還不如以前自己畫著好玩呢。」

「不，那就是您畫的，就是您的設計。」汐眼神堅定地看著他。「只要您非常篤定，對自己對別人都非常篤定，那就會是真的，至少別人看起來是真的，就夠了。既然你已經選擇了這樣的生活，那就好好順應並接受這個生活隨之而來的一切，別再往回看了。」

汐彷彿意有所指的話，讓島再次感到心虛，但這次他不想再閃躲，試探地回望她削瘦的面容。「汐小姐難道能讀取我的方舟系統嗎？你怎麼會知道我現在需要什麼？」

「我可沒有那麼大的權力，我只是很清楚在樂土生存需要付出什麼代價。」說到這裡，汐的語氣意外地柔和了些許，帶著一點對同伴說話的理解。「您說您不能照自己的意思設計，那麼，您原本想要怎麼設計呢？」

島眼睛一亮。「喔，那個大廳，我的想法可多了！尤其是那個圓頂，一看到就覺得該……」

「畫成星空？」

「畫成星空！」

島沒想到素來少言的汐竟然會插話，而且還和他說出了一樣的想法，他怔忡了半晌，看著眼前這個離年輕貌美很遠很遠的女人，有點不確定自己是不是瞥見了她一閃而過的笑意。

「對，星空，你也這麼覺得嗎？」島忍不住抬起手，在自己和汐的頭上畫了一個大弧。

「那是只有在基本教材裡才看得到的東西！如果可以重現在規模夠大的圓頂上，那不是一件很彼星的事嗎？」

「我只有二十級，可能不知道什麼才叫做很彼星，但我可以想像那樣會很美，」汐的目光隨著島的指尖在空中滑過。「啊，其實我也好久沒有想像了，太習慣想到什麼眼前就出現視窗，我差點要忘記怎麼想像了。」

「你以後可能要繼續想像了，因為這個星空的提案完全被無視，後來畫上去的東西，完全不是剛剛說的那個樣子。他們要我修改的設計方向，不外乎就是一些提倡樂土價值的傳統故事，當然，還有祖國當初怎麼樣在世界各個邪惡強國中力抗暗黑勢力，毅然決然在第三次世界大戰中團結了少數幾個盟邦的力量，以一擋百地打敗邪惡聯盟，贏得世界和平……」

「然後改正了易於區分敵我的各國圈地惡習，將整個地球團結起來，統一政治版圖，成立世界聯合政府？偉大的祖國國家主席在動盪局勢中毅然扛起了世界聯合領袖的重任，不僅明定歷史悠久的祖國語言文字為全球唯一語言，還力排眾議，在全地球人民之中不分種族地選拔出基因最優秀的人類，全數移居至一座大島，並成立樂土特區，傾全球之力保護供養，以備星際移民技術成熟後作為優先移居外星的選擇……」

「聖哉祖國啊！你背得很熟耶，我那時畫設計草圖時還得一直回頭去查知識流，要是當時你在旁邊就好了，你對這段歷史熟得簡直可以當顧問了！」

「我們這種樂值低於四十級，住在城寨島裡的人，幾乎每天睡前都得強制複習這一段知識流，您要是跟我們樂值一樣低，您也可以背得出來。」汐居然笑了起來，島看著她微微低頭依然忍俊不住的笑容，忍不住自己也跟著大笑。

「這麼說來，你們才該是樂值最高的樂土人啊，六十級以上的人幾乎不可能背得出來這些東西耶！」

「這可能就是高層堅持要您在人來人往的紫微站大廳畫這些歷史故事的原因？因為根本沒有幾個樂土人還記得祖國領袖的偉大事蹟？」可能是很少笑的關係，汐的笑容讓島一時難以移開視線。

「偉哉領袖！你這推論未免也太有說服力了，很有道理耶！我要是當時能這樣想，就不會覺得水沒市根本是一群不懂裝懂的地球蠢貨在管理了……」

島話沒說完，就想起自己在醫院病房這樣半公開的空間裡，輕易大放厥詞很可能惹來麻煩，連忙改口。「後來想一想，這樣的指示也很有道理，畢竟我們不需要星空這種東西，我們的島站已經鑲滿了亮晶晶的燈火，我們自己就是星空了，而且未來要移民彼星時，會有很長的時間看真正的星空，也不需要急於一時啦。」

「是啊，反正這湖面上不管白天晚上都是厚厚的空汙，誰知道外面還有沒有星星呢？說不定這霧霾之外早就沒有星星了，星星可能都掉下來，變成我們的城市了……」汐若有所思地低語幾句，那語調不像平時拒人於千里之外的模樣，讓島很渴望多聽一些，絲毫不想打斷。「不過，說到移民彼星，這種事還是交給你們這些高樂土吧，我的樂值只有二十級，偕護員的薪資也勉強能夠讓家裡的日糧列印機每天印出足夠的食物，讓我和女兒溫飽而已，移民彼星這種事連想都不敢想，況且，人生已經很難了，移民過去之前還得把身體冷凍起來，將意識暫放在虛擬樂土，何苦呢？島先生一定也聽說過自己的父祖輩在虛擬樂土裡因為沒有身體的空虛感而變得比以前更難相處的例子，有的暴躁，有的憂鬱，還有的瘋狂花錢，和子女的關係因此決裂……我怎麼想都覺得，這輩子過完就過完了就好，有些人留在記憶裡，可能對彼此都是好事。」

聽著汐的話，島忍不住想起自己在圓頂上未完成的那張臉龐，心頭飄來一絲惆悵的同時，也再度警覺到，汐似乎總是意有所指的說話方式。

腦中突然湧進好幾個想法與畫面，包括那天加進牛奶裡的不明液體，以及園和自己的深偽全像……島決定停止這個話題。「話說回來，如果我太快出院，你不就少了一筆收入，還得再等下一個需要偕護的病患嗎？」

汐似乎感受到島的戒備，並沒有立刻回答問題，只是斂起笑意，恢復到平日波紋不驚的冷淡表情，靜靜地看著他，瘦得出奇的臉龐，襯得兩顆黑色的眼珠特別明亮。「不要緊的，兩位的深偽全像夠我不愁吃穿好一陣子了。」

那就好……咦？等等。「你說什麼？」

「我剛剛在開玩笑。」汐沒開玩笑、有開玩笑與解釋自己在開玩笑的表情，都是如出一轍的清淡。這簡直讓他覺得自己才是個玩笑。

「噢，這樣啊……」

「我剛剛說開玩笑，指的是那個深偽全像無法為我帶來任何一個樂幣，所以說什麼不愁吃穿是開玩笑的。」汐接下來的話讓島遍身發寒。「但是，那個深偽全像確實是我製作和散播出去的，我還在裡面加了一個小小的病毒程式碼，會攻擊使用者晶片裡的性感知功能，所以如果接下來幾週有誰抱怨自己的性感知功能失常，十之八九就是偷偷下載了那個全像。」

「……什麼？你、你為什麼？但你說不是你做的！你說，你知道那樣會傷害園，你還跟園說，那不能減損真正的她……」

「我說了謊，那是我做的沒錯。」汐承認說謊的表情泰然自若，簡直和她說自己沒說謊一樣坦然。「但我也沒說謊，我確實認為那種東西無法減損真正的她。」

「樂土在上！你怎麼能做了這種大溺不道的事，還說這種風涼話？你不是沒有看到，園的樂值一下子掉了十級，而且所有人都不諒解她……」

「但那減損了真正的她嗎？」汐的語氣近乎冷酷。「沒有，人的價值不能用樂值來衡量，即使是樂土人也一樣。」

「你說什麼傻話！當然就是靠樂值衡量！」島怒從中來。「你怎麼都不為那個女孩想想？她才十六歲，甚至還沒有結婚啊！」

「你為什麼會覺得一個十六年來每天都養尊處優的高樂值甜心，會需要我一個二十級樂值的大媽來為她著想？你怎麼不為我想想，要做那種噁心的全像，我得投入多少樂幣和多少時間？

而且一分錢也拿不回來。」

「不拿一分錢？我不信，如果不是為了錢，這麼做對你到底有什麼好處？」

「你信不信我都無所謂，我說了，這麼做並不是為了樂幣，我們這種二十級的樂值，坦白說，就算有滿手樂幣也不見得有用，你可以去查，一個樂幣也沒掉進我的帳戶，做這件事對我並沒有好處。」汐說。「但這個全像對你來說很有好處，它能夠直接確立你在絕大部分人眼中的形象，你再也不必努力假裝你很正常，他們眼裡的你就已經正常得令人羨慕了。」

島察覺到，這時的汐已經捨去了那個極有距離感的敬稱「您」，是因為她察覺了自己的祕密，所以覺得這樣的他根本不值得尊敬嗎？

「我……我本來就很正常。」

汐竟然笑了出來。「這句話你騙騙別人也就罷了，拜託，你連我教你的復健動作都做不好。」

島吞了一口口水，哽住他喉頭的什麼東西卻依然那麼難受。

她知道？她都知道？她為什麼會知道？她想拿這個來要脅自己嗎？

「我知道，但我什麼都不會說，」汐像是知道他想說什麼似的，在他什麼都沒說的時候，回答了他的問題。「做出那種全像當然會傷害別人，所以我的確掙扎了一下要不要這麼做，可是我答應過某個人，會好好照顧你。我盡力了，但你真正的問題比我想像還嚴重，為了讓你趕快出院而且可以在出院前搞定這一切，我只好破釜沉舟。」

「我……」島愣住了。「你做出那種事，是為了我？」

「不，我是為了我自己，為了讓我在乎的那個人安心，因為他很在乎你。」

汐的用字很簡單，語氣很清楚，即使沒有明說，島也聽得出來她指的不是園。

當然不是園，當然不會是一個可以在這裡說出來的名字。

島張開嘴，差點，差一點點，就要說出來了。

汐說的那個人是誰？是他想的那個人嗎？但怎麼可能？

島的心底閃過他在紫微站圓頂上畫壞了的那張臉，那雙桀驁不馴卻總是若有所思的劍眉與鷹眼，那道他永遠不會忘記的微揚唇角——千百個念頭在他腦中碰撞，但沒有一個，說得出口。

「這麼做確實比較暴力，也絕對不是最好的做法，但是可以在最短的時間內解決我們所擔心的問題，接下來，只要你自己不破壞這整個局就可以了。」汐看著無法說出任何一個字的島，自顧自地說下去，語氣彷彿比平時更冷。「不過你的睡眠狀況還是很讓人擔心，在院內的時間應該不多了，出院後，如果你打算維持現況，睡眠狀況的調整還是很重要的。」

不知為何，島特別覺得「維持現況」這幾個字特別刺耳。

「你睡不好的時候經常講夢話，講夢話是很容易洩露真實想法的危險舉動，比如說，如果我在你身邊，那麼你的夢話會洩露出你的惡夢內容，你的惡夢如果被別人知道了，那就會成為現實中的把柄，那麼，如果你之後換了一個偕護員，甚至出院後有一個新的隨行智能助理，能記錄你的夢話，回傳到哪個人或什麼單位手上，那會是，非常，非常，危險的事。」

汐的語速降慢，幾乎有一種恐怖故事的效果。

最恐怖的是，島很清楚自己的確會講夢話。

「但是……你為什麼會知道我常常講夢話？」島的話才剛出口，不需要汐回應，便瞬間恍然大悟，自己之前半夢半醒時的模糊記憶都是真的！

同時，一股驚悚的戰慄爬上了他的脊背：難道，偕護員和隨行智能助理其實都肩負著某種監視與記錄的任務？但為什麼？因為他是個重生者嗎？

「但製作這種超偽全像是犯罪行為，而且，這樣對園太不公平了！」

「你想想你的身分，再跟我說犯罪這兩個字吧。」

「……你到底知道些什麼？」

「我知道你所有最不想讓別人知道的事。」汐點點頭，仍然波瀾不興的表情，竟讓他覺得汐的態度雖然討厭，但莫名的，可以信任。「不過我答應過別人，所以我不僅會為你保守祕密，還會盡我可能，不讓任何人知道你的祕密，就連做出那種缺德的全像都在所不惜。」

汐沒有解釋她口中的「別人」是誰，似乎認為沒有必要解釋，又像是認定島當然知道那個人的身分。汐只是逕自拉上了他病床邊所有的簾子，接著在口袋裡摸出一瓶小小的玻璃瓶，要他將手伸出來，滴了一些瓶中的液體在他的手上。
液體相當黏稠，但閃耀著冰藍色的光澤，與一股難以言喻的香氣。
「這是……」
「你別說話，聽我講就好。」島注意到汐刻意放低聲音，即使整個病房裡目前除了他們並無別人。「把這個在手上抹開，擦在胸口和頸子上，然後明天醒來立刻去洗掉，盡可能別讓其他人聞到。」
島記得這個香氣，住院的這幾天，有時候醒來時，他鼻尖會迴繞著類似的氣味，但汐總是動作很快地幫他換掉可能沾染那股氣味的床具和病服，在探訪時間開放而園準時抵達之前，那股氣味就會被澈底處理掉。
所以，那個味道，是汐刻意為之的？
「這和你昨晚加在我牛奶裡的東西是一樣的嗎？」
汐看了他一眼，冷漠的眼神裡似乎有一絲讚許。「不完全一樣，這種液體不能飲用，但成分較為濃縮，用對方式的話效果很好。至於加進牛乳裡的那種液體，是可以喝的，氣味比較淡也散得很快，比較不容易被其他人發現，相對的也比較安全。」
島沒有想到汐之前還抵死否認，現在不僅乾脆地承認了，還解釋得這麼清楚。「這到底是什麼東西？」

「我認為你不要知道這是什麼，會對你比較好。這不是官方核准的治療方式，但很有用……至少對我滿有用的，之前我都是滴在你的枕頭上，但效果沒有直接擦在胸口上好，這件事我沒辦法神不知鬼不覺地做到，所以只好請你自己來。」汐再次低聲強調。「記得，這不是官方核准的，所以你最好不要讓任何人知道，包括園小姐。」

「好……我知道了，我會小心的。」島非常困惑，其中很大一部分的困惑來自他不明白，既然這是不合法的治療方式，那為什麼汐要為他冒這個險？另外一部分的困惑則來自，他不懂自己怎麼會在對她充滿疑心的此刻，還想要照著她的話去做。

島依言照辦。將這幾滴液體抹在胸口的感受真是難以言喻，彷彿有人在他身邊施了魔法，瞬間拉開一個迷你的防護罩似的，那股環繞著他的香氣，他甚至不知道該不該稱為香氣，這和他曾經感受過的氣味都太不同了，那麼的……純粹而原始？

島的樂值一直不曾高到能夠享用地球直送的原始食品或物件，但他直覺這個氣味只可能是來自最原始的地球生物，不可能是科技產品。

但他懂什麼呢？就憑他這種樂值。

「你為什麼，現在肯告訴我這些了呢？」

「因為我相信以園小姐的能耐，她很快就會把我換掉，我能為你做的事情不多了，接下來你要自己努力，避免露出太多破綻。」

「可是……」

「別想太多，好好照顧自己，不要在醫院久留，在樂土，醫院不是為了把人治好而存在，而是為了找出誰有毛病而存在的，別讓他們找到毛病。」汐的一字一句都讓島尖銳地意識到：她很清楚島有什麼不能讓人知道的毛病。

縱使汐說過自己答應過別人會照顧島，但她的冰冷距離感，還是讓島無法判斷她究竟是敵是友，或許該說，島無法想像，如果她是敵，那麼這樣的敵人會為他帶來什麼可怕的命運。

「稍晚我會再熱一杯牛奶給你，然後把適合喝下去的那種液體也帶一些過來，我會教你不同的使用方式、時機和注意事項，你自己出院後看情況酌量使用，知道嗎？」汐再度叮嚀。「然後，無論未來你有多信任你身邊的人，都別讓他們知道這種東西的存在，你一定要記得。」

「那，如果我以後用完了，然後繼續說夢話，那怎麼辦？我還能找你拿嗎？」

「不行，你離開醫院後，我們就毫無關係了，你也不要和我扯上關係比較好。」汐斬釘截鐵地說。「所以，你的任務是在這些幫助你過渡的小玩意兒用完之前，讓自己變成一個真正的正常人，讓自己就算做惡夢，也是做跟別人一樣的惡夢，那麼即使你說了夢話，即使有人聽到，他們也只會覺得那是普通的夢話而已。」

「你……」島艱難地開口。「你說的話好像……好像並不覺得我正常。」

「不，我覺得你很正常，至少比我正常很多。」汐的語氣竟然意外地帶著一絲淡淡的悲傷。「但在樂土，別人覺得我們正常，那才是真正的正常，不是嗎？這也是你追求的正常，不是嗎？那麼就朝這個目標努力吧，當個別人眼裡的正常人，生活會變得容易點。」

「你是說，會比較快樂嗎？」

「我沒那麼說，我是說，會比較容易。」拉開簾子前，她又再說了一次。「會比較容易。」

這一夜島睡得極好，幾乎是十幾年來睡得最好的一次，與前一個晚上大相徑庭。

他知道這除了熱牛奶的功勞，也是因為自己照著汐的指示，使用了那些液體的關係，但他沒想到使用這些液體的效果這麼強大，更沒想到的是，一覺醒來之後，他的偕護員就換了人。

或者說，他知道這可能發生，只是沒想到這麼快。

「島先生早安，我是島先生新的偕護員，接下來會由我接手照顧您在院裡的大小事項，您在院內的時間可以設定輕拍手腕或其他便捷動作來呼喚我……」接替汐的新偕護員非常健談，不像汐和他之間總是沉船無數，島並不特別喜歡或討厭這種個性，只是新偕護員無論再怎麼健談，但給他最強烈的印象也就只是「她和汐完全不一樣」，他發現自己無法停止地想著汐，謎一般的汐。

剛失去一個人的時候都會這樣嗎？無論和那個人之間的感情與記憶是哪一種類型，就像他總是一直想著那張圓頂上沒畫完的臉，很難說是失落或遺憾那麼強烈的情緒，甚至也不是想要回到從前——他只是無法停止地想著。

他沒有特別去記憶新偕護員的名字，事實上似乎也不太需要記憶，他只要設定好簡單的動作呼叫，偕護員就會出現，做完該做的事，偕護員就會消失，留下大把的獨處時間給島與園，這點讓園頗感滿意，認為自己做了相當正確的明快決定。

「……父親雖然很生氣，但因為人家一直對父親保證那個不是真的，只要查清楚，樂值就能再調整回來，所以他也向警備署強烈要求澈底調查了。」園說話時的語氣雖然還留著點恚忿，但也聽得出來，她很相信公權力能還給她清白。「園有告訴他們，目前嫌疑最大的就是你那位名字帶水的前任偕護員，還告訴他們這個偕護員家裡充滿狀況，希望他們一併查個清楚。」

「你告訴他們她的家裡有狀況？但這樣……會不會讓汐被迫和女兒分開？」

園聳聳肩。「孩子本來就是政府分配在最適合的家庭才對，如果這個家庭已經不適合孩子成長了，換環境也許一時會不適應，但長久看來才是對孩子最好的事啊。」

「那，對汐來說呢？」

「島哥哥，你該不會是現在還在為她著想吧？」園驚訝地睜大眼睛。「雖然人家很喜歡你的善良，可是任何事情都要有個限度，她這個人問題太多了，園還特別去罵了幫你安排偕護員的人一頓，怪他找了這麼不可靠又難相處的女人來，你可不要告訴園，你還真的著了她的道，喜歡她比喜歡園還要多了吧！」

「哎，不是每件事都能牽扯到喜歡不喜歡的……」島嘆口氣，對著硬要把頭頂塞到他眼前的園，也只好如她所願地伸手輕拍她的頭。

「人家不管，每件事都跟喜歡有關係，你就是喜歡園，全世界都喜歡園，只是你又比別人更喜歡園一點，因為園也喜歡你。」

得到拍拍的園笑得既甜又純真，像個孩子一樣，就連說的話，也和孩子一樣，毫無道理又讓人難以一時說清楚哪裡沒道理。

但既然是孩子，那就沒道理和他們說道理吧。

島任憑園為整件事做了結論。對他來說，在被捕後選擇悔改、進入重生所再教育並接受洗心革面，在某一個程度上已經顯示出他情願選擇妥協而非爭辯。無論是與園爭辯、與世界爭辯，或者與總是和世界站在同一邊的高樂值陪伴女孩爭辯。

那是一樣的事，一樣徒勞。

新偕護員站在病房門口，弄出了不小的聲響，充作她即將走進病房的預告。「好消息！今天的檢查結果大部分出爐了，數值都相當好，因此我就打鐵趁熱，為島先生申請了出院，想不到很快就通過了，所以只要我再做個最後的統整報告呈上去，沒意外的話，島先生明天就可以出院回家了！」

島愣了一會，沒有直接回話，想起汐在離開前似乎提過，她已經為島提出了出院申請，因此才有今天的全套檢測，但不知為什麼，這會兒卻變成了新的偕護員申請的……

「太好了！果然換掉偕護員以後，什麼事都變得很順利，島哥哥明天就可以……啊，糟糕，人家想起來明天在太微站有一場重要的現場活動，早就已經排定了，人家非參加不可，那就沒辦法來接島哥哥出院了，討厭啦！」

「出院就表示我沒事了，不用來接我啦。」島想起自己在水沒市另一頭的住所以及圓頂上未完成的壁畫，暗暗決定先到紫微站看一下再返回住處。

「哎呀，那島哥哥你不能因為人家沒有來接你，就生人家的氣喔！人家超開心的，終於可以在外面和島哥哥約會了！嗯，如果明天就要出院的話，那人家現在就要開始做行程表，列出所有想和島哥哥一起去的地方才行！噢，樂土在上，果然換一個偕護員是正確的決定，你的基因真是太優秀了！」

「哈哈，謝謝園小姐誇獎，我很高興能為兩位做點什麼。」偕護員很愉快地說。「唯一的遺憾是，沒有辦法和彼星戀人相處久一點，我的家人朋友們知道我能成為樂土英雄的偕護員，都好開心呢！可惜只能為兩位服務一下子，這是我唯一覺得可惜的地方！」

「別這麼說，等島哥哥出院以後，我們會辦很多連線活動，到時請再來和我們一起玩，園會和大家介紹你的！」

園與偕護員聊得開心，甚至交換起彼此對不同應用程式的心得，氣氛迥異於汐在這裡的時候。島並不討厭這樣，甚至很高興有人陪著園說話，讓他終於可以從社交狀態裡放鬆一下。

只是一放鬆，他的心中便同時出現了兩個身影，一個是他選擇放棄的，一個是他沒有表達他的選擇，因此被決定放棄的。

從前他以為，放棄就是放棄，如今他才明白，原來得要放棄夠多的時候才會知道，放棄有這麼多種模樣。

☾

島才剛辦好出院手續，眼前的便連續跳出來自各個應用程式的上百封通知視窗，耳邊也各種提示音響個不停。那些訊息發出的日期，從事發當天至今，橫跨了近兩週的時間。

「哇！這是怎麼回事？」

重生後一直投身於紫微站大廳壁畫的島，既沒有家人，也沒有幾個朋友，因此這時收到的訊息有很多都是因為他突然間知名度大增，而來邀請他參與各種官方或私人活動的邀約。

說實在的，並沒有什麼非在收到訊息當下就該讀取的訊息，但這麼多訊息都遲延這麼久，也絕不是他能理解的事。

陪著他辦出院手續的偕護員趕緊解釋。「是這樣的，院方擔心太多外來事務干擾您的復原情況，所以擋住了很多不重要的訊息，出院的時候才會一併出現，嚇了您一跳真不好意思。」

「什麼？」島皺起眉頭。「我不記得有允許院方這樣過濾我的私人訊息。」

「有的！這個您在健康平衡程式的個人資訊識別政策中的第二十五項三百六十七條有提到喔！裡面明定程式可以視您的健康狀況與外在環境條件，提供您的必要個人資訊給包括但不限於醫療院所的樂土機構及合作廠商，您可以去查一下，我們絕對不會做法律不允許的事情來侵犯您的隱私權喔！這都是為了您的健康所做的必要措施，大家都是這樣的。」

顯然，是大家都沒有看到這第二十五項三百六十七條……看來他們已經解釋過很多次這種事了，才可能在第一時間這麼清楚地背出這麼細的條文。島感覺一陣不適，胸腹湧起一股反胃感，但他不打算說出來，以免自己又被留在這個有權過濾與攔截訊息的地方。

「我知道了。」衝著那句「大家都是這樣的」，島壓下了心中的不滿，提醒自己，在重生後，他應該要更順應這個世界，畢竟這世界沒有理由要來配合他。

「謝謝你這兩天的照顧，雖然相處時間很短，但是非常謝謝你。」島盡可能模仿著園的討人喜歡，甚至逼迫自己說出違心之論。「希望未來還能有機會再聯絡，也，也歡迎來加入我和園之後的活動。」

這番違心之論讓偕護員非常開心，她亮著眼睛，笑容幾乎可說是發自內心。「一定一定！能聽到樂土英雄這麼說，真是太榮幸了！我就說嘛，您正常得很，就算沒有我作證的那些觀察紀錄，您也絕對是樂土首屈一指的百分百真男人，這一點，就算是之前那位不討人喜歡的偕護員也絲毫找不出您的毛病，何況是打從心裡就崇拜您和園小姐的我呢！我還到處去幫你們澄清，說那個超感全像根本是假的，你們可是知書達禮又高樂值的彼星戀人，才不會做出這麼骯髒的事呢！請一定要向園小姐轉達我的心意！」

島的頭猛然往前一頓，幾乎用上了洪荒之力，才止住那股突發的劇烈噁心感，不讓自己當場吐出來。

「你說的觀察紀錄，是……」

「嘻嘻，這也沒什麼，您不用放在心上！」偕護員很高興島注意到了她明顯的暗示，這不在她可以透露的職權範圍內，但不經意露出一角，贏得知名人物對自己的深刻印象與好感，這也不算什麼。「您只要記得，我是您和園小姐永遠的支持者，那就夠了！樂土英雄和樂土甜心組成的彼星戀人耶，這簡直是新一代的浪漫範本，說不定以後我的孩子會在基本教材上讀到你們的故事呢，那我就可以告訴他們，我不只認識你們，還幫樂土英雄……」

島幾乎聽不清她自顧自興高采烈說了些什麼，他有禮地道謝，與偕護員互道彼星見，便匆匆進入電梯，離開醫院所在的樓層時，幾乎有種當初離開重生所時的感覺。

部首山的朋友，今天的運勢是精神會比較低落，記得多補充乙種維生素喔，請認明樂土甜心推薦，像園的笑容一樣，為你帶來滿滿活力的新世界營養飲……

您也擔心化外之人和野生動物可能會入侵家園嗎？水沒市作為樂土首善之都，卻是樂土三大城之中唯一和化外沒有明確邊界的城市，明顯罔顧水沒市民生命財產安全！人口部部長邀請您加入連署！為水沒市建立電網邊界，為下一代捍衛家園！

一離開醫院系統的範圍，連那些平時老是躲在視線一角的廣告都回來了。廣告是可以關掉視窗或靜音的，雖然得一個一個手動關閉很麻煩，但島寧願像從前一樣，也不想再回到那個以健康為名，擅自為他過濾廣告與訊息的地方。

走出醫院，他才發現自己根本不知道該去哪裡。離開重生所後，他被安排的住所在畢宿站，但在這段時間裡，他多半都在紫微站忙著工作，鮮少回到住處，此刻也無意去那個他幾乎沒有「回家」感受的地方。

他心下茫然，隨手按了離醫院樓層最遠的地面樓層，然後轉身面對透明電梯外，水沒市的廣闊水域：籠罩著霧霾的白日水域，比夜晚有更多渡船來來回回，劃出一條又一條長長的水痕；架在半空中的浮軌軌道上順暢地行駛著列車；較近的低空中忙碌送件的各種機型無人機，依照它們不同的特性傳遞著適合載運的貨件；如果目光放遠些，則能依稀看得見高空中悠緩飛行的飛艇，上頭搭載的想必都是不急著去哪裡的高樂值人士——眼見的一切如此日常，日常得像是他從來就不曾離開過這個城市再回來，而實際上，他確實也不曾離開過，但島卻感覺到，感覺到那麼鮮明銳利的，恍如隔世。

電梯一路向下，數度在其他樓層停下載客。幾乎每個走進電梯的人都驚喜地認出他了，就算真有沒認出他的人，也因為圍繞著他的人群而認了出來。那張經過革面手術的面容，他原本並不覺得有多麼英俊，但似乎在樂土英雄的光環下，他就是個與樂土甜心天上一對地下一雙的登對伴侶。

島不確定這些人看著他的時候，想的是混亂模糊的直播影片裡，在紫微站救了一個女孩的那個男人，還是畫質高清的深偽全像裡，在無人的病房奮力抽插女孩的那個男人——但幾乎每個進電梯的人們都露出驚喜表情，要求與他合影，一顆又一顆的飄浮攝影球在他面前展開美肌光圈，他一次又一次地和身邊不同的人一起對著鏡頭展開微笑，一遍又一遍地聽著人們不斷地說著英雄與甜心，甜心與英雄，新一代的彼星戀人，樂土史上又一對值得被畫上壁畫的佳偶。

如果被畫上壁畫，那個畫面會是什麼呢？是他救了園的一瞬間，還是他們在汐精心偽造的深偽全像裡奮力繁衍的姿態？

或許是他剛出院，身體還不適應的關係，這些陌生人的盛讚讓他有些暈眩。有時候他感覺自己就像在體驗園每天過著的陪伴女孩生活，有時候他幾乎差點要把英雄聽成甜心，雖然這兩個詞的發音根本就不一樣。

也或許因為，在樂土，英雄就是另一種形式的甜心，英雄口味的甜心，英雄包裝的甜心，討人喜歡的英雄，就是一種甜心；而英雄與甜心組合起來，則是彼星戀人，那是另一種口味的甜心，更甜更甜，甜得讓他幾乎噁心。

島忍不住握緊了口袋裡，汐給他的那瓶小小的玻璃瓶，想像其中冰藍色液體盪漾，極力遏止自己將它在眾目睽睽下拿出來嗅聞的衝動，擺出一副冷靜的，彷彿對這一切正常都習以為常的面孔。

微笑、招呼、拍照。

他盡可能扮演好這個口味的甜心角色，因為這對樂值有益，而樂值對他有益。

微笑、招呼、拍照。

陌生的人們還在不斷進出這個小小的電梯，在他面前重複一樣的驚喜表情。

微笑、招呼、拍照。

這幢大樓實在太高了，電梯怎麼會，還沒到底。

✦漫長的末日－1

換乘了幾乎世界上所有類型的交通工具之後，琥珀終於抵達了「無疫之島」計畫團隊的工作地點，第一眼就讓她心頭浮起難以言喻的彆扭感，好像四處都能一眼望到底，卻又無法真正的一眼望到底。

這感覺有多彆扭呢？就如同在飛機上，琥珀被告知的工作內容，是以她的語言長才，協助完成一項「完全透明公正公開的祕密計畫」一樣彆扭。

她所抵達的這個工作園區，位於一個沒有人確切知道在地球上何處的寬廣樹海之中，這個工作團隊有上百人之譜，全部都關在一個大量使用透明外牆的工作園區內，園區裡沒有一根柵欄，修剪整齊的草地之外是寬廣到無法得知邊界的樹海，出入都靠聯合政府的直升機，若想徒步走出去，有很高的機率會在森林裡迷失方向，最後因為各種原因死去。

園區之內，則依照工作內容區分為五個巨大的立體蛋形空間，每個約五層樓高的橢圓空間，最外圍的天花板牆面都是永遠潔淨的透明強化玻璃，為整棟建築帶來通透的明亮，日日灑下天光與月暈，照拂包括她自己這個小格辦公間在內的，每一個沿著蛋殼埋首工作的人們。

有趣的是，這五層樓蛋型空間裡相通相交的斜坡與階梯，都是用莫比斯環的概念交錯鋪設。所有諸如會客廳、會議室、健身房或圖書館的公共區域，都藉由莫比斯環狀的通道發揮支架的作用，於天井中懸空架設，每一個雖然都是球形空間，身在其中卻因為巧妙設計而感覺如履平地。從她的位置往天井望去，就像一顆一顆透明泡泡飄浮在這幢建築物之中，無論身在哪一層樓，都可以用莫比斯環創造的最短途徑抵達想去的公共空間。

在直升機上往下看，坐落在無盡樹海中的五幢巨大透明建築，就像陽光下草地上飄浮的泡泡一般，美得驚人。

但實際待在裡頭工作的時候，則完全不是這樣。

這建築就和「透明公開公正的祕密計畫」一樣，乍看乍聽之下極為美好，實則完全矛盾，無法發揮效用之外，還會為人帶來困擾。

「簡直太彆扭了，這一切。」琥珀忍不住對她的組員抱怨。「蓋出這種超不實用的透明建築到底有什麼意義？除了讓穿裙子的女士們要不時留意什麼角度容易走光之外，對工作有任何幫助嗎？」

「唉，那我們少穿裙子就是了。」一位女性組員試著安撫抱怨時數比工作時數更長的組長。「像我們就沒看過你穿裙子啊，這裡供應的服裝款式那麼多，還便宜得跟樹葉一樣，我們挑點別的衣服穿就得了。」

「不是這個問題！他們做出愚蠢的決策來，總是我們得退讓嗎？怎麼不說他們不要做蠢事就好了？」

「那他們蠢事都做下去了，建築也都蓋好了……」

「然後不需要付出任何代價，反正我們會退讓、會配合？這樣不對！」

組員們面面相覷地對望一眼，隨即理解這是琥珀這種戰前生活在民主國家裡的人們，在戰後必然的不適應，多數人私底下都稱之為民主病，發作起來可能整天都在抱怨，相當惱人。

那是戰前原本就生活在極權國家裡的人們無法理解的，花時間去抱怨上頭的人幹的事情，除了不可能改變任何事之外，倒楣起來搞不好還會傳到上頭去害自己被懲處，百害而無一利。

不想要穿裙子走光，那就別穿裙子了呀，這不是很簡單的事嗎？明知道這建築設計不良，容易走光，還硬要穿裙子的話，那麼讓人偶爾欣賞一下裙下風光，難道不是你情我願、皆大歡喜的事嗎？

沒想到，琥珀的民主病居然比想像中嚴重，不僅對位階比自己低的組員抱怨，居然搜集了其他工作環境的應改善事項，在高層級的整合會議上提出抗議。

「我同意語言傳播組組長的看法，不過，由於我們現場沒有任何人擁有改變工作環境的權限，所以我建議停止討論這件事，往下一個議程前進。」整合會議的主持人月明簡單扼要地總結了琥珀條理分明的長篇抗議，她是個顯而易見的黃種人，嬌小個頭與簡單到近乎呆板的齊耳短髮讓她看不出實際年齡，但卻是整個團隊中僅次於計畫主持人諾亞的高階主管，負責規劃設計方向，並統籌與平衡各部門的工作成果。「那麼，接下來由教育文化組……」

「等一下，你這是強迫我們非要接受這種工作環境不可嗎？」琥珀按著桌面站了起來。

「你說對了一半。」月明足足比琥珀矮了一個頭，但她仍然盯著琥珀的眼睛，不疾不徐地說。「我們的確必須接受這種工作環境，不只是如此，還有各種規定，甚至是你的工作內容，全部都只能接受，但那不是因為我強迫你接受，事實上，我和你一樣對這些事毫無發言餘地，如果我們兩個沒有發言權的人在這裡弱弱相殘能夠改變任何事情，那我們就來爭個你死我活，那沒問題，但答案是不，我們不管爭辯與否，都改變不了事情，而且這些爭辯可能成為犯罪證據，讓我們被羈押，甚至牽連到你的工作夥伴甚至你在園區外生活的家人，當然前提是如果經歷這場戰爭和疫情後你還有家人的話，這樣，你還想繼續爭辯嗎？」

琥珀吸了一口氣，想要大聲反駁些什麼，卻發現月明說的是事實。

她一直知道，她當然知道，只是怎麼可能做得到。她大半輩子都在自由的國度裡成長，她不知道這個世界不僅可以剝奪她原本的生活，而且可以剝奪她改善生活的權利，甚至只是想要改善的意念，都能剝奪。

她更難忍受的，是居然有人能夠接受這種事。

比如說那個語氣如此冷酷，振振有詞又滿嘴歪理的月明。

「那我們回到剛才的討論上。」月明在空中比畫了幾下，將簡報調回她所要討論的頁面。

「上次開會我有特別要求，制度、語言和社會文化這幾組不能各做各的，一定要多開會多溝通，彼此通力合作，才能製造出牢不可破的效果，可是你們好像完全沒有聽進去耶。比方說這個，我們要的是大量的基因庫，那你怎麼能只是鼓勵生育呢？婚姻和家庭關係可以用來鞏固社會秩序，我們當然就留著，但是舊有的婚家制度強調血緣關係，我們就得在這裡下工夫，讓本來只能產生在夫妻間的生育行為擴散出去，創造出更多樣化的基因排列組合，這麼一來才……」

「但婚姻就是一夫一妻一男一女一生一世啊。」法制組不耐煩地發言。「你要用這種天長地久的東西來綁定社會關係，就是得承受它沒有辦法產生多樣化的基因嘛！」

「你這個發言很好。」對這個反對言論，月明竟笑了出來。「我們就是要這種效果，你的各種文化養成讓你相信婚姻、性交和生育是一條龍的結構，完全無法理解也不能想像不是一條龍的世界，我們要的就是這樣。」

包括琥珀在內，會議上每個人都露出「你要不要聽聽看你到底在說什麼」的表情。

「我們要創造的那個世界，就是無論從法律上、道德上、社會文化上，都表明了婚姻、性交與生育，甚至生育之後的養育，都理所當然地無關，而且必須要理所當然到跟你現在的反應一樣的地步。」月明再度轉動手腕，將簡報調到前幾頁。「這裡我們已經規範了每一個新生兒都必須立刻送到人口部進行檢測與列管，接下來如果還是把新生兒送回原生家庭養育，共有血緣加上長時間的相處，會讓父母與孩子之間的連結過於強烈，之後如果聯合政府有需要徵用，那難度會提高很多，所以我們必須反其道而行……」

會議室一片譁然。

「你要拆散孩子跟父母？這太不自然也太不道德了吧？」

「人類的很多制度原本就是不自然的，至於道德，那也是社會文化希望你覺得這樣不道德。我都已經在會議上強調這麼多次了，你們的腦袋為什麼還是轉不過來？」月明嘆了口氣。「鼓勵已婚配偶對外尋求更多基因配對的可能，新生兒一律送往非原生母親的其他家庭教養長大，降低父母與子代之間的連結度，同時，我們要有足夠強大的說法，讓這個制度既自然又道德，如有違背，其他人就會像你們現在的反應一樣，這就是我為什麼需要各組彼此之間多溝通的原因。」

「天啊，你真是瘋了，這怎麼可能行得通……」

「對，記住你現在的感覺，這就是我們要創造的東西，理所當然。還有，謝謝你提醒我，天啊這件事也得處理一下……」月明飛快地換了幾個手勢，將簡報換成另外一份。「你們看一下這個部分，在這個島上，我們有領袖了，不需要神或任何自然崇拜的存在，所以『天啊』這種詞彙必須要處理掉，這就需要語言組這裡協助，看你們是要像『價值觀』這種詞彙一樣直接刪除，或者把這種詞彙轉換成髒話，又或者說也可以提出一個新的解釋，像上次你們在『公平』這個詞彙上處理得就滿好的，讓它變成對於反壓迫人士的一種嘲諷，可以有效地降低這類想法的傳播。」

被月明稱讚的感覺真他媽的太差了，尤其是她盛讚的「公平」與「正義」，琥珀想都沒想過，只要在使用的方式與時機上加上一點小小的斜度，就能讓這兩個詞彙宛如從地獄油鍋中撈出來那麼令人生厭，從今而後連提都不想再提起。

能想到這麼噁心的做法，琥珀深信，月明必須本人也從地獄油鍋裡爬出來才做得到。

「大眾傳播組也請跟語言組好好配合，你們篩選出來的音樂必須是適合填詞唱誦的那種，其他藝術類也一樣，篩選過程中請留意多元需求，必須夠多樣化，才能對應各種生活、情感和抒發的情景，避免島上人民發展出自己創作的音樂，任何創作都是危險的，那是意識到不足以及串連反抗的第一步，文化面上，我們已經成功地用自私的情緒排泄這種概念來污名化創作，但另一方面就必須要有足夠的現成品項供民眾選擇，不然……」

「那你怎麼不直接規定禁止創作就好？」琥珀還沒出聲，大眾傳播組組長便不耐煩地打斷月明。「不准唱歌不准畫畫不准說故事，違法就送去實驗室不就得了？」

「首先，實驗室應該是大家必須排隊、爭取才能去的地方，這件事各位必須謹記在心，不然做事的方向會整個歪掉，另外一件必須記牢的事情是，我們要製造的不是一個鐵籠，是一個幻象，我已經強調這件事很多次了。」月明沉默半晌後，一字一句地說。「如果要鐵籠，那事情會容易得多，我們也沒有必要被集體困在這種鬼地方工作，反正島上的人被哪一種籠子關起來也不關我們的事，但是既然我們要的是製造一個幻象，那我們就要製造一個可以撐得住不同挑戰和時光流逝的幻象，在這之中，最困難的部分不是規範他們什麼可以做什麼不可以做的制度，而是文化，文化的制約力遠遠大過一切，所以我們要讓他們唱歌，要讓他們說故事，但唱的歌是我們要他們唱的歌，說的故事也是我們要他們說的故事，還要讓他們覺得自己有充分選擇唱什麼歌說什麼故事的自由。」

一時抱怨四起，每個人都攤開手，臉上一副這種荒唐的要求老子辦不到的表情。

「我沒有說這件事很簡單，但並不是不可能做到，而要做到這件事的前提，是你各位，你各位先把你們那些地球人的老觀念放下，請不要再出現任何理所當然或理所當然不的想法。」月明的話幾近殘酷。「我們話說得再白一點吧，在座有誰在十年前會覺得祖國能夠統治地球的？有誰在嚷嚷著大眾文化政治太正確女權太進步的時候，想過我們有生之年要被關在這種地方做這樣的事？沒有，那時把這件事說出來，你們會翻著白眼齜牙咧嘴地冷笑，說這種事你拍電影都沒人吃這套，但這件事就是在你各位翻著白眼嘲笑的時候發生了，現在誰敢再對這件事情發出一點點笑聲，他可能明天就會消失在這個工作區裡，永遠沒有辦法再對任何事情發出笑聲。」

會議室瞬間死寂。

「想想你們十年前會對現在的處境擺出什麼輕蔑的嘴臉，然後在我以後提出任何要求時，好好用那副表情提醒自己，與其耍嘴皮子想反駁我，不如認真思考該怎麼達到目標。能耍嘴皮子的時代已經過去了，那副嘴臉倒是可以留到夜深人靜時拿來嘲弄自己，因為就是那副表情，讓我們最終得待在這個會議室裡。」

琥珀沒想到，月明冷冽的視線忽地掃了過來，直直盯著自己。「那麼琥珀，你知道為什麼你的工作那麼重要了嗎？你了解到為什麼每一個部門都必須和你們合作了嗎？你有沒有自覺到語言以及語言形塑的文化才是這個幻象可以撐多久的主要架構呢？」

身為長期鑽研語言的學者，琥珀當然知道語言對文化，而文化對一個社會存續的影響力。但與其說她沒有自覺此事，不如說，她至今沒有自覺要成為那個製造殘酷幻象的幫兇。

琥珀知道這種話是不能說出口的，不然比幻象更殘酷的現實就會立即落到自己頭上，因此她只能恨恨地回瞪月明，以此表達，即使必須聽從月明的指示，但自己和她並不是同一種人。

而月明並不在乎琥珀想要表達什麼，確認琥珀接收到自己的意思後，便淡淡地轉開眼，迅速地接續會議上的其他事項。

這場除了月明本人以外每個人都深感痛苦的會議，就這麼持續了好幾個小時，最後終於在月明驚人的整合能力下，將各個部門的工作成果整合出一個雛形，也提出了非常多需要修改與跨組協調的備忘錄，組長們兩眼昏花地關上眼前的簡報投影，從會議桌邊站了起來，抬起頭才發現，頭頂灑下的日光不知道何時換成了燈光，已經入夜了。

走出會議室時，有人從背後拍了拍琥珀。

「你那關於裙子的回饋挺有意思，我支持你。」安全備案組組長對她友善地點點頭，她也點頭回去，心裡卻一片狐疑。安備組一直非常神祕，組裡囊括了各種專家，而且一個比一個低調，從成員的組合不容易猜測出組內的主要工作方向，但在整合會議上卻從未發言，彷彿只是來旁聽似的。

就連安備組組長的名字，整個園區裡恐怕也沒幾個人知道。

「你的意思是？」

「我說，你別瞧她說話細細柔柔的，月明這妮子啊，性子特別橫，別的不說，就她剛才那股女王勁兒，連試都不讓試，掀手就給你打臉，再怎麼樣，這態度還是不行啊，她對咱這些下頭的人未免也太不上心了。」琥珀聽出這個同樣是黃種人的祖語腔調濃厚，與月明的口音明顯不同，腦子裡轉了轉，略帶距離地虛應了兩句。

戰前的祖國本就強勢，而且歷史悠久，周邊許多國家都受到大量祖國移民的影響，以祖語變形挪用為自己種族國家的語言者有之，以祖語為官方語言也不少，戰後更因為強制執行語文統一，一時之間各種怪異腔調四起，即便是擅長多種語言的琥珀，也不容易從「說祖語的口音」聽出對方原本是哪一國人——但琥珀聽得出正統祖國人的口音，不只是口音，就連他們從語言中表達出的思考模式，也有種難以忽略的特異之處。

當然，在世界大同時期的聯合政府管轄下，戰前曾是哪一國人也並不重要了。

安備組組長看出琥珀的僵硬，彷彿下定決心要將她收到自己這邊似的，索性將她拉到一旁的透明外牆邊說話。

「哎，你別當我外人，我給你說點心裡話，那月明啊，我打一開始就瞅她不順眼，別的咱就不說了，她跟我們這些人最不一樣的地方是啥你知道嗎？她呀，她可是鯨島人，這園區裡唯一一個，絕無僅有的鯨島人！」

安備組組長頓了頓，像是特別留了時間讓琥珀咀嚼這最後三個字。

「鯨、島、人、啊——你仔細尋思尋思，咱在這前不著村後不著店的荒野裡，沒日沒夜的是在做什麼？『無疫之島』這計畫是在籌謀安排什麼？不就針對那鯨島嗎？她一個鯨島人，按他們的話來說，是被滅國了的降臣孽子，現在反倒幫著聯合政府來整治鯨島，還扶搖直上坐上了這計畫第二人的位置，每天一臉正經地幹這些傷天害理的事哪，我瞧這女人，她的血要不是藍的，就是直接凍在血管裡了唄！我倒不是說，作為一個鯨島人，她就該反抗政府什麼的，畢竟咱們領袖可是英明睿智，為地球帶來了前所未有的真正和平，但她可是鯨島人，怎麼說都至少有點風骨唄，就算人家抬著轎子請她加入這個團隊，她也可以拒絕啊，不能拒絕，她還可以以死明志啊，你瞧瞧，這女人心思可不一般，不僅順勢在這計畫裡坐擁權勢，還靠著女人天生本錢上了計畫主持人的床，這於公於私都把好處占盡了，全沒把自己家鄉的過去放在眼裡，骨子裡可歹毒了，不是什麼好東西啊。」

琥珀被這小道消息打中了。

確實，以一個親身經歷過這場戰役的鯨島人而言，在戰後加入「無疫之島」計畫是有點微妙的事……該說她立場正確呢，還是該說她立場搖擺呢，光看她主持會議時那張專注投入得彷彿接上燈泡就會發光的臉，還真難下定論。

「你別說什麼感情沒有對錯，那女人也就罷了，她搭上的諾亞可也不是什麼好東西。你聽說了嗎？諾亞他看起來挺像樣的是吧？西裝革履，受過良好教育又有社經人脈，但實際上，我說句難聽的，他祖籍是古域，古域啊。」

安倍組組長用稍早前說出「鯨島」二字的誇張語調，重複了「古域」這個地名。

琥珀腦中浮起諾亞的臉。

他總是溫和有禮，一身西式服裝，周身打理得乾乾淨淨，一口標準通用語，但那張黧黑深邃的東方面孔，總讓人不太確定是來自中亞或東南亞。原來是來自祖國與中亞交界處的古域嗎？那裡原是遊牧民族各擁部落的內陸高原，部落間有時合作有時紛爭，未有一定的國家概念，近百年前遭祖國吞併後，由於生活習慣與民族性格與祖國人截然不同，時有號召脫離祖國的獨立運動，而祖國則用盡懷柔威壓的手段，將這塊土地上的少數民族幾乎趕盡殺絕。

天啊，說起來，位於祖國極西的古域，和位於祖國極東的鯨島，雖然一為內陸高原一為海上孤島，但都因為祖國而遭遇著極為相似的命運。

這個事實，讓這對在「無疫之島」計畫團隊最高層的戀人，扎扎實實成了安備組組長口中的狗男女。琥珀確實想過，如果他們委身於此是為了有朝一日的反抗臥底，所做的一切不過是虛應故事，那或許一切都可以諒解，但他們不是，和這兩個人開過會就知道，他們幾乎是全身心地投入，拚命想要建立一個嚴嚴實實毫無漏洞的社會架構。

諾亞是古域人，或許早被長久以來的洗腦政策收編，但月明，她在不久前可是用自己的人生去見證了鯨島遭受蹂躪的命運，她怎麼會，又怎麼能？

狗男女。琥珀想著安備組組長輕蔑的語氣，覺得這形容詞不對，完全不對，狗是眾所周知對人類最忠心耿耿的家畜，而諾亞和月明根本背叛了他們的族群——不，用另一個角度看來，他們實際上是狗男女沒錯，只是他們忠心耿耿的對象，是那個會對他們揮棒子也會扔飼料給他們的祖國領袖。

狗男女。

琥珀想，祖語真是博大精深，同一個詞語，居然能夠如此背離又如此貼切。

從那場安備組組長絮絮叨叨的碎嘴脫身之後，琥珀便經常想起月明在會議上的表情，有時候就連月明在場的會議，她也會望著月明的那張臉出神，好像這樣盯著就能看出月明心裡真實的意念似的。

什麼樣的鯨島人會來參與這項明擺著針對鯨島來的計畫？

琥珀想起，自己剛聽說這個計畫，對其他一切都還一無所知時，她根據「無疫」這兩個字的發音，有段時間將這個計畫想像成「吾意」之島，畢竟祖國都統一全球了，要將這座長期是祖國眼中釘的鯨島按照「吾意」改造，也不是難以理解的事。

結果，居然是「無疫」。

無疫這個詞，對戰後至今仍飽受疫病威脅的全世界來說都是困難的，對位於祖國旁邊的鯨島而言，更是遙不可及，且不論鯨島第一時間遭受祖國投以多重病毒攻擊，導致島內的災疫變種型態最多最嚴重，更別說，主導這個「無疫」計畫的竟然是以祖國為首的聯合政府，那讓整件事看起來要不是一個笑話，就是一個神話。

或許兼具，誰知道呢？他們是工作人員，只是整個計畫裡的一顆小螺絲釘，只要負責照著自己的工作內容去做就好了，這計畫要怎麼實施、在哪裡實施、會變成什麼樣子，不是他們能夠決定的。

身為一個戰前與祖國、鯨島都毫不相干的人，琥珀會這麼想，倒是無可厚非，但如果月明真是鯨島人，那麼她無法對這個在計畫中位居高位的女性有任何好感。

即使琥珀很清楚自己就是在毫無選擇的情境下「選擇」接受這份工作的，但，月明和她不一樣，完全不一樣——琥珀或許並不喜歡那個對她碎嘴的安備組組長，但她也同意那位組長的部分觀點。

一個眼睜睜看著自己的國家被用那樣殘暴的方式蹂躪過的人，若在戰後還幫著摧毀自己國家的政權，這麼起勁地籌謀著如何折磨同樣一塊土地，那要有多冷血，才辦得到？

系統通知

系統通知：親愛的壞，目前您無法登入《輿論署辦公室》，請稍候片刻再行操作。

系統通知：親愛的壞，目前您無法登入《輿論署辦公室》，請稍候片刻再行操作。

系統通知：親愛的壞，目前您無法登入《輿論署辦公室》，請稍候片刻再行操作。

系統通知：親愛的壞，您已登入《輿論署辦公室》，@@%&#%!!

「你究竟有什麼地球毛病？今天事情還不夠多嗎？整個部門忙得天翻地覆的這關頭，你他老海的到底為什麼非要挑這時候騎在我肩膀上，用你那支小觸控筆抵著我的頭？水澇的！給我滾回去穿衣服！」

系統通知：親愛的壞，您已被人事系統強制登出《輿論署辦公室》。

系統通知：親愛的壞，感謝您撥冗留下訊息「害我一登入就裸體掉在老闆頭上你們這種服務怎麼不乾脆沉到湖底死在化外」，我們會將您的熱情回饋轉交客服中心。

系統通知：親愛的壞，您已設定：鐵灰色雅紳裝，七十五級限定版美麗諾羊毛材質，作為您辦公室角色的穿著，並已進行鎖定。您今天選擇的上班服飾很有品味呢！想要錦上添花嗎？推薦您……

系統通知：親愛的壤，很遺憾您不滿意我們的服務，為了表示我們的歉意，特別致贈一張九折券，讓您可以更無負擔地加價升級喔！

系統通知：親愛的壤，已為您嘗試登入《輿論署辦公室》，請稍候。

系統通知：親愛的壤，目前您無法登入《輿論署辦公室》，請稍候片刻再行操作。

系統通知：親愛的壤，目前您無法登入《輿論署辦公室》，請稍候片刻再行操作。

系統通知：親愛的壤，您已登入《輿論署辦公室》，樂土晨安，很高興再次見到您。

您有一則新留言：工作交代下來了，登入先到會議室卯。

您有一則新留言：確定自己該遮的都遮好了再來喔。

角色路線：辦公區—會議室

「喔，小觸控筆回來啦？水滂的，你剛剛究竟哪根筋不對？」

「樂土在上，彼星為證！我真的就只是照平常的步驟登入而已啊，我還連續登入了半個小時都無法連線！真的不知道……」

「依我看啊，還是剛剛那場網路延遲的問題，應該是在重複登入的過程中出了差錯，系統自動重開機，所以沒發現原本的慣用設定已經被清空了……」

「我這次絕對沉湖了我，我一定會被扔到化外去，連進重生所的機會都沒有……」

「別這麼想，危機就是轉機，這回的網路延遲可不只燒到你，全樂土三大城都炸開了，趁老闆現在還沒時間整治你，趕緊幫忙滅火，幹得好的話，他可能會考慮給你一條生路。這次事關重大，娛樂線也要支援，你被編到跟我和近一組，測試看看這樣組合的擴散率怎麼樣。」

「那太好了，我們平常很難得有機會跟社會線的前輩學習，這是個好機會！不過，今天的網路究竟是怎麼回事？輿論指示是什麼？」

「原因還在調查，所以上面要我們先緩緩大家情緒，先不要帶流向，不過當然，最重要的還是盡快阻斷某些流向。」

「什麼？緩緩情緒？現在大家正在氣頭上，誰想聽我們說這種又濕又軟的話？當然是要一口咬定，最好還攻擊其他說法，髒水戰打起來，這樣才有擴散率啊！上面到底在想什麼？」

「你以為就你知道這個道理啊？你剛光溜溜騎在老闆頭上時，大夥兒正在跟他抱怨呢，結果那個震懾人心的畫面一出現，就算把你踢出辦公室了，大家一時間也都忘了本來在吵什麼，只好草草結束，直接分組上工了……」

「啊，唉，這樣啊，那……話說回來，平常跟我搭檔的君去哪了？剛剛有試著傳訊息給她，都沒有回應，不知道是不是還卡在登入那個關卡？」

「你的搭檔是女的呀？聽說這次網路延遲造成的狀況裡，女性角色普遍來說遇到的問題都比較嚴重，要不我們就先開始，她登入後你再跟她解釋一下狀況？」

「為什麼女性角色的問題比較嚴重？我們不都一樣用晶片連上虛擬樂士嗎？」

「就你剛剛的情況來說吧，你的角色在辦公室裡裸體，頂多我們就是笑話一下你的小觸控筆，被罵個一頓也就沒事了，但如果是君呢？」

「噢……」

「況且女人全身都是洞，她們的破綻比較多，也是很合理的嘛！」

「彼星啊，近，你很邪惡耶！拜託這段話讓我轉載出去，你有開放言論重現權吧？」

「轉啊，我行得正坐得直，講話又中肯，我所有言論都開了重現權，不用問，盡量轉。」

「好耶，我們還沒開始上工就先有業績了！前輩太厲害了啦。」

「我倒覺得，該擔心的是，這會不會是我們今天唯一一則轉載……上面連事件原因都還沒調查出來，就要我們到處去給大家滅火，問題是這件事已經燒成熊熊大火了，做事還這麼溫溫涼涼，沒有力道就算了，碰上大家群情激憤的情況，搞不好自己還會被燒起來呢。」

「輪前輩不愧是南部人，每次聽你講話，都是火來火去的，不像我們水沒市的人，罵人都帶水。」

「你要是住在炎南城啊，就不會覺得火來火去很有趣了，這裡真他滾火的熱到我都要被獻給繁星了！真不知道他們當初到底是怎麼想的，會想要蓋大牆把水擋在外面，現在好了，愈蓋愈高，城裡熱得能把人蒸熟，還整天霧濛濛的！」

「霧濛濛的也無所謂吧，現在誰不是大半的時間都在虛擬樂土裡？這裡的程式成千上萬，誰有時間管外面霧濛濛。」

「我看啊，輪是怕霧太大，會讓他找不到自己的仿生情人，晚上睡不著——」

「別說那些地球話了！趕快開工吧，不然今天都沒有轉載績效，我看各位輿論師這個位子還保不保得住！」

「是是是……喂，測試版，你先把你平時養的角色挑幾個出來備用，知道挑角色的規矩和標準吧？你之前用在樂土甜心那個案子的可以繼續用，反正都是在講些風花雪月的廢話，用在這軟趴趴的案子上也挺合適的。」

「近前輩，我都已經進輿論署兩年多，早就不是測試版了……而且樂土甜心那個案子我不是做得挺好的嗎？和企業合作的新節日還很有話題性，還被署長公開表揚呢！」

「噢，不好意思，自從見到你那根興奮的小觸控筆之後，誰還記得你被表揚過呢。」

「好了好了，近，你就少說兩句，人家壞這幾個月表現好是大家都看到的。」

「他那根小觸控筆，大家也都看到囉……」

「唉。這樣吧，壞，你先跟我們一起去《菁英高地》看看，我挑了一個平均擴散率比較高的群組，我們去他們旁邊打高爾夫吧。」

「……知道了，我這就處理。」

系統通知：親愛的壞，您已解除虛擬角色『全』的自動駕駛設定，並以本角色進入《菁英高地》。您的群組位置在十號開球區。

系統通知：親愛的壞，您的虛擬角色『全』已經離開《菁英高地》，並已將這十分鐘對話設定為自動駕駛範本，八小時後切換回原始版本。您可以在各角色的模組中調整言論細節設定，讓範本更符合角色人設。

「樂、土、在、上、啊！壞，我真想不到，為了輿論流向，你居然能把裸體騎在老闆頭上這種事都拿出來當談資，真是犧牲小我完成大我耶！不愧是署長公開表揚的超棒後輩……」

「別提了！我是為了維護樂土和平，慷慨赴義好嗎？這時代都能星際移民了，他們還一口咬定網路延遲絕對是鯨落湖裡的地球冤魂幹的，講得像是親眼看到了似的，我要是沒拿出一點夠濕夠海的話題，怎麼擋得住那種流向！」

「不管怎麼樣，總之幹得好，我們乘勝追擊！接下來是你們娛樂線的主場，樂土甜心的《宛在》追隨者見面會！本來預定是今天早上開放登記見面名額，結果呢，你知道的，就因為網路延遲搞得怨聲載道，甚至有人動手毆打到府服務的系統維護員，還有人號召其他追隨者一起癱瘓程式……」

「什麼？前輩，你、你剛剛說有人動手打、打系統維護員？」

「是啊——哎喲，這種事也常見得很啦，系統維護員這種工作，說好聽點，是到府協助修繕個人方舟晶片的連線異常，說難聽點，就是精密智能無法即時控制系統狀況的時候，派去讓人罵的情緒垃圾桶呀，這年頭啊，大家什麼事都覺得精密智能做得比較好，但發洩情緒可是都指定要真人哩。」

「是，我聽說這工作相當辛苦。」

「我倒覺得，幸好有這類低階工作，不然那些低樂值出身的年輕女孩子，除此之外還能做什麼？畢竟女人家嘛，也做不來什麼高階工作，天性又比較溫柔，在婚前多做這種要面對不滿的行業，對樂土有點貢獻，還能培養一下婚後需要的愛與包容，不是挺好的嗎！而且，要是哪天被分配到高樂值的單身男性家中服務……嘖嘖，不也是個浪漫故事的開端嗎？」

「那當然，送上門的真人當然是比仿生情人更讓人有繁衍欲啊，到時候還維護什麼系統？運氣好釣上高樂士，下半輩子只要輕鬆躺著，沒事喊個幾聲好棒好棒，就能坐享男人在外頭辛苦贏得的成就了啊。」

「躺著喊好棒？近，你這話裡有藏木馬程式喔……」

「不是每個系統維護員都是這樣吧？條件好的系統維護員應該都很潔身自愛的，畢竟處女才能保障未來丈夫的權利啊，一旦失去處女身分，她們就沒有配偶選擇權了……」

「哎喲，我說你這個測試版，怎麼會挑這時候講究用詞精確呀？我不過就說說嘛，好玩而已，就算其中只有一個兩個是這樣，或者一個兩個不是這樣，那又怎樣？就說說嘛！難道我說個兩句，你的系統維護員女友就會破處嗎？」

「……」

「啊，我忘了，她主動解除交往關係了對吧？糟糕，你只能眼睜睜看著別人幫她破處，沒機會用上你的小觸控筆了呢。」

「近前輩，看來你今天的轉載績效都達標了？竟然把珍貴的上班時間花在我身上聊天，我是沒時間幫你擴散賺績效喔。」

「我的績效用得著你操心？我可沒有光著屁股夾住老闆的頭，憑你也有資格對老主機指指點點？」

「唉，近，你就別說了，你明知道早上連線狀況有異常，出現一些系統錯誤也不得已，而且壞雖然情場不利，不過他還年輕，最近操盤的輿論擴散率高，這種偶發的事故，你就不要一直複製貼上了，這些事傳出去，對我們輿論署也沒什麼好處！」

「哈！別害我笑到跌進鯨落湖裡，那種娛樂線的輿論需要什麼操盤？他只是運氣好，接到了高地案子，樂土甜心本來就眾所矚目，更別說美女、英雄和浪漫情節都到齊了，只要順著風打呵欠，就能讓飛艇一路從水沒市飛到炎南城，對了，他還有女人搭檔呢！我打賭，那些轉載幾十萬次的浪漫句子，八成都是他的女搭檔想出來的！這種案子啊，他要是還能操作失敗，那才讓人佩服哩！」

「萬惡的化外之人啊，近，你今天到底是怎麼了……」

「前輩教訓的是，雖然運氣也是一種實力，不過樂土甜心的案子，的確是討喜了些，剛好搭檔是女性，可能有點優勢，這也是事實，我沒話說。不過前輩心眼這麼小，也是很有女性特質，加上你最近績效不彰，動物出沒案又處理得那麼粗糙，照這樣看來，可能很快就接不到重點輿論案了，到時歡迎來娛樂線，我會把簡單的案子讓給前輩的。」

「呸，像你這種才兩年資歷的測試版，運氣好接到輕鬆案子也就罷了，但是嘲笑資深輿論師，只會顯得你根本還是個外行，不知道操縱輿論是多嚴肅的事。我要回去工作了，最後老主機再勸你一句，管好你那張臭湖嘴巴，在輿論署才活得下去！」

「……唉，你們兩個明明工作表現都很優秀，怎麼每次碰在一起就拿輿論師的天賦攻擊自己人？我真不懂。」

「輪前輩，你應該很清楚，每次都是他來攻擊我，我只是自我防衛而已吧。」

「是是是，不過你的自我防衛火力可不小，該不會到現在都沒輸入營養，血糖太低了吧？

我說，壞啊，你知道負責近郊動物案的，不只是近，還有我吧？」

系統通知：親愛的壞，您已購買本日午茶套餐，確認後將立即執行營養輸液與味覺傳導。

系統通知：親愛的壞，您已經由方舟系統注入二十五克蛋白質，十二克膳食纖維，五克飽和脂肪，二百四十毫克咖啡因，依照您的咖啡因敏感度，誠摯建議您今日不宜再攝取更多咖啡因。

「抱歉啦，輪前輩，我知道你們每個案子，難度都比我們的更高，更不好處理，即使燒了主機板也不足為奇，只是我今天也很不順，實在沒有辦法每次都容忍近前輩這樣的說話方式，只能請你多擔待些了。」

「我知道你火是對著他噴的，我只是被火星濺到而已，而且近那惡火脾氣，有時候真的很惹人厭，不過，這一方面也是因為我們經常被指派到邊境的案子，你也知道，議事廳一直非常關注邊境相關的輿論，每一件都是高熱高壓，既不能等閒視之，火也不能開得太大，處理起來非常棘手。像是你剛提到那個近郊動物的案子，一方面要盡可能傳達野生動物容易傳染致命疾病的訊息，強化民眾遠離邊境的思維，一方面要配合各單位製造傳染病的證據，還要小心不能過頭，引起民眾恐慌，壓力強度真的是紫爆——唉，或許就是因為這樣，近的嘴才會又臭又焦……」

「豈止！我差點要懷疑他是不是每天早晚舀鯨落湖的水來漱口了。」

「而且呢，算你倒楣，近這陣子不知道中了哪裡的網路病毒，聽說只要一進虛擬樂土，就會三不五時被偷襲……」

「偷襲？」

「沒錯，據說好棒會被突然摸一把啊，握一下啊，還是舔一口之類的……」

「喔樂土在上！什麼水澇的病毒會這樣啊？聽起來中了這病毒挺棒的嘛，你確定近前輩是在抱怨，不是在炫耀嗎？」

「不不不，我們一開始聽他抱怨也是這樣笑話他，但後來好像愈來愈多人碰上類似的病毒，聽他們說，那種感覺好像不是我們以為的那樣——該怎麼解釋呢？我們組裡的女組員說啊，那就是自願和非自願的差別。」

「不可能吧，一個大男人哪有非自願的道理？好棒這種東西只有想用不能用，誰會不想用還被強迫使用啊？又不是女人家……」

「對了，壞……唉，說到女人啊，就跟輿論一樣，你本來覺得十拿九穩的案子，有時也會被旁邊的火勢波及，燒個你老母都認不出來，別太放在心上。」

「喔那個啊，還好啦，我沒事，是說……怎麼你們都知道呀？我明明沒跟任何人說，不想在工作場合談這種事的。」

「還不就今天早上，你的設定全跑掉了，你的角色頭上一直跑各種資料，那個女人兩週前單方面解除交往關係，這種事也……」

「他老海的！連輿論署的資安都是這種程度嗎……」

「唉，我就說你這陣子看起來就不太對勁，績效好歸好，表情也都用得很適當，但總看得出來好像不是那麼回事——你早上頭頂跑的資訊裡，我有看到你的方舟系統建議你做一點杏仁核的治療，還有清理一下海馬迴之類的……不過你都沒有做，我就想，你可能還想挽回……」

「挽回？都過兩週了，一開始說可以當朋友，這兩天敲她訊息都沒回應就算了，連她的上線紀錄都查不到，樂土人根本不可能超過二十四小時不上線，想也知道我是被封鎖了，上班時偷偷用其他角色查一下，果然不出所料。」

「說到這個，我剛剛突然想到，我和妻子投資的地球產業鏈，每季都會有原型食物配送，比如說各種無菌動物肉品，或者溫室蔬果……」

「聖哉祖國！你是說肉嗎？像是牛肉、豬肉或雞肉那種？」

「當然！據說地球人還吃魚，不過我們當然不可能吃那種一輩子都泡在水裡的噁心東西，而且因為我們也沒有調理這些原型食物的工具和技術，所以可以事先選擇烹調方式和指定配送時間，讓無人機在用餐時間送過來——扯遠了，剛剛是要說，上個月寄了股東定期禮來，看起來是很貴但沒什麼用的東西，我想了想，如果你還想要挽回你那個交往對象，倒是可以拿這個試試看，聽說是古地球人用來象徵愛情的玩意兒。」

系統通知：您已收到一個來自輪的禮物。

「原型鮮採玫瑰花束兌換券？等等，輪前輩，這個我不能收，這個太貴重了！這至少要我三個月的薪資吧！」

「貴重的禮物才挽得回女人的心啊，聽說在地球的原生植物中，玫瑰是最有催情效果的一種，而在樂土最催情的呢，莫過於這種高樂值又高樂幣的禮物，所以啦，說起來這玩意兒兼具兩種高級催情效果，肯定能讓她們對你服服貼貼的，你儘管拿去用，別跟我客氣。」

「偉哉領袖！你真是太高樂了，我剛剛這樣口不擇言地說你們負責的案子，你還對我這麼大方，我真是……」

「沒事，老主機照顧一下測試版是應該的嘛——欸等等，你的角色現在的表情該不會是直接複製你實際上的臉部表情吧？誇張耶，小事一樁而已，不要感動成這樣好嗎！我找不到適合的表情回你啦！」

「我也是沒更好的表情能用，才直接複製當前表情啊……真的太謝謝你了，說來那樂土甜心的本日運勢真準，今天早上聽說部首土的本日運勢有一項是會得到天上掉下來的大禮，你就真的送了我禮物啊！」

娛樂線群組訊息：你還在處理網路延遲的輿論嗎？快回來，有新狀況！我已經發通知把你調回組裡了。

「輪前輩，我收到通知，得先回娛樂線處理新任務。」

「我也剛收到通知信，奇怪了，今天還會有什麼事情比處理網路延遲更緊急，要這樣臨時更動任務？」

「我也不清楚，不過我得先回去了，謝謝前輩的禮物，我會好好使用的。」

「好說！」

角色路線：休息區－天井－辦公區－娛樂線工作桌

娛樂線群組訊息：我正在趕回去，是什麼新狀況，前輩可以先說明一下嗎？

娛樂線群組訊息：剛才有消息傳出來了，你之前負責的那個樂土甜心的案子有新進展，那個製作深偽超感全像的傢伙已經找到了！

娛樂線群組訊息：偉哉領袖！等等，我立刻瞬移回去！所以是誰？真的是那個偕護員嗎？

系統通知：親愛的壤，您目前瞬移里數不足，是否立刻加購？

系統通知：親愛的壤，感謝您購買安步公司出品的瞬移里數兩百點，並使用老顧客回購禮券一張，共扣款五千元樂幣，是否確認扣款？

娛樂線群組訊息：不是她！警方查過了，偕護員的帳戶裡一清二白，反倒是和樂土英雄同病房的那個男人，中低樂值，帳戶卻有來源不明的大筆樂幣，沒意外的話大概就是販賣深偽全像的不法收入了。我們收到消息，待會就會發布新聞，你現在要把過去用來操作樂土甜心相關輿論的角色全抓出來，上面指示……

系統通知：親愛的壞，您已使用瞬移里數十點。

「我到了我到了，彼星啊，我記得那個男人，他好像還到處發布他和樂土甜心的合照，搞得好像一副她的追隨者似的，結果幹出這種事？不不不，這很合理，我們都只想到偕護員整天跟在他們倆身邊，就以為是偕護員幹的，完全沒想到還有一個人也是一整天都跟他們待在病房裡，要竊取影像資訊非常方便……」

「你先別激動，我跟你說，上頭指示很明確，要……」

「不用指示我也知道啊！當然要盡力幫他們擺脫這個深偽全像的污名，終於抓到幕後黑手，就可以證明那不是真的……」

「哎喲，能不能先聽我說完？上頭指示，要全力否認這個男人竊取了影像，製作深偽全像。」

「什麼！為什麼？他不是被逮捕了嗎？不都查到他的帳戶裡有不明資金嗎？為什麼要否認？」

「也不能說是否認，正確來說，是希望你運用角色，從民間角度去提出質疑，比方說，這個男人真的做出了這種事嗎？會不會是樂土甜心發現性愛全像外流，為了自保謊稱那是深偽技術做的，就賴到偕護員頭上，眼看偕護員那裡找不到證據，又故意污衊剛好同一個病房的老實大叔呢？說不定他帳戶裡那些樂幣是有人栽贓呀，畢竟一個誠懇正直的老實大叔，哪懂得怎麼偽造超感全像？會不會是樂土甜心和她的人口部部長父親，動用政治勢力將一切推到大叔頭上呢……」

「萬惡的化外之人啊，為什麼要這麼做？這樣同時質疑了人口部部長的人格和警方的調查，對政府形象也不好吧！而且，有任何證據顯示這個男人是被陷害的嗎？彼星戀人的浪漫故事可是我和君花了好大心思去營造出來的，我們甚至還為他們創造了兩個節日，帶來多少購物送禮的節慶氛圍，怎麼反倒現在要質疑這種事？有證據嗎？」

「你還真的當你是測試版，第一天上班啊？樂土甜心可以換人，節日可以繼續慶祝，證據我們也可以做出來啊，而且其實也不需要什麼證據，上面只是要你去質疑、提出這個可能性，讓大家去思考而已。再說了，你可以要他們提出證據，證明自己沒有動用勢力陷害大叔啊……」

「水澇的！要我用原本拚了命營造浪漫氛圍的那些角色去『提出這個可能性』？我不懂，為什麼……組長，你也覺得應該要這麼操作嗎？」

「還真是地球腦袋……你冷靜下來，先看看這段轉載。」

『……為了為各位爭取更優質的樂土生活，我取得了家人的同意與支持，決定參選下一屆的議事卿選舉，希望以我在人口部服務了一輩子的資歷，為各位帶來更有深度的議事廳文化……』

「看到沒？懂了嗎？」

「我不懂，組長，你重現人口部部長參選的聲明做什麼？這就前幾天的新聞而已，我又不是沒看過，而且我是娛樂線的，這種政治線的新聞，跟剛才那些有什麼關……」

「你這腦子是格式化了嗎？比測試版還不如，你到底知不知道，有個樂土甜心當女兒，可以為她父親帶來多少票？你有沒有想過，如果彼星戀人真的交往結婚了，那是一個幾乎可以寫進基本教材裡的標準範本，這種範本加上他們本來的幸福家庭形象，人口部部長幾乎是贏定了，原本的議事廳席次裡，肯定要有個人讓位，那麼我們自家思想部部長之前精心打理的議事廳關係……懂了嗎？需要我把話說完嗎？」

「……好，我懂了。」

「很好，測試版終於開機了，你知道該怎麼做，快去幹活吧。」

「我懂了，但我不能接受。」

「你這腦子，是灌了湖水進去嗎？在輿論署工作，你想說的話和部門方向一致，那很好，如果不一致，你總不會以為我們還真要考慮你接不接受吧？一句話，你還要不要這個工作？」

「……我知道了，我會照辦的。但我還沒看到君來上班，這種話題，還是有女性一起操作會比較順利……她究竟怎麼了？怎麼會到現在還沒登入？問題應該都排除了啊。」

「是啊，人資部門也一直在聯繫中，不過據說不管用任何方式都聯繫不到她……」

「一般情況下，君就算沒有登入辦公室，也會在其他程式裡吧？完全搜尋不到嗎？」

「這還用得著你提醒？當然是都找過了呀，就怕她在登入途中，兩個系統對接時出了什麼狀況，讓她還卡在那個登入中的節點上……」

「彼星啊，那很嚴重吧？那她工作用的那些角色呢？都還在正常運作中嗎？」

「角色只能在登入輿論署辦公室的時候使用，其他時候都是自動駕駛狀態，所以都沒有問題，不過她目前澈底斷線，連健康監測系統都看不見她的數據，也無法確認是不是突發什麼重大傷病，直接獻給繁星了，要我說來，簡直像人根本不在樂土似的，已經派了系統維護員過去她的住處看看情況………嘖，我說你，就算君不在，那個老實大叔被捕的新聞也很快就會出來了，你最好趕快先開始操作角色，免得到時被輿論流向帶著走！」

「……是。」

「振作點，幹我們這行就是這樣，沒有什麼輿論是永遠流向正確的，只有你能不能解釋得通自己的說法。」

系統通知：親愛的壞，您已解除虛擬角色『白』的自動駕駛設定，並以本角色進入《甜心追隨群》。

「白！我正想著你怎麼還沒到！我們的首席推廣員怎麼可以缺席這種場合？咦？你怎麼一個人？蜜沒跟著你？你們兩個不是感情好到形影不離，堪稱民間版彼星戀人的嗎？」

「哎呀，女人家老是跟在身邊也是挺麻煩的，而且她今天不舒服，正在週期性出血，你不知道，她一踏進感官池啊，那畫面簡直血染鯨落湖，噁心死了……」

「哈哈哈哈，謝天謝地我看不到！不過真可惜，蜜說的話都精準又幽默，我超愛轉載的！我好想知道她這次會怎麼不帶髒字地罵害我們搶不到票的爛系統。」

「就是說啊，我算了一下，我上個月轉載的有一半都是她說的話，尤其是她反駁那些一口咬定那個繁衍全像不可能偽造的傢伙，哇，那真是精采！」

「等等，我說的話也不錯啊，而且我的轉載次數才高吧？」

「那是當然的！她能講得那麼好，也都是你給她的觀念清晰正確的關係呀，每個聰明有趣的女人，背後肯定有個更睿智幽默的男人啦！」

「一個女人家，當然要有你這種願意給她空間的男人，她才能暢所欲言啊，容得下她，這是你的本事！」

「好了好了別灌我湖水了，現在情況怎麼樣了？《宛在》官方有回應嗎？」

「就隨隨便便傳個系統公告出來，說出現了不明原因的網路問題，造成大家的困擾很抱歉，他們會盡力處理，嘩啦嘩啦什麼的……」

「也就是說，沒把我們這些追隨者放在眼裡啊。」

「就是說呀，我就搞不懂，都在《宛在》辦見面會了，怎麼還能搞得像是在紫微站辦實體活動一樣？又有前後排的區別，又有名額限制，《宛在》耶！不就該做到就像園只和我一個人說話一樣嗎？」

「稀缺性嘛！園的身價可不是一般陪伴女孩，想要單獨和她說話，你要嘛就是帳戶裡有算不清數字單位的樂幣，要嘛，就跟樂土英雄一樣，也去救她一回啊！」

「哈哈哈哈哈，你說的是！不過我們這種追隨者呀，就算有機會救她，恐怕到最後都會變成犯罪吧？」

「關於這個，我倒是覺得，背後可能有點蹊蹺……」

「咦？什麼蹊蹺？白，你可別吊我們胃口，你消息最靈通了，肯定有新消息對吧？快說！」

「也不算什麼新消息，我得保護消息來源，只能模模糊糊說個大概……」

「快說快說！和樂土甜心有關的一切我都想知道！」

「你們都不覺得哪裡怪怪的嗎？園的確是又漂亮又善解人意，但她其實也才滿十六歲不久，正式成為陪伴女孩的日子非常短，幾乎是一成年就變成樂土甜心……」

「那是因為她在還沒成年之前，就已經陪著她父親出席各種場合，早就是輿論焦點了啊，這是理所當然的嘛！」

「是啊，那不是更奇怪了嗎？姑且不論她父親貴為人口部部長，再怎麼說，照顧子女也是他妻子的責任，他有必要去哪裡都帶著女兒嗎？再說紫微站襲擊事件吧，那時間的浮軌站明明應該一個人都沒有，卻剛好有個人來救她，而且還是找不出一點把柄的年輕有為藝術家，事件才發生沒多久，就有逼真到幾乎沒人懷疑是偽造的繁衍過程全像流出，難道不像是在自導自演炒話題嗎……」

「我以為我們大家都有共識，那個全像就是偽造的呀，我們純潔的樂土甜心才不會這樣！而且他們有公開說明了，你那時不是還很支持他們嗎？」

「當時的確是這樣沒錯，但我後來想想，那次公開說明，他們除了一口咬定那個全像是假的以外，人口部部長還以阻止其他女孩再被這種深偽科技傷害名譽為由，當場宣布要競選議事卿……各位，我是不知道你們怎麼想啦，不過，從園還沒成年就開始帶著她出席公開場合，一直到她成年後發生的這一連串事件，看起來根本就是部長不斷利用女兒製造話題，為自己鋪好一條進入議事廳的官場紅毯吧？」

「這……你什麼時候從樂土甜心首席推廣員變成她的汙水管？」

「樂土在上，彼星為證！我和大家一樣，都很愛樂土甜心，不過認真說起來，我們愛的是樂土甜心和樂土英雄那種標準的浪漫配對，他們就好像我們從小到大讀取的知識流上那麼浪漫唯美，可是你們認真想想，這未免也太標準了吧？不覺得好像是刻意製造出來的嗎？」

「噢！彼星啊，我懂你的意思了！你的意思是說，輿論署很可能在刻意製造有利於他們的輿論，對吧！」

「萬惡的化外之人啊，這說得通耶！」

「……不，我倒不是這個意思……」

娛樂線群組訊息：請問一下，君那裡有消息了嗎？我這裡很需要她！

「他老海的！這倒是很有可能，但為什麼他們要這麼做？如果園的形象提升，那……」

「那她的父親出馬競選議事卿，就非常有優勢啊。」

娛樂線群組訊息：我剛收到報告！系統維護員在君家裡也沒找到她，你那裡還好嗎？要不我派其他人去協助你？

「沒錯沒錯，我的意思就是這樣！原來一切都是輿論署弄出來的騙局！彼星啊，白，你真的很聰明耶！你究竟是做什麼工作的？腦袋這麼好的人，樂值一定超高吧？」

「……你們搞錯重點了，我的意思是說，如果人口部部長打算利用他女兒的高人氣競選，那麼一定無法忍受園的名譽被影響，就算那個流出的超感全像是真的，他們也肯定要編造出一個犯人出來，把問題都推到那人身上，是吧？」

娛樂線群組訊息：不，這種一搭一唱的角色得要有熟悉度的組合才有說服力！突然來一個不認識的人幫腔對擴散言論沒有好處。能不能把她的角色權限開給我，讓我來操作？

「對耶！之前就有聽說，園懷疑這件事情是他們的偕護師做的，因為只有偕護師可能在短時間內收集到那麼多他們兩人的影像，但他們沒有證據。」

「證據這種事呀，我聽我在警備署的朋友說，也不是那麼難，畢竟，你看連那種超感全像都能用深偽技術做得那麼像，把一串數字塞到誰的樂幣帳戶去，硬說那是販賣深偽全像的不法所得，也不難吧……」

娛樂線群組訊息：你腦子進湖水嗎？才兩年年資，就以為自己可以在同一個場景裡操作兩個角色？太危險了！

「這麼說來……難道，那個超感全像根本就是真的？」

「不管是不是真的，都不應該讓這種影像流出來吧？」

「這難道還怪別人嗎？不做這種事就不會有這種影像，也不會流出呀。」

「這樣講雖然沒有錯，但好像哪裡怪怪的……」

娛樂線群組訊息：組長，要我丟著現在最緊急的網路延遲事件，回來操作這個輿論，就表示署長認為斷了園父親的官路更重要，對吧？

「怪怪的是人口部部長跟他女兒啦！我看呀，連那個憑空冒出來的藝術家都不太對勁，怎麼會有人突然之間出現，沒半點名氣，就承攬那麼大的空間壁畫？而且我當時怎麼查都查不到他的底細，這年頭，誰在網路上會一點足跡都沒有留下？除了那些重生者以外，怎麼可能有人查不到任何資料……」

「你幹啥去查人家底細？」

「他可是救了樂土甜心的英雄，當今樂土最有可能和園結婚的男人，我能不查查他是何方神聖嗎？」

「我看你是想找出他的弱點，然後往死裡打吧？放心，就算沒有他，也輪不到你和園發展關係的……」

娛樂線群組訊息：不，這太冒險了，我考慮一下。

「你說這什麼話？我告訴你，園再怎麼有名呢，也就是個女人而已，最後也就是回歸婚姻家庭，為樂土永續基因服務，就跟我們每個人一樣呀。」

「是是是，問題不在那兒，問題是她肯定要為更高等的基因服務，再怎麼樣，也服務不到你呀……」

「說到這個，今天來我家裡的那位系統維護員，長得和園很像呢，而且還是標準膚色！可惜她的樂值實在太低了，要不然我肯定提出交往邀約，她長得可好看了！」

「哇，那你有沒有……」

娛樂線群組訊息：這裡的輿論太失控了，我真的很需要君的角色，組長，我在樂土甜心的案子上表現一直很好，你是知道的，請放心交給我吧！

「說到這個，那就更可惜了，她說今天系統維護需求太多，而且剛接到了一個緊急的案件，所以沒時間留下來和我練習繁衍技巧，不過我看得出來她很喜歡我，只是礙於工作的關係，她也非常遺憾……」

「哦，我可以想像她有多遺憾……」

「她是說真的！我可以看得出來！」

系統通知：親愛的壤，您已獲得下列三十七個角色運作權限，使用時間至本日輿論署辦公室表訂下班時間為止，詳細設定內容請見附件。

娛樂線群組訊息：拜託你給我小心一點。

「我完全相信你呀，我現在用的這個表情也很遺憾，說不定比她還遺憾！」

「閉上你的地球嘴巴！」

系統通知：親愛的壤，您已解除虛擬角色『蜜』的自動駕駛設定，並以本角色進入《甜心追隨群》。

系統通知：親愛的壤，提醒您目前在同一程式親自操作的角色超過一個，可能導致許多潛在危險，敬請留意。

「蜜，你怎麼也來了？不是聽說你身體不舒服嗎？」

「沒事的，反正躺在床上是躺著，躺在感官池裡也是躺著，我不如來陪著白，免得我太想他！」

「哇，這是什麼高空煙火！」

「哈哈，你們在聊什麼呀？看大家都激動得很。」

「在講漂亮的系統維護……」

「親愛的，我們剛剛正在討論，人口部部長可能利用園來升官發財這件事。」

「哎，你聽聽你丈夫說這什麼傻話，明明前陣子還跟我們一起抱不平的！」

「咦，白說得很有道理呀，人口部部長手上掌握著各地人事分配任用狀況，他一定很清楚怎麼樣才可以創造出這種只有樂土英雄救得了樂土甜心的契機！他們兩人之所以在那個時間與那個地點出現，絕對和人口部部長脫不了關係！」

「怎麼連你都這麼說？藝術家歸文藝局管，文藝局在思想部轄下，跟人口部部長有什麼關係，而且你什麼時候聽說過，這種等級的部長還得去關心哪個平民什麼時候不睡覺在工作了？再說了，你不是那時才說，女人要支持女人，不能讓深偽全像傷害園嗎？」

「我……」

「你們這完全就是先把魚塞到人嘴巴裡，然後到處嚷嚷說這人吃魚啊，我絕不接受這種說法，咱們大家都是看著園長大的，她是個什麼樣的女孩子，我們難道會不知道嗎？她對那個救了她一命的樂土英雄那麼好，每次說起他來那雙眼睛都在發光，難道也會是假的嗎？要說假的東西啊，只有可能是那個超感全像！那絕對是偽造的！」

「這可不是我把魚硬塞到誰嘴裡，分明是他嘴裡那塊魚切得好好的，正好是一口的大小，說不定還沾了醬呢！再說了，你這種從小看著園長大所以她絕對不是壞女孩的說法，不正坐實了這是人口部部長的長期計畫？」

「我完全同意，其實在家中，白就經常和我分析這些檯面上的人物，所以我們早就覺得園的崛起經過有很多疑點。」

「咦，怎麼可能？你上回不是還跟我說，希望之後能夠被安排教養一個像園那樣的女兒？」

「我……那是，如果從園幫助人口部部長建立起這麼好的形象看來，我當然也很希望我們被安排到一個這麼好的女兒，能夠幫助白的事業啊。」

「是這樣嗎……」

「唉，女人家不太會說話，我來幫她說吧！我知道她總覺得自己沒用，想要為我們的樂値多做點努力，所以才會說出希望有這樣的女兒這種話，不過在我跟她解釋過後，她當然不是這麼想的了。」

「但蜜本來……不，我還是覺得很奇怪……」

「你別疑心，就像白說的，我有很多時候都把事情想得太單純了，要不就往牛角尖裡去，你知道，就那些女孩子家容易有的毛病嘛，不過還好我嫁了一個有耐心的丈夫，願意教導我、帶領我，點出許多我看不到的盲點，否則我真的看不清楚這世界真實的樣子……」

「哇，等等等等……聖哉祖國！你們都看到那個新聞了嗎？」

「你未免太沒禮貌，我話還沒說完……」

「什麼什麼！噢，偉哉領袖啊，他們抓到偽造全像的那個嫌犯了！」

「你個老海啊，竟然是那個男人？和他們同病房的病人？這……」

「有道理耶，他才是那個最有機會取得最多影像的人啊。」

「這麼說來，那個超感全像裡的角度，很多都是從另一個病床上看過去的視角，我就知道！那全像裡某些片段，怎麼看都不像是他們本人的視角啊！」

「你怎麼會知道那個超感全像是什麼視角？這意思是說，你也去買了一份重現權，而且還使用過了，對吧？」

「我……不是的，我只是聽說，聽說而已……」

「嘴巴上說支持甜心和英雄，口口聲聲撻伐那種東西傷害了浪漫愛情的本質、降低了樂土素質，結果呢，身體竟然還是不爭氣地去買了？就別說什麼道德問題了，那玩意兒光是黑市叫價，可遠遠不止一個月收入，你為了滿足自己的慾望，就這麼捨得花錢？」

「我、我買的時候還沒那麼貴……不，你肯定也去問過價格了，才知道有多貴吧？你要不是也買了一份，就是因為太貴了買不下手，那也沒啥好自命清高的吧你！」

「你怎麼能把自己吃過的魚往我嘴裡塞呢……」

系統通知：親愛的壤，您的虛擬角色『白』已經離開《甜心追隨群》程式，請問是否切換為自動駕駛？

「蜜，你等一下，先別走，你沒事吧？」

「怎麼了？我沒事啊，但我先生已經離開這裡，我得趕快跟上去。」

「為什麼？」

「什麼為什麼？」

「為什麼白離開程式，你就非得也一起離開不可？」

「那……那是因為……」

「你們趕著要去什麼地方做什麼事嗎？一定得要你們兩個一起出席才行的事？」

「這，這倒不是……但，我們是夫妻啊，他到哪裡我就跟著到哪裡去，不是很正常的事嗎？」

「他老海的！你愈說愈可疑了，他是不是對你做了什麼事？他打你嗎？」

「聖哉祖國！你們到底想說什麼？我沒事呀，他怎麼可能打我？你們剛才也聽到了，他對我非常體貼，教導我許多事情，就一個丈夫而言，他是完美無可挑剔的……」

「噢，這可糟了……」

「什麼意思？你們是怎麼了！」

「你以前不是這樣的！你自己都沒有感覺到什麼問題嗎？你以前不是這樣對丈夫百依百順的呀！」

「你們在說什麼？我是呀！而且對丈夫溫柔順從有什麼不好？這多麼高樂！可以讓我們兩人的樂土價值都提高，那有什麼問題？」

「你們一起在程式裡出現時當然都是這樣，但，你不會甘於只是在他身邊點頭呀，你會說些話，讓那些心裡只有自己的臭男人以為是認同他們，但其實不是！你還會私底下傳訊息給我們，說他的想法哪裡太自以為是，說他解釋那些你早就知道的事情時有多麼洋洋得意，好像全世界只有他最先想通這些真理，說他對別人振振有詞的那些話，很多都是你說出來的，而他還不肯重現你的話，就當成自己的想法那樣說出口……」

「……她……我，我這樣說？」

「水滂的！不對，完全不對，這不是蜜！這太不對勁了，這不是她！」

「難道蜜被盜帳號了嗎？」

「在樂土盜帳號？這得先入侵個人方舟系統，才辦得到吧……難道是她丈夫？」

「這太奇怪了，但她丈夫剛剛還和她在一起，一個人不可能同時在虛擬樂土中操縱兩個角色，除非……」

「……除非，小道消息裡，輿論署養了一批暗輿論師的謠言，是真的？」

「彼星啊，你們未免想太多了吧！我是因為待會要去上父母先修課程，才急著要趕快離開的，那些課程都很重要不能缺席，好好上完課，政府才能安排孩子給我們啊。而且你們說的那個什麼奇怪的謠言，怎麼可能是真的，輿論師就輿論師，哪有什麼明輿論暗輿論的差別啦！」

「你怎麼知道沒有？結了婚的女人就是在家裡努力懷孕、照顧家人和教養孩子，輿論署裡的事情，你怎麼能說得這麼斬釘截鐵？」

「我、我有丈夫啊，我丈夫他學識淵博，懂的事情可多著了，當然在他身邊，我多多少少也……」

「確定了！蜜絕對被盜帳號了。」

「萬惡的化外之人啊，你們有誰知道她在實相樂土的住所嗎？不知道她本人有沒有危險，會不會被控制住了？是不是該趕緊報案？」

「但這要是真是暗輿論師做的事，那就是政府機關的人了，我們要是舉報了，會不會有危險啊？」

「該死……我，我不跟你們亂扯了，我要趕快追上白，去陪在他身邊，你、你們就自個兒胡說八道去吧……」

系統通知：親愛的壤，您的虛擬角色『蜜』已經離開《甜心追隨群》程式，請問是否切換為自動駕駛？

系統通知：親愛的壤，您已將虛擬角色『蜜』呈報為危險級別，並建請樂土程式局銷毀，緊急要求將在您確認後送出。

「臭湖裡的女鬼啊！你這地球腦子怎麼會溺到這個地步？怎麼能隨便要求銷毀角色？這還

不是你自己的角色……喔！我看到報告書了，你怎麼會把好好一個角色砸成這樣！剛剛還跟我滿口保證說沒有問題！」

「這不是我的問題，這是因為君她把人設處理得很亂！私下做了很多我不知道的事，這個角色在其他人面前不是我知道的那樣……」

「那不是廢話嗎！一個角色之所以能成功能有說服力，就是因為這種多面性，這不是剛進輿論署時最基礎的新人研習就說過的事嗎！」

「但，這讓我的工作變得……」

「枉費我還那麼信任你，把君的三十幾個角色都交給你操作，結果一到你手上就出狀況，我請問你，這個角色銷毀之後，她丈夫那個角色要怎麼對別人解釋？」

「為什麼會需要解釋？不用解釋啊，在樂土，這種事情大家早就有共識了，沒有原因的消失，肯定就是犯下反樂土罪，遭到祕密逮捕的意思，大家都會閃得遠遠的，很快就不會有人再聞問了，丈夫的角色只要再創一個女性角色結婚就好了，很容易的。」

「喔，那可真是方便你了啊！你知不知道輿論署裡每個有信用值的帳號，都得花多少時間和樂幣去養？你這麼輕鬆就把這些成本都丟進鯨落湖裡，還將這個帳號之後可以創造的輿論價值都一筆勾銷，我是該說你天性樂觀呢，還是該說你腦子裡都裝了女人月經？」

「……我知道這件事我處理得是有點瑕疵，但也不用把話說得這麼難聽。」

「算了，你今天就這樣，先下班去吧。你要是繼續待在這裡，難保我不會說出更難聽的話。依照規定，部門會加權計算這個帳號的信用值之後，扣你的樂值，念你是第一次，這次打對折扣一半就好，你自己有點心理準備。」

「什麼？全部算在我頭上嗎？」

「要不然呢？你想拖我下水，還是抓不在場的君共同承擔？」

「我……我可以將功贖罪啊！我和君還有其他很多角色可以運用，那個逮捕嫌犯的消息才剛出來，我得回去鞏固輿論流向，要不然剛才的努力一不小心就會……」

「不瞞你說，要你今天到此為止，就是因為怕之前的努力一不小心又讓你給毀了。壤，這案子關係到的可是我們頂頭上司未來的仕途，你毀了這案子，也等於毀了我和你啊。」

「但是，既然這個案子很重要，不惜推翻之前的說法也要做，那怎麼能這時候叫我下班，就這麼停下來？」

「唉，真是個地球腦子，當初到底誰讓你進輿論署的……既然這個案子這麼重要，我當然不可能只交給你這個測試版去做，還有好幾組在線上，目前表現都很好，你放心走吧……再說下去，我就不打折，直接全額扣你的樂值了。」

系統通知：親愛的壤，您的帳號已強制登出《輿論署辦公室》，十二小時內禁止再度登入，您目前的樂土價值為七十五級。

解除連線的那瞬間，壞一邊罵髒話，一邊跳了起來。

居然就為了一個女人沒處理好的女性角色，就要把他踢出這個任務？那是君的問題，他得在這種緊急情況下幫君處理這種擦屁股的事已經很委屈了，居然還被懲處？水澇的，組長肯定跟君有點什麼，才會這樣毫無道理地拿自己出氣。

壞恨恨地想，他要是女人，當然也會靠交往關係上位！女人要進輿論署就已經是千中選一的難度了，自然會想盡辦法鞏固自己的位子，但組長身為前輩，不，身為一個樂土男人，要什麼女人沒有，有下屬仰慕也不是什麼稀奇的事，問題在於他玩歸玩，就不該被這種事情蒙蔽了心智！

他老海的！女人這種東西……

壞頓了頓，睜開眼睛。

說到女人……

反正今天已經不可能再進辦公室了，那不如好好利用時間，特別去給雲一個驚喜！她雖然在虛擬樂土的每個程式裡都封鎖自己了，但憑她那樂值，恐怕是搬不了家的，自己要是不計前嫌、特別去她住的那種破爛地方，當著所有人的面送她那束輪讓給自己的玫瑰，她絕對會感動到當場跳進鯨落湖也願意。

今天發生的一切當然是很不愉快，但他畢竟是個受過良好心態訓練的樂土男性，職場上的失利，暫時可能挽回不了，但他可以用愛情的成功來彌補。再說了，如果一切順利，他們結婚時，還能有很不錯的樂值加給，對今天的損失也不無小補。

就這麼決定！

壤起身，剝掉身上的儀器，走出感官池——儘管說他老派吧！雖然隨身連線用起來感受也不差，不過在家裡想連線虛擬樂土系統，還是用這種全面包覆的設備最舒適，也能提供最靈敏、最強烈的感官反饋。

感官池一旁就是簡單的清潔設備，壤走進去的同時開啟了新視窗，一邊查詢目的地位置與抵達方式，一邊洗掉身上塗抹的感官強化油膏，就在他換上自己花了昂貴樂幣購買的純棉智能服飾時，視野下方彈出一個廣告視窗。

是他一直想買的新款機能雅紳褲！這年頭的商人實在太厲害，不僅很會挑時間下廣告，而且這款雅紳褲推出的隱藏功能簡直太實用，居然可以讓胯間部位製造出自然得恰到好處的膨脹視覺效果，讓男人看起來，嗯，更為英挺，更有繁衍力。

他考慮了片刻，雖然那片刻短暫得看起來像是沒有考慮，接著眨了眨眼，點擊購買按鈕，買下了這款褲子，還加價購買了即時送達服務。

並不是他虛榮，而是他待會的行程就需要用到，這是為了實用性考量的正常購物活動。

他穿好上半身，點開商品送件資訊，看到所謂的即時送達，也還得十分鐘後才會送到，滿心不耐煩地嘖了一聲：這些實相樂土的直接服務真的慢得離譜，這樣到底要怎麼和虛擬樂土競爭？某些人就只會嚷嚷著實相樂土有什麼老派的美好溫度，宣稱實相樂土無法使用瞬移拉近的距離與需要等待的時間，這樣的時空距離才讓人更能沉澱思考人生的意義所在……這些蠢到地球去的說法真是讓渡船都笑得沉進鯨落湖底，不好好思考怎麼優化實相樂土的條件，光憑這種不著邊際的說法，就自以為待在現實比在虛擬中更優越，未免也太可笑了。

很可惜，即使壤的工作成就都來自於虛擬樂土，每天在虛擬樂土的時間再怎麼長，有的事情還是得回到實相樂土才做得到，壤偶爾也只能忍受這些彷彿還在過地球時間的低效率生活。

壤打開全能造型管家，決定利用等待新褲裝到貨的時間，讓雲即將看見的自己更為完美。

其實他向來不太在意實相的外表，畢竟大多時候待在虛擬樂土裡，想要什麼精實有神的外在形象，都是夠高的樂值和一把樂幣就可以解決的事。只不過，求偶與繁衍這些事，最終還是得回到實相樂土執行，雖然處處不便，但為了在浩瀚宇宙間創造繼起之生命，這也是他們這些樂土男人理應扛起的重責大任。

比如說像現在，他要去雲的住處給她一個驚喜的計畫，就特別需要這種低效率又不方便的老派浪漫，不管是輪讓給他的那一束會凋謝的真玫瑰、無法用瞬移解決的漫長跋涉距離，還有繁複又麻煩的交通時間，這些種種不便，都恰能顯示出他對雲的一往情深，對促進他倆重新締結交往關係，甚至進展到婚姻關係，都是絕對必要的。

女人啊，就是一種緩慢、低效率、頭腦不靈光，又難以產出樂土價值的人種，不過這樣的先天缺陷搭配上她們的迷人美貌與原始的身體，不知怎的，就是有一種令人難以抗拒的誘惑力，無論任何新款機型的仿生情人都無法取代——人類基因就是這麼神祕莫測，創造出了愛情這種智慧生物專屬的偉大情感，能夠跨越任何樂值與樂幣，讓如此截然不同的人種全身心地結合，並且讓樂土人這樣高等基因能夠延續。

壞陶醉地想像著自己和雲的基因將會如何激烈狂野的結合，一邊順手將整個掌心按在內嵌在廚房牆面上的日糧列印機介面上，紅光掃過他的掌心兩回，計算出壞的基礎代謝率，統整了他今天在虛擬樂土所攝取的營養及熱量，很快地，樂土英雄風味日糧便嘩啦嘩啦地落在感應介面下方的瓷白糧碗中，隨之注入雄威二號綜合維生液。

壞趕著要出門，沒時間等日糧泡軟好入口，便急著打開列印機，將碗裡的東西咕嘟咕嘟喝下去，一時無法跟著維生液吞下去的日糧塞滿嘴裡，嚼得他唇齒間都是那種略帶尷尬的日糧味，和虛擬樂土裡提供的超感味覺完全不能比，難怪現在人人都寧願去虛擬樂土聚餐了，虛擬樂土提供的味覺刺激既多樣化又能自行調整，同樣的營養成分直接傳輸進體內，還不需要靠這種低效率的消化系統吸收，把時間和精力花在更有意義的輸出輿論上，那才是他們這種貴人種該做的事。

壞艱難地嚼著嘴裡的日糧，完全嘗不出這號稱英雄風味的食物和其他口味有什麼不同，看來高價向輿論署買下「樂土英雄」聯名權利的日糧公司，並沒有在口味調配上花費相應的成本，可惜了這個響亮的招牌，下次他應該要建議言論版權中介所的人好好審查一下，不能老是價高者得，這樣不是白白糟蹋了他們輿論師想出來這麼高樂的點子嗎……

嘴裡的日糧還沒嚼完，他耳邊便響起提示聲，剛剛購買的褲子到了——好吧，必須承認實相樂土的效率似乎有進步，不過還是比不上虛擬樂土裡，付完樂幣、低下頭，就能看見褲子穿在身上的那種便利。

他走到指定收貨的窗前，打開窗子的同時，也啟動了窗邊的氣流簾，確保不會有太多室外的髒空氣或奇怪的微型地球生物進入屋內。

窗外正在等候的麻鷺造型無人機鬆開機械爪子，包裹穩穩地落在收貨窗台上，壤舉起手，讓無人機感應晶片確認取貨，等消毒的紫光熄滅後才伸手拿進來，關上窗。

這新款褲裝穿上身的效果還挺不錯。他在胯間揮了揮手，確認外在狀態改變時，電磁波影響視覺造成的膨脹感會不會很彆扭，結果居然還挺自然的。總算！那些成衣工廠裡的懶散地球人，看來終於有好好認真工作了，祖國庇佑他們！

壤叫出模擬全像，確認一下自己現在的模樣：全能造型管家幫他漱洗了滿是日糧殘渣的口腔，打理好了髮型與淡妝，讓他的眉毛顯得更英挺，臉型更加陽剛，並維持在可以泰然否認自己有化妝的程度，花了大錢購置的智能服飾和新買的褲裝一樣，也內建了自動調整視覺效果的功能，讓他長期躺在感官池裡連線的鬆軟身材，看來宛如傳說中帶領祖國軍隊一統全球的祖國最高領袖一樣高大威猛，尤其那個新款褲裝，嘖嘖真是不得了，這樂幣花得太值了。

一切都很完美。壞滿意地點點頭，用《樂遊記》預估自己抵達雲住處的時間與地點，先用輪讓給他的兌換券預定了玫瑰，還自己加價購一份頂級的盛大包裝。

壞大步走出門外。

純白色的房間外是純白色的島站社區，放眼望去全是一致的純白，純白色的牆面與純白色的窗櫺潔淨光滑，每隔一段時間便會啟動自體清潔，雖然不能說是永保全新，但事實上也無需永遠，只要能維持到那些懶散的地球人架好在彼星的移民站點，樂土人就不需要這些白得閃亮的住所了。

等到最後一個樂土人踏進移民冷凍艙，大概都還不用等到火箭發射，地球人想必就會像浪潮上的骯髒水沫那樣，密密麻麻地朝著這些美麗齊整的住所一波波地湧來，占據這些曾經維繫著樂土人這段過渡時期的空間……

這樣一想，壞就有種奇怪的感受，一方面覺得地球人會占據他曾經的住所，覺得非常噁心，但一方面想到那時他和他熟悉的樂土人們已經在遙遠的彼星上，澈底擺脫了這些樂值低到無法計量的人類，以及日漸漲升的髒水，又感到非常安心。

他順著長廊移動，沿著長廊架設的透明隔板阻隔了骯髒潮濕的空氣，留在長廊上的是清新的過濾空氣與輕快的音樂。壞認出來這是父親寫過的歌，父親在休眠前曾是文藝局的價值樂曲創作師，許多經他與其他價樂師合作出來的歌曲，如今都是人人耳熟能詳，都能和著旋律唱上兩句的名作。而父親的價樂師身分，也曾是他的樂土履歷上讓他最感驕傲的一條，不過現在，讓他最感驕傲的是自己的工作，而不再是父親的成就了。

就算他今天在工作上有些小失誤，那也不妨礙他的自傲。

壞沿路和許多認識與不認識的臉孔微笑打招呼，他們每個人都穿著合宜的智能服飾，看起來全都是賞心悅目的標準肉身，其中有幾個還和自己一樣跟著音樂哼歌，他在每個點頭微笑的同時，聽見耳邊傳來社交指數不斷上升的滴滴滴音效，讓他的笑容更加真摯、更加提升社交能量。

順著長廊走出住宅區，壞的視野才終於像在虛擬樂土裡那樣，在眼前鋪展開來。

話雖如此，但其實透過隔板看到的天空、近山與湖面，其實也僅止於翼宿站周遭，無論往哪個方位極目，更遠的地方都只見得到一片濁霧，據說翼宿站一開始建造時是完全搭建於地面上的，但海平面上升得太快，如今已經是半跨在山腳與鯨落湖之間，當然，價值感也沒有那麼高了，不過，還多虧了這個半湖半山的特質，他這種樂值才勉強住得起這個地段。

天仍是陰陰的。

天陰與此刻是冬季無關，在他的記憶裡，樂土的天空一直都是陰的，再怎麼樣也看不到多遠的地方，差別只在於是否下雨落雹，或者純粹是這種要死不活，和鯨落湖如出一轍的灰濛。那無關季節或氣候，是空氣品質的問題。

觸目所及，陰沉的底色上有三艘飛艇遠遠近近地在空中行駛，而翼宿島站的渡船塢就在浮軌站正下方，因此也能看見水面上螻蟻般來來去去的大小船隻，數量更多的則是各種造型的無人機，模擬著各種生物的飛行方式，忙著給消費者們遞送實體商品。

壞想起小時候常和母親與姊姊一起在窗邊看著這些無人機，用它們來認識不同的鳥類與昆蟲，那時開著窗不像現在那麼安全，偶爾還可以看得到真的鳥類和昆蟲，就得趕快把窗戶關上並且通知相關單位處理，幸好現在都已經被撲殺得差不多了。

壞朝著交通電梯走去，這排電梯只通往三個樓層，往下可以抵達渡船塢，往上通往浮軌站，再往上很多，則能到島站大樓頂端的飛艇停泊站。

壞的樂值可以搭乘渡船或浮軌，平時他當然是不搭渡船的，那種貼在水面上行進的玩意兒，只有未滿六十級的人會當成正常交通工具，像是壞這樣的中產階級，底線就是浮軌了，當然，他也很期待有朝一日達到九十級樂值，能夠將飛艇當成日常交通工具，那樣他可能會比較樂意多花一點時間在實相樂土裡。

但他今天要搭渡船，原因沒有其他，要抵達雲的住處，那只有渡船能辦得到。

畢竟雲的樂值僅僅三十幾級，住的地方並不體面，也只有最低階的渡船才能抵達——十三號城寨島位於市中心水域，是目前水沒市僅存的三大臨時島中最惡名昭彰的一座，島上設備永遠是所有的站點中最後一個更新的，進入島的內部，很可能會因為訊號不良而造成各種不便。

壤當然很不樂意去那樣的地方，環境惡劣就別提了，長時間的斷線據說很可能造成樂值下滑，他絕對不願意冒這樣的風險，不過，話說回來，正因為一切條件都與他的身分這麼不搭襯，若是能無視種種艱難，到雲身邊獻上一束珍貴無比的原型玫瑰，那麼沒有一個女人能在這種情況下還堅持拒絕他的。

就算是那個什麼臭水澇的「價值觀」，也絕不可能抵銷這一切的吧。

想到這裡，他又再次打開視窗，在搜尋引擎裡搜尋這三個字，《山海經》和往常一樣跳出一個以園為原型的立體全像，嘟著嘴眨著眼，無辜又抱歉地說這個字彙組合並不存在。

即使再怎麼想和他結束交往關係，胡謅一個根本不存在的詞來搪塞，未免也太讓人傷心了。

不過，愛不就是這樣嗎？不管對方是不是接受，都同樣抱著熱烈的情意毫無保留地付出，那才轟轟烈烈，那才是真愛。

想起雲，壤的心整個被融得熱熱軟軟的，像是孩子們愛吃的那種甜祖國派。

電梯抵達，他踏進電梯的同時，耳邊也響起系統提示音，而這次的提示音，是少見的重低音。

系統通知：親愛的壤，很遺憾必須通知您，您的樂值業已由輿論署核定，扣除五十八萬三千六百二十點，即時生效。目前您的樂值為六十八級，請不要氣餒，繼續努力喔。

水澇的！

壤沒想到會扣掉這麼多樂值，他竟然活生生血淋淋被降到七十級以下？那個破爛角色的價值不可能這麼高吧？那不過就是個女的耶！而且是因為壤手上的那個男性角色，所以才有存在價值的女性虛擬角色耶！他本以為再怎麼樣也就是扣個兩千點了事，想不到……

該死的臭湖底的地球女鬼！

兩年多前，壤剛經由招募考試成為輿論師時，便曾聽說過：這一行雖然人人稱羨，不過樂值是來得快去得也快。但他當時沒放在心上，畢竟當時才剛入行，堅信自己不但三觀端正又口才便給，簡直天生是做輿論師的料子，做這一行不就是向大眾傳遞正確價值嗎，以壤的條件肯定能像直奔彼星的移民火箭那樣，扶搖直上。

他沒想過在這裡，樂值也能像落入湖裡的雨水那樣，掉得這麼急轉直下。

樓層抵達，他恍惚地走出電梯，都走到了閘口，才驚覺自己剛收到噩耗時沒注意電梯方向，不慎便按照平時的路線，走進了往上的梯廂，這會兒是站在浮軌站入口了。他嘆了口氣，正要往回走，耳裡卻自動接收到不遠處一個年輕女性焦急憂愁、略帶哽咽的聲音，像是正在哀求著什麼。

壤轉頭，聲音的來源是一個標準膚色的女人，編成長辮的黑髮，柔順地依著她肩頸到胸前的曲線，看來格外溫婉順服，宜於成家——不，等等，那個女人……

那女人，不是蓮嗎？

壤突然想起早上收到的本日運勢，部首土今天會得到天上掉下來的大禮。

真是神準。壤首先得到了輪轉送的原型玫瑰兌換券，這會兒又遇上了好幾年不見的蓮！

蓮是他兒時的鄰居小姊姊，也是他第一個喜歡上的女孩、第一個產生繁衍欲的對象……甚至可以說，是他理想妻子的原型，也是他會這麼執著於雲的原因。

她們都是面貌姣好的標準膚色人種，但面對他這種淺膚紅髮的人，卻絲毫不曾表現出冷淡倨傲的態度──這正是他渴望的那種女人，既能在基因上補足他所缺乏的部分，性格上又對自己的優等基因不以為意，因而不會對他挑三揀四。

不過，幾年前蓮結婚時，為了結婚對象與教養家庭鬧翻，他已經好幾年沒有她的消息，想不到，竟然在這裡巧遇了。

壤站在一段距離外觀察，蓮在浮軌站的閘門外，顯然正在對沒有接受通話要求的某個人留下語音訊息，問著對方到底發生什麼事，為什麼突然間樂值會掉到讓她連搭浮軌回家的權限都沒有，煩惱地說著現在若以她的身孕，搭上渡船肯定會很不舒服，甚至有危險的。

原來她懷孕了嗎？應該還在初期，她的身形看起來依舊窈窕優雅。

她的語調焦急又憂愁，但壤聽得出來，她依然控制著不讓自己的煩惱顯得像是質問，這麼多年過去了，蓮依然像他記憶中那樣溫柔。

但蓮的那段語音留言，也讓壤想起來，蓮之所以會與教養家庭鬧翻，還不都因為她選擇了一個樂值低了她快三十級的男人嗎？當時別說是她的教養家庭，整個社區的鄰居莫不是個個苦口婆心，幫著勸住她，但向來溫順的她竟然一反常態，對誰都態度堅決，連客套或敷衍都不肯，誰跟她提這件事，就是存心和她槓上似的。

既然當初執意要和樂值更低的人結婚，不早該想到會有這一天了嗎？當初不思考清楚，現在還是吃到苦頭了吧，既然如此，就該好好接受自己的選擇啊。

心裡雖這麼想著，但不知為什麼，身體像是有自己的意志似的，竟邁開步伐，往蓮的方向徑直而去。

「蓮，好久不見了。」

心中千回百轉之後說出來的，是這樣一句像列印機裡掉出來的日糧一般無味的話。

壞仔細觀察著蓮的眼神變化，從疑惑、驚訝、認出他來的意外……或許，還有發現當年暗戀自己的小男孩已經長成如今這般勇壯富有繁衍力的男人，而有些羞赧。

壞很高興自己穿著那件新買的雅紳裝。

蓮很開心地與他相認，互相說了幾句無關緊要的場面話，她大概還在煩惱搭浮軌的事吧，臉上表情看起來沒有她說的話那樣高興，壞察覺到這點時，甚至還來不及釐清思緒，便已經脫口而出：

「你要去哪裡呢？順路的話，我可以把你設為臨時同行者，一起走吧。」

蓮這時展現的驚喜，如假包換，壞很滿意。

蓮說自己是打算回到亢宿站的住處，不令人意外地，那是個坐落在城寨島與水上公寓之間的低等島站，不過也幸虧如此，就方位而言，離雲居住的那個城寨島不遠，和他要去的方向，可以說得上是順路。

壞幾乎沒有考慮地便對蓮伸出手腕。「來吧，我陪你回亢宿站去。」

「真的可以嗎？偉哉領袖，你真是幫了我一個大忙，謝謝你，能在這裡遇見你真是太好了。」

他太享受此刻蓮的表情了，忍不住便說起大話來。「那當然，樂土裡有生育能力的女性只有不到百分之二十，你們這樣的懷孕女性太珍貴了，我覺得不管你們是幾級樂值，政府都應該要在你們懷孕期間都負責用飛艇接送才對！這包在我身上，我現在可是輿論師，幫你們懷孕婦女製造一些輿論聲浪是沒問題的！」

壞看著蓮伸出細緻的手腕，在與自己的手腕相隔兩個指尖遠的地方停下，那似近又遠的距離讓他的手腕感到一陣觸電般的麻癢，他壓抑著怦然，在晶片互相感應後，很快地將蓮設為同行者。

系統通知：親愛的壞，您已將本段記憶儲存於「我的最愛」，隨時可以提取。

系統通知：親愛的壞，您已將，蓮，樂值五十九級，已婚女性，設為同行者，同行目的地為亢宿站。

他微笑著邀請蓮一起走進浮軌站。

兩人習慣地在閘門前仰頭，讓監控攝影機方便捕捉他們的容貌以辨識身分。閘門口輕巧地滑開，等待氣流消毒時，壤若無其事地問她，怎麼會回到翼宿站來，是回去看看教養家庭的父母嗎？

蓮頓了頓，或許在考慮是否要對外人說明私事，半晌後才說，因為自己在沒有事先申請生產許可的情況下就意外懷孕了，丈夫和她趕著要在生產前補辦，但她的教養家庭卻不願意配合提供相關文件，她只好自己跑一趟來說服他們，好說歹說才終於答應。

「願領袖為你孕育的樂土希望降下祝福！這真是件大喜事。不過，原來申請生產許可需要教養家庭提供文件呀？沒申請過，還真不知道呢，但伯父伯母他們為什麼不肯配合？」

他們之間再度陷入短暫的沉默，蓮肯定察覺到了，壤並不是不知道原因，而是明知故問。

就算當年壤沒有聽說蓮結婚時掀起的風波，這些間原因，恐怕單單從他們居住的地段就能看出端倪：他們現在要離開的翼宿站，如今雖然位處半山半水的尷尬地點，但建造時可是一個坐落在土地上的高級島站，沒有一定的樂值是申請不到的；而蓮現在住的亢宿站，是近五十年前悲愴之戰時就已經被淹沒的區域，四周都是當年難民自己搭建的臨時島，還有後來政府為那些低樂佬搭建的水上公寓……

這意味著什麼，樂土人不可能沒有一點意會。

在沉默中，他們並肩走進與社區一樣內外純白的浮軌車廂，車廂沿著寬度只有半條手臂的磁鋼軌道，無聲地滑離翼宿站。

他決定換個方式探問。

「我記得，你們結婚時，對方只有四十幾級，剛剛設定同行時發現你已經有五十九級了，我想，你丈夫也是很努力的吧。」

車廂遠離霧綠山區，進入霧靄與湖面一樣陰沉的水域，在軌道上平穩地往環狀線高速移動，不過，再怎麼快也絕快不過蓮在婚姻關係確立的那一刻，樂值瞬間掉了二、三十級的速度。

他真的很努力。蓮輕輕地說，目光卻投向車窗外迷離的霧色水景，壤凝視著浮在她眼角唇畔的笑意，淡得那麼似有若無，存在感卻比方才對他道謝時的燦爛笑容，更加強烈。

那男人到底有什麼好？壤幾乎感到一絲嫉妒。

只是因為很努力嗎？樂土男人哪個不努力了？他也很努力啊，而且他的努力是可以反映在樂值上的，沒有這種樂值，有什麼資格說努力？

壤從小被安排到一個父親是價樂師的教養家庭，依照教養家庭中的已婚女性與未成年孩童樂值都比照最高位階男性成員的慣例，他自有記憶以來，就是過著六十級起跳的生活，而就連他這麼努力、這麼有天賦、這麼無懈可擊的家世背景與工作表現，成年離家後，也僅僅能夠提升到七十五級（就不提現在又掉回六十幾級的事了）——壤其實很難想像，怎麼會有人「選擇」一個讓自己掉三十級樂值的婚姻關係。

「比你丈夫努力的人，你身邊也不缺吧？為什麼要找一個差距這麼大的人，把大家都弄得雞飛狗跳的呢？」

為了愛情呀。

蓮給出的答案並不讓人意外，同時也讓人意外。真摯浪漫的愛情絕對是高度樂土價值的表現之一，受過良好教育的樂土人依循樂土價值的準則去行事並不稀奇，但，明知實際上會掉這麼多樂值還要依照這個準則去做，那就，非常奇怪。

愛情應該是提高樂土價值的，怎麼可能反而拉低樂值呢？這不就表示，這並不是真正的愛情嗎？如果女人都不照著樂土價值來選擇對象，這樣他們這些男人的努力到底算什麼呢？這種心態一旦擴散出去，女人不在乎男人的樂值，進而讓男人也不看重自身的樂土價值，那可是會造成整個社會的道德淪喪！

沒想到，原本少話的蓮，開始用一種認真而略帶激昂的態度說話，那模樣讓他驚訝，也讓他升起一股難言的情緒，他忍不住想，雲是如何對別人說起自己的呢？

蓮說，她決定結婚時根本沒有想過什麼道德淪喪，她只是想要跟那個男人在一起。除了愛情，蓮也相信自己所認識的這個男人，這個男人那麼好，他怎麼可能連五十級都不到？一定是哪裡搞錯了，這個男人溫柔正直，甚至比自己七十級的父親更誠摯善良，完全值得七十級或者更高的評價。

蓮相信就算不是一時搞錯，來自七十級樂值家庭的自己，也能幫助丈夫成為更好的人，然後擁有更高的樂值。三年過去了，丈夫和她婚前所知的一樣好，甚至更好，為了讓蓮至少能重回她原有的生活水準，他也努力做了許多能夠提升樂值的事，終於讓他們都提升到六十級，上個月好不容易才可以從八方環水的水上公寓搬到島站上居住，體會「腳踏實地」的感受。

卻在突然間，不知道發生什麼事，他們的樂值又瞬間掉了一大截，掉得她這樣一介懷胎三月的孕婦，連浮軌都搭不了。

搭不了浮軌還算小事，不過就是自己受苦罷了。壞知道，蓮所擔心的就和全樂土的孕婦一樣，她怕肚裡的孩子出生後，會因為他倆的樂值太低，因此也被安排到低樂值的教養家庭。

蓮的遭遇，讓他想起今天同樣掉了大截樂值的自己。

壞安慰蓮，今天的確什麼都不對勁，早上的網路異常影響了很多事情，就連他的同事都彷彿人間蒸發似地無故曠職，害他得接下同事該做的事，沒做好了還被狠狠扣了一筆樂值，或許蓮的丈夫也受了場無妄之災，過幾天等一切恢復正常，錯誤被修正之後，這些樂值都會回來的。再怎麼樣，孩子都會被送到比他們本身的樂值更高的家庭，不必太過擔心。

蓮點點頭，謝過了他的安慰，眉眼中卻還是壓著心事。

車廂優雅安靜地在張宿站停靠載客，接著繼續行駛，滑向水域更深的地方。

湖面、空氣與天色，一樣陰沉。

壞從車廂內往外看去，全是令人不悅的髒灰色，這格外讓他感覺到自己所在的純白車廂讓人多麼有安全感。他這輩子都是在這樣純白色的位置，想到樂值若是掉到某個程度，他就得被迫離開這個半空中的白色列車，進入那個更接近水面的灰色領域，簡直嚇人得讓他直打哆嗦。

列車抵達中心環狀線的房宿站，環狀線的島站都是政治、經濟、商業、娛樂等重要據點，也是市內多條浮軌線的轉乘點，因此，雖是到了湖心區，但房宿站看起來還是令人安心的一派繁華熱鬧。

系統通知：親愛的壞，您與同行者，蓮，應於本站下車，轉乘蒼龍南線。

系統永遠知道他們要去哪裡，無論在樂土的哪個角落，都守護著他們、不讓他們走錯方向，真好，真讓人安心。

他們下車，沿著視野中出現的提示光點，片刻也沒有遲疑浪費地走進了正確的月台。

系統通知：親愛的壞，您的父親傳來了一個新訊息。

無論是下意識與上意識，壞都選擇了略過這個訊息，他隱約知道父親要對他說什麼。但事情就這麼巧，此刻蒼龍南線列車進站時響起的音樂，正是壞的父親從前的作品。

「這是我父親的作品呢。」

「這不是您父親的作品嗎？」

壤和蓮同時說了幾乎一樣的話，他們相視而笑。

系統通知：親愛的壤，您已將本段記憶儲存於「我的最愛」，隨時可以提取。

蓮笑著問候了壤的父親現在好嗎？壤正等著蓮問這問題，很高興地說父親的身體已經進行了休眠處理，此刻正在前往彼星的太空船上，不過留存在虛擬樂土裡的意識，可還活蹦亂跳著每天都在發表對不肖年輕人的牢騷呢。

蓮不愧是與自己一樣從高樂值家庭教養出來的，很快地便將線索連結起來，想到了正確的方向去，她先用誇張的欣羨語氣，讚嘆壤一家人肯定都已經將體內器官換成了適合太空旅行的強化器官，隨即嘆息著說希望自己肚中的孩子將來也能安排到這種好家庭去，未來也能有移民彼星的可能。

壤知道，這種奢侈的願望，以他們連浮軌都搭不起的樂值來說，幾乎是不可能的事，但這是每對原生父母的希望，他也不便置喙，只是禮貌地笑了笑。

雖說每個初生的嬰孩，都會被安排到比原生父母的樂值更高一點的家庭教養，但也不可能高出太多，樂值要靠自己努力贏得，就連他們這些在高樂值家庭長大的人都這麼努力了，若真能讓隨便一對低樂佬父母把孩子送進高樂值家庭，那是不公平的。

樂土最講究的就是公平。

這個話題之後，蓮沉默了一陣子，她望著窗外好半晌，彷彿外頭那鴉灰一片的水色之中能有什麼突然提高樂值的好辦法。

說到提高樂值的好辦法……

「對了，你現在有了身孕，還能接受繁衍嗎？」

蓮愣了一下，極其緩慢遲疑地將視線從窗外轉回他的臉上。

「別誤會，我不是為了什麼自己的慾望，我是在幫你想辦法。」壞平靜自持地說，至少，他希望自己看起來是很平靜的。「我的意思是說，如果我們多進行一些繁衍行為，我就可以在每次結束後幫你打高分，我的樂值比你們高，給你的分數加權起來，再加在你丈夫的樂值上，倒是一種幫忙你們提高樂值的好方法。」

蓮有點窘迫地張口結舌了半天，好不容易才訥訥地說，依照規定，懷孕期間不適合繁衍行為。

「哎呀，那你就早該為將來的孩子設想一下，早點聯絡我啊，看在從前的鄰居情份上，我一定會給你高分的。」壞裝做不經意地稍微挺了挺腰，強調雅紳裝的新功能。「要不你生完這胎再聯繫我，亡羊補牢，時猶未晚嘛，我們還能為你下一胎的樂值多做準備呀。」

就算蓮把頭垂得那麼低，她一秒飛紅的雙頰，都還那麼明顯。

真可愛，幾乎就跟她在婚前必須保持處子之身、未經人事時一樣可愛，這樣的少婦最吸引人了。壞想像著，不必低頭就可以感覺到自己為雅紳褲的功能又加成了一些。不知道雲婚後是不是也一樣這麼可愛呢？肯定是的，她們這種標準膚色的女性，就是比其他人種更可愛一些。

蓮低著頭，很小聲，並且很快速地說，自己比較沒有多方繁衍的習慣。

壤無法相信自己的耳朵，他愣住幾秒鐘，接著低聲向蓮確認了她的語意，確實是自己聽到的那樣沒錯。

「那，那你肚子裡的孩子？」

蓮很小聲地承認，那是她和丈夫的基因。

想不到，真想不到，像蓮這樣標準膚色的美麗人種，原來也會有這麼不堪的想法，壤皺起眉，難得嚴厲地板起臉來，告訴蓮：她這樣的想法非常自私。

身為樂土女性，在婚前就該嚴守貞潔，將自己最美好最寶貴的第一次留給丈夫，這是對丈夫的責任與義務，更是愛情的最終表現，那麼理所當然地，在婚後，既然已經沒有了第一次，就該把身體奉獻給傳承人類基因的使命，現在擁有生育能力的人那麼稀少，新生兒的基因良率又那麼低，如果不多方繁衍，本身又沒有提高樂值的能力，那麼這樣的女人，對樂土還有什麼貢獻？有什麼資格享有優於地球人的生活條件呢？

「你丈夫就這麼由著你嗎？」

蓮不敢說，丈夫不僅是由著她，還告訴她，身體是她自己的，她應該要有權利決定想要和誰繁衍。

其實不用壞說什麼，蓮自己也知道，他們夫妻倆這樣有多麼反樂土，她一句話都沒有回，只是下意識咬住唇，默默凝望窗外。

如果知道自己應該怎麼做，就能夠想要那麼做，那該多好。

蓮不回話，壞反倒急了起來，如果真的想不開，生完這胎後還不肯多方繁衍，那該怎麼辦？從前認識她時，她還是未婚，不能有繁衍行為，那也就罷了，現在在她婚後重逢，將來若能有繁衍交流的機會，對他們雙方都是好事呀，那可不只是慾望而已，蓮已經證明了自己有生育能力，如果在蓮身上也能繁衍成功，留下自己高貴的基因，對整個樂土多有貢獻啊，更別提自己也能因此得到樂值加給了！

「我想你丈夫本來樂值就不高，對作為女性的樂土責任比較不清楚，也是有可能的。」壞盡可能語氣和緩地勸導她。「不過你自己是在高樂值教養家庭出身的，不應該還這樣明知故犯，何況你是個基因良好的標準膚色女性，不願意多方繁衍的話，不僅對社會有虧，還少了很多提高樂值的好機會，這樣真的非常可惜，真的，非常，可惜。」

列車繼續悄然無聲地滑過蒼茫的鯨落湖。

壞正說得激動，蓮忽然轉過頭，用一雙晶亮清澈得讓他想起雲的眼睛對著他笑，承諾自己會好好思考，並在壞還來不及說話之前，問他這樣高樂值等級的人，為什麼會到這種低樂值的區域來？

壞很高興自己的話對蓮有正面影響，他也對她笑了笑，用蓮剛才說過的同一句話回給她：

為了愛情。

壤告訴蓮他與雲的故事。某種情況下說來，他們兩對伴侶的情況很像，所幸，結婚後夫妻一律以男方樂值計算的規定，雖然正是蓮那對伴侶不幸的原因，但也讓他和雲的將來，顯然光明可期，不至於和眼前這個女人一樣悲慘。

女人啊，雖然因為先天的限制導致無法自己產生樂值，但更應該學著好好挑選伴侶，讓自己的生活更好，也能因為伴侶的影響而變得對世界更有價值，那不是很好嗎？

蓮真是可惜了。

因為已經進入鯨落湖的中心水域，水面上來來往往的渡船明顯增加了不少，壤往窗外看了一眼，想到待會自己就要搭乘那種髒兮兮的玩意兒貼著水面行駛，心裡就一陣不舒服，趕緊將視線調回車廂裡。

壤興高采烈地向蓮描述他現在正在採取的行動有多浪漫，先是製造驚喜，讓雲看見自己不辭辛勞、不遠千里而來的誠懇；接著是真心告白，當然，雲肯定會拒絕，繼續拿那個什麼價值觀的爛理由拒絕他，但他這次不能被打倒，他要讓雲看見自己的深情不移、堅定信念，即使她這時還在嘴硬，但肯定已經心軟了，只是找不到藉口推翻自己之前的決定，這時他就需要那束憑空出現的珍貴玫瑰，然後趨前一個不容拒絕的霸氣長吻……

嗯，這一連串的攻勢，肯定能讓雲這座美麗的冰山瞬間融化，重新回到他身邊的。

壤說得開心，等到他回過神來，看見身旁的蓮嘴上還應和著，臉上卻露出複雜的表情時，他才驚覺自己錯了——怎麼能在因為婚姻而受苦的女性面前，暢談自己打算追求另一個女性做出的各種浪漫舉動呢？他太大意了。

壤正想體貼地打住這個話題，蓮這次卻沒抓對重點，竟然追問他剛剛說了什麼「價值觀」。什麼都好，壤最不想聊的就是這個話題，但他還是耐心地告訴蓮，那是個假詞彙，連最有公信力、最權威的搜尋引擎《山海經》都查不到這個詞彙，要她不必放在心上。

蓮表情疑惑，好像還想說些什麼，但車廂裡忽然起了一陣騷動，有人喊著「地球人」，有人發出厭煩又噁心的聲音，所有人全都湧到了車廂窗邊，露出彷彿水上公寓那樣量產製造出來的、一模一樣的嫌惡表情。

壤和蓮跟著望向窗外，下方不遠處的水面上有三四艘工程船，工程船上與附近水面都有為數不少的地球人——地球人進入樂土都必須穿著全套防毒裝備，從頭頂到腳底密密封起，絕不容許任何一絲災疫侵入樂土的可能，另外，也因為這身黃黑相間的裝扮一望即知，樂土人可以很快地判別身分，盡可能避免與他們接觸。

即使有這樣警示意味濃厚的重重防護，許多樂土人還是會對他們的存在感到不適——這說起來確實有點奇怪，因為地球人其實才是他們共存這顆星球上的主體，數量也不只是樂土人的千萬倍，甚至有很多在樂土不被允許的高污染製造業，都得靠地球人在樂土外勞動製成，之後再運進樂土，消毒後供他們選購使用，但在樂土人眼裡，這些甚至無法計算樂值的人種，不僅生理上可能充滿病菌，而且內心也是污濁不堪的，彷彿只要看他們一眼，自己的樂值就會掉個兩級。

壞幾乎只是聽見「地球人」這三個字，腦海中就會自動響起兒時被父母恐嚇的話：「樂土是容不下壞孩子的，你再不乖乖聽話，品種管理局就會把你送去地球喔！」，開始上學以後，訓教員管理他們時，也是伴隨著「你如果不好好努力，以後就只能跟地球人一樣去湖底撈魚吃！」這類的威脅。

他嫌惡地瞪著那些穿著難看防護裝的地球人，想像那巨大的頭盔後面是什麼長滿爛瘡、流淌膿血的歪曲嘴臉，心底升起強烈的厭惡感。

如果不是當初那些地球人貪圖樂土的生活，強行占領當初還沒被淹沒的水沒市，還在祖國領袖領軍掃蕩時，索性玉石俱焚，動用了毀滅性武器，淹沒整個城市，水沒市也不會是今天這個樣子，至少還要過個幾十年，才會像樂土上的其他城市一樣受海平面上升之苦。

光是看到地球人就感到生理不適的這些樂土人，必然都是想到了當年那場悲愴之戰，所以就算他們心中很清楚地知道，這些地球人都是到樂土來做一些潛入水下修繕之類的高風險、高厭惡級別的工作，樂土人還是百般不樂意。

科技都這麼發達了，難道搭載精密智能的機械還不足以取代他們嗎？這些地球人，肯定想要假借做低階工作的機會到樂土來，多少撈點什麼好處走的吧，據說他們連水裡的魚蝦蟹貝都吃，更別說那些噁心的黏滑藻類，他們也絲毫不介意地塞進嘴裡，這種為了生存毫無底線的人種，怎麼可能安著好心進入樂土？先別說他們是不是真拿到了什麼好處，或者暗中做了什麼破壞，光是抱著這樣的念頭到樂土來，就足夠讓樂土人寢食難安。

車廂裡人人用嫌惡的口吻議論著，卻也沒人捨得將視線轉開，包括蓮與他在內。直到他耳邊再度傳來系統的警示音。

系統通知：親愛的壤，亢宿站已經到了，您與您的同行者應於本站下車，請把握下車時間。

蓮想必也獲得同樣的通知，兩人驚醒似地，趕緊確認了隨身物品，連停下來思考「如果現在不下車，在下一站下車的話，又會怎麼樣呢？」的時間都沒有，在列車廂門關閉前趕緊跳上月台。

蓮謝過壤，祝福他能順利贏得美人歸，還說未來如果自己再有孩子，能安排到壤和雲的家庭去就太好了。這話前半段，壤聽著很高興，那就像是個自己與雲終歸會有個家庭的預言，於是便將嘴上那句「依照兩個家庭的樂值差距，恐怕很難安排到我這裡來。」給吞了回去，也祝福她丈夫的樂值瞬間暴跌只是一場烏龍，很快就能繼續搭乘浮軌。

「對了，孩子生下來之後，別忘了聯絡我，你知道的，我們可以好好，敘敘舊。」

臨別前，壤對蓮眨了眨眼，蓮害羞得略顯慌亂的表情，讓他心情大好，也更想念雲了。

系統通知：親愛的壤，您現在可以從同一站點的渡船塢，搭乘渡船前往第十三號臨時島，祝您旅途愉快。

和蓮解除同行之後，他重新查了一次《樂遊記》，程式告訴他，他的目的地離亢宿站不遠，而且人口密集，因此幾乎從這座島站出發的所有渡船都會停靠。壤很滿意地再次確認那束原型玫瑰將以孔雀造型無人機送到指定地點，然後踏上前往渡船塢的電梯。

從電梯裡看到的亢宿站，雖然和自己居住的翼宿站一樣，是二十八星宿島站之一，也同樣是純白的建築群，但明顯人口較多，而且這座島站上的來往行人不如翼宿站的人們懂得穿著打扮，讓街景雖然熱鬧，卻也顯得雜亂，而且還讓他一身七十五級以上才能購買的智能服飾，在四周幾乎沒有人穿著智能服飾的情況下，「修飾」得似乎有點過頭。

壤決定稍微調低一點修飾效果，免得在這些粗人中顯得太格格不入。在此同時，他的耳邊再次傳來語音訊息的響鈴。

是父親，又是父親，而他這次也同樣不想打開那個訊息。

壤實在不懂，明明父親的肉身已經在送往彼星的途中，為什麼他的意識還非要留在虛擬樂土？有些事情並不適合無窮無盡，比如說某些親子關係。

當然他很孝順，他擁有高度樂土價值，他很孝順。可是有時候他也真的很厭煩，為什麼父親不選擇將意識也凍結到肉身在彼星甦醒過來後再重新開啟呢？而且，他寧願是母親留在虛擬樂土裡，每天持續這樣與他傳訊說話啊。

正焦躁著，電梯門已經在他眼前大開，除了皮膚瞬間感受到之前沒有的寒意，迎面而來的氣味也讓他更加煩躁，第一個念頭就是直接關上電梯門，回到有空調與濾淨系統的浮軌站裡去。

但他得去贏得他的愛情。

壤不甘不願地走出電梯，感覺到智能服飾很快地隨著濾淨罩外的氣溫變化，自動強化了保暖機能，同時眼前跳出一個占據半個視野的大廣告，詢問壤是不是願意多花一點樂幣升級鼻腔過濾服務——不對啊，這項服務不是一旦進入未受保護的區域就該自行啟動的嗎？為什麼還得收費？花了一點時間讀說明書，壤才搞清楚，這個服務也有分不同樂值提供的免費服務等級，想在樂值六十八級時享有樂值七十五級的免費服務等級，就得要自費升級……樂土在上！連呼吸都能分得出這麼多等級，普天之下誰還敢隨便掉樂值呢？可真是促使樂土人致力提升自我樂土價值的好方法呢。

可是這服務標準，在沒多久前還是他理所當然應得的啊！

壤惱得必須重複深呼吸才能壓下心中的煩悶，但這一吸氣又讓他嗆了個夠本——這附近的居民到底都怎麼過活的？每次呼吸都是一次折騰，不僅夏天濕熱冬天濕冷，而且毫無阻攔地吸進身體裡的，除了無所不在的霧霾、飛塵、船塢邊的臭油味，還有湖心水域這一帶，疑似混雜著各種不知名水下活物死物的腥臭。

壞咬牙從帳戶裡扣款付了費，這才讓鼻子裡的絨毛稍微平靜一點，卻依然掩蓋不住這船塢邊的空氣差到極點的事實。他滿臉不悅地走向船塢，在高樂值人士優先閘門伸手感應了手腕晶片後，早了眾人一步上船，但優先登上這種破船，也沒什麼值得令人高興的。

船上早有前幾站便登船的旅客，大多都在船舷邊站著。等著人們一個一個魚貫上船時，壞也跟著站在船舷邊極目眺望，環繞湖上的霧霾讓他看不到太遠的地方，不僅頭上的浮軌磁軌只剩接近島站邊的短短一截，就連剛才在車廂裡見著的那幾艘載滿黃黑相間防護裝的船隻，也看不清了。

——原來如此。

壞恍然大悟，這樣貼近水面的生活方式，不僅增加了危險，連帶也讓他們的視野變得窄小短淺，長期處在這種環境裡，是很難提高樂值的，這也就是他們始終無法掙脫這種生活的原因吧。如果日常生活就是不斷地漂泊，腳下永遠是搖晃的水面與浮島，那麼即使知道何謂「腳踏實地」，恐怕也很難真的了解「腳踏實地」的真諦。

壞想起雲，雲的名字雖不至於低等到直接是水作為部首，但或許是因為出身的關係，名字裡依然暗示著難以安定的本質以及始終得成為雨水落下的宿命，這真是太讓人心疼的名字了，但從另一個方向想來，似乎也只有自己這樣一個，連名字都取得踏踏實實的男人能夠拯救她了。

從雲落下的水，最後畢竟都要回到壞的懷抱，不是嗎？

正想著，一個顯然短視到連眼前的人都看不見的傢伙，狠狠地撞了他一下。壞轉過身，是一個高大健碩的深膚男人，正提著重物，倒退上船，沒顧得上背後，就這麼用他寬闊厚實的背肌推擠了壤一把。

已經站在船舷邊的壤簡直避無可避，這魯莽的傢伙連衣服也不好好穿著，只一件明顯是合成纖維並且顯然毫無智能的汗衫背心緊貼著僨隆的胸背，一身不知是汗還是水氣的濕淋深膚，都已經貼緊自己了還一直靠過來，壤不得已只好高聲喝止他，提醒他後面還有個人，別一直塞擠過來。

深膚男人頭也沒回，一邊繼續搬東西一邊忙不迭地道歉，壤本想說上幾句，不過越過深膚男人山一樣的肩膀，他發現湧上船的人比想像裡還多，驚覺自己再這麼有遠見地望著湖面下去，可能連艙內座位都沒得坐，便顧不得教訓這莽夫，急著離開船舷，趁來得及趕緊進艙內去搶個座位。

誰知道這莽夫就這麼杵在他面前，背對著他的各種動作簡直忙也忙不完似的，壤這才發現，原來這莽夫搬的都不是自己的東西，全是幫忙其他乘客的，因此根本指望不了等他搬完了自己就能離開。

「這位先生，借過……我說，你先讓我過去再搬，行嗎？」

「哎這位兄台您等等，我忙著幫大夥兒上貨，待會就讓路給您，再等一下就好……」

壤被困在男人身後，只能怒目盯著他不斷忙著幫誰搬東西呀、攙扶誰進艙內呀，給誰招呼著找位子坐呀，雖說看來動作很多，但大約是身形實在太龐大了，長手長腳伸過去搬過來，身體竟幾乎文風不動，根本就像是假裝忙碌，但暗自打定主意就是要擋他的路似的。

說真的，只有樂值低到一個程度的人，才會想要靠這種幫忙搬東西、讓座位的雜事來提升樂值。科技進步，人腦也該跟著進步才是，在虛擬樂土裡擴散言論多快多有效益啊，在這種破渡船上忙和，難道還指望誰幫你視野錄影下來，上傳虛擬樂土謳歌一番不成？嗟！

壤心底氣惱，一邊嫌棄著那莽夫不斷拿自己汗濕的皮膚碰到他，一邊不斷想要找隙縫鑽出去，但上船的人愈來愈多，很快地，別說座位了，就算是他原本在船舷邊的站位，都已經窄得他差點就得單腳站立。他沒想過水沒市的低樂值人口居然有這麼多，即便他每次從高樓或浮軌車窗看下來，渡船的來回往返已經相當頻繁，但似乎永遠消化不完岸上那些等著搭船的人。

要不是他能直接走高樂值閘口，在渡船塢不知道得等掉多少時間。

時間太重要了，這恐怕也是那些不動腦子的低樂佬所無法理解的。

載著一整船的乘客，渡船轟隆噗嚕呼嚕地發出各種噪音，總算離塢了。壤越過前頭那莽夫的寬肩闊背，往船尾方向看去，還在亢宿站渡船塢邊等著上船的人，仍舊那麼多，多得像是這兒打從悲愴之戰後就沒有船經過似的。

看來，自己整趟航程都只有現在腳下這個位置能站了，就算這船上真有高樂值保留座位，恐怕也無法在這擁擠的人堆裡騰出讓他走到那個座位去的空隙。壤嘆口氣，正想把眼光繼續投向遠處的湖面，和他厚背貼薄背的那個莽夫竟然說話了。

莽夫說你這人穿了一身會說謊的衣服，不過好像人還挺好的，竟然提早上船了還特別把座位留給老弱婦孺，大部分的高樂士根本不屑做這種事，你倒是不太一樣呢，一開始對你有偏見真是不好意思。

這不知道是褒是貶的一番話，讓壤一時不知心裡該做何感想，不過還是順著對方的話，用高樂值模式回以客氣的答覆，想不到那個莽夫不知道見好就收，還繼續嘮叨了幾句，比如說真難得遇見你這樣的高樂士啦，我所知道的高樂士都是些衣冠禽獸啦，我朋友就因為有個自以為是來拯救她的高樂士糾纏不休而非常苦惱啦，等等等等。

壤敷衍地聽著，並不多做回應，只是如同在虛擬樂土裡使用自動導航系統那樣，嗯嗯啊啊是喔真的嗎地搭著腔，不過那莽夫對他說的話，意外地引起四周其他人的迴響，大夥兒紛紛分享起自己所知道的討人厭高樂士，有趣的是，他們說的人雖然各自不同，但卻都有驚人的相似點，也就是「自以為高人一等」。

他們輪番說著抱怨，有幾個人說的，竟然讓壤忍不住想起自己認識的幾個人——這可妙了。壤有點驚訝地想著，如果是這種角度的話，的確是這樣沒錯呢……咦不對不對，既然他們抱怨的對象都是高樂士，那想必是這些低樂佬眼界太窄，看不清楚事情全貌才說出這種以管窺天的抱怨吧，沒錯，肯定是這樣的。

他們才不是「自以為高人一等」，他們是「本來就高人一等」，是這些低樂佬「自以為誰都能平等」好嗎？這世界當然是人人平等的，但如果你很努力、或者是你的父祖很努力，那麼你當然值得更平等一些啊，這些只會抱怨的低樂佬，要是把這些時間用來努力提高樂值，不就能夠脫離這種生活了嗎？

哎，低樂佬就是低樂佬，這種道理他們是不懂的。壞在這渡船上頗有孤軍之感，一個人辯不過這些吵吵嚷嚷的傢伙，只能自己碎唸幾句，想不到這碎唸讓挨在身邊的那莽夫聽見了，莽夫的反應倒是出乎他意料之外，只是低聲笑了笑，然後也低聲回他：不管樂值高低，道理都是一樣的，沒有什麼懂不懂，只是看這道理究竟用在自己身上還是用在別人身上，以及怎麼用而已。

壞不同意。道理既然一樣，不管用在誰身上或者怎麼用，就都該一樣。

莽夫又笑了，沒反駁壞，但說出來的話令壞更惱火：我以前也是這麼以為的。

這句話什麼意……

系統通知：親愛的壞，健康管理系統監測到您的肌膚直接碰觸了過多水沫與高污染空氣，請盡快進入受保護的空氣調節區域，減少暴露在污染環境下的時間，或者提高您的皮膚健康管理等級，推薦您目前正在樂幣優惠中的儲值方案，讓您只需花上少少樂幣，就能享受高樂值服務。

叮。

他耳邊和眼前都不斷傳來各種訊息與提示音，害他沒時間去好好和那個莽夫辯論一番。壞忙著儲值樂幣升級服務，點按各種同意視窗，一個沒留意，便順手打開了剛傳來的語音訊息——

父親的暴吼聲，在完全沒有事先調節音量的情況下，在壤的耳廓裡炸開，他瞬間被炸得有點耳鳴，可能還加上暈船的關係，腳下一軟，就倒在他剛才還極力想保持距離的那張厚實背肌上。濕濡、強壯、汗水與湖水溶成一片的，背肌。

我以為你很討厭我呢，原來不是啊。那莽夫又低聲笑起來，伸手幫壤恢復平衡。

水澇的，他可以不要這樣笑嗎？他以為他是在對誰笑啊？

壤在莽夫的協助下，若無其事地趕緊站好。莽夫似乎還不想放過他似的，還關心他剛才的訊息內容是不是掉了樂值被父親罵了。壤真的覺得快被煩死了，壓抑著怒氣說明自己這種掉樂值可不是他們那種人的掉樂值，自己這種被父親罵也不是他們那種人的被父親罵。

莽夫並不如他預料中追問他們那種人的掉樂值和被父親罵有何不同，仍然只是，水澇的笑了笑。

那傢伙到底在笑什麼？他不問，壤要怎麼堂堂正正地回答說自己的父親可是已經在前往彼星的長途航行中，被父親罵也只是被父親還儲存在虛擬樂土裡的意識罵。這麼一來，就高下立見了啊。

就只會笑！

就在壤氣得差點就要再加購情緒管理藥劑的這會兒，渡船漸漸接近了壤本來以為離自己還很遠的那些地球人工作船。

渡船的駕駛彷彿帶著惡意似的，將船開得離那些地球人愈來愈近、愈來愈近，就連上一秒還在抱怨高樂值人士的那些乘客，一時間全忘了自己剛剛還在罵什麼，注意力全讓這些用巨大頭盔與密不透風的連身防護裝裹住的地球人吸引。

系統通知：親愛的壞，提醒您，系統偵測到您目前所在位置周邊可能存在非樂土公民的複數以上生物活體，請留意您是否不慎踏出樂土政府保護範圍，以免遭受潛在危險侵擾。

壞收到這個系統通知的同時，渡船上的乘客顯然也都收到警示了，人人面露驚慌神色，甚至有人敏感一些的，便就著船舷吐了出來。

壞忍不住也覺得有點欲嘔。

比起高樂值的混蛋，船上的乘客們顯然對地球人的厭惡更加激烈。有人連連喊著噁心，有人氣呼呼地要人傳話去給駕駛員，要他把船開得離這些地球人遠一點。

針對這個要求，壞倒是同意的，渡船上這些人雖然低樂值，但怎麼說都是樂土人，為全人類的未來保護好自己的思想教育還是非常扎實的，畢竟那些地球人雖然看似防護到位，但要是有那麼一個閃失，防護裝破了個洞，讓地球病菌感染了過於靠近的樂土人，或者他們在潛水上下時濺起的水沫裡，挾帶著鯨落湖底那些鯨魚屍體的分解物，要是沾上一點，那後果可是不堪設想。

船上有人領著呼口號，要求渡船駕駛員改變航線，和地球人保持距離，也有人大聲朝只有兩三個船身距離外的地球人喊話，痛罵他們的先祖當初反對偉大領袖的樂土計畫，還利用毀滅性的地質與氣象武器引發海嘯，害得水沒市一夕淹沒，他們居然還敢踏足樂土，簡直不知羞恥……此刻，無論樂值高低，整艘渡船的樂土人全都齊心協力地抵制地球人。

這同心抵禦外敵的情景太感人，壤不禁一時有些濕了眼眶。

反倒是剛才那個在大夥兒狂罵高樂土的巔峰時突然靜下來的莽夫，竟在這時很不識相地開口了——誰想得到，這個幾乎可以說是衣不蔽體的粗野漢子，竟然在這個上下一心、同舟共濟的時刻，要大家冷靜一點，想想人家地球人也是為了替我們做這些沒有樂土人想做的水下工作才破例入境的，實在沒有必要為難他們。

這話說得不對，若不是當年地球人想阻止樂土計畫，刻意讓這整個城市淹沒，害許多地球人和樂土人都在那場戰役中被獻給繁星，最後葬身在這鯨落湖底，那麼今天也不會有這些令人嫌惡的水下工作得特地引進他們來做，他們不就是為自己當年做的壞事贖罪而已嗎！

看看他們，能進樂土來也是經過了嚴格的篩選和競爭吧？做完這些工作回到他們的落後地球去，也能得到不少好處吧？多看他們幾眼，搞不好就變成回去對鄰居親友吹噓自己交了幾個樂土朋友的談資，說不定還順手偷幾個樂土的物資回地球，假裝是樂土朋友送的禮物——可惡，想到就來氣。

顯然愈想愈氣的人不是只有壤，船上甚至有人開始對工作船那邊的地球人扔起東西來了，一個高心智補充飲的空瓶被扔得特別遠、特別準，不偏不倚地敲中了其中一個正要從水裡攀上工作船的地球人頭盔上。

地球人停了半晌，接著繼續爬上船，上船後第一個動作，就是摘下他的頭盔，朝著壤這艘渡船吐了口唾液，怒喊：

「狗娘養的！你們還以為自……」

後面的話語沒人聽得清，一方面是那地球人旁的其他地球人飛快抓起那人的頭盔，扣回他的腦袋上，另一方面是，整個渡船的人都被這個動作嚇得連聲慘叫，崩潰般懇求駕駛將渡船駛遠，那駕駛或許也被這地球人荒唐又危險的舉動嚇到了，轉向駛離的速度和渡船船身發出不堪負荷的音量成正比，聽來幾乎要把這艘破渡船催到解體。

渡船駛開一段距離後，壤又忍不住轉頭去望著被他們遠遠拋在後方的那艘地球人工作船，他第一次這麼近距離地直接看到地球人，除了恐懼之外，在視覺上也深感震撼：他們的模樣，竟然、竟然和樂土人沒有太大差別？剛才的那個地球男人，一臉蒼白膚色與雀斑，還有可能是因為長期悶在巨大頭盔裡所以特別亂的一頭野紅色短髮，看起來、看起來……其實就跟剛睡醒、還沒有使用任何智能修飾功能時的自己，差不了太多？

怎麼可能？他們的基因明明就比樂土人低等許多，無論是智能、心性、外貌、身材，都應該是一眼即知的落差才對……

若是那人長得和自己相距不遠，那麼肯定是他某方面有嚴重缺陷——想必就是心性了，居然這麼歹毒地在樂土境內摘下頭盔，讓高貴的樂土公民暴露在災疫的危險中，這肯定就是他的基因被拒於樂土之外的原因了……

想到那麼一個和自己模樣相差無幾的人，竟然低劣至此，壞心裡升起一股難以言說的情緒。

或許是收到了投訴，也可能被管轄部門警告了，渡船駕駛再也沒做出什麼出格的舉動，迅速地將乘客們按部就班地送到各個水上公寓的渡船塢。乘客們莫不是邊下船邊罵，還沿路警告正等著上船的人們千萬不要上了這艘賊船，就連原本不打算這麼早下船的乘客都決定先走為妙。

壞原本也想著是不是該趕緊換搭其他船，但卻意外發現，在多人下船少人上船的情況下，船上的空間也明顯舒適多了。他考慮了一下，還是決定不換乘，主要是考慮到出門前預訂的玫瑰，送達時間是以他直接從翼宿站搭渡船的時間計算的，既然已經陪著蓮繞了一段遠路，他如果沒有把握時間，反倒讓玫瑰等了，那可不好，聽說這些原型動植物都非常嬌貴，要是有個萬一，浪費這個機會，那就太不划算了。

渡船離了塢，繼續在水面上緩速前進，卸下了一大半的乘客之後，渡船上剩下寥寥不到十人。壞眼看著那個老挨在他旁邊的莽夫也沒下船，連忙溜進船艙，減少和這些低樂佬接觸的機會。

船艙裡有舒適的位置可坐，而且不知怎的，幾乎沒有人待在這裡——那些人大概很適應這挾帶大量鯨落湖水氣的空氣，壞可不是他們這種人。他皺皺鼻子，一邊坐下來，一邊考慮著是不是該再買一個臨時的鼻腔過濾方案，不知道這種方案有沒有以小時計費的，等到他用強勢的溫柔攻占了雲的心，可得要趕緊申請結婚許可，之後將雲接到自己的住所來一起住，想見上一面，就不用這樣舟車勞頓了。

貼心的廣告服務立刻跳進他的視野中——有的，的確有以三小時為單位計費的過濾方案，不過索價可不便宜，甚至比他之前和雲約會時購買的求偶用外觀改善方案還要昂貴……這世界真是反了，人總要先呼吸才能求偶吧？光是呼吸可沒辦法讓他們這種優秀的基因傳承下去啊！

壞還沒考慮完這個，視野中又出現了帶著鈴聲的訊息通知，哎，又是父親，他竟然要求直接通話？壞嘆口氣，對訊息置之不理是一回事，不回應雙親的通話要求則是另一回事，那是要扣樂值的，他不情不願地接受了通話要求。

父親粗啞的聲音在耳邊響起，內容不外乎是家門不幸啦竟然教養了這樣一個廢物兒子啦樂土容不下這種敗家子啦花了好幾年的時間好不容易升上了那麼點樂值一夕之間全崩啦，等等等等。壞當然知道只餘意識在虛擬樂土裡的父親，理論上樂值也已經凍結了，要一直等到父親的肉身在彼星解凍，與意識重新結合之後才能繼續提升樂值，因此父親在這段漫長的時間中，便將原本致力於提升自己樂值的精力全用在了一雙兒女身上。

更準確地說，父親執著的是姊姊結婚對象和壞的樂值。那些老高樂士凍結了身體送往彼星之後，留在虛擬樂土裡的意識成天沒事幹，也懶得學用新程式，便整天待在過時程式裡，彼此吹噓自己兒孫的樂值。

姊姊的責任在選擇一個高樂值男人結婚時，已經結束了，而他的責任……他的責任，不僅更為漫長，而且因為姊姊實在嫁得太好了的關係，相較之下，更加沉重。

父親說，樂土容不下他這種敗家子，這句話他實在太熟悉了，那是「樂土容不下壞孩子！」的一種變形，每次想到父親，他總是先想起這句話，以及這句話的各種變形，這句話縈繞著他整個童年，或者說，樂土每個孩子都是這句話伴隨著成長的，但壞很懷疑究竟有多少人，在長大之後，尤其是在和他一樣成就斐然之後，依然一想起父親，腦中就會響起這句話。

他不是壞孩子，也不是敗家子，他甚至當上了輿論署最年輕的輿論師，壞在心裡為自己辯解，他只是，很努力了，卻依然不夠好，至少沒有姊姊嫁的男人那麼好。母親知道他的心魔，跟他說過很多次，他已經夠好了，不需要和別人比較，但哪裡能不比較呢？樂值活生生血淋淋地就寫在晶片裡，嵌在身體裡，就連身為女人的姊姊，都能透過找到一個高樂值丈夫的方式，瞬間壓過他在這個家庭裡的地位，他怎麼可能輕易就因為母親的婦人之言就忘記這種羞辱？那太懦弱了！那麼懦弱的男人，樂土絕對容不下的。

壞感覺暈眩，腦殼脹脹的，是因為想起父親、還是因為想起姊夫，或者是因為，不願想起呢？

他好久沒見到姊姊了，姊姊現在是踏踏實實住在位於壁宿站附近、有土地的房子裡頭，出入都有私人飛艇的九十級名媛，但父親前往彼星、母親選擇自然分解之後，他就再也沒有受邀去過那幢屋子了。想起他曾在那幢房子的庭院裡赤腳踏在真正的泥土上的感覺，壤情不自禁在鞋子裡彎了彎腳趾，那似乎，和他在《叢林狂歡》或《無菌露營》這些應用程式裡感受到的，不完全一樣，好像，好像更……

「……不畏巨鯨、無懼惡水，天選之人踏實地眼光遠；地球將死、豪情未滅，無私齊心為傳承盡己力……」

原本還模模糊糊的歌聲，此刻聲勢愈發壯大，傳進了幾乎無人的船艙，那愈來愈響亮的歌聲，將他的心思從眼前的一堆訊息與視窗中，硬生生拉回渡船。

一轉頭，視窗全縮到視野角落，壤看見船艙外幾個人倚著船頭正在唱歌，那首歌他很熟悉，是父親在職時的作品之一，幾乎人人都能唱完全曲，只要有人唱，父親的樂值就會提升一點，若是有人唱得落淚，那樂值就會更多，二十年來，光靠這首歌就不知道為他們一家人拉了多少樂值。

雖然現在父親在抵達彼星前，樂值都不會再有所改變了，但他還是忍不住輕輕跟著哼唱，唱得自己也眼眶微濕，他記得，唱得落淚的人也能拉抬一點樂值……

「……眼前這位，婀娜小姐，快來與俺為人類齊繁衍；共赴雲雨，同享極樂，不去彼星俺也心甘情願……」

等一下！

這什麼東西？什麼歌詞？這歌可不是這樣唱的！為什麼這群人唱得這麼理所當然、有志一同？好像這首歌本來就這樣唱的！怎麼可能是這樣唱的！繁衍這種事能這樣不要臉地唱出來嗎？這種歌詞，鯨落湖底的女鬼才拿得到樂值！

壞氣沖沖地奔出船艙，但，但這船在乘客變少以後，似乎搖晃得比較厲害，害他奔出船艙的一路跌跌撞撞，絲毫沒有預想中的勇武氣勢，好不容易出了船艙，還恰好因為一個大浪而被甩向船舷，眼看著就要被扔出船外——

說時遲，那時快，正唱著下流歌詞的那莽夫伸手撈住了他，一把將他攬到身邊，壞腳下一個沒穩，從摔向船外變成跌進莽夫懷裡，壞這會兒倒是不太確定哪個下場比較慘了。

最氣人的是，這臭湖的莽夫，神態還輕鬆得就像方才幫老弱婦孺提重物一樣，本人文風不動，只伸長了手就解決了壞的危機，更別說他嘴裡的淫邪歌聲，可是連半拍都沒落下。

那是自然！壞推開那莽夫的臂彎，奮力站起來，怒沖沖地想著：這些低樂佬，打小就在這種莫名其妙的水上討生活，他們當然很習慣這些搖晃，但他不是，他可是……

又一個浪襲來。

壞再度被甩向船邊，這次莽夫沒來得及撈住他，幸好他也沒真摔出去，倒是順勢撲在船邊，一張口便吐進了鯨落湖。

這湖。

這湖又更噁心骯髒了一分。

背後的歌聲斷了，取而代之的是爆笑如雷。

壞正吐得頭暈目眩，不過在背後那片惡意的笑聲中，仍有好心人掛了濕巾子在他肩上，好像還說了些什麼，頭昏腦脹的他沒聽清，只是本能地拿起來擦了臉抹了嘴，總算覺得好了些。

壞轉身想向那個好心人道謝，映入眼簾的卻是那莽夫——剛才還衣不蔽體，現在是整個上半身都裸著的莽夫。

他到底懂不懂廉……等等。

壞的視線落在自己手上那塊濕巾子，那顏色、那形狀、那觸感、那氣味……壞抖開那巾子，沒錯，如他所想的，正是那莽夫剛才還穿在身上的汗衫。

莽夫笑嘻嘻地繼續唱著歌，每一句歌詞都比前一句更粗鄙下流，這也就罷了，看似還是對著他唱的，真是氣死人。

系統通知：親愛的壞，您預設的目的地已經抵達，請準備下船。

幸好！

壞怒氣沖沖地起身，大步走向上下船的接口。他一站起來就知道自己還暈著，但背後絲毫不修飾的笑聲讓他一點也不想示弱，硬撐著下了船，還以為一踏上地面就會好一點，結果也沒有，雙腳踏上的「地面」，搖晃程度絲毫不遜於船上。

他終於踏上雲所住的這座，第十三號臨時島。

系統通知：親愛的壤，您已抵達第十三號臨時島，由於本島設備老舊，構造複雜，並有多處通訊死角，建議您務必在進入內部前，先行備份重要資料。若您對島內部不熟悉，也請事先下載可離線查閱的路線圖，或事先聯絡嚮導，以免迷失方向。

壤走進渡船塢內部的候船處，確認避開了渡船上的視線，不會再讓船上的人看到他窘迫的樣子，便立刻找了張椅子倒下——彼星啊，真暈，怎麼會暈到連下船了，這地面都還像是浮在水上似的？

「城寨島的渡船塢是建在水上浮橋上頭的，你在這待久了反而會更不舒服，趕緊進島裡去吧。」

這次壤不需要轉頭，就知道那輕鬆自在的聲音，肯定來自那半裸的莽夫。

怎麼就這麼巧，他也要在這下船？不會是跟蹤自己吧？

「有事嗎你？」

「嗯……要說有事，也不是什麼重要的事……不過，我就是想問問，你想把我的衣服帶回家作紀念嗎？還是想要留作以後和我相認的信物呢？我也不是吝嗇，那就是件沒幾毛樂幣的合成纖維，也不是什麼貴重的東西，你要嘛，說一聲就行了，但是就這樣帶走實在……」

壞用盡最後的力氣，把手上還揣著的那件濕淋淋的汗衫拋向莽夫，看著他大笑著揚長而去，覺得自己氣得又更暈了點。

「還你！還你！」

這些臭水澇的低樂佬！

壞忍受著暈眩，再次確認了預定的玫瑰送達地點與時間，接著努力直起身子，踏步往前。離開渡船塢前，他從門邊的鏡子看見自己一身狼狽，那該死的智能服飾在船上吸飽了水氣之後，整個視覺效果扭曲得像是自己的下體長了什麼曠世巨瘤似的，就別提什麼自然的放大效果了。智能服飾做得這麼粗糙是可以的嗎？雖然買得起的高樂士一般都不太會出現在這種未受空調過濾保護的落後地區，但這麼思慮不周，到底是想害慘誰？

要不是這面鏡子，他難道就要這副德性去見雲嗎？

壞滿心不情願地打開智能服飾控制介面，取消了那件雅紳裝之所以昂貴到他得考慮那麼久才買下的主打功能，並且狠狠按下極差的負評按鈕，智能造型管家幫他打理的髮型與男人味淡妝，則不須他動手，早已全都毀在這趟船程遭遇的風吹水噴中。

壞嘆口氣，努力在鏡前用最原始的手指撥弄，盡力將自己整理到堪可見人的模樣，這才以他本人的外貌，走出渡船塢。

除了用來工作的《輿論署辦公室》這類形同特殊場合的應用程式，在虛擬樂土中，只要樂值和樂幣足夠，人物的造型都能隨心所欲地變化；而在實相樂土中，他還可以藉由智能造型管家和智能服飾來極大化地修飾自己。所以，其實他已經很久很久不曾以原本的面貌出現在別人面前了，更別說是他無論如何都得追回來的雲。

這實在讓他有些忐忑。

與瞬間崩毀的外型相比，智能服飾的自動溫度控制倒是沒壞，至少壤現在雖然看起來狼狽至極，但僅靠這薄薄衣衫搭配方舟系統延伸出的溫控範圍，就能讓他免於水沒市冬天的澈骨濕寒，還不用像船上那些低樂佬一樣穿得臃腫不堪。

說到這個，壤不禁想起剛才那個在這凜冬只穿著薄薄汗衫的莽夫。不知怎的，壤第一眼就覺得那人眼熟，帶著這狐疑搭了整趟船，他現在才終於想起來，莽夫的臉型眉眼，和紫微站那個由樂土英雄剛完成的藝術壁畫上的其中一張臉，好像頗為神似……

不對！壤甩甩頭，忍不住對自己的聯想感到噁心。那莽夫看來溺得半死，樂值絕對不到三十級，怎麼可能和足以被畫上紫微站大廳的那些傳說人物相比。瞧他那塊濕淋淋的汗衫，一看就知道，絕對沒有搭載任何精密智能，但他那黝黑精壯的身材，那胸肌滑順鼓突的線條，那腹肌不知為何，光是看到，就讓人的手掌有種奇怪的輕微癢感，彷彿掌根已經按上那誘人的起伏凹凸，或者，即將就要伸手去摸到……

等等。

壤突然驚醒過來，這才察覺自己想要去摸另一個男人的腹肌是多麼荒唐的事情，樂土在上！彼星為證，他絕對不是那種人！肯定是這城寨島連空氣都溺到極致，害他多呼吸個幾口也變得低樂了！

這可不棒，得要趕緊速戰速決地把事情辦完，回到屬於自己的地方才行！

走出渡船塢，抬起頭來看到的是這座由悲愴之戰倖存者在幾十年前，勉強在大水淹沒的城市中，就著臨近幾棟高樓樓頂，共同拼湊而成的巨大建築，這幢建築的唯一功能就是讓人活命，讓人躲過那場天災人禍俱足的劫難，並不為了美觀，甚至也不是用來「生活」的，但奇怪的是，在五十年後的現在，政府要用立體列印技術製造出水上公寓和島站大樓，都是輕而易舉的事情，甚至也並不多昂貴，但卻偏偏還是有這麼多、這麼多人，必須住在這樣一個巨大的怪獸體內，忍受各種不進步與不便利。

不過想想也對，要是無論樂值幾級，都能住在舒適的地方，那麼誰還努力提高樂值呢？努力才能有收穫，維繫這個真理並不容易，因為樂土人的性格中天生帶著善良同理，很可能像雲那樣，輕易掉進假公平的鄉愿思路裡。

清楚地維持不同階級的應有待遇，這才是真正的公平。

壤走進城寨島裡。

城寨島內部當然絕對不像各島站或水上公寓那樣齊整乾淨，窄仄歪扭的陰暗通道兩邊，隨時會出現一道像牆一樣斑駁的破門、一架老舊梯子，或者是另一個更加窄仄歪扭的通道，通向難以預想的某處。

壞聽過太多高樂士在城寨島裡迷路最後失蹤的消息，走在其中非常不安，這種臭水澇的破爛島，據說還會隨著住在裡頭的低樂佬高興，隨時變換路線：這個轉角上週來可能還是個通道，今天就搭起了同樣簡陋的牆壁變成一個房間，又或者一直以為只是面牆的地方，幾天後牆消失了，這才看到原本的牆後其實還有無數個通道、樓梯與房間。這導致他手上這張路線圖，即使能夠離線瀏覽，也充滿了各種不確定性，比方說，他剛剛就差點走進了別人的居家空間裡，要不是他剛好從路線圖上抬起頭來，下一步就要一腳踩上別人的床了。

要是有人告訴他這幢建築其實每天晚上都會挑一個住在裡頭的人吃掉，壞也絕不意外。身邊不斷有人摩肩接踵地經過，談笑聲不絕於耳，小孩一邊嚷著一邊奔跑，好像在他們眼裡，這些陰暗與狹窄的通道就和姊姊家的大庭院一樣寬廣宜人，來來去去的除了成人孩童，還有各種老舊型號的清潔機器人，壞不禁好奇，難道城寨島上的清潔機器人，除了老舊這個共通點之外，還特別加入了偷懶的程式嗎？要不這麼多清潔機器人，為什麼這裡的環境還可以這麼黏膩噁心？

城寨島內部實在太低樂了，壞走在其中，幾乎每一步都在提醒自己，當初為什麼送雲回家一次之後就再也沒有下次：鞋底下傳來濕黏的體感，即使隔著厚厚的鞋底也讓人全身不適，窄仄通道的牆面上有各種讓人不願聯想究竟是來自什麼的污跡，就連牆面本身都很難描述究竟是用哪些東西組成的，一眼望去只是各種灰灰髒髒的布塊什物，到處懸掛著各種彎成字體形狀的霓虹燈管，閃著俗艷的亮彩，或指示方向，或招攬客人，或宣傳自製商品，有的甚至只是一句亮閃閃的髒話。

腳下的每一步，都發出像是這老舊建築再也無法承受的刺耳聲響，壞心驚膽戰地揮去到處都是不知道焚燒了什麼又與什麼氣味混合的煙霧，閃過那些膚色或淺或深，但一看就知道不是善類的男女老幼。偪促曲折的通道裡，滿是衣著怪異的低樂佬，他盡可能不去思考那些霓虹燈管都在招攬什麼非法勾當，小心翼翼避開牆面與人體，彷彿一點點的碰觸都可能害他掉五級樂值，還得分一些心思，避開地上各種垃圾與體液混合的噁心角落，盡可能找到一條不那麼委屈的路線，朝著他的愛人前進。

愈往城寨島的內部走，他的視野中來自系統的廣告、視窗與資訊就愈少，耳邊不再一直出現信件、訊息與各種資訊的提示音打擾，這意味著壞漸漸失去與進步社會的聯繫，讓他不禁有點害怕。

不要擔心。壞在心裡給自己打氣，經歷了這麼多困難與痛苦，來到這裡，不就是為了愛情嗎？他雖然狼狽，但看在善良的雲眼裡，他有多狼狽，那雲就該多心疼又多感動。她是個連地球人與化外之人都能寄與同情的溫柔女性，看到自己的慘狀，說不定比什麼高智能服飾的特效，都更能引起她的母性。

這麼一想，他的腳下突然有力了起來，比什麼智能鞋款都還有效。

城寨島內什麼奇形怪狀的空間都有，路線錯縱複雜，幸好壤知道雲擁有的那個小房間，是在一個叫做天安廣場的地方。好不容易，壤對照著路邊閃得他眼睛痛的霓虹燈管指示與離線瀏覽的路線圖，不得已時也問問路人，雖然花了點時間，還是順利抵達了。

這裡說是天安廣場，但其實位於城寨內部，頂上見不著天，也算不得寬廣，說起來更像是個加蓋的天井，依照結構看來，當初應該是兩個樓頂上分別建起的建築交會之後繼續纏結著往上生長的所在，因此騰出了一個不規則的三層樓高空間，比起城寨島上其他那些窄仄的空間，勉強能稱為廣場，廣場四周也有不同的大小走道連通城寨島裡的其他地方。

廣場最下層都是一些小賣店，照樣也是用俗氣的霓虹燈管招攬客人，買東西吃東西的低樂佬絡繹不絕，這兒的店家都賣些花不了幾枚樂幣但非常不健康的小食，聞起來雖然香氣逼人，引人飢腸轆轆，但不過就是拿列印出來的日糧再加一點沒營養的調味料重新拌製加熱，比起他這種高樂士家裡的列印機產出的日糧，營養價值可差得遠了。

壤確認了一下時間。自己在這一路上稍有耽擱，照理說，玫瑰花應該要在他抵達之前先在這裡等待了，但他的方舟系統目前和樂士系統的連線，就好像他與雲之間的關係那樣，時好時壞、介於有與沒有之間，非常難以捉摸，壤不知道到底是玫瑰出了問題、物流出了問題、網路出了問題，還是哪裡出了問題。

總之玫瑰不在這裡。

但他的雲在。雲在這裡，這才是最重要的事。

依照他的資訊，雲就住在這個空間的二樓，站在廣場裡抬頭看，環繞著整個廣場的二樓門廊上，共有十幾個房門，看來雜亂無章，有的門板甚至可能是拿來充當牆壁用的，不是真正的門板，壞實在無法確定哪一副門窗才是她的。而通往二、三樓的梯間各有一道上鎖的生鏽鐵門攔著，束手無策的壞只能在廣場上對著二樓呼喊雲的名字，喊得廣場上的攤販、孩子與各式閒雜人等，全都扭過頭來看著他。

「你要找雲是吧？」賣模擬甜薯球的男人推開攤子前的人們，探頭出來盯著壞瞧。「哎喲是個高樂士呢，難怪聲音小，在我們這種人多事多聲音多雜物多的地方呀，你這聲量就算站在你對面都不見得聽得清你說什麼，別說在那門裡的人了！我瞧你不辭辛勞到咱這島上來，也是有心，我就幫你一把唄。」

男人走出攤子，一邊在腰上擦著滿手模擬薯泥，一邊抬起頭，對著二樓的其中一面扯開喉嚨。

「雨～雲～～哪～～～薯球多做了，你吃～不吃呀～～」男人中氣十足的聲音彷彿化為實體，一掌一掌地拍在了某道門上似的。壞皺了皺眉，想指出這樣喊雲的名字，聽起來就像雲有個兩個字的地球名字似的，非常不吉利，但他畢竟是聲量小的高樂士，嘴裡喃喃的話語沒人聽得清，緊接著，在廣場上看熱鬧的孩子們也覺得有趣地跟著喊了起來：

「雨～雲～～哪～～～薯球你吃不吃呀～～～」

整個廣場上迴盪著來自不同方向的喊叫聲，聲波以不同角度紛亂彈射，而二樓有扇門，就在這樣彷彿慶典的煙火式呼喚中，緩緩打開了。

門打開，一張滿含笑意的標準膚色心形臉蛋探了出來，濃黑馬尾在弧度優美的後腦勺輕盈躍動，長眉下一雙靈動流轉的眼神往廣場掃了半圈，跟著視線探出來的身形姣好得就像紫微站娛樂大廳裡壁畫上的美人。

壤覺得他無論見到雲幾次，都會情不自禁地倒抽一口氣，她太美了。

雲放著沒關緊的門，往前踏了半步到門廊上，宛如樂值上升提示音那樣清脆甜美的聲線，順著輕啟的朱唇逸出：

「祖你個國！誰准你們這些喝湖水的這樣把我的名字一個字當兩個字喊呀？待會我非把你們一個一個都給吊在城寨島尖頂……」

雲的笑意在眼神掃過壤的時候，瞬間收攏。

「你？你怎麼……」

「雲，好久不見。」壤極力保持瀟灑的語氣。「親愛的，我有話要對你說，你開門讓我上去好嗎？」

「不好。」雲幾乎想也沒想，拒絕的同時還往後伸腿，防備什麼似地將身後的門一腳關上。「有話你這裡說就好。」

「雲，這裡人多，而且……」

「不說我就回房了。」

雲話沒說完就轉過身，眼看就要打開房門，壤只好趕緊說話：「我想要和你回復交往狀態！」

雲停了下來，雖然距離稍遠，但壤相信自己聽到她嘆了一口氣。「當然了，你要的就是這個，我怎麼會不知道呢？」

「既然你知道……」

「那你知道我想要什麼嗎？」

「你想要什麼我都能給你！」壤急切地喊著。「我有七十五級樂值，我還是輿論師，樂值會一直升，我可以給你所有你想要的東西！」

雖然他隱瞞了樂值降級的事，但是聽見廣場上人人都為了他的樂值倒抽一口氣並且議論紛紛，壤覺得這樣做是正確的。

「你不能每次都只會說這句話。」雲轉過身來，望著他的表情非常憂傷。

但她還是為了這句話轉過頭來了，這就表示拿出樂值來永遠有用，不是嗎？至於那憂傷……壞能讓她不憂傷的，保護自己的女人，那是每個樂土男人最大的希望。

「我不是說說而已，我是認真的，我很愛你，我是真的給你所有我能做到而你想要的東西。」

壞聽見身旁的人發出欣羨的輕呼，語調一如他在此前兩週不斷強力散播樂土甜心與她的英雄之間的浪漫故事時會聽到的那樣。是的他一直都知道，他知道人們喜歡哪一種男性、認可哪一種男性，知道該說什麼話、做什麼事。

人們不見得會愛上自己，但絕對會愛上自己呈現出來的故事。他並不覺得自己刻意製造什麼浪漫情境，畢竟壞也經常被自己感動，比如說，現在。

「雲，你別那麼拒人於千里之外嘛，這人看起來很誠懇，你聽他說說也沒關係嘛。」

「七十五級耶！七十五級的輿論師特別跑到我們這種地方來耶！你這個態度太不近人情了啦！」

壞沒有說話，甚至也沒有因為大家幫他說話而露出笑容，他知道還不是時候，他的眼睛沒有離開過雲。

「請你再給我一次機會，讓我證明我能給你的一切。」

「給他機會啦！」

「樂土在上，這太浪漫了吧！請問我可以視野錄影下來嗎？這好感人！我要重現給我的交往對象看！」

「給他機會！」

「給他機會！」

「是嗎？你能給我我所想要的一切？」等到鼓譟稍歇，雲輕輕地笑了，壤好愛她的笑容，他真心願意為這個笑容付出一……

「包括死心離開我嗎？你說的一切，包括不再糾纏我、不再利用你輿論師的身分，四處散布我多麼負心，你多麼癡情的消息嗎？包括不在我會使用的所有虛擬樂土程式裡，對我會接觸到的人們暗示，我是一個賤人臭婊、湖底撈出來的爛地球貨，在七十五級交往對象身上撈夠了好處就走，好讓其他人，無論男女，都對我避之唯恐不及？你做得到這些嗎？」

方才此起彼落的各種聲音，倏忽化成一片死寂。

壤吞了一口口水，吞口水的聲音像是在廣場上迴盪似的。他不敢轉頭看其他人的表情，只能用餘光偷覷，卻只看得見那些霓虹燈管輕浮虛華地閃著刺眼的燈光。

這些低樂佬，沒事在這裡圍觀別人的家務事做什麼？未免太閒了吧？這麼有空怎麼不去虛擬樂土裡好好做點正經事，光在這裡對別人指指點點的能升樂值嗎？

水潑的！如果玫瑰準時送到就好了。壤想著，如果有玫瑰，事情就不會這樣了，他敢保證，這廣場裡沒有一個人看過玫瑰，他們這輩子賺的樂幣加起來都買不起，玫瑰一出現，全部的人都不會對他的愛有任何質疑……

臭湖底的玫瑰，破壞了他的計畫。

「雲，你要知道，我是因為愛你才這麼做的……」

「是嗎？你說是就是吧，我沒有時間心力和你爭這個了。」雲凝視著壤，她已經好久沒有這樣看他了。「我不需要你給我一切，我只需要你給我平靜，好好分開，好好結束，好好過各自的生活，這是我要的，你能給我嗎？」

「不，我要跟你在一起！我要和你回復交往關係，我要和你結婚，我要和你繁衍，我要幫你審核那些想跟你繁衍的男人，我要和你一起養育孩子，我要和你一起到彼星去……」

「彼星啊，你真的是、什麼都不知道哪……連你的母親都寧願接受自然分解而不願意和你的父親一起前往彼星，你覺得是為什麼呢？你有想過嗎？」

「你在說什麼！獻給繁星的方式和這有什麼關係？更何況，他們是他們，我們是……」

雲搖搖頭，打斷了壤的話。「你知道嗎？我愛過你，是真的。」

壤正想說話，雲又隨即接下去。「我覺得你很特別，你不像是其他高樂士那樣，只挑和自己同一個階級、甚至更高階級的對象，你愛我，盡可能對我好，我都知道是真的，你也不像其他人那樣，只是要和低樂值的女人用交往關係來拉抬樂值，顯示自己多關懷弱勢，但最終還是會找高樂值女人結婚，我知道你不是。」

「我和你交往也是認真的，但我很快就發現這不夠，我以為你不介意我是個低樂佬，但其實我介意的是，你是個高樂士，你除了願意接納我之外，裡裡外外，都是高樂士，我……我，我沒辦法和那種人相處，更不可能結婚，不可能一生一世。」

「什麼意思？你是覺得我的樂值還不夠高嗎？」

「哈。」雲竟然笑了。「其實，其實就是你對我的這番話，會解讀成這樣的原因，這就是問題所在，只是你聽不懂也看不出來。」

「我樂值七十五級！我還是個輿論師，我會聽不懂你說的話？」

「對，有些話，恐怕真的不是樂值高的人能聽得懂。比方說你就不會明白，我們和你父母的相同之處，就在於你承繼了你父親對待你母親的那一套樂士男性價值觀，要用來對待我這樣另一個樂士女性！而那不是我想要的生活，樂值再高我都不想要！」

「什麼價值觀？你又提價值觀，到底什麼是價值觀！」聽到這三個字，壤不由自主地提高聲量，同時他也發現，身旁的人漸漸散去。

他們對他精心策劃的浪漫驚喜失去興趣了！水澇的，玫瑰為什麼還沒送到？那才是最重要的！

「……你沒必要知道。」雲有些後悔似地抿起唇，眼光飄向別處。「最好也不要提起了。」

「不，那是你拒絕我的原因，我當然有權……」

砰！

「吼，雲這傢伙也去太久了，該不會是自己在外面把全部的甜薯球吃光，不留一點帶回來給我……」

雲身後的門隨著響亮歡快的爽朗語氣而開啟，讓雲的房間像是一個剛打開的驚喜禮物盒，從驚喜盒裡探出頭來的，是一張黝黑、壯碩、一口白牙不知是閃著笑意還是惡意的半裸男人。

是渡船上那莽夫？

「你！你們……」

「你還在這裡？你不是去拿甜薯球了嗎？有我的份嗎？我這人啊……誒？等等，這是？」

莽夫如他的外表一樣遲鈍，滿腦子的甜薯球，過了好半晌才隨著雲的視線看見廣場上的壤。

「你、你不是船上那個人嗎？彼星啊！」莽夫大驚失色，連忙走出門外。

「樂土在上！我真沒想到，我一直那麼尊重你，你卻這麼不知羞恥，還背叛我……」

「什麼？什麼背叛！你在說什麼呀！」雲和莽夫的聲音一同響起，雲怒氣沖沖的句子被莽夫宏亮的聲音蓋了過去：

「我也不過就是借了你上衣抹抹臉，誰知道你就愛上我了？喜歡要說啊，這樣我們才能建立正式的交往關係，那樣的話才有背叛這回事好嗎！你這人怎麼這樣……」

剛剛散開的人群又回來了。

「臭水溝的低樂佬！你嘴巴放乾淨點，誰愛上你了！」

「那你又捨不得把我的衣服還我，又在那邊罵我背叛你……」

「你！」壤察覺到身邊聚集了比剛才更多人，簡直氣到要當場昏迷。「我可是七十五級樂值的人，怎麼可能會愛上一個男的！」

「我是沒差啦，不會嫌棄你只有七十五級啊，不管樂值幾級，愛上我這麼討人喜歡的人，都是很正常的呀。」

壤清楚聽見身邊的人開始竊笑。

該沉進湖底的低樂佬！壤決定不再跟這人蠻攪胡纏下去，直接和雲對話。「雲，他是誰？為什麼會在你的房間裡？你跟他是什麼關係？你、你不是處女了嗎？」

那莽夫剛打開門時，雲確實有一瞬間的驚慌，但在莽夫一陣攪局之後，她似乎已經恢復了冷靜。「你提出的問題，我沒有任何義務要回答。」

「怎麼會沒有義務回答？你如果已經失去了將來要獻給我的貞潔，我就不需要……」

「不管我有沒有失去貞潔，那都不是將來要獻給你的，所以你的確不需要再為了那個東西做任何努力了。」雲說。「你快走吧，天黑了之後，外地人要離開城寨島可不容易。」

「我不相信你是那種女人！我要帶你一起離開城寨島！」知道自己前言不對後語，但壤再也忍不住地大喊。「我可以帶你離開這個連樂土系統都連不上線的破爛地方，我可以帶你遠離這些沒有正常衣服能穿、沒有像樣食物能吃的人！」

系統通知：親愛的壤，您的連線已經恢復正常。您的預定品項正在緊急配送中，將於最短時間內送達。

太好了！玫瑰就要來了，那是最重要的東西！

「說什麼沒有像樣食物能吃？天安廣場的甜薯球可不是外面隨便吃得到的口味啊，講到這個，剛剛說好的甜薯球到底在哪裡，別想誆我，我這人隨便得很，唯獨甜薯球這件事，我是絕對不會讓步的……」莽夫笑嘻嘻地說著，大踏步走向連接廣場的那扇生鏽鐵門，同時對著雲很快地抬了抬下顎，示意她回房裡去。「來來來，這位暗戀我的高樂士小哥，你來嘗嘗看我們這裡有名的大叔甜薯球，保證你都想搬到城寨島裡天天吃……」

「你幹什麼？你不要下來，我可不是來找你的，你過來幹什麼？我還沒問你到底和雲是什麼關係……」

系統通知：親愛的壤，您於未連線狀態時共計有一百三十六則訊息，其中包含六則緊急訊息，請問是否立即讀取？

「哎呀，你怎麼對一個女人家吃味呢？感情是我們兩個男子漢之間的事，不要扯到女人家身上去……來來來，我餵你吃幾顆甜薯球呀，包準你就不氣了——」

一旁的大叔嘿呦一聲，喊著「那我趕緊來做熱騰騰的甜薯球給你們！」就回攤子上去了，眾人樂呵呵地笑著，彷彿這樂土之上真能容許這種莫名其妙的兩個男人的事似的，氣得壤吹鬍子瞪眼睛，低樂佬就是低樂佬，真是沒辦法講道理！

眼看著那莽夫打開了嘰呱作響的鐵門，朝自己大步走來，壤顧不得阻止雲躲回她的房裡，第一個念頭就是躲開那個有理說不清的深膚男人，結果整個廣場上圍觀的人們卻全都樂呵呵地拍起手來，甚至有人哼起了結婚進行曲，偉哉領袖啊，領袖要是知道樂土境內有這麼群廢物的話，這些人絕對都會被趕到化外去的……

不知道他的想法是招來了救援或詛咒，一聲長而尖銳的警示音在廣場裡的每個人耳邊同時響起，響得沒有人搞得清楚這究竟是來自外界或是來自體內的方舟系統。

所有人都正疑惑著這城寨島深處的連線效率怎麼會突然間變得那麼好，一陣比方才更為尖銳高亢的頻率便疾速穿過兩耳之間，包括壤在內，每個人都忍不住雙手掩耳，彎下身來哀號，甚至有人痛苦得倒在地上。

轉眼間，方才還嬉笑怒罵熱鬧滾滾的廣場，已是一片掙扎嚎叫，也就在此時，原本氣氛熱鬧的霓虹燈管在一陣不祥之至的閃爍之後，全黯了下來。

出事了，停止移植！你快帶人走！

「出代誌矣，移栽先停！你緊焉人走！」

不要，要走我們一起走！
「無愛，欲走，咱做伙走！」

四周一片驚恐尖叫之中，壞聽到了那莽夫的聲音，和之前吊兒郎當的低樂佬語調澈底不同，如此冷凝緊繃。

最重要的是，他和雲的短短對話，自己竟然完全聽不懂，他們是說了什麼暗語嗎？那是犯法的！

像是回應他心裡那個「犯法」的念頭似的，天安廣場周邊眾多出入口的其中一個，開始湧進了數量驚人的無人機，接著是一個又一個的機器巡警，壞一眼就發現，它們平時在島站上巡邏時踏著充滿震懾力步伐的足部，已經換成了更快速安靜的輪軸，直覺事態不妙。

水沒市警務局緊急公告：各位水沒市民您好，本局機器巡警隊目前將於本區執法，請各位聽見公告的市民全部暫停手上的事，雙手抱住後腦，蹲下身，並且閉上眼或盯著自己的腳，執法過程中可能會有不宜直視的雷射光線或禁制畫面，請保護好自己。

沒有遲疑半秒，壞驚慌地照著指示做，就和廣場上每個人一樣。他飛快彎身，盯著自己的雙腳，而那雙腳即使承受了整個人的重量壓在地上，還是不斷地發著抖。

他發著抖，聽見無人機與器警飛快地從自己身邊經過時的咻咻聲，他沒聽見那莽夫的聲音，卻不斷聽見什麼碎裂的可怕巨響與重擊、悶哼聲交錯，還有從各處傳來的驚叫聲中，他分辨出了來自廣場二樓門廊上，他心愛的那個女人發出的，恐懼至極的尖叫。

是雲。

壞抬起頭。

已經在廣場上的莽夫遭到好幾架器警圍擊，那碎裂聲來自他徒手攻擊機械人，而悶哼也是。莽夫的力氣異常地大，縱使攻擊與被攻擊之間，他已經滿手是血，卻依然毫無遲疑地拽下其中一架機械人的手臂，轉身用力拋擲出去，準準地擊飛了二樓門廊上，正在阻止雲進屋裡去的其中一架無人機，無人機被擊飛之際，雲趁著附近其他無人機補上前的空檔，一個旋身便逃進屋內。

「緊走（快走）！」

莽夫對著關上的門嘶吼，就在他分神為雲爭取時間的這短暫片刻，器警已經扣住了他的手腕，壞幾乎可以看得到強烈電流竄過莽夫身體時的肌肉抽搐，然而即使如此，他面上的堅毅表情依然沒有改變，定定望著雲的那道門，那姿態，與幾秒鐘前還喊著要餵壞吃甜薯球的那模樣幾乎判若兩人。

機器巡警湧上那道生鏽鐵門，發出不知道是什麼厲害的科技光束破壞著鐵門。

系統通知：親愛的壞，您預定的品項即將送達，敬請留意收件，祝您有個愉快的夜晚。

一個器警從他背後按住他的頭，力道強硬，發出來的機械語音卻格外客氣有禮：「請配合執法並保護自身安全，切勿直視戕害身心之禁制畫面！」

壞低下頭，照做，就像其他人一樣，就像他出生到成長的這些年來一樣。

他在低下頭的瞬間，看見了那莽夫在電流的強勢控制下，再也無法支持，單膝跪倒在地。

那是壞預計要拿著玫瑰，對雲做的動作，聽說這是傳統的地球禮儀。

機械手臂狠狠地往莽夫尚未落地的另一邊膝蓋重重揮下。

莽夫整個人倒地，殷紅的鮮血從他唇邊流出。眼神失去光彩前那一刻，他將視線投向壞，嘴唇微微開合，像是蠕動，又像是抽搐，更像是想說些什麼。

他的眼睛黯淡下來。

壞聽見自己喉頭格格作響。可能是因為恐懼，可能是因為他此生第一次目睹真人在眼前被獻給繁星，可能是因為背後那個器警按住他的動作讓他的頸椎受傷，也可能是因為，他覺得他讀懂了莽夫的嘴唇在那一刻想說的話。

莽夫要他救雲。

他怎麼可能救得了雲？

雲做了什麼事？為什麼要救雲？要怎麼樣才能救雲？

千萬個問題湧進他的腦中，而他在來不及釐清之前，跳了起來。

他跳了起來，沒有依靠任何智能鞋的強化功能，他在千萬個疑惑與身旁那個器警的強力壓制中跳了起來，然後拔腿衝向那些幾乎就要成功破壞鐵門的器警。

他臭湖的，如果今天有人可以走進雲的香閨，那也是他！該沉進鯨落湖底的低階機械人，想都別想動他的女人！

「雲，快走！」

不知道是被莽夫的頹然倒地震撼，或是被壞的行動鼓舞了，整個廣場上的人紛紛抬起頭來。

壞抓起一旁小販用來充作客人座椅的鐵條木板，嘶吼著朝那些器警就是一陣狂打，機器巡警的背後沒有攝影鏡頭，剛開始倒真是被他打得一陣混亂，但很快便反應過來，分出了兩個器警來處理壞。其實處理壞哪裡需要兩個機械人，光是一個器警的其中一支金屬爪臂，就幾乎要廢了他的筋脈。

「雲，快走！」壞嘶吼著，雖然他根本不知道雲為什麼要快走，以及她究竟要走到哪裡去。隱約地壞也察覺到，雲這一走可能自己永遠就見不著她了，但從眼下的情勢看來，如果雲不走……雲不走的話，壞也很可能再也見不著她，但那種見不著……他不敢想。

「雲，快走！」

鐵門被成功破壞的同時，器警的金屬關節也朝著他的發聲部位揮來，他聽見整個廣場的人也一齊喊著他喊著的話，因此他的話雖然只喊到一半，但並沒有被打斷。

器警掃除了門廊上一切障礙，直奔雲的房門。

「雲，快走！」整個廣場的人喊著。

壞滿嘴是血，但他忍不住笑了起來。該沉湖的這些低樂佬，他們最好知道自己在喊什麼。雖然他自己也不知道。

水沒市警務局警告：敬愛的水沒市民您好，本局機器巡警隊目前正在執行高度危險的任務，請本區民眾聽見警告後立即、立即雙手抱著腦後蹲下，並且閉上眼睛或直視腳趾，以免您目睹的禁制畫面可能嚴重影響您的樂值或人身安全。重複一次，請立即……

「不用說什麼敬愛的水沒市民，你們也沒把我們這些住在城寨島的當市民過！」廣場上的人喊著。

「雲！快走！」

廣場上的器警隊開始對吶喊的人們動用武力，強迫他們安靜，四處傳來的敲打、碎裂與悶聲撞擊聲，伴隨著吃痛驚懼的叫喊。

門廊上的器警隊，攻破了雲的房門。

「啊——不要！」

雲的房裡傳出激烈的打鬥聲與慘叫，奇怪的是，那慘叫聲聽起來並不像是雲的聲腔。

「壞先生，您好。」廣場上的人們多數被制伏了，聲音漸歇，而將壞反手扣在背後的那個器警，竟發出了人類的聲音。「我是水沒市警務局第一分隊隊長問，目前在您身邊的是我們分隊的三號機器巡警，我透過它與您通話。我們這次行動是為了保護市民，尤其是您的安全，請務必配合。」

「哪來的保護？你們對我的交往對象做什麼！快把你們那堆廢物金屬叫回來！她是將來要傳遞樂土基因的珍貴母體，這些器警是什麼東西，一堆沒用的金屬也敢這樣傷害她！」

「壞先生，就您的資訊顯示，您目前沒有交往對象。」樂土在上！都這種時候了，這個什麼分隊長還要這樣踩他痛處嗎？「另外，我們是接獲浮軌系統監視器通報，發現您的言論中包含了有害思想，因此追蹤了您的行程，才發現到這位女士涉嫌一起綁架與藏匿的犯罪事件……」

「什麼？哪來的有害思想？什麼犯罪？你們的程式才被病毒入侵了吧？我的雲怎麼可能會犯罪……」

器警在雲的房內發出的巨大聲響，掩蓋了遙遙坐鎮於太微站市警總局內的分隊長聲音，壞看不見那扇門後發生了什麼事，只能從門內傳出的打鬥聲響，勾勒出可能的情境——不，他沒辦法勾勒，怎麼可能想像這種事情？在樂土不會有這樣的事發生，樂土人都是優良基因與高水準教養雙重品管下的人種，不可能對彼此做出這樣的事……

再說，他心愛的女人怎麼可能捲入什麼犯罪事件？

壞一邊罵著，一邊心底撞進了「價值觀」三個字，所謂的有害思想，難道指的是這個嗎？

就為了這個要這樣追捕他們？這究竟是什麼詞彙？難道是舊地球語……不，即使是舊地球語，也沒有必要出動這樣的陣仗，那麼，難道和雲與那莽夫說的奇怪語言有關？

破門而出的器警拖著一個女人的長髮出來，廣場上的器警隨即趕到門廊邊，伸長機械手臂接過女人。壤倒抽一口冷氣，隨即看清那個絲毫沒有反抗的女人是棕髮深膚，並不是雲，只是個陌生的……

不，等等。

他定睛一瞧，終於看清楚了那凌亂髮絲掩蓋下的臉龐。那個女人，壤再熟悉不過了，雖然實相樂土中沒見過幾次，但在輿論署辦公室他們幾乎是日日相見——那女人是君，他的搭檔君，今天整天不見人影，還害他樂值被降到六十八級的君！

壤瞪大雙眼，滿頭問號，連該怎麼排序這些問題都不知道。

「您想清楚了嗎？」他身邊的器警再度發出人類的聲音，聲音有禮溫和，但壤的手臂被折得好痛。

「想清楚什麼？」

「我想要確認您是不是已經明白這整件事情的原委，也就是說，我們原本是發現您的言論挾帶有害思想，但追蹤確認後，意外發現灌輸您有害思想的這名女子，也正是我們緝捕中的嫌犯，她和同夥趁著早上的全市連線故障事件，利用系統維護員的工作之便，綁架了數名水沒市民，其中一位便是您看到的這名深膚女性。」

「不，雲和君根本沒有關係，她為什麼要綁架人？而且你說，被綁架的還不只是君？怎麼可能！」等等，這資訊量實在太大，他沒有辦法……

「本案還在調查中，為了避免不必要的麻煩，我認為您知道的資訊愈少愈好。我們明白這件事讓您受到很大的衝擊，因此非常需要確認您的理解與我們一致，不然我們只能先將您也當作嫌犯處理。」剛在他眼前電斃一個男人的冷冰冰器警，從胸口的音箱傳出人類的聲音，在這個無比暴力的場景裡，用無比冷靜的聲音和他講道理，這讓他非常分裂。

「所以我現在想要再跟您確認一次，您是否願意接受我們表揚您協助警方逮捕罪犯的優良事蹟，並且為您額外提升五級樂值？當然，額外的意思就是，我們會先恢復您原本的……嗯，我看一下，七十五級樂值，然後再另外往上加五級。」

那就是，八十級了？

今天早上，他的樂值還是七十五級，那是他花了整個人生努力往上爬的成果，然後半個工作日便直墜湖底，同一天還沒過完，他又抵達了此生不敢夢想的八十級。

這一切都是因為我很努力……嗎？壤有點恍惚。

「不！放開我！放開我！放……」

在淒厲的掙扎聲中，壤看見雲被器警隊狼狽地架出門外。

「放開我！你們不要以為沒有人知道……」

雲不知道哪來的力氣，掙開了器警就要往門廊的另一邊逃，壤忍不住又喊了起來：「雲！快走！」

器警伸出機械手臂，絲毫不差地扣住了雲的手腕，通電。

「雲！」

雲的動作停止，幾乎是同時開始痙攣，甜美精緻的標準膚色臉蛋痛苦地往上抬，整個人往前拉伸出一個美麗卻又殘酷的，人體難以達到的優美弧度。

那個優美的圓弧越過了門廊邊的簡易欄杆，然後往外墜落。

墜落的雲不偏不倚地，在半空中撞上了一架正展翅飛進廣場的仿生孔雀無人機，上頭運載的超大束鮮紅色原型玫瑰，被雲撞得花瓣片片飛散。

他的玫瑰，要送給雲的玫瑰。

玫瑰到了，遲了好久，終於到了。

雲墜落在廣場的地上，發出和這一切比起來算不得大聲，但直達每個人心底的悶聲一響。

遭受撞擊的仿生孔雀無人機在廣場上跌跌撞撞地亂轉一通後，也落地了。漫天飛撒的玫瑰花瓣慢了些，在雲與孔雀都落地之後，才一瓣一瓣，緩緩地在空中旋轉著，翩翩飄落。

廣場上一片寂靜。

在這花瓣紛飛的片刻寂靜中，壞又想起早上聽到的部首土本日運勢，樂土甜心說，部首土的朋友，今天會得到從天上掉下來的大禮喔。

是嗎？是這樣的嗎？

那麼，雲的部首雨本日運勢，會是什麼呢？

壞怔怔看著雲先落在那個莽夫，不，那個深膚男人身上，然後才滾落一旁的地面。

即便是雲整個人摔落在自己身上，莽夫依然一動也不動，睜著眼，望著壞。

第一次，這是壞第一次眼睜睜看著一個人，在他面前被獻給繁星。從前即使是選擇自然分解的母親，都是被送進醫院裡，在家人見不到的地方靜靜獻給繁星的，他從來不曾見過真正的，死人。

「死」這個平時用來戲謔亂說的字眼，此刻變得那麼真實。

漫天飄落的玫瑰花瓣，顯然已經被獻給繁星了，而與玫瑰花瓣一同落地的雲，也會被獻給繁星嗎？

雲落在莽夫身旁的血泊裡。然後用自己的血，加深了那潭玫瑰般的豔色，像是液體的玫瑰。

原來玫瑰本身就藏在雲的身體裡呀，壞想著，原來古地球象徵愛情的玫瑰，就是雲的一部分呀，難怪。

難怪了，他這麼愛她。

有一片玫瑰花瓣落到壤的鞋跟前，他的雙手仍被扣得死緊，沒辦法撿起來，但他沒有辦法再看著落地的雲，只好死死地盯著那瓣玫瑰。

原來玫瑰長這個樣子，要有八十級樂值、好幾個月薪資才買得起的玫瑰，原來長這個模樣，這樣彎彎薄薄的紅色薄片，居然就要那麼貴，古地球的愛情真是令人難以理解。

系統通知：親愛的壤，您的預定品項已經到貨，感謝您加價升級至頂級孔雀無人機，願您有個浪漫的夜晚，希望下一次還能再為您服務。

器警放鬆了對壤的箝制，腦袋一片空白的壤，險險就要以臉著地。

「我們達成共識了嗎？」器警從胸口傳來的人聲，語氣不見一絲急躁，彷彿只是想問他，你今天的日糧還是不加甜味劑嗎？

他看著器警首先將眼神失焦、低聲啜泣的君帶走，她經過壤的面前時，別說認出他，連看都沒有看他一眼。接著，雲也被抬了起來，器警檢測出她仍有生命跡象，於是從體內伸出鏟型金屬機具，與另一個器警伸出的機具連接後，成為一個簡易擔架，將雲像是貨物那樣扔在上頭，很快地送了出去。

廣場上有幾個反抗得比較厲害的人似乎也被帶走了，而其他的人在被器警扣住手腕留下身分資料後，全都默默離開了廣場。

此刻的天安廣場，可說是比死本身更加死寂。

器警真的非常適合快速地處理人類。壤很難想像，從前的古地球時代，聽說警察都是人類的工作，任何一個稍有樂值的人類，如何才能這樣殘暴地對待另一個人類？那些警察怎麼可能做得到。

器警的輪軸輾過地上的玫瑰花葉，將他朝思暮想、深深愛慕著的那個女人帶走了。

但她還活著，還活著，就有希望……八十級樂值，如果買得起原型玫瑰，應該也，救得出三十二級的雲吧？

即使那八十級樂值，是彷彿被甩到他臉上那樣得來的。

父親要求通話的提示音又在他耳邊響起。

這個時間，正在前往彼星的高樂值父親，究竟還有什麼話想要對他這個沒有用的兒子說呢？壤幾乎有種想要放棄一切的心情，但究竟要放棄什麼呢？他其實一點頭緒也沒有，他懷疑自己究竟有資格放棄什麼。

八十級的樂值，帳戶裡的樂幣數字，那個位於中高階島站上的單人住所，或者令人驕傲的輿論師職位，甚至愛情、婚姻、家庭與移民彼星的尊榮資格——他一直以來相信全仰仗他的才智與努力才得到以及渴望得到的一切，如果都不是靠自己贏得的，自然也不是他能放棄的，而是隨時能被給予以及收回的。

被什麼收回？壞的腦袋太混亂，一時想不清楚，唯一能確定的是，他這輩子相信的一切都在崩解。

「那麼我們就這麼說定了，壞先生，我們已經將您協助辦案有功的獎勵送進您的系統，等表揚大會確定了，也會再和您聯絡。」

和他通話的器警也伸出一支機械爪臂，勾住地上最後一具屍體的後頸，在拖著那莽夫的屍體離開廣場前，扔下了一句溫馨的提醒。「快接受通話要求吧，您也可以順道和您父親練習一下怎麼正確地描述今天發生的事，壞先生是輿論師，這想必難不倒您。」

壞突然覺得好冷，冷得像是身上的智能服飾澈底失效，而皮膚直接接觸到水沒市凜冬的空氣那樣，一股幾乎算得上是疼痛的透骨冰寒，鑽進他的體內。

器警在他眼前拖著屍體走了，壞想盡辦法將自己盯著屍體拖離後那條長長血痕的視線拉回來，顫抖著，在視窗中點下通話許可。

「兒子啊，這是怎麼一回事？哎呀我剛剛的訊息都收回來，我沒有要責怪你的意思，但這幾個小時裡忽上忽下的樂值到底怎麼了，是怎麼了，你快告訴我，怎麼會忽然又變成八十級了？這麼一來，等我到達彼星的時候，你肯定能達到九十五級了對吧！我的好兒子，我一直就說，不是標準膚色又怎麼了，我們可是出淤泥而不染的好教養，是吧？真好，真好的兒子……」

父親激動的聲音，像是某種情緒和語言混合的黏稠液體，被硬是擠進了他的耳裡、眼裡、鼻孔和嘴巴，雖說一直強調著想聽他說發生了什麼事，卻又絲毫不給他任何空檔開口。他很想請父親稍等一下別說話，先讓他緩緩，先讓他呼吸，但發不出聲音，父親濕黏的快樂一直往他身體裡擠進來，像是雲落地時，臉上混合了地上穢物與自身血汗的東西，像是那個一口白牙的莽夫遞給他的滿是水沒市的髒水和男人臭汗的濕汗衫。

像是他，像是這輩子第一次看到掏出來的內裡如長久浸在屎尿裡般齷齪骯髒的，他自己。

「父親，我……」

他張口，然後一股比在渡船上更令人難以忍受的噁心感湧上，穢物泉湧，將那個「我」字一起沖出他的口中，猛然吐在自己的手腕上，同時，耳邊傳來音調歡快的提示音。

系統通知：親愛的壤，很高興通知您，您的樂值已被調升至八十級，您的智能方舟系統將立即更新為當前適用版本，水沒市很榮幸能夠為您這樣的優質市民服務，感謝您的存在，讓樂土更美好……

◆漫長的末日－2

在這個專屬「無疫之島」計畫團隊的園區裡工作，外在體感與內在心理經常產生巨大的衝突感，好比說，長時間待在這樣坐落於無垠樹海之中的巨型透明建築裡，生活起居有妥善的安排，吃穿用度都不虞匱乏之外，還有便宜到接近免費的員工價，帳戶裡更少不了定期匯入的高額薪資——這樣的生活，理應帶來極為放鬆舒適、宛如度假般的感受，但實際上他們的工作卻非常高壓，因為整個計畫籌備工作實際能夠進行的時間不到一年，而這不到一年的時間，整個團隊要肩負起一整座島的人命。

這個計畫能不能運作，能運作多久，運作得多好，測量的單位都是人命。

這個事實已經夠讓人感到龐然壓力了，更別說，在這個刻意對外斷絕聯絡的園區裡，他們能收到的極少數外界消息之一，就是透過設立於每個建築一樓大廳的巨型電子布告欄，得知島上目前又新增了多少人、有多少人來自哪個自治區、什麼種族，以及這些島上居民的性別、年齡、身體狀態統計。

每一天，聯合政府都持續派人從全球各地搜羅吻合條件的人們，送進這座島上，島上的人口也因條件惡劣、生活型態尚不穩定而處於高度消耗狀態，一來一往都是巨大的數字，在電子布告欄上每五分鐘更新一次。

每一次消長，都是在提醒著每個計畫成員肩負的責任。

電子布告欄上的總人口數字突破一千萬的那天，很多人崩潰了，包括琥珀帶領的小組中好幾個重要幹部，有的在工作中痛哭失聲，有的盯著自己的螢幕喃喃自語「這樣的事我真的做不下去，真的，真的不行，我不行……」

琥珀沒有辦法說出「沒問題的，我們可以做到的」，只能默默地叫了熱巧克力來請大家喝，告訴組員，今天我們休息一天，大家好好休息，去做些喜歡做的事，盡可能調整好自己的情緒。然後明天，我們得回來，因為我們跟那些必須成為島民的人一樣，對於自己的命運沒有其他選擇。

琥珀知道很多組員恨她，她也知道那些人不是真的恨她，只是需要有一個具體的人可以成為被憎恨的對象，就像她選擇憎恨的對象是月明一樣。

她離開辦公室，自己捧著一杯熱巧克力走到建築外頭，圍繞著五棟主要建築的是修剪整齊的草地，標準規格的球場、泳池、花園，都在在提醒著她，這裡一切都在某些人的監視裡，連一隻蚱蜢都無所遁形。

在這樣的地方生活，琥珀有時候甚至懷疑自己心裡的思緒都被監視著，只是她尚有僅存的利用價值所以還沒有被除掉——不，怎麼可能監視到思緒？從表情來判斷嗎？會不會這一切都是她幻想出來監視自己的呢？對，一定是這樣，這些人太可怕了，他們就是想要讓大家相信自己一舉一動都被監視著，連思緒都不例外，這樣大家才會真的害怕，時時糾正自己哪怕只是一秒鐘的反叛念頭……

她在對自己的反覆質問中，背對建築，愈走愈遠，走著走著，竟就走到了樹林與草地的邊界，說是邊界，但實際上沒有任何圍籬阻攔，僅僅是地表植被的不同，就足以讓人遲疑，彷彿自己只要跨過去，就可能面對未知的危險。

琥珀在邊界處蹲下身，放下手上的熱巧克力，像是留下一個記號，接著起身走進樹林。

沒有任何警報聲響起，沒有任何武裝人員追上來。

樹林裡的聲音比起園區範圍裡的更多，風吹樹葉拂動的氣流沙沙，讓人忍不住想跟著搖頭晃腦，時遠時近互相唱和的啁啾鳥鳴，腳下細碎的枝葉折斷的聲音，遠方傳來的獸類叫聲，暗處彷彿什麼竄過草叢的嗦嗦細響……還有，一道隱隱約約的，在林間穿梭的不明音調。

那音調斷斷續續，夾藏在樹林裡各種聲音之中，若有似無地勾著琥珀的耳朵，她愈想凝神細聽，愈找不到來處，甚至無法確定有沒有這麼一道音調。

沒來由地，琥珀想起鯨魚。

她當然沒有真正聽過鯨魚的聲音，但在無人密林中的此刻，她感覺就像在海底，正循聲找尋鯨魚的位置，企圖理解鯨魚發出的聲波裡夾帶著什麼情緒。

她試著往前走了幾步，停下來側耳傾聽，再試著往猜想的聲音來處多走幾步，慢慢地，那音調開始連續，在幽靜又熱鬧的樹林裡開始匯集、清晰，像是雨滴匯聚為水流，水流成為支流，接著化為一曲悠揚澎湃的歌聲。

天色這麼黑　冷風寒入骨髓
烏暗遮爾深　寒風透入骨
眼前的景色我怎麼會如此陌生
面頭前的風景我怎樣會完全無熟似
想起你說過　想和我一起去一個遙遠美麗的地方
想起你講過　想欲佮我做伙去一个遙遠美麗的所在
只不過那究竟是在哪裡　要怎麼去
猶毋過彼所在是佇佗位　欲按怎去
我怎麼都想不起來
我哪會攏想袂起來
只能在孤單的夜裡　輕輕唱起你教我的歌
干焦通佇孤單的夜裡　輕輕唱出你教我的歌
在歌聲裡回想　你那時候的心情
佇歌聲內回想　你彼當時的心情
還記得你說過有個古老美麗的地方
閣會記你講過一个古早美麗的所在
你說如果我們不小心走散　只要記得去那裡等待彼此
你講若咱無細膩走散　只要會記去彼位相等
只要記得你永遠愛我　那麼一定能夠再相見
只要會記你永遠愛我　有一工一定閣會當相見

那個地方就是我們所有的希望　只要我們都不要忘記　總有一天　總有一天……
遐就是咱所有希望的所在　只要咱攏莫袂記得　總有一日　總有一日……

這語言……琥珀腦內的資料庫迅速運轉，試圖從她記憶深處撈出關於這歌聲的語言資訊，這是某個區域性方言，聲調與古祖語十分接近，很可能是比現代祖語擁有更加悠久歷史、保留更多古音調的方言，而且如果這種方言已經發展出這類型現代風格的歌曲，那麼應該擁有一定的使用族群……

琥珀一邊想著，一邊穿過及膝草叢與樹林，抵達那個歌聲的來處。

眼前穿著曳地藍裙的女子，嘴唇還持續流瀉著歌聲，她正仰起頭，踮起足尖，伸長手臂，奮力將捧在雙手手掌中的雛鳥送回比自己還高上許多的枝椏上。她專心致志的眼神，和她在整合會議上展現出來的模樣，那麼相像。

「月明？」

歌聲停止，月明卻沒有立刻轉向琥珀，她堅持將手上的雛鳥平安送上枝椏，確認牠站穩了，才小心翼翼地收回手，轉身朝向聲音來處。

「琥珀？哇，沒想到會在這裡遇到你。」月明微笑，祖語輕軟綿密地從她嘴裡吐出，琥珀突然好奇，和侵略者使用同一種母語，會是什麼感覺。「我以為大家都不會走進樹林來，怕會迷路或碰上野生動物。」

「當初大家都是搭直升機來的，從高空俯瞰就知道這片森林是不可能走得出去的，的確是不太可能冒險。」琥珀一邊回答，一邊心裡冷笑：用寬闊無際的自然來營造恐懼感，這不就是你們最擅長的事嗎？在這裡是原始森林，在「無疫之島」計畫裡則是海，強化未知恐懼與對自然界的敵視，就不會有人想要逃出去。

這難道不就是你想出來的低級招數嗎？月明。

「怎麼會有空散步到這裡來？」月明的聲音很好聽，卻讓琥珀更為煩躁。這種看似無辜無害的人一旦壞起來，是最噁心的了。

「就，大家心情都很差，我讓組員休息半天，明天再繼續工作。」

「是嗎？這樣滿好的，能考慮到夥伴們的心情，這是很重要的事，一股腦逼大家坐在辦公室裡，是沒有辦法讓工作更有效率的。」

琥珀聽不出她的話語裡是不是有個人的情緒，她或許是這整個團隊裡最該有情緒的人了，說出來的話卻這麼雲淡風輕。

好像那個島嶼，和她無關。

「你也是心情不好才離開工作區域到這邊來的嗎？」想起安備組組長的話，琥珀忍不住試探地問。

「心情啊……我覺得，我好像已經很久沒有考慮過自己心情好不好這件事了，我只想要拚命把我的工作做好而已。」

琥珀沒想到會聽見這麼政治正確的答案，她不該至少假裝一下自己在意那座島嶼的命運嗎？

「如果你這麼在意你的工作，那你怎麼會在這裡？」

「島上人口超過千萬，這個數字太龐大，所以他們要開始預先部署防止暴動叛亂的備案了。那是整個計畫裡，唯一，我不能參與的部分，所以我被請出會議室了。」

「你不能參與？你不是……」

「不是一人之下千人之上嗎？哈哈，不是喔，你們都把我想得太了不起了。」

月明說的每一句話都帶著淺淺的笑，無論琥珀怎麼看都覺得不像假的，但，那又怎麼可能是真的？怎麼可能有人在說這些話的時候，能笑得這麼真心實意？

「他們……他們的備案是什麼？」問出這句話的時候，琥珀都覺得自己可笑。他們根本不必多做什麼，只要不移開原本就對準鯨島的那些彈頭，就足以對付現在的島民了。

「我不知道，我不能知道。」

「但諾亞一定知道吧？你不能問他嗎？我以為他跟你……呃，關係很好？」

「我不能問，他也不能答。」月明聳聳肩。「我只知道安備組把現在研發中的各種可能性都用上了，祖國沿海部署的飛彈之外，還有某些我不知道的大規模毀滅武器，比方說核彈，甚至氣象武器、地質武器都可能用上……不，我不知道會怎麼樣，他們不會讓我知道詳情的。無論他們嘴裡說什麼我們是一家人，我們現在是全球共同命運體，還是多麼仰仗我的能力重建鯨島——

不管他們怎麼說，也不會忘記我是鯨島人的。」

原來她還記得自己是鯨島人。

原來她也知道，每個人都知道她是鯨島人。

「我不知道他們原來還會防著你。」

「他們恐怕沒有誰是不防著的。」一月明不曾隱去的微笑間，溢出一聲悠長的嘆息，兩者如此矛盾，卻又協調得不可思議。「但他們防著你是一回事，要你鞠躬盡瘁貢獻自己的剩餘價值，那又是另一回事了，彼此不衝突的。」

琥珀沒能接話，這個團隊裡的所有人，其實都是如此，一邊被全球一家親之類的漂亮話術洗腦，一邊要傾盡可能地奉獻，一邊還要被暗處的人拿紅外線瞄準器對準眉心。

「但是，他們真的可能這麼做嗎？就算是戰爭時期，也有國際法規範對待平民的……」琥珀喃喃地自語到一半，才忽然想到：是的，現在沒有任何「國際法」能夠規範擁有絕對武力的那一方了。

琥珀無言地發現，原來一直在「擁有基本規則」的世界裡成長的他們，突然被丟到這樣一個絲毫沒有底線、所有規則都可能隨時改變的世界裡，竟有這麼可怕，彷彿永遠不能確定自己踏出的下一步究竟能不能踩在堅實的地面上。

被琥珀自己掐掉的話頭，在沉默中輕輕擺盪，蜘蛛絲一般消失在風中。

「對了，前天會議裡提到的那個問題，我剛剛正好想到了一個解法，你聽聽看。」或許也感受到了那個話題的無以為繼，月明自顧自地說。「既然要利用厭水的社會文化來把他們困在島內，語言上能處理的，一個是捨棄原有詞語，全部新創，另一種做法是轉化原有詞組的初始意義，比方說，水漲船高和海闊天空，在原來的語言系統裡屬於正面意義，但在維持原有語詞的前提下，我們可以把它們用來形容藉著不正當的手段攀上高位，以及強化對自然力量的恐懼厭惡。」

「什麼意思？」琥珀不是聽不懂，她聽懂了，她不懂的是月明。

「比方說，月明這女人，靠著壓迫自己的故鄉和對高層投懷送抱，水漲船高地爬上了現在的位置。或者說，你看外面海闊天空的多嚇人啊，不要隨便跑遠了比較安全。」

「……你還真能隨口說出這種話啊。」琥珀都不知道該對什麼驚訝才好了，不得不承認這是很好的轉換，既能符合社會文化需求，又不需要為了配合這樣的社會文化另造詞彙。「我會記下來，明天跟組員討論看看。」

「祕訣是換位思考。」月明說。「戰前我就很常這麼做，我會想，那些拚命想要我們鯨島政府解除武裝的人到底都在想什麼？他們真的只是希望不要激怒祖國嗎？他們這麼熱愛和平，熱愛到連自我防衛都願意放棄嗎？我當然可以想說他們不是笨就是壞，他們說出和平這兩個字的時候並不真心，但我也想知道，如果是呢，如果他們真的是發自內心地認為這樣能夠帶來想要的和平呢？和平這兩個字對他們而言和對我而言，意義肯定不太一樣吧？雖然他們看起來聽起來都像是同一個語詞。但究竟是，什麼時候變得不一樣的呢？是什麼東西讓生活在同一塊土地上用同一種語言的人，對同一個語詞會有這種完全相反的解讀呢？」

「原來，你以前不是現在這種人嗎？」琥珀有些驚訝，但還是忍不住略帶譏誚地說。

「我如果告訴你，我一直都是同一種人，你會相信嗎？」月明的笑容沒有離開過她的唇畔。「就像我說的，即使使用同一種語言，我們之間的歧異還是很大，你說的以前和現在，跟我所想的是一樣的嗎？我想，和從前不一樣的地方是，以前我會很在意你怎麼看待我，怎麼想我是哪種人，但現在我不在乎了，世界上我最在乎的事情，已經消失了，被澈底滅絕了。」

言盡於此，她們都意識到，這話題不能再深入，即使是在這個看似只有她們的密林之中。

兩人都陷入無語，琥珀只能仰起頭，跟著月明的視線，凝望著剛剛月明送上枝頭的雛鳥，牠的哀哀鳴叫喚來了親鳥，親鳥在一旁跳躍拍翅，不時喙對喙地送上食物，鼓勵雛鳥再試著飛飛看。

雛鳥吃飽了，叫了幾聲，做了幾次假動作，終於鼓起勇氣躍出枝頭，這次牠沒有直接落地，半飛半跌地落到了另一杈枝椏上。

親鳥與雛鳥一起發出宛如慶祝的啁鳴。

琥珀想起剛剛將自己帶來這裡的曲調。

「你剛剛是在唱歌嗎？聽起來不像祖語。」

「的確不是，那是我的母語。」

「咦？我以為你的母語就是祖語，鯨島人不是一直以來都說祖語的嗎？」

「唔，這麼說也沒錯啦，不過嚴格說起來，鯨島因為歷史變遷與地理位置的關係，在不同時代其實有不同的官方語言，而且就算在同樣的官方語言體系下，鯨島人也會因為各自種族不同，而有不同的方言母語。」

「啊，你這麼一說，我倒是想起來了，鯨島上光是原住民族就有十幾種，族語也非常多元，再加上近代的殖民史……」

「是啊，琥珀真不愧是天才語言學家，不用我多解釋就能抓到重點了。」

「不，就算是我沒學過的語言，我也至少應該要一聽就聽出來的，但我現在才想起來，你剛剛唱的歌，是鯨語吧？就是島上除了官方語言祖語之外，最普遍使用的方言。」

「沒錯，就是鯨語，這是我父母用的語言，也是小時候我們在學校以外，生活社群裡慣用的語言，那時候，大家好像只有在學校裡才會講祖語，一離開學校，語言系統就切換成鯨語了。現在想起來簡直莫名其妙，但那時候，這樣的切換簡直太自然了，好像你的身體就是會知道，哪些人是你該講祖語的人，哪些人是可以講鯨語的自己人。」月明笑著說，她的下顎微微偏斜抬起，望著遠處，陽光透過枝葉間隙篩落在她的臉上，讓她看來彷彿走進了一場夢境。「經過了這一切之後，這世界上，不知道還剩下幾個會講鯨語的人，我可能剩下的半輩子裡，再也遇不到一個了。」

琥珀知道，月明沒說出來的話是：絕大多數會講鯨語的人都死了，如果還有僅存的鯨語使用者，多半也都在那座被嚴格管控封鎖的島上，與她恐怕此生再不得相見。

琥珀看著她望著遠方的表情，想到安備組組長說的那些話，心中思緒紛雜，一時沒留意，脫口便說出了她沒想過自己會說的話：

「要不然，妳教我吧，妳教我講鯨語。」

月明收回視線，很驚訝，卻也沒那麼驚訝地盯著琥珀。

「為什麼？」

「我是天才語言學家啊，我就喜歡學各種語言，學語言是我的天職，這還用問嗎？」

「語言是用來溝通的，如果你這輩子都不會再遇見懂鯨語的人，你為什麼需要學鯨語？」

「我想，我……」琥珀結巴了一下，吞回自己真正想說的話。「我覺得，這樣才酷啊，我說不定是這個世界上最後一個學這種語言的人，不費吹灰之力就能成為鯨語界的大師，變成權威，這是我夢寐以求的好嗎！」

月明笑出聲來，她的笑聲和她的名字一樣，有一種明亮薄脆的質地。「你這麼說，好像滿有道理的喔。」

「是啊，教我吧，教我講鯨語。」

不然這樣吧，我們先從剛才我唱的那首歌開始，這樣好嗎？

「若無，咱先對頭拄仔我唱的彼條歌開始，按呢好無？」

琥珀聽不懂月明說的話，現在還聽不懂，但她知道自己想要聽懂，琥珀知道，自己想要一直這樣看著月明，聽她說話，並且成為這個世界上僅存，能用她的語言對她說話的那個人。

送子鳥

那幢擁有尖斜屋頂、紅瓦白牆、每扇落地窗前都附上鍛造雕花圍欄圈起的小露台，並且乾淨得彷彿剛剛嶄新落成的豪華宅邸，坐落在修剪得剛剛好的青蔥草地上，活脫脫就是基本教材裡的統一規格背景，基本教材裡每一個溫馨、善良、感人肺腑又能曉以大義的故事，似乎都是出自於這樣的房子裡。

這樣的房子幾乎可以讓人斷定，住在裡頭的每個家庭成員，想必都是面容姣好、性格和善的高樂士，他們平日會穿著天然棉布裁製的休閒服，也許在樹下盪鞦韆；也許倚在露台的躺椅上，戴著最新型最輕巧的隨身連線裝置，沉浸在知識流裡；也可能用乾淨漂亮的手指拿著玻璃壺，將地球生產直送的新鮮果汁倒進玻璃杯，以及哈哈笑著在草地上追逐——而這個畫面裡的男女老少，也的確正做著這麼標準規格的事。

杉伸手轉了轉蓮分享出來的這個縮影全像邀請函，映現的全像中，正在忙著上述各種正當休閒的六個人，一起從他們正在做的事裡抬起頭來，對著杉展開燦爛的笑容，齊聲說：「誠摯邀請您與我們一起迎接新成員的到來！」

接著，影像中的他們回到自己正在忙、或者說，正在假裝忙著的事情中，頭髮和樹葉以同樣的頻率輕輕擺動。

「就這樣？」

杉合攏手指，影像消失。「這邀請函裡的地點，看起來跟這棟房子完全不一樣吧？真的是這裡嗎？」

的確，從飛艇上的艙房小窗往下看，只能看見蒼翠綠地上一個正噴著消毒蒸氣的巨型圓頂隔罩，和方才縮影全像中那幢尖頂紅瓦的豪華宅邸完全無法聯想在一起。

「親愛的，你這樣說話，待會會被看不起的，我們又不是要去城寨島，能住在這裡的人不只是高樂士耶，還都是九十級以上的頂級高樂士，他們怎麼可能讓自己的生活空間暴露在空汙裡？當然會做好嚴密的安全措施啊，這種隔絕濾淨設施很基本的。」蓮壓低聲音，彷彿生怕誰聽見了他們之間的對話──雖然這艘飛艇上，除了他們夫妻倆再無他人。「連我們住的島站都有濾淨罩了，人家是什麼人物，怎麼可能沒有？」

「可是島站上的濾淨罩是給全島站的人共用的啊，這裡就他們一家子，用上這麼大的隔絕濾淨罩呀？這麼大，拿來用在隨便一座小型水上公寓上都夠用了，少說有十個學生的家庭能一起用吧！」

「我們不是說好了，不要再一直提學生的事？」蓮的聲音壓得更低了。「你都換工作多久了，別再滿嘴都是學生了啦。」

「唔。」杉沉默下來，蓮的心中立刻浮起一朵小小的懊悔，暗罵自己不該輕易讓這樣的話語出口的同時，她也有點兒埋怨，這不是早就說好的事情嗎？還要她一直扮湖底女鬼，不斷重複令人厭煩的提醒，這事杉不能說沒有一點責任呀。

「我知道了，抱歉啦，是我腦子浸湖水了！」與口中略帶戲謔的語氣不同，杉從後方輕輕環抱蓮的動作無比溫柔，兩人的眼光一起落在窗外那個足夠十幾個家庭一起共用的濾淨罩上，他的雙手在蓮的七月孕肚上交疊，像是想把自己化成眼前那樣的巨大濾淨罩，同時保護妻兒倆。

飛艇正在降落。

接近地面時，杉終於能夠透過暫時停止消毒噴霧的濾淨罩，清楚看見那幢有庭院的房子。雖然的確看得出是同一個地點，但比起縮影全像裡那幢嶄新的華宅，似乎更舊一點，色彩不那麼鮮明動人，另外，或許是因為實際上被一個巨型濾淨罩保護著，看過去也不如直接坐落在山林裡那樣氣勢磅礴，反倒像是一個被放在球狀玻璃容器裡的娃娃屋那樣，顯得虛假無比。

但即使如此，這一切還是非常誇張。他想著，自己這輩子從來沒有在虛擬樂土以外的地方，看過占地這麼大的房子和濾淨罩，還只是供六個人的家庭居住而已，而他們今天要迎來第七個。

沒錯，第七個，也就是這個家庭的第、五、個、孩子。在女性生育能力只有百分之二十，而新生兒良率不到百分之六十的樂土，一個家庭能夠養育五個孩子這種事，與這種坐落山頭的華宅一樣，杉僅僅是聽說過而已。樂土在上，全樂土算起來，樂值高到能夠教養五個孩子的家庭，不知道雙手雙腳的指頭能不能全派上用場。

飛艇降落在離宅邸有一段距離的飛艇場，一輛自動車停在飛艇出入口，他們才剛下飛艇，杉還沒來得及驚詫這飛艇場占地之廣、飛艇之多、之豪華，就被蓮拉進了自動車裡。

「你別露出大驚小怪的樣子啦。」

「不是啊，我又不像你，從小就在高樂值的環境下長大，而且這裡也沒有其他人，讓我驚訝一下也沒有關係吧，待會見到人我就會假裝見過世面了。」杉一邊委屈，一邊忙不迭地繼續透過全透明的自動車往外張望。

這飛艇站少說停了有二十架飛艇，而且每一架的造型、花樣、裝飾都大不相同，風格各異的飛艇群，讓杉看得簡直要整張臉都貼在車尾的玻璃窗上——老天，除了當初要和蓮結婚遭到百般刁難那時，他不記得自己什麼時候像現在一樣，這麼羨慕高樂士的生活。

難怪高樂士都住在這樣的地方，難怪只有高樂士才有資格搭飛艇、買飛艇，要能停得下這樣的飛艇，甚至要提供給其他高樂士友人足夠的停泊空間，沒有一座山頭是不可能的呀。

那到底要多少樂值、多少樂幣啊！

如果能有那樣一架飛艇，懷孕的蓮就不用辛辛苦苦地在渡船上折騰，甚至不必在浮軌裡人擠人了……好想要、好想要啊……

「就是這樣沒有人的地方，你才該留意些，畢竟飛艇和自動車都是人家的，不是我們的，誰知道……」蓮沒有繼續說完，從前的經驗讓她知道，這些私人交通工具上絕對少不了監視器，有的高樂士此刻甚至可能在自己家裡，和賓客們一起看著飛艇上和自動車裡的即時影像，拿杉的低樂佬反應嘲笑取樂。

她沒說出口，因為她知道杉不會懂，她或許也不希望他懂，更或許，她正是因為他不懂這些，才愛他。

杉的不懂，讓蓮為自己希望他做出的改變，深感愧疚；而杉為了愛妻而毫無怨言地做出這些改變，這份體貼則讓蓮心中的愧疚感更深了。

自動車移動得很快，蓮自己也忍不住在抵達目的地前，在保持面部表情不動聲色的前提下，隔著透明車身多看幾眼這春日裡的明媚山色，好久沒有看到這樣一片令人心曠神怡的山林綠意了，綠得真好、真美，真像是真的——啊，她差點忘記，這確實是真的綠色呀，和所有真的食物一樣，唯有夠高的樂值才有資格擁有。

如果從位於湖心的水沒市區往四周看，無論任何季節，都只看得到霧霾間有著彷彿像是山形的沉綠色輪廓。除此之外，除了特別製作成綠色的日常用品，或是在虛擬樂土看得見的綠色，蓮已經很久沒看過真正的綠色了。

她好想念綠色。

飛艇站雖然大，不過畢竟就位於宅邸旁邊，自動車很快地便將他們送進方才看見的那個巨大圓頂濾淨罩裡，隔著濾淨罩，雖然也還看得見那山林與華麗飛艇，但就像是在市區裡遠遠看到的那樣，黯淡了許多。

而巨型濾淨罩裡，那房子看來簡直像是全像邀請函上那幢宅邸的仿冒品，就連他們鞋底下踩著的綠意，都是人工草坪。

當然，怎麼可能有高樂士會讓自己暴露在那些髒兮兮的泥土與未經管理的微生物之間？杉對自己的天真搖了搖頭。

自動車沿著青綠人工草地間的純白路徑，迅速抵達建築物前，大門外站著一個穿著粉藍色曼姿服的機械女侍，為兩位走下自動車的貴客感應了腕上的晶片後，便打開大門，帶著兩人走入宅邸內部。

「蓮，你看到了嗎？那個女侍的頭是獸首吧？聖哉祖國啊，我第一次親眼看到獸首型的女侍耶，我以為那都是用在器警上，執法時比較有威嚇作用，想不到……」

「高樂士們有很多特殊……需求，是我們這種人想像不到的。」蓮拉著杉走進兩個人高的雕花大門。蓮並非第一次看過這樣的機械女侍，機械女侍的頭部雖是獸首，但卻很少表現為兇猛動物，多半是中小型貓科、囓齒類等，這樣的獸首女侍，主要用途應該不是一般的家務或接待。

看來是這場慶祝式的規模太大，才需要讓負責夜間工作的特殊機器人都得出來接待客人。

「蓮，你可到了，我們家的飛艇搭得還習慣嗎？你們應該是第一次搭飛艇，不會怕高吧？」

才進大門沒幾步，兩人還來不及驚詫於氣派不遜於紫微站的挑高大廳，以及廳裡懸掛裝飾的各式叫不出名字的華麗物事，她婚前認識的鄰居姊姊便拉高了嗓音迎面走來。

蓮趕緊綻開一朵盡可能真摯的笑容，同時不著痕跡地拉拉杉的衣袖，要他一起打招呼。

「不會，飛艇很舒適，謝謝純姊姊特別派飛艇到浮軌站去接我們。」

「應該的，要不然你們該怎麼從浮軌站到這裡來呢？這可是好長一段路，既沒有濾淨防護也沒辦法隔絕地球生物，太危險了，更別說還可能迷路呢。」純微笑著，眼裡卻毫不掩飾地打量著杉。「不過，你先生應該很快就能讓你們買個幾艘飛艇才對，是吧？不知道您哪裡高就呀？」

「噢，我啊，我是……」

「杉是互動設計師，我跟純姊姊提過的。」明明杉已經開口了，但蓮自己也不知道為什麼要搶他的話說，她畢竟還是不放心讓杉自己應對這些頂級的高樂土吧。

她笑著，嘴裡卻發乾。多麼熟悉的感覺，當年就是因為不想再這樣乾笑著說話，才不顧一切地和最能讓她感到自在的杉結婚，脫離那個世界。

但如今，卻是她將杉拖回這個世界來。

「喔，對耶，好像是聽你說過，但我成天被我們家兩個寶貝弄得頭昏腦脹，都記不清了，原來是互動設計師，這一行可是虛擬樂土的新銳職業，好有價值的工作，看來你們的飛艇也不遠了呢。」

「沒有沒有，什麼工作都很有價值，身為樂土人就是最有價值的事了。」蓮嘴裡說著人人都掛在嘴上，幾乎可以本能說出的客套話，但心裡絲毫不信純姊姊說自己不記得杉做什麼工作。

這麼久沒有聯繫，若不是蓮透過家人知道純在哪些虛擬樂土的應用程式裡出沒，特意去製造巧遇，假裝不經意地提起杉現在是一位互動設計師，並請純幫忙引薦高樂士友人，那麼純根本不可能向這家主人提議邀請他們夫妻來。

說穿了，這個職業才是他們夫妻倆此時此刻能參加這個慶祝式的原因，純姊姊一上來便問杉的工作，其實也就是她放心不下，想在宅邸主人和他們接觸前，再次向本人確認。

「純姊姊之前提過的那些問題解決了嗎？」蓮狀似無心地提起，同時機伶地掩去會被外人聽出端倪的關鍵字，用意在提醒純姊姊，之前杉曾在上一份工作的人脈中找人協助她女兒在學習上的狀況。她們是各自在對方身上取得自己需要的協助，並不是單方面受惠。

「挺好的。」純姊姊也點到為止地對他們笑了笑。「有勞你們了。」

「小事一樁啦，孩子嘛，能快快樂樂地長大最要緊了……」杉爽朗地笑著說，句子卻被蓮暗地架來的一記拐子打住。

這人真是沒心眼到，一個不小心就會戳到別人心眼的地步。

「你們想必就是成夫人邀來的新朋友吧？歡迎歡迎。」

和揚起的嗓音一起快速接近他們的，是一襲鑲上金邊的深紅華服……以及華服裡的那位夫人，從她的服裝造型，以及身後緊跟著的另外一批華服看來，這位夫人顯然就是這場慶祝式的主人了。

也就是當前樂土人口部的部長夫人。

「您好，您一定是部長夫人，好美的衣服，這是真絲料子的錦綢嗎？太美了，我是第一次見到呢！神聖鱗翅目在地球上已經所剩無幾，每一縷絲都要耗費極大的人力物力才養得出來，更別說這麼大一匹綢子，還有這綢子做出來的衣服、這貴氣的染色和高雅的設計……真是眼界大開！謝謝部長夫人，讓我有幸親眼看見這麼珍貴的衣料，這可不是單單樂值高就能穿得起的服飾呀。」

在所有人來得及附和之前，蓮搶先說出的讚美，已經讓在場每個人都眼睛一亮。連杉都不知道，這什麼神聖鱗翅目的布料知識究竟是哪裡來的。

但重點是部長夫人的態度，她眼睛裡的贊許可騙不了人。

「不得了呀，能一眼看出這材質的人可不多，成夫人，你帶來的這位朋友，知識相當高樂呢！邀得好，邀得好！」

蓮鬆了一口氣。其實她是在知道要參加這場慶祝式之後，才趕緊去澆灌相關知識流的，這類型的冷門知識，一般情況下很少人會知道，甚至要去哪裡找來澆灌也不清楚，但正因為足夠冷門，恰能讓人印象深刻。

不過，對方究竟會因為被一眼看出而高興，還是因此而惱羞成怒，可就難以預期了。

太好了，這一著險棋果然沒下錯。

「我剛才還想著怎麼都沒人認出這衣服的料子，還擔心是不是穿得太奢華了，奢華到讓人看不出來歷呢。成夫人這位朋友真讓人驚喜，不知道該怎麼稱呼呢？」

「過獎了，部長夫人，我叫做蓮。」

部長夫人眼裡的光亮暗了一暗，蓮立刻知道自己說錯話了。明明法定配偶就在身邊，竟然還自稱婚前的名字，這實在太沒教養了。這裡可不是什麼好友間的私人聚會，怎麼能這麼大意呢！

「部長夫人，這位是杉先生，是個相當優秀的青年才俊，雖然目前樂值不高，但他從事的職業是近來最熱門的互動設計師，這職業可是樂值升級排行榜上的新秀呢，可說是後勢可期。杉夫人呢，則是我婚前老家的鄰居妹妹，目前正有孕在身。」純連忙補上正式的介紹。

「原來是杉夫人，幸會，願領袖為你孕育的樂土希望降下祝福。」部長夫人微微低下眉睫的致意動作，讓人看不出她是否對自己方才的失言仍有不悅，這樣深藏不露的情緒與節制的語言禮儀，是蓮見過最為高樂優雅的了。

真好，真羨慕，真希望——若領袖真能降下祝福，真希望他們的孩子也能在部長夫人這樣的家庭裡長大。

這世上沒有比這更好的成長環境了，無論問誰，他們都會這麼說的。

想到這裡，蓮情不自禁地轉頭望向杉，杉也看著她，雖然不知道她在想什麼，但仍在第一時間對她回以一個不明所以的微笑。

「不過，杉先生竟然是個互動設計師？我還真沒認識過一個呢，成夫人，這就是你說今天要給我的驚喜嗎？」

「啊……是呀，我知道部長夫人最近為了園小姐的事很煩惱，應該很想多認識虛擬樂土事業局的年輕人，多了解一下新的運作模式，挽回失去的樂值……」

部長夫人的臉再度暗了一暗，那由亮而暗又亮的細微轉換與節奏，都拿捏得極好，既能讓人瞬間醒悟自己肯定做錯了什麼，又能巧妙地將這個暗示停留在「可能只是錯覺」的階段，免去許多尷尬。

這樣的表情管理模式，在虛擬樂土並不少見，不過竟然能在實相樂土的真人臉部重現得這麼好，部長夫人肯定有下過工夫，只是不知道究竟是澆灌了知識流，或是在晶片裡下載了新的表情管理微電流模組。

感謝各位朋友的光臨，請大家到中央庭院裡來，我們今天的節目即將展開。

杉顯然被耳邊響起的真人聲音嚇了一跳，蓮低聲在他耳邊解釋，剛才入門時感應晶片後就被列入賓客名單中了，慶祝式的主人可以藉由區域廣播系統對在宅邸各處的客人說話。

「我知道，這是辦大型現場活動的基本功能之一。」杉揉揉耳朵。「不過還真不知道，有人在家裡就需要用到這種功能。」

部長夫人領著他們，穿越長長的走道，前往中央庭院。走道兩旁掛滿巨型纖維畫，用飽和度極高的色彩描繪著華麗悲壯的世界解放戰爭與悲愴之戰，以及領袖在聯合政府主席王座上、戰場上、戰鬥機上，甚至太空船駕駛座上的各種英姿。狹長的走道間，原本就只有牆面最上方的一排細長玻璃窗能透入光線，加上掛得密密麻麻的重彩厚實纖維畫，讓走在其中的人們壓迫感十足。

這真的是人口部部長一家人「生活」的地方嗎？在這樣的壓力下生活，難怪他們一個個都樂值超高，每天經過這長廊，被無數的領袖居高臨下盯著，想要不正襟危坐也很難吧。

幸好，就連部長夫人自己也不樂意在那條長廊上久留，他們很快地便抵達寬闊的中央庭院，看來這裡便是縮影全像邀請函上同樣的地點。透過上方的透明濾淨罩，光線灑落青翠的人工草地，鋪著白色桌巾的長桌上擺滿了珍稀的各式地球原型食物，杉認得出來的只有烤雞、豬腳、還有綠色黃色紅色紫色的各種蔬菜——樂土在上，彼星為證！地球蔬菜真的有那麼多種顏色嗎？顏色未免也太鮮豔了，應該還是有些便宜的化學食品摻雜其中吧，比方說仿肉仿蔬之類的東西，要不然這陣仗也太花錢了！尤其那個……那個淡黃色的，彈嫩得像是旁邊有人稍微大聲說話就會碎掉的東西，怎麼可能是真的雞蛋做成的東西呀？杉雖然沒吃過雞蛋，但總也知道雞蛋長什麼模樣……

再一次，杉感覺到蓮輕輕扯他袖子的動作——對了，別大驚小怪，不要露出這種表情。

但太難了，實在太難了！

杉忍住衝上前去把那些食物每一種都狠狠咬上一大口的衝動，強迫自己把視線轉移到本來就該是焦點的宅邸主人一家子身上。

全像邀請函裡的那六個人站到了庭院中央微微高起的石臺上，框起他們的白色石拱纏繞著青綠的人造藤蔓，讓他們像是一張舊式平面照片那樣復古、優雅而美好。他們全都穿著同一種色系的深紅色服飾，看來也都是同一種真絲綢料，若這種材質真像妻子說的那麼珍貴，那麼為了這個慶祝式，部長一家很可能用掉了整個地球所有的神聖鱗翅目真絲產量。

站在台上的除了部長與夫人之外，還有他們教養的四個孩子，包括剛辦完成人式不滿一年的長女，以及仍在教養階段的十五歲長子、十三歲次子與八歲的次女，四個孩子都擁有風格各異的出眾外表，長子與次女還都是標準膚色人種，而且十五歲的長子更擁有一雙改造後的強化手臂，採用的是最新的仿生機械義體搭配具威嚇性的金屬防具，即將成年的他，「身體力行」地昭告了自己進入安全部維護樂土安全的志向。

即使就站在那雙豪華浮誇的強化手臂身邊，台上的六個人之中，最受矚目的依然是長女，也就是人人稱之為樂土甜心的園。石臺上，與部長夫人分別站在部長兩邊的她，戴著一副蓋去她半張臉的大墨鏡，妝容淺淡，唇色甚至透著一絲蒼白，與那身設計繁複華麗的深紅綢緞顯得極其反差，更讓人無法忽視的是：她竟削去了一頭總是髮型髮色變幻莫測的長髮，徒留一顆圓滑乾淨的頭頂，連帽子也沒戴，就這麼靜靜地反射著陽光，不知為何，宅邸內的自動美肌程式在她身上毫無作用。

「園最近一定很煎熬，看她這個模樣好讓人心疼啊。」妻子在他身邊低聲說，顯然蓮的視線也緊盯著園。

杉偷偷觀察一下身旁的其他人，發現其實有很多人都和他們一樣，把視線集中在園的身上，那不僅僅是因為園的驚人美貌，更因為她一直是樂土的話題人物，舉凡髮型、妝容、衣著、口頭禪與愛用的程式，都能引起一波模仿潮。成年後在陪伴女孩圈也快速竄紅，被稱為樂土甜心，更成為每天播報各部首本日運勢的代言人。

而在這幾個月，園在遭受幾波重大的形象危機之後，也銷聲匿跡了好一陣子。不僅換了另一位陪伴女孩頂下「樂土甜心」這個稱號，就連那些原本授權各大應用程式的陪伴模組，也都全部下架，樂土人不但無法和她在虛擬樂土上互動，就連使用程式時也無法付費指定園的模組陪伴，簡直讓園的眾多追隨者頓失生活重心，甚至有好幾起犯罪事件，嫌犯被逮捕之後都供稱，是因為平時能夠陪伴他們的園不再提供服務，在苦悶無處宣洩的情況下，才一時失控犯案。

當然，很難得知他們說的這個原因究竟占了犯案動機裡的多少百分比，不過，園全面中止陪伴服務所造成的紛擾，已經是無法否認的社會現象了，就連輿論署也都為此推出了兩次專題探討。

在這種時候，能夠在實相樂土親眼見到園並與她接觸，那絕對是這場慶祝式最值得讓人炫耀的事。

顯然，人口部部長很清楚這個事實，才會把已成年離家的孩子叫回來參加這場新成員的安生慶祝式。

「謝謝各位今天來到寒舍，與我們家人一起迎接第五個孩子的到來。在人口部服務了三十多年，我始終兢兢業業，追隨領袖當初創立樂土時指示的『樂土容不下壞孩子』這個最高原則，為了提高樂土的基因多樣性與素質而努力，在私人生活層面，我與妻子一起教養的四個孩子，在各方面的表現也都相當優秀，而今天的第五個孩子，不僅追平了樂土境內單一家庭教養子女數量的最高紀錄，更顯示出政府相信在我們的家庭裡能夠教養出最具樂土價值的未來棟樑，也等於是再次肯定了我作為樂土人、作為樂土人口部部長的成就……」

部長在台上說沒兩句，杉就開始陷入失神發呆狀態，他始終不太能好好吸收這些重要資訊，無論是聽長官致詞，或開會時主管的訓話長了些，他就會自動進入半休眠模式。

杉的眼神隨著部長的致詞時間愈長而愈發呆滯，但腦子卻忍不住轉了起來——他為什麼會連這種要競選議事卿的超高樂土說話都聽不進去呢？這要歸咎起來，或許是因為自己原本就出身低樂佬聚集的水上公寓，父母用非常普通的地球方式教養他長大，讓他長大後一直沒有強烈的競爭意識，選擇職業時也毫不猶豫地選擇了一般人不樂意做的基層訓教員，在這個工作中，頂多就是每週領取的薪資還算可以糊口，至於樂值，是很難有長進的。

就像偕護員、系統維護員那樣，訓教員這類必須與人實際接觸的工作，比起在虛擬樂土中悠遊的高科技工作而言，實在太低價值了，而且多半是女性用以填補成年後到結婚前的這個空檔，但杉卻是發自內心地喜愛這份工作，當孩子們在學校裡浸在感官池裡澆灌基本教育時，負責守護他們、避免他們發生危險、幫助孩子們實際操作與解釋某些無法完全依靠感官池澆灌的課程——好吧，這些工作聽起來的確非常低樂值沒錯，但他真的好喜歡。

他喜歡帶著孩子們做運動，舒展長期浸在感官池裡的身體，他喜歡教孩子如何親手用工具製作與捏塑，即使他們做出來的東西，輕易就能用樂幣買到量產的便宜貨。

他喜歡這份低樂值的工作，喜歡到這份工作能提供的樂幣不多、幾乎提升不了任何樂值，都沒關係。

杉原本以為只要自己安貧樂道就夠了，他以為他真的能完全不在乎別人對他那些不符合時代、無法產出樂值、並且絲毫沒有男子氣概的評價，但是與蓮相戀之後，這一切不再那麼理所當然，即便蓮從頭到尾都很清楚他是個低樂值並且不追求更高樂值的男人，也依然愛著他，甚至願意與他共組家庭，並不要求他改變，但在婚後，杉漸漸無法忍受給不了妻兒更好生活的自己……

「哇——」從眾人間猛地揚起的一致驚呼，與蓮忍不住拉他手臂的動作，將杉拉回眼前的場景裡。

「為了感謝大家在休息日裡，放棄在自家的感官池裡享受私人時光，將這段寶貴的時間留給我和我的家人，今天這場安生慶祝式，我們將開放各位來賓，用自己的虛擬角色和我們家的樂值，來體驗各項應用程式中的高階功能，其中還包括某些還未公開的最新應用程式，無論是已有的功能或新的程式內容，都需要九十五級以上的超高樂值門檻，不過今天大家既然在我的家裡，那麼就是自己人了，我多少樂值，各位就是多少樂值，我能使用什麼功能，你們就能使用什麼功能。」

部長大手一揮，眾人眼前出現的是一串程式隨選清單，賓客可以在虛擬樂土的任何熱門程式中享有超高樂士等級的無限資源，無論瞬移、浮空，或任何特效與新道具，都不需花費樂幣，而且在這段可以使用部長樂值的期間，只要付得起樂幣，也能用這個樂值等級向設計師訂製個人化數位資產，日後在虛擬樂土可以自由使用。

使用部長的樂值等級，已經是夠浮誇的事了。但相較之下，最讓人好奇的還是那些尚未公開的最新程式，其中的《鑑古》與《他山》都是杉正在以互動設計師的身分參與研發的程式，所以他非常清楚地知道，能在正式發表前先開放給私人慶祝式的賓客使用，絕對是毫無疑問的特權。

《鑑古》讓用戶以身歷其境的方式，在模擬場景中參與地球歷史上重大事件，成為歷史事件中的重要人物或平民，雖然不像真實歷史上的那些人物一樣，每個選擇都必須承擔後果，但對用戶而言，每一個選擇都會影響到樂值，說穿了，這個程式便是一連串道德感與判斷力的考驗。

若說《鑑古》是累積樂值的大好機會，那麼《他山》絕對是劃時代的創舉——這是首次在虛擬樂土有限度開放地球人與樂土人互動。樂土用戶可以在程式中遊覽地球的各地風土，而在程式裡各地的「地球人」角色，都是被遴選出來的優品地球人使用的角色，用戶可以與他們交談、了解地球人的現代生活並且給予他們來自樂土的寶貴建議，若有優質建議與良好互動，同樣可以提升樂值。

這兩款新程式都是足以大幅影響樂值計算方式的焦點產品，因此運作邏輯、互動模式與樂值處理系統之間的配合，都極其複雜且不容出錯，杉作為內部參與研發的團隊一員，連能不能依照原訂期程發表都不敢拍胸脯保證了，根本無法想像現在這種情況：不僅提早，而且私下在少數人之間開放。

如果照剛才部長所言，賓客在這段作客期間，等於是部長的家人，與部長擁有同級樂值，而這段期間所做的事情、得到的物品若有延續性，也能夠持續生效。這，這簡直……

「這、這簡直太慷慨了……」杉感覺到蓮勾住他的手臂拉得更緊了些。「親愛的，部長的意思是說，如果，如果我在這段期間裡生下孩子，那麼，那麼……他在分配教養家庭時，就可以被當作這個樂值等級的孩子嗎？」

不，這簡直不像是合法的事。杉心想。

「才七個月大，不可能今天生產的，何況，我們的申請程序還沒辦好。」其實資料都已經齊了，只是，他們還懷藏著不能說出口的一點期待，期待著他們能給孩子的，比他們能做到的還更好一點，便一直壓著最後一步手續，希望等他們樂值更高一點再提出申請。

申請時的樂值愈高，孩子就能被送往愈高樂值的家庭教養。

這是他們作為原生父母，唯一能為這個孩子做的事……

「你說得對，不可能的……」蓮低下頭，杉看不到她的眼神，有點擔心，她會不會在想什麼不合常理的事呢？說到孩子，蓮就像是變了一個人，從前那些循規蹈矩、保守中庸的高樂值作風，全都被沉到湖底似的。

台上的部長不知道說了什麼，眾人歡呼起來。

「……那麼就請大家好好享受這一天，送子鳥將孩子送來的時間預定在三點，屆時我們會用廣播系統提醒大家，再回到庭院裡和我們一起迎接新生命！」

「謝謝部長！」「聖哉祖國！」「偉哉領袖！」

歡呼聲此起彼落。廣播系統傳送了各種特殊優惠的選擇列表到賓客的個人方舟系統中，只要點開，找到自己想要體驗的程式再點入報名，就會有機械侍從前來帶領，進入特定的房間中使用感官池或其他最新款的連線裝置，人群在侍從們的協助下很快地散開，似乎都迫不及待想要體驗在虛擬樂土中，超高樂值能帶來的所向無敵。

「那群夫人不知道要到哪裡去，我得趕快跟上。」蓮發現剛才那群夫人們以部長夫人為首，正要離開中央庭院，她提起裙襬，快步往她們的方向走去，不忘回頭提醒杉：「你也趕緊去多認識幾個人，聊聊你的工作什麼的，還有不要忘了，你現在的身分可是互動設計師，不是訓教員了……」

「好、好，我會……哎，親愛的，你走慢一點，你……」見她腳步凌亂，杉忍不住追上兩步，又讓蓮揮揮手趕了回來——是的，這就是他們想盡辦法也要來到這個地方的原因：多認識一些真正的高樂士，並且與他們建立關係。因為在某個可信度似乎極高的都市傳說裡，系統會判讀身邊人物的樂值比例，如果周遭的高樂士密度較高，相處時間長，也會影響自身的樂值提升速度。

既然是都市傳說，那就表示並沒有一個可供參考的數據，比如說要跟幾級樂值的人待在一起超過多少時間，或者必須一起做哪一種類型的活動，才會對自己的樂值有幫助，這一切都是推測，而且政府當然嚴正否認過了，一再澄清樂值的基準全以個人的倫理道德與對社會的價值評斷，即使如此，依然有很多無法證實的「事證」流傳著，讓人無法說不信就不信，而像蓮這樣一心為自己肚子裡的孩子提高樂值，好讓孩子分配到更好的家庭去的孕婦，絕對是寧可信其有的。

杉停下腳步，遠遠看著心愛的妻子捧著肚子奔向那群夫人之中，她身上穿的米白色平織化纖連身裙，在那些夫人裡看起來，簡直樸素得連機械侍從都比她更像是受邀的賓客，但也讓蓮格外令人愛憐——

等等，那是什麼？

杉望著蓮的眼角餘光，被視野中某個餐盤吸引——樂土在上！那個潔白瓷盤上堆得小山一樣的鮮紅色果實，紅嫩討喜的頂端還覆著像是瀏海般的可愛蒂頭……那、那是草莓嗎？傳說中的草莓嗎？

他幾乎沒有思考，伸手拈起一顆草莓，拔腿便追上那群夫人，氣喘吁吁地攔下了他懷孕七個月的妻子。

「這個給你吃！」不知是興奮還是奔跑的關係，杉有點上氣不接下氣，他無視於妻子身邊的夫人們，錯把蓮睜大眼睛的傻眼表情當成驚喜，把草莓塞進張口要拒絕的妻子嘴裡。「是草莓耶！真的草莓！」

一旁的夫人們全都低低地笑了起來，只有嘴裡塞著草莓的蓮，雙頰紅得和草莓一樣，卻一個字也說不出來。

「那你們慢慢聊，晚點見囉！」

杉轉身，回到原來的草莓盤前，也給自己塞了一顆草莓——噢，聖哉祖國！這是什麼神奇的香氣與口感組合啊，等等，旁邊還有盛著蜂蜜與煉乳的小碟？那是真正的蜂蜜和煉乳嗎！可惡，要不是夫人們走遠了，他真想每一種都蘸一點給蓮吃吃看，她一定會很喜歡的。

庭院裡的人已經走得不剩幾個，應該都迫不及待要去體驗部長級的樂值能帶來什麼新鮮功能了吧。話說回來，桌上的這些原型美食肯定也是部長級樂值才吃得到的，他們怎麼就不想試試看呢？

杉決定先從美食開始體驗高樂士的生活！

他愉悅地往那隻烤得金黃酥脆的春雞伸出手，一旁的機械侍從還來不及趕上來阻止，他已經撕下了半張雞皮。

「臭湖的！這玩意兒好燙啊。」杉第一次吃這種原型食物，而且是真的整隻雞這樣的原型，沒有想到這雞皮竟然一拉就是大半張，觸感既薄又韌而且超級燙手，完全不是傳說裡、想像中那樣鮮嫩的口感，害得他被燙得手指發疼，還不敢隨便丟掉手上這塊珍貴的雞皮。

「杉教，你不能這樣撕啦，要嘛就戴上防油手套，連皮帶肉直接扯下來，要嘛就請侍從幫忙切塊——哎，你該不會沒吃過原型雞肉吧？」

「我就沒吃過，怎麼……咦？咦咦？你！」

杉的驚嚇有兩個層次：第一層是因為他發現這個對他說話的深膚色少年，竟然穿著那襲神聖鱗翅目所製成的深紅色服飾，第二層，則是他意識到這個人叫他「杉教」，那是從前當訓教員時，學生們叫他的方式。

這兩種不同的身分，不應該出現在同一個人身上——杉從前任職的學校在湖心區，那裡的學生多半來自城寨島，最多就是水上公寓，怎麼可能會有部長家裡的……

「等等，你這表情是……哇，你該不會沒認出我吧？杉教，剛剛我在台上可是一眼就認出你來了，還怕你來拆穿我的身分，所以才趕快來跟你套個招，結果你竟然沒認出我嗎？」

眼前這個男孩分明是部長家的十三歲次子，對他說話的表情語氣卻像是熟悉得不得了的老友一樣，甚至像大人一樣皺起眉，不太滿意地看著杉。

杉看著少年那張深膚色臉龐，想了好半晌，的確那眉眼間的笑意看起來非常熟悉，但他還是無法從那層層疊疊的美肌效果中回想起這個部長家裡的男孩跟他能有什麼關係，直到男孩舉止優雅地接過機械侍從遞來的一大盤，非常大一盤，切成適口大小的雞肉。

喔樂土在上，那雞肉好香，看起來好多汁好美味。杉的視線忍不住跟著那盤雞肉移動的同時，他也瞄見了少年端著盤子的手腕上，有一個小型的複雜圖案。

那個圖案把一切都串起來了。

「……覺？他臭湖的！你居然是覺？你是……」杉張口結舌地伸出手指，在空中朝著部長一家人剛剛站的石臺方向猛戳。「水澇的！你是，部長的兒子？」

覺朝他丟去一個「終於喔」的表情。「你怎麼會連我都認不出來？」

「不是，你們家的人臉上一堆視覺效果，你這年紀又長得那麼快，每天都在變化，我怎麼可能還認得出一年前的學生？」

「啊，對了，我忘記你們賓客都被設定了自動美化，哎，難怪我在台上對你擠眉弄眼的，你看都沒看我一眼。」

「就是說啊，但，你怎麼會……啊對了，你那時是因為晶片不相容，所以到我們學校來的吧？」

「杉教，這種話別說得那麼大聲。」覺在自己嘴唇前伸出食指，示意他當心說出口的話，接著叉了一塊盤上的雞肉，遞給杉。

這倒是。杉有點慚愧地接過那一叉雞肉，想起妻子叫純姊姊的那位成夫人，家裡的孩子也和覺有一樣的困擾，也就是他們對目前樂土人統一植入在手腕上的方舟系統晶片過敏，會造成的症狀則各有不同。

這種對晶片過敏的案例非常少，而且無法適應樂土統一規格的晶片，便意味著這個孩子無法用樂土系統記錄行為以提高樂值，幾乎等同於基因有瑕疵，正是樂土容不下的那種壞孩子，這同時也暗示了會接收到這種孩子的家庭是有問題的，因此樂值愈高的家庭，碰上這樣的事情就愈是諱莫如深，這樣的醜聞不僅不能讓別人知道，公開之後更會嚴重影響整個家庭的樂值，正因如此，有時候還會聽說一些特別可怕的案例，比方說某些家庭會想辦法讓家中這些對晶片過敏的孩子以非自然的方式獻給繁星，對外謊報失蹤。

杉在當訓教員的那時候，有協助過幾次類似的個案。這些孩子無法藉由晶片與樂土系統連結，但可以藉由古老的紋身技術，在手腕上該植入晶片的地方紋下代表此人系統編號的特定圖騰，感應晶片的系統多半會搭配攝影鏡頭，便可以透過攝影鏡頭掃描手腕上的圖騰，營造出與晶片感應類似的效果，由於這類掃描功能已近乎淘汰，所以即使被看見圖騰也只會被當成一般裝飾，不容易被他人發現。

這種以舊式圖騰取代晶片的做法，在多數對晶片過敏的孩子身上都行得通，反倒是來自高樂值家庭的孩子，他們就讀的陸區學校多半使用最新型的設備，多數感應系統都已經淘汰了以攝影鏡頭掃描圖騰的舊式機型，反倒讓這些高樂值家庭會想方設法找個漂亮的理由，將這樣的孩子送到其他學區的學校。

樂土人一生都在追求樂值，以及高樂值能帶來的特權。無法藉由晶片累積樂值的孩子不多，卻一直存在，多數家庭都是在安排了孩子幾年後才開始發現這個孩子對晶片過敏，並視為必須極力掩蓋的醜聞，因此也從沒有發展出檯面上可以解決的途徑，杉每次處理這樣的個案時，都盡可能不過問任何家庭背景，只將他們視為正常的孩子——而他們也確實是正常的孩子。

所以，杉完全沒想到原來自己曾經帶過人口部部長的家庭成員！聖哉祖國，杉忍不住想，要是早點知道，搞不好他的樂值現在就不是這個級別，他和蓮也不用為了趕在孩子出生前提高樂值而苦惱了……

他一邊想著，一邊將叉子上的雞肉送進嘴裡——

喔不！

樂土在上！他錯了，他錯得澈底！

杉感覺自己彷彿被提著腳踝，頭朝下整個人浸入鯨落湖裡！他從來沒有、從來沒有，這麼為自己的樂值感到遺憾過。

「這怎麼可能！」

覺顯然被杉滿嘴食物的大喊嚇了一跳，自動美化效果竟有一瞬間來不及處理他的表情。

「樂土上怎麼可能會有那麼好吃的東西而我現在才知道！」

嘴裡的烤雞滋味引發了杉所有相見恨晚的鄉愁——別問他為什麼相見恨晚還能是鄉愁，那就是一種今生怎麼會現在才相遇的複雜感受，而要用一句話來形容那種感受的話，那就是：烤雞怎麼會這麼好吃，烤雞怎麼可能這麼好吃？要是早幾年讓他知道烤雞這麼好吃，杉肯定死活都要把樂值升上去，烤雞好好吃，烤雞也太好吃了！他的樂值為什麼那麼低，為什麼現在才知道烤雞有多好吃？

杉激動地又叉了一塊烤雞送進嘴裡，他所熟知的世界彷彿就這麼在他的口腔裡爆炸了，那香氣、那口感、那咬勁以及在嘴裡流淌的肉汁，不僅讓他對自己的人生改觀，甚至開始對妻子感到愧疚——他一直知道蓮在婚前的樂值比他高，但，蓮以前的樂值可以吃烤雞嗎？如果可以，她還願意放棄吃烤雞的資格和他結婚，那簡直、簡直太偉大，又太委屈了！他怎麼有資格和心胸這麼廣闊的女人結婚！

「杉教。杉教……杉教？」覺的聲音飄來，卻好像在另一個島站呼喚他似的，那麼遠，那麼不重要。

杉繼續將烤雞和內疚一起塞進嘴裡。

「杉教，你來這裡不是為了吃烤雞的吧？」

當然是啊不然呢。

「我轉學到湖心區之後才一年，你就換工作了，我雖然在那個學校沒多久，但你卻是我在所有學校裡遇過的所有訓教員裡，我最喜歡的那個。我感覺得到你很喜歡那份工作，學生們也很喜歡你，所以我想，能讓你離開那個工作的原因，一定很重要，如果只是為了樂值，你從一開始就不會選擇當訓教員……」覺看著拚命叉起雞肉往嘴裡塞的杉。「所以，你想起來自己離開訓教員的工作，今天還特地到這裡來的原因了嗎？」

這番話終於讓杉停下猛吞雞肉的動作。「你說得對，我該去認識一下大家……」

他終於讓視線離開烤雞盤，這才發現，放眼中庭，除了他和覺以外，剩下的都是機械侍從了。

「這是怎麼回事？大家真的連看到原型食物都能毫不在意地走開嗎？我們的樂值差距有大

到這種地步嗎？」

覺忍不住笑出來，將空盤遞給機械侍從。「杉教，我有時候真的覺得你非常聰明，但有時候也覺得你好像挺笨的，比方說，你應該不知道全校都在傳說你是個女權主義者吧？」

什麼？女權主義？他怎麼會跟那種東西扯上關係！

覺發現杉愣住的片刻，臉上閃現的笑意讓杉有點不愉快。「基本教材說得好，若要人不知，除非己莫為。杉教，你的女權主義傾向太明顯了，根本沒有幾個已婚男人會老是把和妻子之間的趣事掛在嘴上，也不會在學生閒聊的時候，跳出來糾正我們的觀念太貶抑女性——你知道大家私底下都說你妻子是洗腦機嗎？因為把好好一個男人洗成女權主義者，而且大家都猜，你們搞不好還婚性合一呢……」

「我才不是女權主義者！你們這些臭湖小鬼嘴巴也太溺了！」杉氣沖沖地否認。「我尊重妻子是因為我認同她的想法，才不是什麼洗腦機，況且你們這些喝湖水長大的小鬼，說話竟敢這麼大溺不道，我身為大人，本來就該糾正你們的偏差觀念——至於、至於我們是不是婚性合一，關你們什麼事啊！」

「婚性合一可不是我們說的，是其他訓教員私下聊天被我們聽到的。」覺笑嘻嘻地說，順手接過機械侍從遞來的檸檬塔。「而且，我還知道其他訓教員都說，你們夫妻這樣太自私了，一點都沒有身為樂土人要傳承人類生命的自覺，還擔心這樣會給我們這些小鬼做出不好的示範——

我們可是天真無邪的全新檔案耶，怎麼能隨便輸入這種過時的錯誤觀念給我們呢？」

這臭湖小鬼，明明以前在學校乖巧得很，怎麼一陣子不見，那張嘴變得那麼濕？杉很不滿地接過覺分給他的檸檬塔。

「你自己聽聽你說的話，頂嘴頂得這麼流利，好意思說什麼天真無邪？根本就該整個檔案刪除吧！真不知道你們現在都澆灌些什麼知識流，不像我們，我們以前的傳統教育，可是有機械教師面對面教學，還有電子紙和觸控筆可以做測驗，那種學習才有溫度，才有手感！哪像你們現在，做什麼事都躺在感官池裡，什麼感覺都靠電流模擬，怎麼可能真的學到什麼有用的東西，要怎麼面對真實世界啊？」

這回，覺沒有立刻反駁回嘴，杉一瞬間還以為他終於語塞了，接著才從他的表情裡看見明顯的嘲諷。

「講得好像你很懂真實世界呢，杉教。」

「當然！至少比你們這些整天泡在虛擬樂土裡的小鬼更懂！」別的不說，這事他可是確定得很。現在的孩子不管是學習或是娛樂，都只是虛擬樂土中的某個程式，那些感官刺激全是程式設定出來的，不過是經由系統傳導的神經訊號罷了，哪裡像他們這個世代，玩遊戲都是透過搖桿或點按螢幕，全程親手操縱，那才是真正的遊戲，才是與真實世界連結。

哎，這些臭湖底撈上來的小鬼，腦子都被感官池浸壞了，自以為在虛擬樂土裡飛天遁地，就也能在實相樂土所向無敵，可笑。

在真實世界裡，可不是樂值夠高、樂幣夠多，就能儲值點數，讓他們隨心所欲想去哪裡就去哪裡──比方說這個檸檬塔，偉哉領袖！虛擬樂土裡的神經訊號再怎麼樣都不可能創造出這麼真實、複雜又具有層次的味覺啊。

「這話好像很有道理。不過，杉教，好歹我在虛擬樂土裡的時候，知道自己是在虛擬樂土裡，離開虛擬樂土之後，知道自己所在的實相樂土並非虛擬樂土，你不覺得，這可以說是非常重要的認知嗎？」

「你在說什麼地球話？誰都分得出虛擬和實相樂土吧！」

「或許吧。」覺也咬了一口檸檬塔，內餡與派皮、酸與甜、味覺與嗅覺的綜合衝擊，確實是虛擬樂土還虛擬不來的。「不過我覺得，這已經很了不起了，很多人連自己活在假的真實世界裡都不知道呢。」

「你看看你這邏輯，這就是感官池和知識流教出來的小孩，什麼假的真實世界，真的就是真的，假的就是假的，哪來什麼假的真實世界……」

「如果你從來沒有看過真的世界，而且一直相信假的就是真的，相信到無法想像也無法接受那可能是假的，那麼，就算有一天，你真的看到真的，當然不可能辨識出那確實是真的呀。」

「樂土在上！你真的知道你在說什麼嗎？你們這些小孩就愛繞這種圈圈，想證明自己很聰明嗎？這世界是真的假的，還輪不到你這種臭湖小鬼說話，我雖然沒你命好，能被安排到高樂值家庭裡教養，但不管怎麼說，我都比你更清楚這世界是怎麼回事！你要跟我說那些兜兜轉轉的東西，再過二十年吧！」杉氣鼓鼓地甩回一大段話之後，故作不在意地舔著自己還留著檸檬塔香氣的手指。

「杉教，你平常就是這麼說話的嗎？」覺難得出現了認真的表情。「你還沒離開學校前，我們其實都滿喜歡你的，覺得你和平常會遇到的那些大人不太一樣，總喜歡理直氣壯地講些破綻很多的大話，但為什麼，你在某些時候，也會變成那些大人呢？」

覺的話像是一道閃電，猝不及防地劈進他的心臟，杉想得到一百種方式輕描淡寫地回應，但實際上卻一句話也說不出口。

那或許是因為，這幾個月以來，蓮也經常這麼對他說。

覺此刻的表情，也正是蓮說那些話時，同樣的表情。

「我記得，那時剛到新學校時，最讓我感到有趣的，就是杉教了。」覺說。「你那時經常說一些，不是大人會說的，但也不是小孩說得出來的話，我每次聽到都很驚訝，心想，如果以後可以長成你這樣的大人，那好像也不錯。認識你，讓我感覺活著和長大這些事，好像沒有那麼討厭了。」

杉聽著，幾乎無法動彈，當然也說不出話。

「杉教不知道還記不記得一件事，我剛轉學過去時，就聽說班上流行欺負一個女生，我如果要和大家和平共處，也要一起欺負她才行，我又不認識那個女生，所以當然就跟著大家欺負她。結果有一天，你在帶我們上體操課時，突然要我們進到感官池裡，然後讓我們用《如臨》體驗那個女生的生活。後來大家才知道，原來你是先請那個女生用晶片裡的程式預錄了她前一天的學校生活，我們體驗的，就是前一天才剛對她做完的事。」覺回想著那時，他第一次知道，原來感官池和超感實境程式，並不一定都要用來體驗那些刺激有趣的事，竟然也有人用來讓人體驗痛苦——而且是自己親手造成的，他人的痛苦。

「噢，你說那件事啊……我得承認，我以為那應該會很有效，但其實沒有。很多人並不是不知道自己會讓人痛苦才這麼做，相反的，他們是知道這會讓人痛苦才這麼做。」

杉記得那件事，他自己也印象深刻，甚至可以說是震撼，他第一次這麼直接地感知到惡意的不可撼動，那是即使在樂土人這樣的高等智慧生物也無法杜絕的深層惡意。同事告訴他，那個年紀的孩子就是會有非常原始的、不知該說是人性或獸性的一面，會自然而然找到一個群體裡最弱小的個體來欺凌，就算那群孩子幾乎都是住在城寨島上的弱勢居民，他們依然找得到更底層的出氣口。

「可能沒有你想像中那麼有效，但，也不是完全沒有。」覺說。「至少，我在那之後，就沒有再跟著大家一起欺負她了，甚至，她變成我最好的朋友。」

杉挑起眉，再次認真地看著覺，思索了一下之後，說：「我想我應該跟你道個歉，剛才對你說話，我的確不太尊重，我向你道歉。」

「哇，居然有大人跟我道歉。」

杉笑了。

「對，我應該向你道歉，因為你提醒了我那件事。我猜我也跟那些欺負想的同學們一樣，只是因為處在高壓的環境裡，發現身邊的人每一個樂值都比我高那麼多，而你剛好年紀比我小很多，又是我曾經的學生，所以把我的壓力都轉移到你身上，很習慣地用那些我自己也不喜歡的方式跟你說話了。」

「是嗎……」覺說。「原來你還記得她，那個被欺負的女生叫做想。她知道了一定會很高興的，那時聽說你要離開學校，她好難過。」

「我當然記得她，她是個很聰明的孩子，而且是溫柔的那一種聰明。」

「她真的很聰明。」說起想，覺的眼神閃耀得像是夜晚的紫微站，亮起來便是滿滿一整個島站的燈火，唇邊的笑意更是一點也藏不住。「但是溫柔的話，還好而已啦。」

杉這才回憶起來，在那一場他自己認為沒有用的《如臨》體驗之後，有幾個學生的態度鬆動了些，但在多數同學營造出的氛圍之下，那個名叫想的女孩，處境改變不大，而覺是極少數在同儕的多數壓力下，還選擇與想站在同一陣線的人，非但如此，還運用了自己高樂值的優勢，企圖幫助想舒緩緊張的人際關係。

很慚愧的是，後來蓮懷孕了，他的心思幾乎都在妻子與妻子的憂心忡忡上，後來更為此而積極尋求更高樂值的工作，因此就沒有留意想那孩子的後續情況——一開始，為了向政府申請生產許可，得要有雙方教養家庭提供的資料，而蓮的高樂值家人，本就激烈反對他們結婚，婚後幾乎斷絕聯繫，更別提協助申請生產許可；後來好不容易拿到了資料，蓮又擔心他們樂值不夠高，會害孩子將來無法被安排到更好的教養家庭去……為了安撫蓮的焦慮，杉做了所有從前他不會做的事，只為在短時間內能爭取到更高的樂值，在這之中甚至一度聰明反被聰明誤，不小心掉了樂值，幸而他很快又救了回來。

杉原本就聰明又努力，只是他從來沒有把聰明與努力用在提升樂值上，因此當他真的決定這麼做了，樂值確實得到驚人的成長。但同時他也發現，這並沒有真正安撫蓮，因為她渴望給孩子的一切美好，從來沒有天花板，不可能輕易被滿足。

杉更發現，自己的思考模式在努力追求樂值的時候，也漸漸開始改變，開始慣於用更簡單粗暴的方式取得上風或解決問題，因此，偶爾脫口而出的話，也會讓熟悉他的人，比如說蓮，或是覺這樣的舊日學生，感到困惑而陌生。

察覺這樣的轉變，讓杉感覺痛苦，但更讓他難受的，可能是他已經預想得到，再過不久，他會習慣這樣的改變，並且對這些他並不想要的言行更習以為常，直到自己發自內心相信，這麼做一點問題也沒有。

若說他們如今的努力都是為了孩子，那麼，當蓮順利生產，政府接手孩子，安排後續教養家庭，這孩子就與他們夫妻再無關係之後——他們還能回到當初那樣，只要相愛著生活便滿足的日子嗎？或者這段時間的改變已經不可逆了呢？

「真抱歉，我應該要多關心你們的。」杉長長嘆了一口氣。「但我……」

「我們知道，你是因為家人所以選擇了其他的生活方式，這又沒關係。不要因為自己願意溫柔、願意為人著想、願意去愛而道歉啊，杉教，這不是你以前說過的嗎？」覺再次露出一副人小湖深的淘氣表情。

「聖哉祖國啊，我以前居然會說出這麼溺的話呀？」杉笑了出來。「雖然我當時一定是真心的，但現在想起來還真有點難為情。」

「杉教，不要變成會為這種事難為情的大人啊。」覺也笑著說。「你如果真的變成那樣，想會超傷心的吧。」

「嗯，我儘量……以前我也以為我永遠不可能變成那樣的，還跟我的好朋友約好，如果發現我變成那樣，就狠狠打我一頓。結果那些好朋友，要嘛就是更早之前就已經變成那樣了，再不然，就是看到我也漸漸變成這樣，根本不想跟我來往了吧。」杉嘆了口氣，抬起頭，發現剛才還透得過陽光的灰白色天空，漸漸聚攏了烏雲。「打醒自己這種事，還是得要靠自己啊。」

「杉教，這種約定，才真的飄著濃濃死鯨魚味好嗎，我都快吐了我。」覺又將機械侍從送來的布丁分了一個給杉。「不過，說到這裡我才想到，你該不會一直都不知道，以前學校同學老是欺負想的原因吧？」

他是不知道，也不覺得有什麼必要探究，沒有一個孩子應該因為任何理由被這樣集體欺負，因此，她被欺負的那個理由是什麼並不重要。「你們那種年紀的小孩，欺負弱小就是某種還沒教化完成的劣根性，根本不需要什麼原因吧。」

「是啊，那也表示，欺負人的原因可能有很多種啊。比如說，同學們討厭想的原因，就是因為，她的母親，真的是她的母親，這實在太奇怪了，所以大家都嘲笑她、排擠她。」

覺接過擺滿不同原型蔬果的什錦水果盤。而杉停下他將小匙上美味布丁放進嘴裡的動作。

「什麼？」

「你現在是不是腦中充滿了『不可能』這三個字？」覺的態度彷彿在走一趟尋常得令人無聊的公務流程。「大部分的人一開始都是這樣的，我剛開始也是跟杉教一樣，覺得在樂土不可能有這種事，血緣上的原生母女不可能也同時是教養家庭的母女，這是古地球的落後習俗，樂土人才不會這樣。」

這話完全沒有安慰到杉，他的世界剛被劈開，而他正在試圖保護自己，不被劈開後射入的強烈光線灼傷雙眼。

「可怕的是，我認真想下去之後，整個世界好像就裂掉了——為什麼有血緣關係不能在一個家庭裡生活呢？我看到的知識流裡面，大部分的動物都是這樣的啊，生下後代的父母通常就是會把後代照顧長大啊。」

「那正是因為我們樂土人不是動物啊，我們應該要革除舊有觀念，不被血緣和天生的動物本能驅使，正因如此，樂土人才是有資格代表地球人移居星際的高……」

「我一開始也想過這個，但，杉教你以前不是說過嗎，不要先端一個結論出來，然後想辦法把所有的事情都導向這個結論，這樣是沒辦法看見事情的原貌的。」覺接著說。「但是，仔細想想，我們的世界裡充滿結論啊，到處都是結論啊，為人子女就是要怎樣，做學生的本分就是要怎樣，樂值高就是怎樣，樂值低就是怎樣，名字裡帶水和名字裡帶土就代表這個人的基因怎麼樣，你是男生所以就怎樣，你是女生所以就怎樣，你是標準膚色所以你當然怎麼樣……杉教，你看，是不是很可怕？這麼一想下去的話，世界真的會裂掉的。」

杉被這孩子一連串的話敲得有點心神恍惚。

那都是他曾有過的疑問，只是反正找不到答案，而眼前他有更急迫的，十個月時限的現實問題，必須立刻投下全部心力處理，所以就把那些都擱著了。

但或許，這個世界的真相，才是應該要擱著其他所有問題去窮追不捨的。

如果，真的有所謂的「真相」，那麼他們這樣渺小的個人，承擔得起嗎？

杉突然懷疑，自己當初說的那些大話，究竟給了這些孩子信念，還是危險。「我以前不該跟你們說這些亂七八糟的東西的，世界啊原貌啊什麼的，都對真正的人生毫無幫助啊。」

「我覺得不是這樣的。」覺很認真地搖搖頭。「因為，世界可能本來就是裂掉的，如果我們不知道世界裂掉了，還毫不猶豫地踏得很重、跑得很快，那其實，是很危險的事吧？所以，還是要想辦法知道才行。」

「還是要知道才行……嗎？」杉幾乎分不清誰是大人了。「看來，你比我還聰明了呢，我現在真的沒有餘力想那麼多事情了，知道你們把我從前說的話看得那麼重，我真有點心虛。」

「一個會心虛的大人，比從來不心虛的大人好多了。」覺發自內心地說。「我知道杉教很努力想讓你的孩子去更高樂值的家庭，但其實，如果可以選擇，我很希望能成為你的孩子。」

「怎麼會呢？我可給不了你什麼……」

「我知道你給不了我的是什麼，可是你不知道，你給了我和想多好的東西。我想，如果你們的孩子能夠選擇，他一定也希望你就是他的父親，給他生命也給他教養的父親，而不是哪個樂值更高的別人。」

「別說傻話了。孩子一生下來，我們根本沒有機會看到，就會被帶走的。」杉長長呼出一口氣。「我能為他做的，就只有現在這段時間了，養育自己的孩子什麼的，在樂土是根本不可能……」

杉這段流利得驚人的理所當然，被他自己硬生生截斷。

在覺的描述中，那個叫做想的女孩與她的母親，不就是一個實例，證明了「這在樂土是可能的」嗎？

那只是例外。

但就算是例外，例外難道只能有那麼一個嗎……

覺看了看話到一半突然陷入沉默的杉，微微斜著頭，像在想著什麼。「所以，也許世界裂掉，也不見得都是壞事，對吧？說不定，我們可以從裂掉的地方，找到原本以為不可能的出口。」

杉仰起頭，望進濾淨罩外陰沉的雲層，看來快要下雨了，而且雨勢可能還不小。基本教材裡說過，春天就和後母的脾氣一樣，變得又急又快又兇猛，還真是譬喻得太精準了，春天要是和繼父一樣，可能就會好多了呢，男人就是穩重得多嘛。

烏雲從遠方層層捲來，暴雨隨時可能襲落，天地快速轉為如同日食時刻的沉沉黯色。

但杉卻感覺眼前這個男孩，像是全身都閃耀著，像是灰沉沉世界裂開之後，發著光的一道裂縫。

「看起來很快就要下起大雨了，我猜，我父親和大部分的超高樂士現在都在百變室，如果你想要迅速和他們建立交情，我勸你也趕緊過去。」

「百變室？我以為現在大家應該都泡在感官池裡才是，畢竟能趁這個時候拿到的好處可是……」

「哎，杉教，你想想，樂值本來就跟我父親差不多、甚至更高的人，他們隨時想要什麼都拿得到，不需要搶在這個下午，對吧？」看見杉恍然大悟的表情，覺突然意識到，此刻他看著杉教的表情，很可能和想看著自己時非常接近。「他們有自己想要玩的，呃，活動，剛好閒雜人等都被吸引去虛擬樂土了，篩選之後，大部分就是可以一起進行活動的自己人了。」

聽起來未免太有道理了！「樂土在上，你真的只有十三歲嗎？」

覺歪著頭，眼神似乎瞥了一眼自己腕上的圖騰。「你這句話我也常常對想說，我猜，生活在不同樂值的環境，大概有很多基本常識都會不一樣吧，總之你現在是被篩選之後的人了，雖然你是因為貪吃而留在中庭，這才歪打正著……」

覺的話沒說完，因天色而變得陰沉的中庭突然閃了一閃，接著響起雷聲。

「又閃電又打雷的，這樣可以掩蓋很多聲音，剛好是父親他們辦活動時最喜歡的天氣呢。」覺將手上的盤子放回桌上，用機械侍從遞來的紙巾，非常高樂地清潔了手指。「走吧，杉教，我帶你去他們辦活動的地方，去當他們的自己人。」

「……他們就是這樣，到處留種，把懷孕和教養的事情都賴到女人頭上，然後說自己盡了繁衍的責任。」穿著鵝黃色洋裝的離夫人一邊笑著說話，一邊對著大家攤開雙手，表情與動作都十足精采。

離夫人的腦後梳起髮髻，刷著腮紅的頰邊垂著兩撮捲髮以增加甜美感，洋裝裙襬上十幾層的蕾絲花邊掩蓋住了她的長腳椅，讓離夫人看起來就像是飄在半空中似的。「我搞不懂，懷孕和教養這麼漫長又累人，但對男人來說，繁衍就是幾分鐘的事，樂值怎麼能都算他們頭上呢？我還真不知道那幾分鐘這麼耗他們體力呀。」

「真不知道他們怎麼能對這種事那麼熱中，都這個年紀了還樂此不疲，雖說咱們這種樂值、這個年紀，也換過了不少強化器官，但我記得咱們可沒有換新生殖器的選項，就那麼個短短幾吋的玩意兒，他們還真能玩幾十年玩不膩呀。」

夫人們都細細地笑起來，蓮趕緊也跟著牽動唇角。

當她笑起來的時候，手上那顆半青半黃的梅子溢散在空氣中的香氣，也被她吸進了更深層的體內。

蓮捏著塑膠柄尖端，快速俐落地挑出手上那顆梅子的蒂頭。沒了蒂頭，長著細細絨毛的果粒表面微微內凹處，顯得特別細嫩，就像嬰孩的精緻耳蝸似的，她忍不住將那凹處湊近鼻尖，深深吸入那果實既清新又濃郁，既細緻又強烈的美好香氣。

而身邊的對話仍繼續著。

「我倒是覺得我先生到處去繁衍還挺好的，他要是真和其他夫人繁衍出孩子來，樂值也是加在我們這邊，要不待在家裡，也是成天看這個不順眼、那個不順眼的，別說不會幫忙教養小孩，而且脾氣一來還找孩子出氣，弄得家裡雞飛狗跳的，他不在家裡我還省事些。」

「沒錯！說到這個，我就不禁要好好讚嘆領袖，感謝樂土！跟這個男人結婚唯一的好處，就是不、需、要教養這男人的基因，假使還和舊地球時代一樣，除了忍受他之外，還得養個長得像他的臭小鬼，噢，那我可沒把握做到基本守則裡的一夫一妻一生一世！」

這回夫人們的笑聲更大了，幾個樂得拍起手來，幾個還笑到岔了氣。房裡的梅香因著這些氣流擾動，流動得愈發輕盈活潑。

離開中央庭院後，夫人們移駕到一個占地寬廣的長型室內空間，這裡給每個夫人都安排了一張小小的雕花圓桌與成套的舒適座椅，桌椅各有高低不同，配合擺放技巧，讓夫人們落座後依然能夠輕鬆自然地與其他人一邊交談，一邊眼神交流。

這桌椅擺放的細心周到不在話下，而更讓蓮驚喜的，是每張圓桌都擺放著已經清洗乾淨的新鮮梅子與玻璃罐。

蓮在之前便已經聽純姊姊說過，部長夫人每年春天都會辦一場梅酒會，邀請樂土眾多高樂夫人一同製作梅酒，夫人們還能將親手製作的梅酒帶回家。

由於真正的梅子屬於原型食物，在樂土極為稀有，酒精更是樂土當局嚴格限制人體攝取量的管制級飲品，因此這個梅酒會，雖是夫人們之間的活動，但卻是樂土的頂級高樂士們藉此展現社交地位的舞台，每一年也會篩選出幾位部長與部長夫人認為後勢可期的中階樂值人士進入這個團體——在樂值樂幣相當，能夠買得到的東西都差距不大的情況下，「取得別人無法取得的」已經值得炫耀，而在取得之外，若還能當作尋常物事分享給別人，毋寧是最高特權的展現，自然也特別便於籠絡人心。

而今年，部長一家迎來了久違的安生慶祝式，當然也將象徵部長家庭地位的儀式與象徵特權的梅酒會結合在一起，加上部長幾個月前已經表態參選，近期關於部長家中的種種輿論也從未停歇——這一切，都讓這場梅酒會的意義格外不同。

蓮一邊聽著夫人們聊天，一邊忙著手上剔去梅子蒂頭的簡單工作。雨滴和細碎的淺紫花瓣一同落下，在碰觸到眼前那顆梅子的一瞬間，消失。

不愧是部長家特別為這個空間設計訂製的全像儀，擬真等級特別細緻。往夫人們身後的背景望去，街道盡頭的人們，身影雖漸次模糊但仍保有比例正確的輪廓，就和自己眼前這串沿著灰白石牆蔓生的紫色花穗一樣，絲毫沒有扭曲失真，而每一顆雨滴、每一片花瓣落在身上時，晶片傳來的觸覺感受也如此細緻，完全不是自己用慣了的那一種等級。

據部長夫人說，這次選擇的全像場景是一百年前，一個叫做巴黎的地球小城還是什麼的，她和夫人們閒坐在熙來攘往的小城巷弄裡，和全像裡那些人用著一樣的雕花桌面與鎏金咖啡杯，周邊的人們杯盤清脆的敲擊聲，搭配著滿室的梅香，讓蓮感覺自己一直緊繃的身體，甚至是肚子裡長期和她一起緊繃的胎兒，也一起放鬆下來了。

可惜，還沒來得及放鬆多久，夫人們的話題便轉到蓮身上來了。

「不過，這位新加入的杉夫人似乎跟我們不太一樣呢。」離夫人意有所指地笑著說。「聽說杉先生才六十級樂值，想不到和杉夫人的感情這麼好，這可不尋常！該不是演給我們這些人看的吧？」

「沒有沒有，我也不知道他怎麼會突然拿顆草莓跑過來……」比起甜蜜，杉的行徑讓蓮更感覺有點羞窘，畢竟他們此行是為了融入高樂士的群體，這原本就不簡單了，而杉展現出來的關心呵護，在這些早已看破婚姻，對丈夫四處繁衍全不當一回事的夫人們眼裡，恐怕更不是滋味。

「嘖嘖，杉夫人害臊了呢。瞧你們感情這麼好，你肚子的胎兒，該不會真是杉先生的基因吧？」

「其、其實……」這事要承認也怪，要否認也不對，蓮只好為難地小聲吐實。「是這樣沒錯。」

「這可難得！男女雙方都有生育能力的夫妻可不多，和配偶繁衍出自家基因的可就更少了，杉夫人該不會都沒和其他人嘗試繁衍吧？」

「我，倒也不是完全沒有，只是後來，被診斷出繁衍不耐症……」

「這可不行，那種什麼症候群的都是自己心裡過不去而已，有生育能力的樂土人，就該擔負起基因多樣化的責任呀！你們得要有這個自覺才行，而且和不同的人繁衍可以得到不同的樂趣，你可別自我設限，試過了就會喜歡的，不試試看怎麼會知道呢！」

「我……」

離夫人說的道理，她不是不懂，作為一個樂土女人，每一次懷孕都能為自己的丈夫與家庭提高樂值，多試幾個不同對象，提高懷孕機率，對樂土和對自己都有好處，但曾因為繁衍而有過多次不愉快經驗的蓮，其實已經在這回事上怠惰了好一陣子。

只跟自己的丈夫繁衍，當然並不犯法，只是讓人知道了，難免就要道德勸說一番，她也習慣了，尤其婚後還沒有懷孕的前兩年，不管熟識程度，幾乎人人瞥她肚皮一眼，就忍不住要來關心指教她的陰道與子宮，有沒有物盡其用。

「你別覺得我們管太多呀，我們大家之前聽部長夫人說今天有個懷孕的新朋友要來，可開心了，這年頭呀，進行繁衍活動不難，但真想要繁衍出個籽兒來，那可得靠運氣。像我們家那棒子，一年到頭都排滿了繁衍活動，但從卻沒見他讓哪家的夫人懷了孕，花那麼多時間和精力繁衍，腰都快推斷了，也沒見他創造了幾個宇宙繼起之生命，一點樂值都提不起來，那他不白白長了根好棒在那嗎？」離夫人笑著說。

「沒錯！我家那棒子也是！」夫人們七嘴八舌地說著，那興致盎然的模樣，「有時候他們還會拿我們樂土的小東西當交換，從化外找那些野地女人來繁衍，說是找點刺激，也算是做做善事——哎喲我真不知道該說什麼好，究竟是我們這些樂土棒子隨便，還是該說那些化外女人不檢點？」

「就是啊，此風不可長，我們做夫人的也只好幫著物色好對象，畢竟我們身負賢內助的重責大任嘛。」

夫人們你一言我一語的，一邊說著還會一邊互相丟個心照不宣的眼色，讓蓮愈聽愈不對勁。最後，還是離夫人總結了夫人們的心思。「所以呢，我們就想，既然這裡擺明了一個年輕漂亮有生育力的姐妹，背景我們也向成夫人確認過，是個好人家出身的女孩，那當然得好好把握，我們是打算呀，在這就先把你之後的行事曆預約下來，以後我們大家的先生就拜託你照顧了……」

「你們……大家？」蓮張口結舌。「但是，我，我還在孕期……」

「孕期怎麼了？孕期很好，我們這都親眼看見你是有生育能力的，那就更放心了。」離夫人彷彿哄著她似地說。「這段時間你當然好好養胎，我們也只是想在這裡先敲好你休養過後的時間，未來你如果和我們家裡這些高樂棒子有了孩子，那我們一定更用心照顧你，再說，能夠這麼密集和我們這層級的高樂士繁衍，你一定也有好處的，別說其他的，光是每次繁衍都有飛艇接送，你們夫妻在街坊鄰居面前不就有面子多了嗎？」

「我，我……」

「杉夫人，做人呢，要知好歹……」

蓮努力保持著微笑，低下頭，開始無意識地搔抓自己的手臂，卻擠不出一句話能夠應答。

「好了，離夫人，你就別為難新朋友了，她還年輕，過幾年說不定就想開了。」部長夫人溫和地介入話題。

「過幾年？過幾年等她想開了，她也老了呀，老了以後，可就沒那麼多高樂好棒想跟她繁衍了，就算繁衍也不見得生得出來，生出來的品質也沒有年輕時生得好——你說，這事兒是不是就得趁早？哎！杉夫人，我是關心你才為你緊張的，這種事就是得趁年輕呀……」

離夫人的論調，也是她的家人朋友不斷提醒她的句型之一，每次聽到這裡，蓮就情不自禁地眼神放空。

蓮怎麼會不知道呢？從十六歲成年後，她就不斷被耳提面命：你已經到了可以生育的年紀了，要趕快找個好對象結婚繁衍，記得結婚前千萬不能有繁衍行為，女人一拆封就沒有人要買了！接著結了婚，她仍然被耳提面命：既然都拆封了，就趁著年輕多繁衍，繁衍愈多樂值愈高，對家庭的貢獻才愈大，別等到老了沒人要才後悔！

她的任務是結婚，結婚的目的是可以盡情繁衍，所以，她當然清楚得很，自己的價值，每天、每小時、每分鐘、每秒，都在急速墜落。

唯有杉從不讓她這麼感覺，唯有在杉身邊，她才感覺到自己與這個人共度的每一分每一秒，都是累積，而不是消耗。

「離夫人，年輕人有年輕人的想法，你再說下去呀，就顯老了。」部長夫人依然溫溫地笑著，隨著機械侍從送上餐飲的節奏，她順勢勸著離夫人停下來緩一緩。「你喝喝看這個咖啡，我們才剛給家裡的調理機械人更新了最新型的沖煮法，搭配這個產地直送的咖啡豆，喝起來還真不錯，你快試試看。」

「部長夫人家裡安排的當然都是最好的，無論如何，都比那些從晶片裡傳來的神經訊號好多了，這畢竟是真的咖啡，真的味覺呀！」離夫人誇張地猛喝一口咖啡，再誇張地用高潮的模樣仰頭讚嘆了一番，惹得夫人們笑得花枝亂顫。

「哎，你們瞧，部長夫人家裡，連雨滴都安排得特別精緻，這可不只是樂值夠就辦得到，還得要有品味才行呢。」離夫人伸手想抹去仰頭時落在臉頰的雨水，這才想起那只是全像模擬出來的觸感，忍不住又大肆奉承了一番。

全像裡的小城巷弄正落著雨，街上行人撐著各色的傘，但經過調整後的雨點，打在夫人們身上的觸感變得柔和許多，既保留了雨點打下來的細緻敲擊感、調整了雨滴的顆粒大小、節奏與密集度，又移除了後續的濕黏不適，而空氣中的濕度影響則幾乎感覺不到，調低的環境音讓周遭的陌生語言化為呢喃，除了不打擾夫人們自己的交談，也能避免無意識間吸收太多古地球語所帶來的不良影響——現在這年頭，即使是住在城寨島上的低樂佬，誰手上不是同時訂閱了好幾個頻道的全像，但能夠用得這麼好，設定如此面面俱到的，恐怕也只有部長夫人了。

對於離夫人的讚美，部長夫人只是節制地笑了笑，沒接下這個話題，倒是移過視線，對蓮說話了。

「我們喝咖啡，杉夫人就喝點葡萄汁吧，我之前聽成夫人說她要邀一位孕期中的朋友來，就想起人家都說害喜時會想喝檸檬汁，不過不知道你在孕期的哪個階段，就把葡萄汁和檸檬汁都訂了些來，你盡量喝。」

機械女侍送來一杯深紫色的液體，蓮既驚又喜地啜了一口，那原型食物特有、層次豐富的香氣湧入鼻腔，同時舌尖感受到酸甜中帶著微微澀感的多重味覺，讓她的胸口突然一股幸福襲來——樂土在上！這真是無論擁有多高的樂值、多頂級的感官池，都比不上的滋味啊。

「謝謝部長夫人，我第一次喝到葡萄汁，真是令人難以形容的美味。」

「是啊，原型食物的特點就是難以形容，待會兒你還可以試試看檸檬汁，我自己沒有很喜歡，但似乎很多孕期的朋友都很愛——在這裡還舒適吧？希望我有好好招待正在孕育未來樂土希望的孕婦才好。」

「有的有的，謝謝夫人關心，部長夫人真的太細心又太客氣了。」蓮真心地說。「不管是草莓、梅子或葡萄汁，都是我們這種微薄的樂值難以享用的，託了部長夫人的福，我肚裡這孩子還沒出生就有這個福分，我忍不住想，要是他以後也能……」

「是啊。」部長夫人不輕不重地，截斷蓮本來想說的話，轉向一個沒有人能反駁的方向。「聖哉祖國，偉哉領袖，若不是領袖與祖國軍民當年的智慧與勇氣，我們可沒辦法坐在這裡，享用這些原型食物，很可能就是我們在梅子園裡摘梅子，或者在咖啡園裡種咖啡了。」

「偉哉領袖！部長夫人說得太對了！我一想到那些地球人得暴露在污染空氣和紫外線底下工作，就覺得好可怕，那可真不是人做的事！幸好地球人的基因天生適合那樣的工作，要我做啊，那可真做不來——」戴著彩色羽毛髮飾的襄夫人，用一雙戴滿羽毛戒指的手輕輕拍撫胸口，從蓮的角度看來，就彷彿是有一隻五彩的鳥兒不斷撲向她似的。「所以我說呀，我們樂土人真該經常把領袖說的話拿出來好好思考，別像某些低樂佬，成天自以為是地球人的救世主，口口聲聲說要為地球人謀福利，太可笑了，地球人不去耕田養牛，難不成還讓我們去耕田養牛餵飽他們呀？」

「哎，襄夫人，你說的該不會是那群常在太微站靜坐抗議的……」

「喲，你別說，我可沒指名道姓——」襄夫人俏皮地眨眨眼，那隻羽毛手換了手勢，輕輕地給自己搧起風。「我是說呀，有些人想方設法地要證明自己比別人善良、有同情心，可是呢，你的樂值不明擺著在那嗎？你要真是個那麼好的人，樂值早就升到我家隔壁當鄰居了，不認分地去做些樂土人該做的事，老是在那裡裝清高，真是可笑……」

「襄夫人……」方才話還沒說完就被襄夫人打斷的那位夫人，嘴裡像是對襄夫人說話，但眼神卻與其他夫人一樣，緊張地瞟往部長夫人的方向。「那幾次活動，聽說都是……樂土甜心發起的，你沒聽說嗎？」

「我……」襄夫人吞了口口水，眼珠轉了兩圈，像是拿不定主意該不該看向部長夫人，表情明顯與方才大相徑庭，連手上的羽毛也像被打濕了似的懨懨垂落。「我不知道……我就只是看到有人在重現一些說法，瞥到了一些片段，新聞也只看了標題，沒點進去細瞧……」

「沒事沒事，園小姐都成年了，她在外頭做什麼，也和我們部長夫人沒有關係了，今天這安生慶祝式還請園小姐到場，也是部長和部長夫人念在多年家人的分上罷了。」離夫人趕緊打圓場，為部長夫人撇清關係。「再說了，我們部長夫人教養出來的千金，還是全樂土人公認的甜心，樂土思想當然是很純正的，那件事，恐怕就是園小姐的追隨者打著她的名號招搖撞騙罷了……」

「孩子大了，成年了，還是我的孩子。」部長夫人淡淡地說。「我也問過她，那些活動，她確實有參加，沒有人拿她招搖撞騙。」

「那肯定就是園小姐太單純，被某些低樂佬說上幾句，就對地球人起了同情心，哎，部長夫人教養出來的女兒，那心腸有多軟，也是可以想見的，再說，園小姐這些日子不是為了那男人失蹤這事傷心欲絕嗎？心煩意亂的時候，不小心著了別人的道，那也是可能的……」純姊姊……不，成夫人看了看部長夫人波瀾不興的表情，試探著說了下去。「有件事原想私下跟部長夫人提的，既然剛好大家說到這分上，我就順道講講……我是想，園小姐委身的那個藝術家既然不見人影了，那或許趁早給園小姐配個男人，結了婚，穩定下來就沒事了，所以我私下去打聽過，有個不錯的人選，樂值八十幾快九十級了，前些日子呢，他妻子病了沒救回來，就這麼獻給繁星了，他擔心影響到家裡人的樂值，正急著找人教養他家的孩子，我一聽就覺得巧了……」

「哪裡巧了？」部長夫人的聲音幾乎像蓮手裡那根塑膠柄的尖端，看似沒有殺傷力，卻彷彿剎那間就能飛快戳進胸口，俐落地將心臟挑出來。

「我們家的園，是什麼樣的女孩子，你們會不知道嗎？你們這些人裡頭，有好些也是看著她長大的，現在有人用她的模樣來做那種不知羞恥的深偽全像，你們就真的相信了嗎？明明犯人都抓到了，也承認了，一切都在司法程序上了，可是竟然還是沒有人相信她是清白的！園是我教養出來的女兒啊，我怎麼可能沒有教她結婚前最重要的就是貞潔，就是讓丈夫成為第一個拆蝴蝶結的人，我這樣教出來的女兒怎麼可能和一個剛認識沒多久的男人亂來？她可是陪伴女孩，是樂土甜心呀，她難道會不知道，在樂土，沒結婚的女人唯一的價值就是初夜，結了婚以後隨你愛跟誰繁衍就跟誰繁衍？」

蓮望向部長夫人的視線，已經被淚光模糊。園小姐愛上一個年輕藝術家，隨後被流出繁衍全像、引起譁然、犯人被抓到後又有一波輿論暗指人口部部長為保女兒的人氣與樂值推人出來頂罪，接著那位年輕藝術家又突如其來地消失等等……蓮完全可以想像園小姐身在這一波波輿論中，不僅百口莫辯、即使辯解也被輕易當成謊言看待的痛苦。

而眼前，是另一種痛苦。

她環抱著自己的肚子，光是想到孩子受苦時的心痛，蓮就難以自持。她放下手上的梅子與塑膠柄，焦慮得重複搔抓自己的手臂，過了好半晌才發現，手臂上已經不止浮起紅疹，有的更被她抓得略微出血。

這是她懷孕後明顯的變化之一，心裡一旦有了壓力，那些焦躁與擔憂便會具現為她身上的疹子。但偏偏她懷孕後擔心的事比從前多了不知道幾個島站大，為自己的孩子煩惱以外，連其他人的孩子她也心痛不捨。

「部長夫人，我不是那個意思，雖然我說不上是看著園小姐長大的，但我當然相信她。」成夫人急著解釋。「我只是想，現在要以大局為重，選舉就在三個月後了，如果現在能趕緊讓大家看到樂土甜心步入婚姻，大家的焦點就不會再糾結著那個深偽全像到底是不是真的，或者猜想園小姐到底還有沒有貞潔，這樣我們才來得及在選舉前挽回……」

「選舉。」部長夫人點點頭，很慢很慢地點著頭，彷彿在品味這兩個字。「我們。」

「部長夫人……」

「成夫人，我知道你是部長的繁衍對象之一，我還知道，在座也不是只有你是部長的繁衍對象——繁衍嘛，就像你們說的，就該為人類的未來多多益善，這我沒有什麼意見，但請你們不要以為，這樣你們就會變成我們。不會的，你們再怎麼繁衍，都不會變成我們。」部長夫人的聲音彷彿冬日裡挾帶著北方霧霾與高氣壓，在湖面上颳起來的灰黃色暴風，不僅冷，其中還夾雜著可以把人割出血來的什麼。「從你們把選舉看得比園還重要，還想把她隨隨便便塞給一個莫名其妙沒了妻子的男人這件事，就可以清清楚楚看得出來，你們不是我們，不是我們家的人，也從來沒有想過，我，一個做母親的心情——」

部長夫人這席話，簡直把蓮整個人都榨成了眼淚，淚水落在無法控制自己搔抓的紅疹上，蜿蜒出更為難忍的刺痛。

或許是因為無法控制的淚與癢，同時擊破了她的理智，在這種沒人敢答腔的肅殺時刻，蓮竟然主動說話了。

「部長夫人，我可能沒辦法還園小姐清白，我也不知道她喜歡的那位藝術家究竟怎麼了，是獻給繁星了，還是被政府帶走了……但，因為我丈夫是互動設計師，所以從他描述的工作情況裡，我推敲出一個辦法，或許可以讓園小姐重新將樂值拉回原本的水準，甚至更高。」

蓮抹掉眼淚，這才發現，包括部長夫人在內，每個人都直勾勾地看著她。雖然是意料中事，但仍讓她有些緊張。

「杉夫人，我答應成夫人邀請你們夫妻來，是因為我想要多拓展一點我的社交圈，認識一些或許不像我們這麼高樂值，但能為生活解解悶的人──我不知道，你怎麼會以為我會需要一個六十級的人來告訴我們家的園怎麼升樂值？」

「部長夫人，在您眼中，我們的樂值可能真的低到不值一提，但我想提醒您的是，我們並不是一直都是六十級，而是在最近半年，從四十幾級升到六十級的。」

半年內提升超過十級樂值？這無論對任何樂值的人而言，都是極難達到的進展，蓮感覺得到，其餘夫人的眼神開始不一樣，而部長夫人的眼神雖然仍有懷疑，卻沒有阻止她說下去。

蓮繼續說。

「在我懷孕之前，我們一直覺得，兩個相愛的人快快樂樂地生活在一起就好了，有多少樂值，就用多少樂值買得到的服務，雖然可能換不了幾次強化器官，但我們也不求未來移民彼星的資格，只要這輩子在樂土上安安穩穩做一世夫妻，那也就夠了。」蓮知道這些高樂士向來不屑這種中低樂值的生活想像，很快便切入重點。「但懷孕後一切都不一樣了，我想的只有一件事，我要我肚子裡這個孩子過著最好的日子。我們用了很多方式，正規的、不正規的、大家口耳相傳不知道究竟有沒有用的，我全都用上了，就只是為了趕在生產許可申請之前，將我們的樂值盡可能地提到最高，讓孩子能安排到更好的家庭去。」

幾個夫人眼中開始流露出理解的神色，蓮的自白想必讓她們想起自己懷孕時的心情。

「你到底想說什麼？」部長夫人緩緩從咖啡杯中抬起眼來，將眼神對準蓮。「我們既然是這種樂值，就表示我們已經做了幾乎所有能做的，樂土價值已經接近飽和了，不可能還跟你們一樣，為了升那麼點樂值去做偏門的事。」

「是啊，再說了，就算能從互動設計師那裡多少知道一點操作技巧，但對九十級以上的高樂士來說，使用新的應用程式，掉樂值的風險比升樂值還高出很多，沒必要做這種事……」夫人們之中也有人點出了他們階級的思考，其餘夫人們頻頻點頭。

「我很清楚，對各位夫人而言，甚至作為部長夫人，以及未來的議事卿夫人，那當然不需要，甚至是有風險的。」蓮輕輕地說。「但作為一個心疼女兒的母親，我們不可能只做自己需要的事，更不會逃避風險……」

園已經成年了，除了結婚以外，她的樂值都與教養家庭無關──但這只是理論上，另一個更強大的理論，凌駕於其他所有理論之上的理論，是愛。

蓮自己選擇伴侶時便罔顧了三十級樂值的巨大差距，她比誰都清楚，這個世界存在著太多通則以外的例外，那些例外甚至多到可以自成一個理論。

最後這段話，分明是衝著樂土甜心的母親而來。夫人們沒有一個敢在此刻吭聲，她們得等到部長夫人表態，才能判斷自己該怎麼說話。

部長夫人靜靜地凝視著蓮，接著抬起手，示意機械侍從將蓮杯中的冰鎮葡萄汁加滿。

「你說說看。」

蓮鬆了好大一口氣，但她沒讓任何人看出來。

「據我所知，即將發表的最新程式《他山》，會納入一種全新的計值數據，也就是程式中採計地球角色對於樂土角色的評價，如果園小姐……抱歉，我就直說了，園小姐目前的樂值流失，是由於各種事件累積起來的社會觀感所致，看起來在樂土已經很難逆轉，但如果能在這個程式裡得到地球角色的加值，甚至藉由地球角色對園小姐的好感，反過來重新塑造園小姐在樂土輿論中的形象，那麼挽回樂值並非是不可能的事。剛才也有夫人提到，園小姐本來就主動參與了聲援地球人的活動，這樣是最好的，既能讓園小姐持續做她想做的事，也可以……」

「太荒唐了！」部長夫人氣得站了起來，房中投影的全像瞬間消失，整個房間陷入一片凌亂的色線波段中，尖銳的雜音嘎茲作響。

「支持地球人？我再怎麼疼愛園，也不可能鼓勵她去加入那種偽善團體的行列！那全都是些低樂佬為了自我安慰弄出來的東西！何況，我們樂土人什麼時候需要地球人來品頭論足給分數了？荒唐！」部長夫人氣呼呼地撤下了房裡的全像，像是覺得這房裡的人不配使用這種技術似的。

「所謂偽善，意思是一個人為了得到更高的樂值，去做自己並不真心認可的事，但我相信包括園小姐在內，那個團體裡的人，有許多都是真心想要改善地球人的生活……」蓮試著解釋。

「無親無故，他們怎麼可能毫無所求地想要改善地球人的生活？還不就是因為這樣做有聲量，讓人看起來彷彿他們很善良很有道德感，藉此嘲弄我們只是空有樂值，實際上冷漠自私！誰不知道他們心裡在想什麼！要不，他們怎麼就對離我們比較近的那些化外之人一點同情也沒有？因為幫助化外之人是違法行為，會掉樂值的呀！他們的善良都是嘴巴上說說的，心裡根本只有他們自己！」離夫人臉色嫌惡地說，其他夫人們紛紛點頭。

部長夫人沒有說話，表情卻驚人冷冽。

水澇的！看來她完全想錯了。蓮心中一驚，發現這些身擁超高樂值的高樂士，看待地球人的角度或許和一般低樂佬沒兩樣。

部長夫人的表情昭示了這是個該選邊站的好時機，其他夫人們紛紛幫腔嫌棄，彷彿很高興有個話題可以遠離方才那幾乎令人喘不上氣的僵局。

只是蓮愈聽愈不確定，她們嫌棄的究竟是地球人、幫地球人說話的樂士人，還是不該以樂士人身分奴役地球人的這個理想……

「就是說啊，我有一個鄰居，也是整天滿口掛著地球人的福祉，說不應該壓榨他們，結果呢，自己吃的檸檬塔、蘋果派、炭烤雞翅，還不都是地球人種的養的烤的，太假了！」

「還有啊，聽說很多城寨島的低樂佬也跟著喊什麼地球人的權益，太可笑了，他們只是吃不起那些地球原型食物，希望大家都不要吃罷了，可不是他們真的有多高貴！」

「還有還有，有些男人會潛伏在這種團體裡，專門用這種形象，騙那些心地善良但是沒腦子的未婚女性繁衍，太噁心了，好多女孩的一生就這麼毀了……部長夫人，你千萬要勸園小姐離那種人遠一點！別聽那個杉夫人亂獻計！」

每到這種時候，蓮總是非常困擾。比如說，她不知道在這種時候，自己該不該爭辯「那些女孩被欺騙是那種男人的錯，但真正毀了她們一生的，是樂土上對於未婚女性貞操的不當執念」，或者她應該無視討論中所有稍微偏離主題的情況，只談她想要聚焦的重點。

只是，蓮也經常發現，所謂的聚焦可能根本不存在。她所在意的事情，背後總是盤根錯節地，綑著或被綑著其他問題，想要從根本解決，就是必須往下挖掘、並且沿著根系帶出一整個蔓生的族群。

對於那種問題，似乎並不存在一勞永逸的解決辦法，無論一一拆解或是合併處理，都幾乎是不可能的，而光是體悟到這一件事有多困難，就足以消耗掉原想解決問題的心智。

「你們說的那些，都是其中一種現象沒錯，但那不表示地球人的權益就不應該被關心啊，這件事還是有意義的。」蓮試圖將話題拉回來，卻發現連自己都無法確定，這一件事所延伸出去的每一個邊角，究竟哪一個才是最該被重述的。

當人們沒有想要溝通的時候，再怎麼樣選擇說法、態度或話題，都沒有意義。

「我可沒說他們的權益不該被關心，我的意思是，我們是樂土人耶，我們的存在不就是為了他們，為了整個地球人類的存續嗎？我們努力過好自己的日子，他們努力讓我們過好日子，這很公平啊！說得像是我們存心欺負他們似的！」

「再說了，他們也不是那麼無辜可憐的好嗎？你看看海平面上升得那麼快、空氣那麼糟，不就是因為地球人太貪婪了，才用各種方式榨乾這個星球，那可沒有人逼他們這麼做，都是他們自己的劣根性造成的！還害得我們也跟著一起承擔後果，那誰來關心樂土人的權益啊？」

「這麼說來，我記得我們小時候，很多島站都還是架在陸地上的，被淹沒的也只有市中心而已，結果現在好幾個原本沾不上水的島站，都有一半是架在水上了，像翼宿站、危宿站都是，地價房價全沉到看不見鯨魚尾巴，根本配不上樂值，好幾個原本住在那裡的朋友都趕緊換房了！他們地球人貪得無厭的後果，我們也在共同承擔吶！少在那裡一副受盡委屈的樣子了。」

「就是啊，我們這麼努力提高樂值、拚命在有限的年歲裡更換強化器官，還不都是為了人類共同的未來，真不知道他們在那裡分什麼地球人樂土人做什麼，沒意義嘛！就跟我們一個家庭裡也是各自分工一樣，男人負責出去工作賺取樂值樂幣，女人顧好家裡，把孩子教養成也能貢獻樂值的大人，大家都盡自己的本分，這不是很好嗎？」

從小至今，有許多人人掛在嘴上的圭臬，都曾讓蓮經歷過從無感到認同，再從認同到噁心的心路歷程，「盡自己的本分」這句話便是其一。

蓮想起自己就是太噁心這些話了，才不計代價地要逃離那個充斥這些金玉良言的環境，但現在竟然又逼著自己回來了，還帶著本來就不屬於這裡的丈夫一起——這是為什麼？蓮突然有點恍惚。

為了孩子。

是了，為了孩子。原來一切都是為了孩子啊，如果是為了這個原因，那就沒辦法了……但，她究竟是希望孩子過著什麼樣的人生呢？坐擁超高樂值並且可以理所當然說出成串道理還不會噁心到自己的那種人，還是不斷思考質疑自己被灌輸的所有規矩卻因為無力改變而心灰意冷的那種人？

有沒有，別的選項？

蓮感覺自己身上的癢不只在皮膚上，更鑽進了骨髓裡。

哐！嘩啦啦——

一陣驚人的碎裂聲，倏地打斷這間房裡的所有爭辯。

「不要碰我——」緊接著，是一個來自女性，彷彿撕開肋骨、刺出胸腔一般的嘶吼。「放開！放開我——」

由於稍早全像效果已經完全關閉，空蕩的房裡什麼聲音影像都沒有，就連夫人們也都驚愕地呆立著，因此她們很快就能辨識出，這是從外頭傳進房裡的聲音。

每個人也都認出，這是園的聲音。

與其他夫人一樣，蓮第一個反應就是轉頭去看部長夫人，而部長夫人在所有人找到她的表情之前，已經提起裙襬，飛快穿過他們所有人的眼前，衝出門外。

杉險險被自己滿嘴的驚嚇噎到。

他又嗆又咳，滿臉抱歉地漲紅了臉，折騰了好一陣子才有辦法勉強擠出完整的句子：

「我、對不起，你剛剛，我好像聽錯……我是說，你剛剛是說這裡，叫做，咳咳……好棒觀、觀摩室嗎？」

對於一個成人來說，在兩個未成年的十幾歲孩子面前驚嚇成這副德性，實在太失態了，不過，會這麼失態倒不能怪杉。此刻，他們站在一個長形房間裡，房裡除了鑲著門的那扇牆之外，所有的牆面都布滿了各種奇特的偷窺設計，有狹長形、鑰匙孔形的各式孔洞，還有能夠自己戳洞的紙門，以及覆蓋窗簾的窗戶，甚至是在衣櫃的百葉門、在對面設計成鏡子的玻璃牆面，還有設計成枝葉扶疏的人工樹林……

這裡並非覺一開始打算帶他去的百變室，雖然這個房間已經夠百變了，再說，如果在這個房間裡都這麼失態，直接進入百變室絕對只會更糟，那裡可不只有兩個未成年的孩子，而是一大群忙著繁衍的成人。

所以，或許該慶幸的是，當他們抵達覺口中的「百變室」時，百變室已經上鎖了。覺說，這個百變室是一個特殊的存在，每一個進去裡面的人都需要先感應晶片確認身分後，用預先準備好的事件模組覆蓋他們待在百變室裡的這段時間。

覺說得很委婉，但杉立刻了解，部長有權限隱藏特定時間內在這個空間裡的所有資訊，避免被晶片或任何形式記錄到系統中。這除了彰顯出部長擁有的權限凌駕於樂土法律之上，也意味著「百變室」這個房間可以掩護任何不應該發生的事，同時暗示著在百變室裡發生的事，無論是什麼，都極可能是不合法的。

這也解釋了為什麼人口部部長需要先用極好的條件去將其他人引導到虛擬樂土去，只留下與自己樂值相當的超高樂士們一起走進百變室。

一起做非法的事，是將他人拉攏到自己這邊最快的方式。

杉雖然想通了這點，但他樂值與超高樂士們差距過大，相較之下，對「非法」的想像力畢竟是太狹隘了，因此當覺告訴他有另一種方式可以「參與」百變室裡的活動，進而在某種程度上也和百變室裡的超高樂士共同保有某種連結時，杉完全沒想到會走進這樣的房間。

一踏進來，整個房裡便充滿了激情放蕩的呻吟與嘶吼，杉一開始沒留神還以為裡頭進行著什麼刑求拷打之類的虐待，但隨即被其中一大片玻璃窗後四五個交纏人體的繁衍場景驚呆，這才理解，這個稱為好棒觀摩室的房間裡許多互不搭軋的各種裝置，其實是多樣化的偷窺孔洞，可以任君挑選喜歡的偷窺方式，看到百變室裡的超高樂士們，使用他們各自的好棒，進行不同的繁衍實況。

可以直接從窗後看見的「這一群」，只是其中一部分而已，其他的人都在不同的場景後，享受著繁衍與被偷窺的樂趣，人數各異。

「這，這不合法，對吧？」杉驚慌失措地說。「喔對，本、本來就是，用來做不合法的事。但這個，這個有不合法嗎？對，應該有，我、我記得，繁衍法是禁、禁止群體繁衍的，這、這樣會導致繁衍出來的胎兒基因難以、難以判定才對……」

「這裡的女性都是父親的幕僚精挑細選出來，確定沒有生育能力的，有一些還是特地從化外帶來的非樂土女性，所以不會有胎兒基因的問題。」覺雖然回答了這個問題，但坦白說，他認為此刻杉教需要的並非答案，杉教很清楚這些超高樂士才不在乎這些。

他需要的是藉由這串亂七八糟的語句緩緩心裡的衝擊。

覺知道這點，但覺的哥哥拿可不會知道，他半躺半坐在觀摩室裡最舒適的那個位置，眼睛對著一筒望遠鏡，褲子掉在腳邊，一臉溺到極點的不悅表情，令人稱羨的強化機械手臂握著自己的好棒，眼睛雖然瞪著杉，嘴裡卻是在對覺說話。「你哪裡找來這個湖底白癡的？你沒看到我褲子都脫了嗎？」

「你在這間房裡什麼時候沒脫褲子了？這裡本來就不是只有你一個人可以進來的地方啊，而且這個湖底白癡是我們家的客人好嗎，他是被邀請來我們家的，他想去百變室還是觀摩室都可以，哪像你只能待在觀摩室捧著自己的好棒？」

「你自己還不是未滿十六歲只能待在觀摩室！」覺的話像是踩中了拿的痛處，立刻激得他哥哥瞪大雙眼，沉聲低吼。「你想活到十六歲以前的話，就趁我的好棒軟掉之前把這個湖底白癡給我帶出去！」

「我不管幾歲都不會想進來的啦！而且你的好棒本來就是軟的，少賴到我跟杉教頭上！」

「你是不是真的想被棄屍湖底？」拿怒而起身，機械手臂掄起拳頭，在覺的頭頂警告意味十足地揮舞，同時從機械手掌中落下的好棒萎軟地在胯下微微晃盪。

「等等，你做什麼？」看見昔日學生遭到威脅，雖然杉還沒有從那面牆後的淫靡風景回過神來，也不由得直覺地將男孩拉到自己身後，擋在那個有著機械手臂的高壯少年與覺的中間。

「你不能再打我了喔，父親跟你說過了，我不能換器官，你要是把我哪裡打壞的話，你自己也會出事的喔！」

「你好意思提自己不能換器官的事？你連晶片都不能植入，還想學我們換器官？再說我這手臂可是高科技的，只要設定好了，不打壞器官的前提下我照樣能打得你死去活來。」拿的語氣依然兇狠，卻似乎確實有所忌憚，悻悻然收回拳頭，不情不願地穿上褲子，穿上褲子後，肥胖鬆弛的下半身立刻變得修長精實，一如他們在中庭時看到的那樣。「你平時不會來觀摩啊，突然跑來幹什麼？還帶了一個外人！」

「我本來要帶客人去百變室的，但他們已經開始繁衍了，我只好帶他到這邊來等。」

「能進百變室的客人就那些，什麼時候還需要你特地帶過來了？」拿的表情依舊溺得很，他斜眼瞟了瞟杉，接著皺起眉，想起什麼似地瞪大眼，指著他喊：「啊，我想起來你是誰了！」

杉還在滿室的淫聲浪語中試圖穩住心神，對於拿突然肯正眼看他還直接對他說話這個轉變，一時沒能立即適應過來。

「你妻子是那個白色連身裙的女人對嗎？你們第一次來我們家對不對？我很確定我之前沒見過她，不然我一定會記得！」

「咦？」杉的驚訝很複雜，拿說起妻子的表情特別讓他不適，他意識到自己努力試著禮貌地揚起唇角但眉頭忍不住皺得死緊，知道此刻自己的表情絕對非常扭曲。

但拿當然絲毫沒有察覺到杉的表情，從小生長在九十級樂值家庭的孩子很少需要察覺他人的表情，他眼睛彷彿被什麼點燃似的，用完全不同於剛才對杉視而不見的親切熱情，激動地走到杉面前，情不自禁地喊著：「水滂的！你妻子真是太完美了，臉蛋漂亮、氣質清秀，還有那個胸跟那個腰，就算是懷孕我都看得出她本來的比例有多優雅，最重要的是，她和我一樣是標準膚色耶！想想看我們繁衍出來的基因會有多好……」

果然。

有個美貌的妻子，意味著杉經常被親切探詢妻子的繁衍行事曆，他可以說早已習慣，也可以說從未習慣。

剛結婚時，他們確實試著要像一對恪守本分的樂土夫妻那樣，盡可能多與不同人繁衍以配對出多元化的樂土基因，兩人也確實藉此提升了一些樂值，甚至與很多夫妻一樣，發展出了兩人各自的行事曆互相配合，盡可能選擇在同一天出外繁衍的做法，這樣據說可以有效避免許多因自私與占有慾這些劣根性造成的夫妻失和。直到有一天，杉與其他夫人繁衍後回家，發現妻子靜靜坐在沒有開燈的家裡，一動也不動，他趕緊開燈，看見心愛的蓮渾身是傷地呆呆坐在斗室一隅。

那天晚上，蓮遇上了有特殊性癖的男人，好不容易才從對方的凌虐中逃出來。

蓮驗傷後，藉由晶片紀錄與繁衍行事曆的預約功能，器警很快地找到對方並逮捕了，但可想而知地，對方的罪責很輕，畢竟樂土當局非常重視生育率，只要是性慾強大並且有生殖能力的男人，很少會因為繁衍而遭到究責，即使確實使用了暴力，還是經常被視為強化樂土人口基因的必要之惡，通常稍微懲戒一下就沒事了，甚至還有些男性以此為傲，湊在一起吹噓時還會主動拿懲戒紀錄來說嘴，而友人們通常也會對這樣的男性報以曖昧的喝采：「哇，你真是好棒好棒！」

那件事過後，他們花了很長的時間討論。蓮當時說了一段話，讓他從樂土人的桎梏中驚醒了。

「我是因為愛你才和你結婚的，我不知道，為什麼我們結婚之後，我們反而花很多時間去和別人繁衍，兩個人很累地回到家，卻只有在彼此身邊睡著時才覺得能和你結婚真好。」蓮說。

「你是個不在乎樂值的人，我也是，我們本來就沒有要當最完美的樂土人，那為什麼不能照我們想要的方式過日子就好？」

此後，他們大幅減少了外出繁衍的安排，偶爾被鄰居同事親友問到，都避重就輕地帶過，甚至謊稱他們夫妻倆有繁衍不耐症候群，為了健康著想因而降低對外繁衍次數，總之找盡藉口，免得被當成遵循舊地球一夫一妻制的婚性合一主義者，每隔一陣子也還是會進行對外繁衍的義務。

杉直覺認為蓮不會想要接受眼前這個年輕男孩的繁衍邀約，幸而這時他們擁有一個完美的理由。

「她現在懷孕中，按規定是不能進行繁衍的，太可惜了。」杉客套地回應充滿繁衍熱情的拿。

「而且你明明也還沒成年不能繁衍啊，不然父親就會讓你進百變室，不是讓你自己一個人待在這裡了。」覺一針見血地指出關鍵。

「誰問你意見了啊？要說不能繁衍你才早得很，我很快就滿十六歲了啦！」拿瞪了覺一眼，接著繼續熱情地對杉說。「不急不急！你妻子總會生完孩子的，就像我很快就會成年一樣啊，再過幾個月我就成年了，剛好！你不覺得這實在太巧了嗎？竟然就讓我在滿十六歲前發現你妻子，可以約她在我成年那一天繁衍，這根本是命運、是注定的！難怪今日運勢說我們部首手的人會有意料之外的事情發生……」

「今日運勢？你不是說你最討厭那種東西了嗎？」

「那是因為之前播報今日運勢的都是園啊，那個虛偽的女人現在終於過氣了，新的樂土甜心才可愛！而且她每次播報到部首手時都會特地噘起性感的嘴型，我覺得這一定有原因……」

「你以為會有什麼臭湖的原因？當然是因為『手』這個字念起來就是得噘嘴啊！」

「我警告你不要……」拿的機械拳頭揮到了覺的頭上，眼看這人可能慣性對覺施暴，杉連忙將覺拉到自己身後。

「我覺得到時我們再看看時間好了，我們也還不清楚什麼時候生產，產後也需要時間恢復……」

「哪需要什麼時間恢復？以前的女人都是白天生完小孩晚上就要張開大腿繁衍了，現在的女人也太好命了吧，還要時間恢復？我跟你說，女人真的不能太寵，尤其你妻子那麼漂亮，想也知道繁衍行事曆滿滿的，那種女人常常自以為了不起，能跟男人平起平坐了，這時候啊，拳頭是最有用的，讓她用最直接的方式知道男人女人先天就不一樣！講再多都沒有用，就是打！你如果覺得每天要見面打不下去也沒關係，我跟她繁衍的時候我可以幫忙，我跟你說，這雙機械手臂可好用……」

「你什麼時候會覺得每天見面打不下去了？你打我難道不是每……」

被杉護在身後的覺話沒說完，杉掄緊的拳頭已經往拿的臉上招呼下去。

好棒觀摩室裡的三人一時全靜了下來，滿室迴盪的只剩隔壁百變室傳來的淫聲浪語，使得用機械手掌捧著自己臉頰的拿看起來格外荒謬。

三人都沒有想過會有這一拳出現，尤其是換上一雙機械手臂之後只有他打人沒有人打他的拿。「你打我？你……你竟然敢打我？我裝上機械手臂之後，連父親都不敢打我……」

「如果你認為我不應該打你，我認為你也不應該隨便打人，不管那是你的弟弟，或是別人的妻子。」看著拿的那雙手臂，杉方才的一時衝動已經煙消雲散，但還是鼓起勇氣這麼說。「部長說，你這雙手臂是為了將來進安全部而特別改造的，但實際上現在執行勤務的都是器警，真正會需要用上這雙手臂的機會很少，會需要九十七級的超高樂士去執行這類危險勤務的情況更少，所以，你的優勢如果只是用來欺負不如你這雙手臂的人，那我認為你不配擁有這些優勢。」

「我不配？哈！」

這次，拿的拳頭完全沒有遲疑地往杉的左臉揮下，沒有開啟任何特殊功能的機械手臂，光是靠著外層金屬防具的硬度，就足以打得杉的半邊臉紅腫，嘴角破裂帶血。

「你平常打我就算了，居然在安生慶祝式打父親的客人?!」覺大叫，隨即開啟了平時挨哥哥揍的直覺反應，拉著杉轉頭就往外跑。

「你放心，我是大人，不會輕易被一個小孩打壞的……」可能是半邊臉腫起來的關係，杉講話有點含糊不清，還想回頭好好跟拿講道理，覺卻絲毫不讓地繼續用他有限的力量拖著杉離開好棒觀摩室。

「你打得過一個強化改造後的金屬小孩嗎你！」

從前被哥哥揍得鼻青臉腫的記憶猶新，覺沒時間打冷顫，他太清楚那個機械拳頭砸在自己身體上的感覺了，他曾經被多次打到皮開肉綻，幸而他們家裡樂值夠高，自宅裡便有一間極為專業的全精密智能診療室，在這裡能修復的皮肉傷有百分之六十，剩下需要修復期的，只要砸錢買效果就可以在必須出門上學時掩蓋過去。

只要不打到必須換器官就可以了，父親是這樣說的，母親並沒有對此表達異議，而因為家裡的診療室是最頂級的，能買的效果也是最頂級的，他從不曾被發現過身上有傷。

「別想跑！」拿的聲音追上來，把阻礙他發洩精力與慾望的怨氣全灌注在他的強化手臂上。覺帶著杉教逃上三樓，這裡有整個宅邸裡哥哥最討厭的地方：姊姊的房間。

覺想也不想地，推開那扇有著粉色星際浮雕的門。

被拉進門後的杉，一時半刻，還以為自己又被拉回了好棒觀摩室或百變室，眼前看來又是一個繁衍場景，只是比較激烈，比較，呃，不那麼典型的你情我願？

一個褪下半身衣裝的男人，將園壓制在她自己房裡的桌上，血脈僨張的下半身抵住園的臀部，另一隻手抓住園的雙手，一隻手則探入她深紅色神聖鱗翅目真絲綢緞裙下，企圖解除他們之間的繁衍障礙。

「啊，對不起……」杉習慣性地道歉，正想趕緊拉著覺離開房間，卻在拉開門的同時，想起園還沒結婚。「咦，不對。」

「我沒有答應要繁衍！」園一邊試圖無用地掙扎，一邊喊著。「救我！」

「下個月我就是你丈夫了，我說要就要！你們快給我滾出去！」

園被壓在桌上的無助面容遍布傷痕，顯得她毫無用處的掙扎愈發可憐。「我不會跟你結婚……」

園的話被男人抓住她撞上桌面的動作打斷，原本想立刻照著男人的話滾出去的杉，這時再也忍不住了。「不是，先生，她說她不要……」

杉停下腳步，轉身走到他們身旁，試著拉開半裸的男人。「這樣不好，我們繁衍要尊重女士的意願，而且樂土甜心還沒結婚呢，您就等到……」

「關你什麼事啊！而且她早就不是樂土甜心了，樂土甜心換人了！」男人厭煩至極，伸手用力一揮，兩人一拉一揮之間，手腕上的晶片恰好處於可交換訊息的接觸距離，兩人都分別收到了對方的資訊。

這人原來是水沒市市警局的昌局長，名片上除了頭銜與九十九級樂值，還列出了父親是現任議事卿，議座各。

水澇的，這等級……這些閃過眼前的對方資訊讓杉遲疑了半晌，但他沒有鬆手。

「六十級？六十級你也進得了這宅邸？呵……」昌原想冷笑著甩開杉的手，沒想到杉絲毫不讓。

「您先把您的好棒收起來，不要這樣壓著女士。」

「我滂你個老海……」

昌的詛咒才半句出口，隨即被另一個更有男子氣概的聲音打斷。

「……別以為躲到那臭湖女鬼的房裡我就動不了你……」一路高聲狂罵的拿衝進房門，一雙手臂除了金屬反光之外，還閃著特殊功能開啟的信號燈，看來著實嚇人。他和剛進房門的覺與杉一樣，先愣了半晌，將所有人的臉與相對位置都看過了一遍，最後眼光落在園傷痕累累的臉上，接著便幾乎想也沒想地大步走向正對峙著的杉與昌。

「誰說你可以動我姊了！」

帶爪的強化手掌抓住昌，爪子深深扎入他的手臂之中。

「嗚哇！你聽我說，我是昌啊，你忘了嗎？你父親跟我說好了，你姊姊下個月跟我成婚，你一成年就可以到我們局內，我會照顧……」昌哀叫一聲，吃痛地倒退一步，卻被纏在自己腳踝上的褲子絆倒。

「照顧你老海啦！」爪子收緊，往外一扔，那雙強化手臂直直將昌扔出了園的房門外。

「你們還沒結婚你就不准碰我姊！我家的人是你碰得起的嗎？」

昌摔出門外，手臂鮮血直流。拿回過頭惡狠狠地要覺趕緊去幫忙照看園，接著自己大步踏出門外去，擋在昌與園的房門之間。

「他臭湖的……你們家的人是有什麼地球基因？你們家長明明都跟我說好了！她現在也不是什麼樂土甜心，甚至連處女都不是，有什麼好裝模作樣的！」

「跟你說好什麼了？不就跟你說好我姊跟你結婚換你父親支持我父親競選嗎？有說好可以在我家裡這樣硬來嗎？你以為九十九級有多了不起啊！你結婚前敢再碰她一下，你就賭賭看我的手下一次抓的是哪裡！」

「太可笑了，你這未成年的小孩根本沒把事情弄清楚，你以後是要進安全部的人，安全部裡有多少人要聽我的話你知道嗎？你自己的前途犯得著用那種女人早被糟蹋掉的爛名聲來換嗎？」昌一邊用鮮血直流的手臂穿好褲子，一邊咬牙切齒地吐出惡意。

「我什麼名聲？」一身狼狽但仍氣勢凜然的園並沒有躲在房裡，她走出房門，聲音雖然還發著抖，但字句清晰地說。「我就算已經不是樂土甜心，也不是你想繁衍就可以跟我繁衍的仿生情人，我說了，我沒有做任何對不起我的家庭、名聲和追隨者的事，我沒有！那個製作深偽全像的男人還是你局裡抓到的，難道你真的像虛擬樂土上流傳的那樣，為了拱我父親上議事卿的位子，才找了個低樂佬頂罪？既然如此，你要做就做澈底一點，把我當作一個值得尊重的處女對待，不要對外扮英雄，說逮到主謀幫我找回清白了，私底下又把我當作一文不值的未婚繁衍女！」

「你這什麼意思！有話就好好說，一個沒結婚的女孩子家，老是把什麼處女什麼繁衍掛在嘴上，到底有沒有家教！再說，我的工作可不是你這種賣弄身體臉蛋的陪伴女孩可以說三道四的，這樣詆毀我的工作，我樂值降低了，對你這個妻子也沒有好處！」

「我沒有要和你結婚，不會成為你的妻子！我這輩子都不會！無論我是不是處女都不會！」

「你說什麼！你這個下賤……」

拿大步上前，再度擋在企圖撲向園的昌面前。「母親來了，你有話去對她說啊。」

門廊一端快步走來的是另一襲深紅色神聖鱗翅目綢緞華服，身後還追著一群提著裙襬的夫人。

「你說誰下賤了？」部長夫人優雅又不失迅速地走到了園身邊，心疼地撫過她臉上的傷，接著將凌厲的視線掃向按住傷口站起身的昌。

「昌局長，我本來覺得，園都已經成年了，交往結婚這種事，我不應該插手，不過您都提到家教了，我這個做母親的只好出來問一句，您什麼時候和我這個家長談好要和園結婚的事了？」

「你算什麼家長？我指的當然是部長！一家之主要做決定，何必跟你們女人家商量？」

在那些高樂士劍拔弩張的對峙中，杉的視線迅速在夫人群中發現蓮，想辦法不動聲色地靠近她，蓮看見他腫了半邊的臉，差點要哭出來，杉對她安撫地笑了笑，卻因牽動了臉部肌肉而疼痛，導致他最終露出來的表情非常扭曲怪異，同時也發現蓮臉色蒼白，看來已經強忍不適很久了。

蓮的狀況很不好，不僅虛弱地靠著他，而且杉留意到她兩條手臂全是紅疹，而蓮的意志力已經消耗得無法阻止自己下意識地伸手抓癢，紅疹上滿布搔抓後的血痕。

杉立刻從蓮隨身的小包中找出藥膏，但蓮伸手阻止了他，緩慢地對他搖頭。杉簡直不敢相信，都到了這個時候，她還擔心塗抹藥膏會讓肚子裡的胎兒接收到化學毒素，她這樣忍受痛苦，難道身體就不會產生什麼見鬼的毒素嗎？那對胎兒的影響難道會比藥膏輕微嗎？他才不信。

杉低聲勸蓮，蓮固執地搖頭，兩隻手重複著搔抓與制止自己的動作。

杉心疼地抓住她兩隻手。

「原來如此，不過就我所知，我丈夫對園的另一半抱著很高的期待，就算您的父親是議座，樂值恐怕也是從小就沒低於九十級過……但我們也絕不可能容許婚前繁衍這種事，何況這還是一廂情願的暴力行為。」

「夫人，您就別害我笑得掉進湖裡去了，你瞧瞧你自己的女兒，哪個女人會這樣毫無羞恥地把頭髮剃光，露出光溜溜的頭頂給人看？這根本就是在引誘男人，我身為一個繁衍欲旺盛的健康男人，怎麼可能忍得住光溜溜的頭頂這種淫蕩的繁衍邀約？你要不問問自己女兒為什麼要露出頭頂來？」

昌的指控一出口，便在緊跟而來的夫人群裡引起一陣譁然——是啊，怎麼沒想到呢？園做出這種出格的事情，本來就該先考慮到後果的……

而杉根本無心在這齣鬧劇上，他的眼裡只有緊皺眉頭的蓮，她看起來比剛才更痛苦了。杉開口問她要不要早點回家休息，問完後才想到，他們是靠著別人家的飛艇才到得了這個遠離任何島站的地方，而此刻並不適合他們向沉浸在眼前這齣精采鬧劇裡的任何人，開口要求飛艇接送。

即使如此，還是得硬著頭皮拜託誰才行。

「當著一群女士的面，說出這種玷污未婚女孩名譽的話，我不相信我丈夫知道了你做出這種事，還會相信你有什麼資格成為園的丈夫。」

「資格？我們先別說園近來的名聲配得上哪種資格，你要是想說什麼浪漫愛情，打算拿我和那個年輕藝術家比較，那我倒是可以透露一些我們對那人失蹤案的調查結果，他這種消失得不明不白的情況，很明顯就是安全部直接處理的祕密逮捕，所以我們這裡才會完全沒有線索，再說了，依照我們這裡掌握的資料，那個男人並不是什麼英雄，也不是藝術家，甚至呢，就連島這個名字也不是真的，他呀，不過是個重生人，當初被帶進重生所的原因更丟人了，還不是因為……」

此時，就好像頭頂的雲層上有個指揮家，時機抓得準準地，雙手使勁往下一頓，轟然的雨勢瞬間破開雲層，往他們頭上的透明濾淨罩直落而下。

眾人都被這突如其來的大雨吸走了片刻注意力，在建築時就設定為沒有遮蔽的日照廊道，上方便是濾淨罩的透明圓頂，只要抬起頭來，就能清楚看見比平時雨勢更大的雨滴，在圓頂上不斷墜散滑落，敲出的聲響在整個圓頂內迴盪，響得幾乎再也沒有誰說話的聲音能蓋得過去。

而那人的嘴巴還在狂暴雨聲中繼續開闔著。沒過半晌，落在圓頂上的雨勢突然有些異樣。

「樂土在上！那是……」

冰雹摻雜在暴雨之間，一齊落在濾淨罩的圓頂上，那力道與聲響，和雨滴截然不同，立即給日照廊道上的人們帶來強大的心理壓力。

各位好，我們剛收到了通知，送子鳥無人機已經在路上，即將抵達，請大家先移駕到樓下的中央庭院，讓我們一邊享用餐點，一邊等待今天最重要的小主人翁到場。

部長不疾不徐的愉快聲音在每個人的耳邊響起，顯然他什麼都不知道地剛離開了隔絕一切訊號的百變室，正在發洩完精力的聖賢模式中，完全不知道外頭除了他親愛女兒的婚約爭議，還有從天而降的固體水正試圖砸穿他家的濾淨罩。

「這種天氣，送子鳥能夠將孩子平安送到嗎？」

「護送樂土新生命的無人機應該都有頂級配備吧。」

「但這可不是下雨而已，外頭有冰雹啊。」

人們竊竊私語著，有些猶豫是不是該立刻遵從指示，離開日照廊道。眼前的事看來還沒完，但冰雹落在濾鏡罩上的巨響，與昌的咆哮交織成一片誰也聽不出任何意義的噪音，當然，那可能是因為昌的咆哮本來就不具太多意義。

「昌局長，我看您的傷勢頗為嚴重，導致精神也開始有點問題了，請到我們的精密智能診療室去做些處理吧，我們的機械侍從會送你過去。」部長夫人走到昌的身邊，使用了宅邸主人專用的廣播功能，讓自己不需要尖叫怒吼，堅定的聲音也能穩穩地抵達每位客人的耳膜邊。

「不，我要跟部長談談，他絕對不會允許……」

昌的聲音被冰雹敲得四分五裂，只有刻意走到他身邊的夫人勉強能聽得清。

「他絕對不會允許任何人用任何理由，打斷這個象徵頂級樂值的第五個孩子安生慶祝式，我建議您不要輕易嘗試。」夫人語氣堅定地說。

兩個輕武裝的機械保全上前，帶走了昌，拿與覺也在部長夫人的指示下跟了過去。

「好了，各位夫人，我們忘了這件事，往中庭移動吧。記住，剛剛發生的事情並沒有真的發生，各位的晶片在離開我們家時都會經過處理，無法隨意分享記憶庫或上傳虛擬樂土，也勸各位不要輕易口頭上傳播，以免我丈夫找到來源，他畢竟是個男人，處理起事情比我強硬多了，各位不會想要嘗試的。」

夫人們諾諾應和，趕緊遵從指示離開日照廊道。

杉看著癱軟在他臂膀的妻子，暴雨打在頭頂上方不遠處，人們經過他們身旁，卻無人停下腳步，杉想到即使有人願意借他們飛艇，這天氣恐怕也不適宜飛艇移動，他們無論如何都只能暫時待在這宅邸裡，一顆心便急得像放在爐子上烤太久的祖國派，焦得邊邊都要捲起來。

「這是你的夫人嗎？她怎麼了？」

杉抬起頭，看見的是一顆剃得在這樣的陰沉暴雨天裡仍泛著亮光的頭頂，接著是一雙看得出還帶著淚光，剛哭過的眼睛，那是園。

她蹲下來，一臉擔心的看著他懷裡的妻子。

「是，她有孕在身，剛剛說頭暈不舒服，而且身上都是疹子很癢，這是她孕後常犯的毛病。」杉說。「我想帶她回家休息，可是我們是搭別人家的飛艇過來的，而且這天氣，飛艇也不適合飛行……」

「園！你父親要我們趕緊到中央庭院去。」部長夫人過來，急得拽了拽園的臂膀。「什麼時候了還在管別人閒事，你要讓人操心到幾歲！」

「我知道，母親你別擔心……」園被部長夫人拉著，一邊站起身來一邊對杉說。「沒關係，你們到我的房裡休息，我會叫我的機械侍從來，她會安排你們搭我的飛艇回去，我的飛艇有強化過，這種天氣也可以飛行的……好好好，我可以自己走，母親你別拉了……」

「你這孩子怎麼回事，自己這個樣子了還顧得了別人嗎？」

「還不都被母親教壞了嗎？誰要你從小教我，好女人就該時時刻刻把別人的需求放在心上……」

母女倆急匆匆離開時的對話很快被雨聲蓋過，人聲迅速遠離他們的同時，一個機械侍從來到他們身邊，一望即知那張面容是仿造園本人的面貌，不過是深膚長髮的版本。機械侍從溫聲安撫杉與蓮，動作輕柔地抱起虛弱的蓮，走入杉剛剛才離開的，園的房間。

走進園的房間，杉便愣住了，這裡和剛才與水沒市市警局局長對峙的那個房間看起來完全不一樣！優異的全像投影下，他們像是走進一處有著潺潺溪流的幽靜樹林，鳥鳴環繞，葉影闌珊，更有樂土少見的澄澈陽光篩落，而溪流邊看來像是鬆軟草堆的東西，則是高科技人體工學床。

「請不要擔心，我這裡備有舒緩針劑，施打後，夫人就會好多了。」將蓮安置在園的床上後，機械侍從用近似於園的聲音說。

「不……」蓮聲音微弱地說。「會影響孩子……」

「不會的，我們有最好的處方，可以避免夫人擔心的副作用，請放心。」說完，機械侍從便逕自連結了蓮腕上的晶片。

「蓮，你別擔心，園可是樂土甜心，當然有全樂土最好的藥，不會讓孩子受罪的，最重要的是……你不要受罪。」杉心疼得幾乎要哽咽。

蓮懷孕這幾個月來，他經受到的並不只是低樂值與低存款的痛苦而已，更是自己前半生不曾在意樂土價值的全部反撲，眼睜睜看著心愛的妻子因為樂值太低而不敢使用那些級別不夠高的藥物，靠著自己的意志力忍受著所有大大小小的症狀，他簡直恨透了從前那個覺得可以永遠不在乎俗世樂值標準的自己。

一個人和一個家，畢竟是不一樣的。

蓮輕輕點頭，放鬆似地讓自己沉進柔軟有支撐力的床墊裡。杉看著機械侍從將一管冰藍色的液體倒進杯中攪拌後讓蓮服下，並且用同樣顏色的油膏塗抹在蓮的額頭、肩頸，以及孕肚上，輕輕按摩。

杉聞到一股動人香氣。

「我在這裡休息就好，你快去庭院裡和大家一起迎接寶寶……」

「我當然要留在這裡照顧你，那個寶寶也不是我生的也不是我養的，我去不去迎接他都沒有差別。」

「才不是這樣！在場和他們一起迎接，是我們做客的禮貌，也是打好關係的關鍵……你快去！」

「可是……」

「快去！」

杉嘆了口氣，正想著該不該依著蓮的意思，眼前與耳邊突然被壓倒性的畫面與聲音蓋過。

「大家好，為了讓每位來賓都能充分感受到我的喜悅，我為大家連結了我的《如臨》帳號，現在開始，各位都能從我的視角，第一時間看見我們可愛的寶寶，聽見他的笑聲哭聲，希望在座的各位，都能從第一眼開始，看顧我們家第五個孩子的成長。」

太聰明了。杉心想。這等於是把來賓們全拉進來自己家裡，在情感上成為自己的家人，便能理所當然獲得他們的支持——不過，這在剛才那一齣鬧劇之後，情感連結力恐怕沒有部長想像中那麼深刻了。

杉努力想把占去全幅視野的《如臨》畫面縮小一點，但他卻絲毫調整不了視窗的邊界。這是什麼道理？杉知道他們回覆邀請函時有線上簽署一份密密麻麻的同意書，他覺得是官方公版的玩意兒，就沒再細看，難道他有答應讓這個家的主人可以隨意使用他的眼睛和耳朵嗎？

「蓮，你還好嗎？」

「還好，只是這視角讓我有點暈……但是可以和部長一起迎接寶寶，真是太好了，暈一些也沒事的。」

蓮快要變成寶寶狂熱分子了，不只是她肚子裡的寶寶，她像是對全世界的寶寶都充滿了感情。

這可不是什麼好事。

「你如果會暈，就把眼睛閉起來休息。」

「不要，我也想要看到寶寶，部長這個做法太貼心了！」

杉嘆口氣，沒再堅持。

眼前的畫面是部長掃過眼前的眾人，以及身旁的妻兒，他的視線在掃過圓臉上的傷時似乎頓了一頓，但視線隨即往上，仰頭望向中央庭院上方的圓頂。

圓頂上轟然落下雨水和冰雹，雨勢不僅沒有趨緩，甚至比一開始更猛烈。

人們藉由《如臨》，只能看見部長的視野，看不到他的表情，不確定他是不是也和大家一樣擔心。

很快地，就如同預告中說的那樣，一隻巨大的送子鳥無人機，在可怖的雨勢和陰沉的天色中，接近濾淨罩的圓頂，圓頂上方緩緩打開，強烈的氣流遮蔽層將雨水和外界雜物隔絕於外，只有送子鳥能夠一閃而入。

所有的人都在部長的視線中，凝望著送子鳥振翅飛下，停在自己眼前。

杉不得不說，連他自己，望著送子鳥飛向自己時，心頭都忍不住感到一絲激動。他想像得到，現在的蓮肯定已經淚流滿面。

送子鳥穩當地落在眼前的平台上，全身雖然淋得濕透，但絲毫沒有毀損。

「親愛的譊部長，很高興通知您，您的第五位孩子已經抵達，是位標準膚色男性嬰孩。」

「太好了！和我們快要成年的拿一樣，是個標準膚色男孩啊！」眾人聽著部長自己的聲音在耳邊響起。「我終於等到這一天了！聖哉祖國，偉哉領袖！我們家有兩個標準膚色的男孩了！」

送子鳥揚起頭，緩緩張開它巨大安穩如同搖籃的嘴喙，裡頭淺紫色的包巾只露出了嬰孩的額頭一角。人們隨著部長探身抱起嬰兒的動作而屏息，有好幾個人，甚至不自覺地做出和部長一樣抱起孩子的動作。

部長輕輕打開包巾。

「這是樂土政府與整個地球交給我們家的重責大任，我們保證，無論這個孩子是任何膚色、任何性別、任何模樣與性格，我們一定會好好照顧他，將他教養成未來的……」

部長的動作和誓詞，隨著包巾打開後，孩子的臉部顯露在眾人眼前而停下。

包巾裡的孩子，確實是標準膚色，但頭臉五官明顯短而扁平，細小的眼睛略往上斜，雙眼間距較寬——即使是沒有親眼見過幾個嬰兒的杉，也從這陣子讀取的眾多嬰孩照護保健知識流中，猜得出眼前這個孩子，和一般的孩子不太一樣。

部長的視線望向身旁的妻子。

部長夫人遲疑地摸了摸包巾裡安靜乖巧的嬰孩，沒有說話，但用一種驚恐擔憂的表情對部長搖了搖頭。

「這、這看來是送錯了……」

部長鬆手，想讓嬰孩落回送子鳥的嘴喙中，但不巧送子鳥剛好闔起上下喙，嬰孩撞上鳥喙，往一旁摔了下去。

眾人的驚呼聲和部長的喃喃自語，同時在每個人耳邊響起。「這跟講好的不一樣，我挑的不是這個，一定是哪裡搞錯了，這天氣這麼差，搞錯了也是可能的，樂土、樂土容不下壞孩子，這孩子壞了，不能送到我家，不能……」

嬰孩摔了幾階，掉在台下眾人的腳邊，又驚又痛地大聲哭了起來。人們的部長視野裡，只能看見了孩子落在人群腳邊，卻看不見自己腳邊，驚慌之下急著想避開，反倒讓地上的孩子被踩踏了好幾腳。

孩子的哭嚎聲響遍整個濾淨罩的圓頂之內。

「孩子，孩子……」杉依然只看得到部長驚慌四顧的視野，但卻清楚聽見就在身旁不遠的蓮哭著喊孩子的聲音。「杉，怎麼辦！怎麼辦！那孩子要被踩壞了，再這樣他會被獻給繁星的！」

就在此時，眼前中央庭院的畫面與聲音瞬間消失，杉終於能用自己的眼睛找到就在同一間房間裡的妻子。

「蓮，你還好嗎？」他衝到床邊，緊緊握住蓮的手。蓮淚流滿面，不停喊著：「孩子怎麼辦，他會被獻給繁星的。」

「不會的不會的，只是送錯教養家庭而已，孩子不至於獻給繁星的。」杉抱住她，試圖安撫蓮的淚水。

「大家都在踩他，他被踩了好幾下……」蓮哭得上氣不接下氣。「怎麼辦，踩壞的話，真的會獻給繁星的，樂土容不下壞孩子啊……」

「不會的，部長會把他送回樂土人口部，會重新給他安排教養家庭，他不會被獻給繁星的，在樂土，每一個孩子都是人類未來的希望，他會沒事的……」

杉的安慰，說得連他自己都不信。

就像樂土裡流傳的各種理所當然的觀念一樣，「樂土的孩子是人類未來的希望」這種便宜行事的句子也是，其實只有「某些樂土的孩子」是希望，「一切順利的話」、「表現得夠好的話」、「運氣好被安排到好家庭的話」，那麼，這句話可能就是真的。

杉自己也曾經是樂土的孩子，他就從來沒有感覺到自己是備受呵護的未來希望，在成長過程中，他更常聽見的是「樂土容不下壞孩子」這樣的威脅。而他自己在水沒市的湖心區學校當訓教員時，即使盡力避免說出那樣的威脅話語，他也從未感覺，那裡的孩子被這個世界保護著並寄予厚望。

太多事情，不像那些琅琅上口的句子一樣理所當然，其實大家都心知肚明，但不知道為什麼，那些句子就是會自然而然地從口中傾瀉出來，即使說的和聽的人，都不信。

「兩位，剛才我收到了園小姐的指令，她要我帶兩位上飛艇，送你們回家，她也要我向兩位致歉，目前家中情況混亂，無法來向兩位道別。請告訴我你們的住址，我會幫兩位輸入到飛艇的自動駕駛系統。」那個神似園的機械侍從柔聲道。

「現在……雨停了嗎？」

「是的，這樣的春季暴雨來得快去得也快，園小姐的飛艇也經過特別設計，現在安全起降是沒有問題的。」

杉點點頭，扶起蓮。「我們回家吧，親愛的。」

「但，那個孩子……」

「別擔心。」這一次，杉的安慰比之前更多了點說服力。「這裡有那麼善解人意的園小姐，還有部長夫人，她們會保護孩子的。」

噙在眼眶中的淚，在蓮點頭時無聲墜落。

杉告訴機械侍從他們的地址，機械侍從確認後，便走到投影的樹林中，敲了敲某一棵樹的樹幹，樹林間的投影破開，一道門緩緩開啟。

「園小姐的飛艇已經等在外面，門外的通道可以直接走進船艙，兩位慢走。」

杉攙扶著蓮，走過那道架設在半空中的通道，進入飛艇。而這一次，杉再也沒有餘力驚嘆這空中廊道的便利設計或飛艇內部的豪華內裝。

這一天，他感受到的，遠比這高級奢華的飛艇設計更震撼。

外頭的雨果真停下了，除了山色多了一層濕潤，從半空中的飛艇望出去，幾乎看不出剛才那暴雨冰雹來過的痕跡。

飛艇緩緩駛離，他們坐在窗邊，看著透明圓頂內顯然還一片混亂的豪華宅邸，覺得自己就像是做了一場夢，一場華麗的惡夢。

「那個孩子，如果被送回樂土人口部，就不會再被安排到其他教養家庭了吧？」蓮望著窗外，幽幽地說。

「應該是。」

那樣的壞孩子，根本不可能出現在樂土。這次如果真是失誤，那失誤得未免也太離譜了，更何況這位家長可不是別人，他正是掌管全樂土新生兒教養安排的人口部部長，而在即將參選議事卿的部長家中眾多賓客面前發生這種意外，若說是有人故意製造事端，那他也不會懷疑。

「我們，會生出那樣的孩子嗎……」蓮的手輕輕放在肚子上，卻說了他從來沒有想過的事。

「不會的，我們兩個都很健康很正常，不會的。」

「但是，樂土人每一個都是健康正常，而且基因優異，但難免還是會有例外……」蓮說的話，讓他毛骨悚然。「可是，我們從來沒有見過例外。那些例外去了哪裡呢？如果有一些例外出現……怎麼會從來沒有在樂土裡見過呢？」

「樂土裡不會有例外……」

「不會有，還是不能有？」

「蓮……」

蓮抬起頭，正對上杉的視線。

「我們的孩子如果是例外，他就不會出現在樂土，不會被安排到任何教養家庭，不管是樂值幾級的家庭，都不會……對嗎？」蓮看著他，眼神堅決，一眨也不眨。「那麼他會去哪裡？」

「我不知道……但不會的，這種事不會發生的。」

「如果會呢？如果我肚子裡，是一個樂土容不下的壞孩子呢？他們會讓他獻給繁星嗎？」蓮的語氣穩定，但眼淚已經開始在她頰邊滑落。「他們會在我還沒看到孩子一眼前就把孩子帶走，然後我再也不會知道孩子去了哪裡，就算他們要讓一個標準值以外的壞孩子在安排家庭前、認識這個世界前就獻給繁星，我也不會知道的，對嗎？」

杉倒抽一口氣，不是因為蓮的假想，那個假想其實一點也不奇怪，幾乎是每個樂土人默認與默許的運作方式：樂土的存在，是為了培養並挑選未來移民彼星的高等人類，但這畢竟是金字塔的頂端，資源極其有限，所以這樣的可能性，他們早已心知肚明，而且無能為力。

讓他倒抽一口氣的，是他想起了覺說過的話。

杉想起覺說起想時，他眼前閃現的，世界出現裂縫時透出的那道光。

有個女孩，她的母親不是被安排的，教養她的母親，就是懷胎十月生下她的母親。

樂土上，竟有這樣的事。

「如果，我們生出的是例外的壞孩子，你願意照顧他嗎？」

蓮點頭，用力點頭，淚水墜落得像方才的冰雹一般。

「那你想不想要養我們自己的孩子？不管他是不是例外。」

蓮愣了一下。「但那不可能，孩子一生下來，政府就會……」

「我知道。」杉的手握住她的雙肩，蓮於是感覺到，他在微微地發抖。「我是說，如果可以的話。」

「願意。」蓮用手捂著自己的嘴，哭得連眼前的丈夫都看不清楚。「我願意，我願意。」

蓮的話語、眼淚和表情，和當初她答應自己的求婚時，一模一樣。

「我也願意。」杉的喉頭也彷彿哽住一般，他努力擠出話語。「那我們來想辦法。」

「但是……」蓮的話說到一半，便突然醒悟了，現在不是但是的時候。

是想辦法的時候，像是杉說的那樣。

「好，我們來想辦法……」她又哭了起來，緊緊地抱住杉，杉也回抱著她，杉還在微微地發抖著，他們兩人都是。

飛艇離那幢美麗的、超高樂值才能擁有的山區宅邸愈來愈遠，而他們幾乎沒有任何留戀，不曾再試著回頭多看一眼。

他們只是擁抱著，往他們真正渴望的未來而去，並且同時感覺到，肚子裡的孩子，充滿活力地在他們兩人之間，伸了一個長長的、舒適的懶腰。

漫長的末日－3

成者為王，敗者為寇。這個衣香鬢影的晚宴想說的，不過是這八個字。

她端著一杯紅酒，杯中晶瑩鮮活的深紅被自身散發的濃郁果香潤得層次更豐富，彷彿是剛把一個甜蜜無憂的少女塞進果汁機裡現榨出來的那樣，純粹、新鮮、珍貴，並且適當地帶點殘酷，那才是像這樣一個晚宴所應該拿得出來招待貴客的層級。

她不識紅酒，更別說這種層級的紅酒，她的出身平凡得不可思議，卻能夠在這樣彷彿電影或美夢裡才會出現的地方，與一統全球版圖的領袖談笑風生、同室宴飲。

與領袖同室宴飲，這回事本身就是電影或夢境，只是此情此景，對她而言可能比較像是恐怖電影或惡夢。

如果不是每個人都向日葵似的將臉盤與目光對準他，領袖在人群之中只能說毫不顯眼，連不顯眼都不顯眼得不特別顯眼的那種不顯眼。領袖身材中等，身高中等偏矮，膚色中等偏蒼白，笑容中等，表情中等，眼神中等，與什麼溫厚、剽悍、慈愛、謀略、霸氣……全扯不上關係。雖然戰前戰後，她都在電視報紙網路媒體等各種管道熟知領袖的長相，但第一次親眼看到領袖，還是覺得他看起來普通得令人吃驚。

她與其他人一樣，目光緊緊鎖住領袖，心裡想的卻是：竟然就是這麼普通的一個男人，靠著小小的病毒，骨牌般地推動了全球人類的命運。讓一路飛快傾倒的災疫、戰爭與各地的動亂，將整個地球的人類清洗掉四分之三，然後，他站出來，救世主一般地「平定」全球海陸版圖，彷彿張開了一個慈祥長輩的雙臂，擁抱被各種天災人禍所苦的人們。

為了讓這些人們不必再為國際紛爭所苦，領袖牽起大家的手，慈藹地說：讓我們成為一家人吧，沒有什麼種族、地域、文化、語言的隔閡，我們就是一家人，讓我們說一樣的話，直接溝通，對彼此敞開心胸。

這麼仁厚柔慈的話語立刻讓飽受災禍的人們感到溫暖安心，但很快地，人們發現領袖不只是光說不練地用話語展現仁心而已，他是說真的。很快地，在領袖的語言政策下，整個世界澈底了解到語言並不是什麼溝通工具，而是如同核子或生化武器一樣，是國王的另一支權杖，從更底層的地方，用比核子彈頭更冷硬更尖銳更不容異端的方式控制世界。

當然，這一切在她的眼裡看來，一點也不冷硬尖銳。畢竟在這方面，她是個完完全全的既得利益者，她不需要學習新的語言好讓自己更國際化，而是別人得放棄自己習慣的拼音文字，努力理解每一格方塊都有自身意義，不同方塊組合起來又有千萬種變化的祖文。

她早已熟悉習慣，甚至可以使用得出神入化的祖文。

整個宴會廳裡，無論出自任何種族的人口中，此起彼落響起的都是祖語，說得道地的與說得不道地的，都是祖語。說穿了，每一個吐出的語詞交織而成的底層意義，就是「成者為王，敗者為寇」。

所謂的寇，就是你這輩子自然而然說出來的語言都會瞬間失去意義，失去最基本的溝通作用。

她也是寇，身為祖國第一個除掉的鯨島人，她只是運氣好，從戰爭裡活了下來，並且剛好和那個王說著一樣的語言罷了。

以他們平日工作的透明建築一樓大廳臨時布置起來的宴會廳裡，她熟悉的語言從即使站在講台上也毫不顯眼的領袖口中汩汩傾瀉。

「……很感謝這裡來自世界各地的同胞，為了鯨島感染者未來的生活規劃，無私地捨棄了自己原本的生活，在這個與世隔絕的區域內夜以繼日地努力，各位在這裡做的事情非常偉大，也是溫暖人性的展現，作為世界聯合政府領袖，我在這裡，要代表全球同胞，以及鯨島上的感染者，向各位深深道謝，以及致敬。」

領袖的聲音從音箱裡傳出，在臨時布置為宴會的大廳裡迴盪。

她有些好奇這講稿是誰寫的，能夠把這麼噁心齷齪的事情，轉化得這麼正面積極，那人想必是個能手。

「為了盡快解決全球的傳染病問題，這一年半以來，世界聯合部隊不眠不休地從各地找出這些災疫的感染者，集中送往鯨島，以保障大多數人民的生命安全。我在這裡要很高興地告訴大家，在我們移除了絕大多數具傳染力的感染者之後，果然有效地控制了前幾年嚴重的疫情，也爭取到了研發疫苗與治療藥物的時間，全世界的人們都非常感激這項德政，我們的大刀闊斧獲得了全世界人民的支持。」

宴會廳裡響起掌聲，她的胃裡有什麼隨之翻攪，她猜想可能是因為紅酒的關係。她有孕在身，因此只是拿著酒杯假裝合群，手上有個東西也能讓她合理地不加入鼓掌的行列，但或許就連這樣，都足以讓胎兒感到不適。

尤其是「全世界的人們都非常感激這項德政」這句，簡直像一記重拳，而這句話之所以讓她胸口悶疼的原因並非因為這是一句矯飾的謊言，而是她知道，這是真的，甚至過度輕描淡寫了。

她艱難地將嘴裡並不存在的什麼吞嚥下去，將紅酒杯擱在經過的機械侍者托盤上，並輕聲對機械侍者道謝。

「另一方面，我們原本秉持著人盡其力、物盡其用的精神，計畫等鯨島上的自然淘汰穩定下來後，集中管理存活下來的患者，以作為全球可以共享的人體基因資料庫，未來提供從前礙於各種保守想法、因此不容易進行的人體實驗與移植配對，藉以加速產出裨益世界的研究，不過，多虧了計畫主持人諾亞的提醒，我們連畜牧業都開始重視動物福利了，作為提供史上最大貢獻的人類同胞，就算他們是帶感染源的患者，也應該提供人道的生活方式，總不能把他們當作雞或豬管理，沒錯吧？」

人群裡竟然有人跟著領袖笑了起來，即使並不踴躍，但依然讓她遍身發寒。

這空調似乎不足以抵擋高緯度的涼意，要不然，就是自己身上這身晚禮服遮蓋了太少肌膚面積。

諾亞剛走到她身邊，便隨即留意到她的不自在，將自己溫暖的手掌輕覆在她光裸的手臂上，用文法糟到簡直令人發笑的祖語關心她。「是冷的嗎？你願意我幫你拿過來披風嗎？」

她搖搖頭，諾亞也不再堅持。

他們都知道問題不出在那裡。

「我很感謝諾亞的這個提醒，他說得沒錯，就算他們是災疫感染者，但要把人當作牲畜一樣養在一座島上，還要隨時想取用就取用，暴動叛變的風險是很高的，這個我們已經從古域的經驗中得知了。我們這個時代，應該要在安全和平穩定的前提下，盡可能地照顧到每個人、每隻動物，甚至每隻病毒的人權、動物權和病毒權！這就是各位在這個地方辛苦工作一年的原因，因為我們就連病毒培養皿的福利，都非常重視！當然，那是在安全和平穩定的情形下，所以在這項無疫之島的計畫中，我們也特別安排了安全備案組，假設，我是說假設，各位精心籌備的計畫不幸失敗，發生暴動事件時，我們可以很快地在島內解決這件事，不至於波及到其他正常地區，這也剛好可以讓我們來測試一下正在研發的各種軍事措施——說起來這個計畫真是很有價值，一開始只是想解決全球瘟疫危機，沒想到還能作為人體實驗與軍武實驗場，真想不到，這戰前老是讓人頭痛的鯨島，突然間就搖身一變，成為一舉三得的大驚喜包了。」

前排有人笑得特別大聲，她認出那些人都是安備組的成員，每一次整合會議上，他們從不發表意見，只是列席旁聽，而即便她身為計畫的主要整合者，安備組的工作與會議，也從不讓她有任何接觸與了解的機會。

「你還好嗎？」諾亞低聲問她。

她很感激諾亞的關心，但這個問句完全沒有意義。作為一個鯨島人，作為在這一年間都在整合各部門成果，好為鯨島新住民創造出一個舒適豢養系統的前鯨島人，不夠堅強是辦不到的。一年多前，當諾亞出現在她面前，對她解釋這個計畫，甚至邀請她加入時，就該預設她是個足夠堅強的人了。當時，反而是她自己無法理解諾亞的決定，她是一個鯨島籍的小說家，這個身分原該與這種地獄等級的創世計畫毫無關係，但諾亞找上了她，並且告訴她，正因為她來自鯨島、了解鯨島、深愛鯨島，並且擁有虛構一個世界的能力，因此最適合為整個計畫提出方向並成為最終整合的角色。

她覺得諾亞在開玩笑，但諾亞不是。

「比我好的小說家那麼多，為什麼找我？」

「我們需要的是一個偉大的謊言，好小說家編得出偉大的謊言，但是要真的能夠讓人在這個謊言裡生活，並且長治久安，那麼我們需要的是一個真心愛著世界的小說家，愛得心都痛了的小說家，刺破自己的心，用流出來的血去寫下這個謊言。」

「這是某種血咒嗎？」不必被迫使用祖語的時候，諾亞的話語聽起來好有說服力，但她仍然搖頭。「我辦不到。」

「你聽說過這句話嗎？在謊言中加入一點真實，能讓這個謊言更可信，而我認為愛能夠讓謊言長得更真實，甚至能讓那些謊言裡的漏洞自動補起來，就像一個人面對著總是出軌的情人，還是想盡辦法要原諒對方。」

「那又怎麼樣？我愛的不是祖國，而是被祖國屠殺的那個鯨島，你怎麼能要求我去為祖國打算在鯨島上施行的暴政擦脂抹粉？」

「因為，如果是你，你就不會讓這一切只是擦脂抹粉，你愛鯨島，甚至愛著現在鯨島上那些你沒有見過的人，你知道他們難逃這個命運，可是你有能力把你的愛編織成讓他們即使活在畜欄裡也相信自己幸福快樂的謊言。任何謊言都會有漏洞，不一樣的是，沒有愛的謊言很快就會被戳破被反抗，那麼他們就得再面對一次屠殺——而你的愛會讓這份謊言存續下去，很諷刺對吧？」

「這樣是對的嗎？這樣太壞了，你太壞了！」

「不，我和你一樣，也很愛很愛這個世界，我希望他們即使是實驗品也能過著有尊嚴的生活，所以我找到你來幫我。」

「但無論如何那是個謊言。」

「如果你編得夠好，讓謊言變成他們的生活他們的信仰他們的生活方式，那就不只是個謊言。」

「就算你說得都對，領袖他們會覺得有必要對無疫之島的實驗品那麼好嗎？」

「他們當然覺得沒有必要，但他們要的是實驗品不要整天想反抗想逃走，只要你的謊言編得夠好，足以做到這件事，那麼說服領袖、說服聯合政府，就是我的工作。」

最終，諾亞說服了所有人，包括她。

哪個小說家不想在自己創造的世界裡親身感受故事裡的一切？但在這個計畫裡，所有的決定都不只是創作，而是攸關無數生靈，真正的、活生生的血肉之軀。每次提筆規劃，都比從前更為艱辛，因為她明白這些看似充滿幻想的設定，都將一一成真，成為某些人的日常，以及他們堅信的真理。

而她比誰都清楚，這以她幻想為骨幹的世界，背後不過是人人厭棄的廢墟。「把他們裝飾得漂亮一點，怎樣都好，讓那些感染者高高興興地待在哪裡，接受所有的安排，永遠不要離開那座島就好！」人們無聲地對她喊著，語氣眼神裡毫不掩飾的鄙視如膿流淌，醜陋地掛在他們以高科技醫學美容打理得乾乾淨淨漂漂亮亮的臉上。

她是為了強大的自私與厭惡，才得到這個實現想像的機會。

而她真的想成為創造這個世界的人嗎？

「原本，這個無疫之島的計畫，意思是將鯨島當作一座為了讓整個地球免於瘟疫的威脅而存在的天然隔離區和基因資料庫，但今天聽完簡報，我發現各位實在是做得太好了，你們制定出來的社會制度、文化歷史，實在是考慮得面面俱到，可行性極高，若不是因為很清楚實情，簡直讓我都差點想要住在這座島上了，我相信這個計畫實施下去，一定能夠用最低的管理成本，達到長治久安的效果，確實完成長期提供人體資源的目的。」

領袖的眼神找到諾亞，對他微微舉杯致意，她感覺到領袖也留意到諾亞身邊的自己，雖然只有一瞬，卻對她投來了意味深長的眼神。

「原本諾亞向我提出這個想法時，我還很懷疑，但是顯然他找到了很適合這份工作的團隊成員，現在我對這個計畫非常有信心，所以，我現在正式為這個計畫更名為『樂土』，這全都是因為在座的各位，將這個災疫隔離區活生生地改造成了一個樂土，讓我們一起為樂土舉杯祝福！」

領袖的演說結束，如雷的掌聲與歡呼，持續到領袖和計畫團隊裡的各部門重要幹部合照時，快門按下去的瞬間。

眼前閃光燈啪啦啪啦閃了一輪後，一起合影的人們多半轉身朝向領袖，想和領袖多攀談幾句，她則在朝反向轉身前，瞥見了領袖朝她這裡投來的視線，而被領袖指定站在身旁合影的諾亞，極其自然地及時說了什麼，轉移了領袖的注意力，兩人相偕往他處走去。

「看起來領袖對你很有興趣嘛，我想也是，畢竟你是團隊裡唯一一個鯨島人。」琥珀湊過來她耳邊，用只有她聽得見的音量，說了一句鯨語。「若我，我嘛想欲看覓，是啥人有這个才調替冤仇人鬥跤手。」（要是我，我也想看看，到底是什麼人有這個本事在仇人底下幫忙做事。）

「你倒是學得挺好的，有種就大聲說出來啊。」

「那可不，我是全球僅存的語言天才呢。」琥珀笑著說，輕巧地略過另一個領袖在場時一不小心可能就會危及生命的問題。「你男人很懂怎麼轉移注意力啊，居然就這麼把領袖帶開了，真可惜，這男人就是沒那個讓女人出頭的風度，要不然，領袖要是剛剛過來摸摸你這肚子，到時生出來的孩子就要鍍金了。」

她投給琥珀一個白眼，但什麼都沒說。一來是有太多事情是她早早就放棄解釋的，二來是她知道琥珀只是愛耍嘴皮子，實際上對她，對諾亞，或對他們的孩子，都並無惡意。

「那你就是鍍金的乾媽了。」

「我們那裡習慣叫做教母啦……」琥珀話才出口，立刻發現這類暗示國籍文化有別的話，在眼下的世道很可能招來指控，趕緊換個話題。「話說，你有好好教諾亞說祖語吧？他跟領袖這樣直接對話真的沒問題嗎？」

「教當然是教了，不過他不像你是語言天才，要在短時間內做到像我們這樣話中有話，甚至只是聽得出對方話中有話，恐怕都辦不到，但我想領袖應該會念在他剛開始學祖語，不會太計較吧。」說話時，她遠遠望向人群裡的諾亞，他優雅自信、談笑自若的模樣，讓她以外的所有人都很難相信，自從三個月前領袖宣布要到團隊工作的園區來驗收成果之後，他就焦慮得夜夜失眠。焦慮的諾亞知道，這個消息同樣會引起全體團隊夥伴的焦慮，甚至可能影響工作，他便一直將這件事壓在心底，一開始，就連她這個枕邊人都不知道，只感覺到諾亞總是心浮氣躁。

那也正好是他們剛得知她懷孕六週的時候，諾亞的轉變，甚至讓她一度以為他不想要這個孩子——如果真是這樣，她完全可以理解，也願意討論終止懷孕的選項。畢竟這個世界已經傾頹至此，依琥珀的說法，末日都不知道來了幾次，他們是不是還有權利要求一個新生命在這樣的世界裡長大？諾亞與自己是否真的能夠在這種景況下承擔父母的角色？對於這些答案，就連她也抱持著悲觀的態度。

也因此，當她找諾亞攤牌直說的時候，諾亞為了解釋自己的焦慮來源並非不願意成為一個父親，只好坦白告訴她：「無疫之島」的工作時程所剩無多，而領袖將親自來聽取報告，隨後便會在鯨島開始實行。

知道了這個消息後，她更難決定到底該不該生下孩子了。

「你再搓下去，肚子裡的小傢伙就要著火了！」琥珀按住她不斷揉撫孕肚的手，為了避免她繼續無意識地搓肚子，索性便握住了她的手。

「計畫真的要實施了，琥珀。」每次聽見她喊自己的名字，琥珀都會心裡一緊。「要開始了，我們這一年來籌畫的這些，都要真的，變成島上那些人的命運了。」

「對，」琥珀說。「但我們很努力了，也盡力了……而且，以前的法律什麼的，也都是人籌畫的啊，以前世界各國能制定法律的那些人，還不見得比我們更用心呢，多的是藉著那個可以立法修法的位置給自己斂財的人，他們那樣都行得通了……」

「不一樣！你知道不一樣的！」

琥珀趕緊在引起更多人側目之前，把她拉出改裝成宴會廳的大廳，沿路還刻意大聲叨唸著懷孕就是這麼麻煩，動不動就覺得喘不過氣來，非得到戶外呼吸新鮮空氣不可。

「你是怎麼了？你懷孕前不是這樣的，從前你對這一切可認命得很，認命到大家都還相信你刻意攀附權勢，才給自己弄到了這個位置，怎麼都到了這關頭，我們都走了這麼遠，這一切都要結束了你才……」

入秋的空氣清冷，室內室外的溫差讓她打了個哆嗦。

「是嗎？在你們眼裡，我從前很認命嗎？」她低低地說，好像是說給自己，或是肚子裡的孩子聽。「可能吧，那時，我真的覺得我能做的一切都做了，事情還是這樣發展，我除了認命也沒有其他選擇。在戰前，我們鯨島人無論在島內島外，在政治經濟甚至輿論戰上，都努力抵抗來自祖國的文攻武嚇，但絕大多數的人依然選擇便宜行事，任由祖國壯大勢力，直到他們再也不需要用糖衣包裹野心……戰後，他們決定把被他們害得生病的那些人送到鯨島上等死，甚至打算物盡其用把沒死的人用來做人體實驗，這當然很殘酷，但在這個世界還沒有能力推翻這個政權的時候，我們除了盡可能編一個夠好的謊，來讓這座島上的人能在有生之年活得像人一點，還能怎麼做呢？我是認命，我認命地選擇在不同的時候做我可以做到的事……」

「我知道，而你做得很好，你在每一個階段都盡力了，不是嗎？」

「可能是因為，現在我身上，不只有我這條命了……」

琥珀的目光順著她的視線，落在那襲晚禮服下的孕肚。

「我開始想，現在，我為了讓鯨島上的人能夠活得像人一點，做了這樣的事，以後，會不會有人也為了把我的孩子送進那樣的地方，過那樣的生活而……」

琥珀抱住淚流滿面的她。

「不會的，不會的，我們沒有染疫，不會被送進鯨島的。」

「我們都在這樣的統治下夠久了，你難道還會天真地相信那樣一個有去無回的地方，領袖只會把染疫的人送去？他就不會拿來對付政敵或反抗分子？我幾乎可以確定現在島上就已經有這樣的人……」

「月明，現在說這些太危險，」琥珀握住她的雙肩，近距離盯著她的眼睛，認真地警告她：「不僅危險，而且沒有用，也來不及了。就像你說的，我們已經做了所有我們能做的事，也做完了，是把這件事丟到腦後，讓人生繼續前進的時候了。那些做不到的，我們就不要再想了，那只是為難自己而已。」

她點頭，眼眶裡的淚水隨著這個動作，落到她凸起的腹部。

「在我把這件事丟到腦後之前，還有一件事我得做。」她說。「諾亞說了，在正式實施計畫之前，會從團隊裡選出幾個人，組一個小隊進入島上勘查目前的實際情況，我要加入這個小隊，我得帶著我的孩子，回去再看我的故鄉最後一眼。」

那是她的故鄉，她的鯨島，她的樂土。

她必須回去，跪著將頭抵在那片土地上，親口道歉。

潮汐回家

「嘿嘿，你就認命吧，乖乖聽我的話，叫你做什麼你就做什麼，這樣我就暫時不把你的祕密說出去，要不然……哼哼。」

從小就在頂級樂值家庭裡成長，覺不是不知道這個世界充滿了詭詐，父母親也不只一次耳提面命地告誡自己和兄弟姊妹：身為人口部部長的孩子，凡事都要小心翼翼，不能被抓到把柄，不能被知道弱點，要不，就可能為自己和家庭帶來危機——不過他倒是沒有想過，自己第一次聽到這樣的話，是來自一個和自己同樣年紀的女孩。

女孩的名字叫想。她一頭老是亂翹的深茶色短髮，襯得淺棕色的小臉上一雙黑亮濕潤的大眼更加古靈精怪，怎麼看都不像是會說出這種老套恐嚇的孩子。

覺甚至懷疑，她究竟知不知道自己說的話是什麼意思。

「那好吧。」覺聳聳肩，盡量裝出一副不得已的樣子。「你要我做什麼？」

顯然沒料到他會答應得這麼快，想的表情微微怔住了一下，只有四分之一秒的時間，但覺還是看出來了。「不然你就，就做我的朋友吧。」

「這樣啊？好吧，既然我有把柄在你手上，只好照你說的做了。」

「咦？這、這可不是說說而已喔，我告訴你，你不只要做我的朋友，還要做我的好朋友，很好很好的那種。」想語帶威脅地說。「而且，是要大家都知道你是我的好朋友的那種！」

「唔，是喔……」覺假裝思考了一下，討價還價地問。「一定要讓大家都知道嗎？」

「沒錯！」

「這樣你就會幫我保守祕密嗎？」

「對！」

「其他的祕密也會一起保守嗎？」

「對……不對，你還有別的祕密？」

「有啊，超多的。」

想停頓了一下，可能是覺得要保守那麼多祕密，不太划算。最後她仍然對覺伸出手。

「好吧，朋友之間本來就該保守祕密的。成交！」

「你能不能不要再提那件事了？」想嘆了口氣，抬起頭瞪著灰茫的天空，雲層的顏色像是隨時可以掉下一座湖來。「我可不覺得整天提醒別人做過的糗事，這樣算得上很夠朋友。」

「我也不是為了表現得很像是朋友才一直提這件事的。」覺微笑，想這副無可奈何的表情，是他最喜歡的……不，覺發現自己可能沒辦法在想的所有表情之中，找出他「最」喜歡的，不過這副表情完全是因為他而產生，這一點他倒是滿喜歡的。「只有那種不是朋友也搞不懂朋友是什麼的人，才會一直想要確認朋友關係、證明自己和另外一個人是朋友。」

「夠了喔……」

想語氣無奈地往後一躺，手上的漫畫書隨著攤開的雙手扔往一邊，在斜屋頂上滑了幾寸，在屋簷邊緣停了下來。

從覺的視角往她看過去，背景是灰沉的水天一色，連他們待著的這個巨大城寨島上某處的拼接屋頂，無論原本是什麼材質什麼顏色，放在一起看起來，全都是不同色階的髒灰色組成的，在這樣的背景之中，穿著米色上衣與橄欖綠色吊帶褲的想，看起來就像是世界上唯一的色彩似的。

就算是那本漫畫書原本該是彩色的封面，都因為長久浸在水底又被撈上來晾乾的折騰，而變得灰撲撲的，一旦隨手擱在身旁，簡直讓人以為原本就是用來拼接屋頂的材料，輕易就能與周遭環境融為一體。

其實，不只是他們待的這片小屋頂，他們所在的這個十三號城寨島，整座都是拼接而成的。這錯綜複雜的結構之中，究竟住著多少人，恐怕沒有人真的能算清楚過。這座島會自己生長，就像他們現在躺著的這塊小屋頂，其實也是在想家中所謂的窗戶之外，再往外拼接搭建起來的，而在城寨島上，幾乎每一個窗戶外面都有一個這樣搭建起來的小屋頂，時間久了，再多加幾面牆，這又是另外一個小小的房間或通道。

自從想帶著他進入城寨島的世界，覺便深深感覺到，城寨島和化外一樣，都是活的。住在其中的人，也是。

「樂土在上！你小心一點啦！要是掉到湖裡怎麼辦？那一集我還沒看耶。」

「那就跳下去撿回來再弄乾啊，反正這些漫畫還不都是從湖裡撈上來的。」想伸手將掛在簷邊的漫畫撈回來，絲毫沒注意到她想跳下湖撿漫畫的這番打算，讓覺微微地縮了一下肩膀。

「唉，你看得好慢喔，這套漫畫有三十多集耶！你要看到什麼時候啊？」

「我又不像你，從小看這些東西長大，早就適應這種知識流的材質和讀取方式，當然看得快啊！我可是剛開始學這種……這什麼？」

「閱讀！」

「好拗口的詞，難怪我都記不起來！」

「不喜歡不要讀啊，又沒人逼你。」想嫌棄地瞪他一眼。「而且你好多東西都不懂，一直問我，有夠煩的。你不是很聰明嗎？你該不會在學校那些好成績都是花樂幣買來的吧？」

「你也太不講道理了！這些閱讀裡的東西根本就沒有任何知識流會教，而且那裡面寫的古地球時期，也跟知識流裡面教的不一樣，我本來就要花比較多的時間適應啊……」覺大聲喊冤，他覺得自己看得懂這些字和畫已經夠厲害了，雖然從小就認字，但平常都是在虛擬樂土中灌注知識流與考試檢視學習成果，不管在實相樂土或虛擬樂土，能看到的文字頂多就是一些告示和標誌，簡短易懂，才不像這些易碎薄片上顯示的文字和圖畫，竟然打算光靠這些平面符號就說一整個故事，這真是前所未見。

這些故事，化做知識流應該不出一個小時就能吸收完畢了，他卻要花那麼多的時間，手腦並用地翻閱，而且這些薄片既怕火又怕水，翻面時施力方向不對也會一不小心就壞掉了，還很容易沾染細菌病毒傳播瘟疫，怎麼想都超沒效率，難怪會被淘汰，還被政府嚴格禁止。

「那、是、書！那種薄薄的人造紀錄材質叫做紙，很多紙組成的厚片，叫做書，不是閱讀。」想這會兒可得意了，在學校裡，覺的成績好、人緣好，裡裡外外堪稱完美，和自己可說是雲壤之別——至於誰是雲誰是壤，覺當然是腳踏實地的壤，自己則是擋陽光還會落雨水的雲。不過在這裡，在她家的屋頂上，想才是最聰明、最有見識的那個人。「閱讀指的是你讀書的這個動作和行為，這樣懂了嗎？」

瞧瞧想那個抬著下巴洋洋得意的樣子，覺瞇起眼，真心認為有必要再講一次她之前還得「威脅」自己當她朋友的事蹟，好挫挫她不知打哪兒來的銳氣。更別說在他們真的成為朋友之後，覺發現想家裡的祕密多到驚人，她自己才是值得被好好威脅的那一個！他甚至覺得，想沒有朋友會比較好，免得家裡的事情不小心洩漏出去，後果可能不只是在學校被同儕排擠這麼簡單。

就拿他們現在手裡的漫畫來說吧，這種有文字和圖案的薄片所組成的古地球違禁品，根本不應該出現在任何樂土人手上，而想在城寨島的家裡就有一大箱，全都藏在她和她母親那間窄小陰暗房間裡的牆壁暗格。

更別說，想居然就這樣毫無防備地，在他面前打開那個暗格，還借他其中一本，接著是下一本，又下一本。

想似乎把借他違禁品這件事當成兩人友誼的象徵，但覺一開始可驚慌了，甚至擔心這個閱讀違禁品的動作，會觸發大人老是拿來警告他們的什麼監控系統，但不知道是不是因為他根本無法植入晶片，所以真的這麼做了之後，出乎意料地並未引來任何麻煩。

不用擔心晶片之後，該擔心的只剩下人了。他問想，難道不會擔心自己去告發她們嗎？想居然理所當然地說，你不會這麼做的，因為我們是朋友啊，我不會告訴別的同學你對晶片過敏，只能掃描圖騰，你也不會說出我們家有書的事啊。

「啊？朋友是這個意思嗎？」

是到了很後來很後來，覺自己拿那些叫做書的違禁品，做了一些叫做閱讀的違禁行為之後，他才有些體會到，他們兩人心中對「朋友」這個解釋的落差，究竟從何而來。

從前待過的那些陸區學校裡，同學們下了課便是各自回家，然後使用家裡的感官池或隨身連線裝置，相約在虛擬樂土裡某個時下流行的遊戲程式裡一起玩耍，家裡能提供的連線裝置型號愈是新穎，在遊戲中能夠支援的功能就愈多也愈好，自然容易受同儕歡迎。而在湖心區的同學也多半如此，差別在於，湖心區的同學只有在學校裡能夠使用較好的新型感官池，離開學校後，他們能使用的連線裝置，多半是淘汰邊緣的老舊型號，在使用最新技術的遊戲程式時，經常有連線異常或乾脆當機的窘境，所以相約一起玩的遊戲通常比較過時。

而無論遊戲是不是最新款，覺早已習慣在虛擬樂土裡和朋友們一起玩，他從來不知道，也無從想像，像想這樣一個家裡「完全沒有」任何連線裝置，甚至母親也不准她去使用社區公共連線裝置的孩子，究竟怎麼可能交得到朋友。

覺看得出來，這才是想會被學校同學排擠的主因，她的母親是原生母親什麼的，其實是同學們後來才發現可以用來攻擊她的藉口。

而沒有連線裝置也沒有朋友的想，不在學校的時間裡，絕大多數都是花在「閱讀」上，所以從這些書裡面得到的思考方式，也和習慣在虛擬樂土裡交朋友的覺不太一樣。他們兩人心中的「朋友」，表面上好像很類似，但細細追究下去，則是幾乎不一樣的概念。

不只是「朋友」，還有「善良」、「正義」、「公平」，甚至「自私」、「邪惡」……覺不知道該怎麼描述，但同樣一個詞彙，在古地球的意義和在樂土的意義，就像是空中那些交錯而過的無人機，遠遠看起來好像非常靠近，幾乎是指同樣的東西，但其實沒有交集，甚至能指向完全相反的方向。

那是很難解釋的微妙差異，但也解釋了為什麼覺這麼喜歡想，又這麼樂於沉浸在這些違禁品描述的世界——那個世界看待事情的方式，有一些當然非常落後，但有一些，卻落後得很有意思。

比如說，對家人的定義。

「話說，你姊姊還是沒有消息嗎？」想沒頭沒腦地蹦上這麼一句，卻剛好與他的思路交會。覺沒有在第一時間回答，他知道想的問題是表達關心，並不是真的認為，如果失蹤兩週的姊姊有消息了，他還會絕口不提，沒事似的在這違這裡看漫畫。

「我有時候覺得，繼續失蹤可能對她比較好。」覺的話一點也沒有誇張，他沒說出來的是，如果可以的話，他自己也想逃得遠遠的。

自從姊姊失蹤，他才意識到，自己與那個格格不入的家之間，居然也有「離開」這個選項。所以他一放學就找藉口留在湖心區，和想一起躺在這違建的城寨島屋頂上，沒有任何空氣濾淨設施，甚至一個翻身就能跳入鯨落湖裡。

那是他小小的抗拒，小小的出走。

但始終受父母最大強度疼愛的姊姊，不是抗拒也不是出走，是澈底消失了。不只沒有留下任何音訊，就連透過理應和中央樂土系統緊密連動的個人方舟系統，都無法查明姊姊究竟發生了什麼事，去了哪裡。

「你父親樂值那麼高，還是大部長耶，這樣都沒辦法叫人查出來嗎？連那個什麼廳還是什麼署的，都不行嗎？」想小心翼翼地說。「還是，有沒有可能因為之前跟想娶她的那些人鬧翻，所以被他們報復、列為疑問人物，甚至被祕密逮捕了呢？像是我爸爸……呃，我是說，聽說很多人無緣無故消失都是這樣的。」

「我們有申請到尋人許可，所以至少能確定姊姊不是疑問人物，也沒有被祕密逮捕，但這樣也沒有比較好，除此之外，我們一點消息都沒有。」

想歪著頭，思索著究竟是被祕密逮捕比較好，還是毫無消息比較好。

不約而同地，他們都避免去提到，甚至只是想到，姊姊已經獻給繁星的這個可能性。

覺的視線落在想的背後，那個天與湖與之間的一切都糊成一片灰色的背景上。他好像還能清楚地看到，不久前他們家裡為新生兒舉辦的安生慶祝式，父親在以《如臨》連線全場的情況下，失手將剛從送子鳥無人機裡抱出來的嬰孩摔下階梯——不，恐怕不該說是失手，覺也看到了那孩子明顯與常人相異的面容，恐怕又是一個因悲愴之戰後遺症而導致突變的孩子，那樣的壞孩子，依照父親的地位，是不可能接納他的，假裝失手只是方便用來解決問題的藉口。

但歸根究底，那個孩子根本不應該出現在他們家。別說不可能出現在樂值九十七級的家庭中，那種顯而易見的瑕疵基因，早在人口部篩選新生兒的過程中就該淘汰掉，根本不該分派到任何樂土家庭裡，更何況是人口部部長本人的家庭。

這樣在多重不可能之下還出現的失誤，就和父親的失手一樣，都不是偶然。

而覺非常厭倦才十三歲就看得出這些算計的自己。

他羨慕想，羨慕她那些無用的古地球知識，也羨慕她對樂土陰暗面的無知。覺忍不住想起自己對晶片過敏的重大缺陷，他想過很多次，父母親是因為擔心少了一個孩子會導致樂值下滑，才將他這個壞孩子留著，如果那一天新來的孩子不是一眼即知的重大缺陷，順利留在他們家裡，維持住目前家中教養孩童的人數與樂值，那麼很可能自己就會是被處理掉的那個壞孩子。

這麼說的話……姊姊的失蹤，會不會和她最近「變壞」了有關呢？

「母親每天都在哭，怪父親逼姊姊跟一個噁心男人結婚，才害得姊姊離家出走……母親真的很愛姊姊，她以前根本不敢對父親大聲說話的，但姊姊一失蹤，她也變了一個人。」覺的聲音裡沒有任何情緒，像是描述鄰居家的事。「她罵父親逼走了她的孩子，那她也活不下去了，她要父親和她變得一樣悲慘。」

想沒有接話。

姊姊被父親逼得下落不明，母親恨父親毀了這個家，而身為這個家裡的其他孩子，覺會是什麼感受呢？想不認為自己可以假裝她懂。

「你可以待在這裡，這裡可能不是你家，但我是你的朋友。」

「嗯，威脅來的朋友。」

「你幹什麼一直提那件事！」想氣得跺腳。難得表現溫暖，這傢伙竟然毫不領情。

「因為我沒聽過這種事啊！你難道沒想過，這麼久以來，從沒有人發現我的圖騰有特殊作用，卻會被你發現，是因為我覺得可以讓你知道沒關係，而不是你很聰明嗎？你居然覺得可以拿來威脅我，而且還是威脅我當你的朋友！」

「因為很少有人對晶片過敏啊，而且用那種過時的圖騰連結系統很低樂耶，連我們這些住城寨島的都可以植入晶片了，就你不行！而且最重要的就是其他同學都不知道啊，這樣拿來威脅才有用嘛！」

「你有沒有想過，我會讓你發現圖騰的事，而不是讓別人發現，那就表示我已經覺得你是我的朋友了？」

「……你又沒有跟我說！」

「樂土在上！難怪你交不到朋友！」

「不准你說我交不到朋友！」

兩個十三歲的孩子在窗邊延伸出去的小屋頂上吵得天翻地覆，抓著漫畫站在拼接屋頂上張牙舞爪地對彼此大吼，在對方鼻尖前嘩啦嘩啦地揮舞著漫畫書的書頁，卻都掩飾不住唇邊的笑容。

在據信有上千人之譜的城寨島裡，吵吵鬧鬧是再自然不過的事。而這在覺從前的生命經驗裡，幾乎不存在，他總以為那是沒文化的事，低樂佬才會幹的事。

他現在明白了，當個沒文化的低樂佬有多麼快樂。

「天啊，你們到底在做什麼！」

想和覺沉浸在彼此歡樂的吵鬧中，沒有發現有人進了門，並且沿著吵鬧聲一路找到了他們。小屋頂連接屋內的那扇窗裡，出現了一張淺棕色的成人女性臉孔，隨意盤在腦後的深茶色長髮鬆脫了幾綹，在那張瘦削並緊皺眉頭的臉龐兩邊晃悠。即使那張臉龐透露出的疲憊與憂愁那麼巨大，但依然無法改變她和想極其相像的事實。

樂土在上！覺雖然一直知道想的母親也是原生母親，但這還是他第一次見到兩個有密切血緣關係的人一起出現。她們……她們真的太像了，只要長了眼睛的人，都無法否認她們之間必然有血緣關係。

「媽媽，你今天怎麼那麼早回來？我以為你晚上也要值班……」想蹦蹦跳跳地踩著彷彿隨時會被她踏穿的拼接屋頂，跑到窗前向女人介紹。「這是我的朋友，他叫覺……」

「唔……夫人您好。」覺知道想的家中沒有父親，向來對已婚女性的尊稱並不適用，但一時之間實在想不出如何稱呼沒有丈夫的女人，只好支吾地禮貌招呼。

「我不是什麼夫人。」想的母親冷冷地打斷他們兩人的話，看也不看覺一眼。「你怎麼能把別人帶到家裡來？」

「他不是別人，他是我的朋友！」想加重了朋友二字的力道，既像辯解，又像炫耀。

「那就是別人……」想的母親視線落在想手上的漫畫，那瞬間表情明顯一變，轉頭又看見了覺和他手上的漫畫，眼裡簡直要噴出滾燙洪水。「你竟然連這個也……天啊，你們兩個快給我進屋子！」

即使發現了想和她的母親說話都像漫畫中的人那樣自然地說著「媽媽」和「天啊」這種奇特的古地球詞彙，覺在女人明顯的盛怒之下，還是一聲都不敢吭地乖乖隨著想鑽進屋內。

「媽你不要擔心啦，他是我的朋友，而且是很好很好的那種，他不會把我們的祕密說出去的。」想一邊說著一邊從窗戶跳進屋內，還很好心地伸手幫了覺一把。

「你可不可以不要整天把祕密祕密掛在嘴上？你這樣到處嚷嚷，就算別人本來不知道，也會發現我們有祕密的！你都十三歲了，要到幾歲我才能相信你，不會在我忙得半死擔心很多事情的時候，回到家裡發現你又多惹了一個麻煩？」

「我沒有惹麻煩！」想氣得跺腳。「你為什麼這樣說我？你叫我不要到處亂跑，要我不可以隨便在有人看到的情況下跳下去游泳，我就乖乖的，全身乾乾的待在屋頂上看漫畫，我哪裡也沒去……」

「但是你把別人帶回家了，還把書拿出來給他看，還在那種別人可能會發現你在看書的地方把書拿出來！你知道我一回家看到那個裝書的箱子就這樣亂七八糟地打開來，丟在顯眼的地方，還滿屋子找不到你，我有多擔心嗎？我以為器警搜出這些東西還把你帶走了你知道嗎！」想的母親瘦削的臉龐原本就已經很嚴肅，此刻幾乎壓抑不住怒氣的語調，更令人背後豎起寒毛。

「天啊，想想，你到底能不能按規矩做事？可不可以不要一直闖禍！」

「那你呢？你有按規矩做事嗎？你可不可以不要再說天啊？樂土沒有人會說天啊，那是邪教崇拜！而且你也不能叫我想想，因為樂土人的名字只能有一個字！你不能教我游泳然後不准我游泳，不能自己一直說天啊然後要我不可以在別人面前說天啊，如果那是錯的，那你就不要教我啊！你自己也按規矩做事啊！」

「那不是錯的，那沒有錯！」

「那為什麼我都不能做！」

「因為……因為全樂土都認為那是錯的！」

「那你為什麼要教我做錯的事！」

「那沒有錯！天啊……喔不，彼星啊，該死的彼星啊，那不是錯的，那不是……」

覺和她們母女倆一起待在形狀不規則的狹小室內，母女之間飽脹的情緒幾乎要把他狠狠按在牆上，而他還是一聲都不敢吭。

樂土在上，彼星為證，他真的是無辜的！覺還記得前不久和杉教提起想和他的母親有血緣關係時，杉教雙眼充滿希望地亮了起來的瞬間，弄得他還以為原生親子是多了不起多令人羨慕的事，眼下看起來，可完全不是那回事啊。

覺在劍拔弩張的情勢中繃緊神經，生怕呼吸得太大聲，屏息看著想的母親轉過身，將額頭抵住牆面，說服自己似地重複著：「那不是錯的，那不是錯的，那不是，那不是，那不是！」

「如果不是錯的，那我就沒有道理不能做，不是嗎？」想對母親說話時，背對著覺，所以覺看不見想的臉，但聽見了她的語氣裡帶著哽咽。「因為我也相信媽媽不會教我不對的事情啊，你教我游泳，教我讀書，在我被同學欺負時，跟我說，和生下自己的媽媽住在一起，沒有錯，家裡沒有父親，也沒有錯，爸爸雖然因為愛上男人被逮捕了，可是他也沒有錯……但是，如果沒有錯，同學為什麼都笑我？我為什麼會被欺負？為什麼大家都跟我不一樣？為什麼他們都不是跟生下他們的媽媽住在一起？為什麼，為什麼爸爸沒有錯卻被器警抓走？這些到底是對的還是錯的！」

「你不要再說了！」想的母親轉過身，焦慮地打斷想的話，但焦慮的源頭卻不像是來自想，而是他。「你叫你的朋友先回家去，他家住在哪一站？我剛好要出門，我送他去搭船，等我回家再跟你談……」

「我住在……壁宿站，更外圍一點的地方。」說出自己的住處時，覺有點心虛。這站名一說出來，顯然就會被發現他不只不是湖心區的孩子，而且樂值就跟他住所的地勢一樣高。

果然，想的母親瞪著他的表情，讓他懷疑此刻跳進湖裡可能還算得上是個好主意。

想的母親直盯著他，一步一步進逼，每一句話都像是從牙縫擠出來——而且可能還是改造過的那種強化鋼牙。

「你這種高樂士的孩子，到我們家裡來做什麼？你父母知道你在這裡嗎？你父母要你來的嗎？你跟他們說了我們家什麼事嗎？」

覺下意識地後退，退到自己後面只剩一個歪斜的櫥櫃，他只能緊貼著那個櫥櫃。「沒有……他們不知道我在這裡，他們以為今天我留在學校裡加強讀取知識流……他們不知道我和想是朋友。」

「媽媽，你不要這樣！他是我朋友！他不會把我們的祕密說出去的！」

「朋友？天知道你們到底是怎麼交上朋友的，你不好好待在你那些可以腳踏實地的陸區學校，跑到城寨島來做什麼？」想的母親看見他還緊抓在手裡的漫畫，惡狠狠地搶了過來。「你是不是想把這些書帶回去讓你父母告發我們！」

「我、我沒有，我父母……」覺失去了手上的漫畫，只能握緊拳頭，從他咬得和拳頭一樣緊的牙關擠出字句。「我父母根本不在乎我，他們的孩子只有姊姊一個而已！」

「媽媽！」想千辛萬苦地擠進媽媽和好友之間，張開手，做出保護覺的姿態。「他真的是我的朋友！我只有這一個朋友，他是全校唯一一個不在乎你是我原生母親也願意和我交朋友的人，你可不可以不要這樣！」

想的母親停下步步進逼的態勢，停下來，低下頭望著自己的女兒，自己生下來又養大的女兒，以及她雙手大張保護朋友的模樣。

覺看得出，想的母親眼中原本的憤怒與懷疑熄滅了。取而代之的，是另一種難以言說的情感——難以言說，但並不陌生，自己的母親看著姊姊時，眼裡也常有同樣的火焰。

顯然，這樣的火焰並不限定於有或沒有血緣關係。看來就只是，就單純地只是，世界上有的人能夠擁有，而有的人沒有。

覺好希望有一天也有人這樣看著自己，不管是母親還是媽媽，都好。

樂值要有多高，才值得這樣的眼神呢。

「如果你們兩個真的是朋友，那麼，朋友就該要好好保護彼此才行。」想的母親說著，無視於拚命點頭滿嘴說好的想，反倒將眼光移到他的身上。「為了我們想想好，你從此不要再跟她來往了，不要再來我們家裡，在學校也不要跟她說話……不，你回去你們陸區的學校吧，不要再來想想的學校了。」

「為什麼！」氣憤大喊的是想，不是覺。覺其實能夠理解想的母親在擔憂什麼。「為什麼！他是我的朋友，你不能叫他不要理我！」

「我是為了你好，你以後就會知道。」

「我才不稀罕你用你自以為的方式對我好！」想握著拳頭，使盡全力地對著那張和她如此相像、卻又疲憊千倍的臉孔大吼。「你才不要再跟我說話！我寧願要覺這個朋友，也不要你這個媽媽！」

想與她的母親狠狠地瞪著對方，眼神在空中交匯，兩方都那麼決絕。覺看著她們，幾乎要窒息。

接著，在這凝重的氣氛中，幾乎有點荒謬地，一道奇異的機械旋律從這僵滯的氣氛中鑽了出來。想的母親表情略微一變，伸手到口袋裡，像是捏斷了那條旋律似的，聲音就此消失。

「你有重要的事要做吧？」想的語氣聽起來像是平靜下來了，卻讓覺感到很不舒服。「那你就去忙吧，不要耽誤時間了。」

「你不要這樣，你明知道我要做的事很重要……」

「我知道啊，所以你去忙啊，我有覺可以陪我就夠了。」

「他不可以……」

「你要把你那些重要的事擱著，留在這裡跟我吵什麼可以、什麼不可以嗎？」想轉過身，背對她的母親。「我應該沒那麼重要吧？」

「想！」想的母親氣悶地喊了她一聲，想置若罔聞地逕自帶著漫畫又爬出窗外，留下身後惱怒又焦躁的母親。「我回來再跟你好好談，聽到沒！」

「你去做你覺得重要的事，我要跟我覺得重要的朋友待在一起，這不是很公平嗎？就這麼決定了。」

「我可沒同意！」

那句話沒有得到回應。想已經一聲不吭地爬出窗外，小小的房裡剩下覺，以及初次見面的想的母親，而後者正緊盯著他。

「你真的是想的朋友嗎？」

想的母親看著他，而他點點頭。

「好吧，希望你真的知道朋友是什麼意思，希望我不會後悔。」她挫敗地嘆了一口氣，看了一眼窗外的想，然後在無可奈何的嘆息中，匆促地離開了房間。

關上門前，覺看見她又遠遠地望了想一眼，那眼神像是擁有自己的生命，短暫卻百轉千迴，即使在想的母親關上門後，還千絲萬縷地追尋著想的身影。

「覺，你傻在那裡做什麼？快過來呀……啊對了，你爬過來之前幫我把第十五集也一起帶過來喔，我這本快看完了！」

想的聲音從窗外傳來，開朗的語調，幾乎聽不出和剛才有什麼不同。

當然，只是幾乎。

「喔，好！」覺回過神來，飛快地從那箱子裡找出了第十五集，爬出窗戶前，他稍停了一下，想起那道至今還在這屋子裡的眼神，他便又回到箱子旁，將散落的書本稍微整理了一下，然後把箱子塞回原本的暗格裡。

黑暗中，一波波擊打岸沿的潮聲，在偌大的空間裡交叉迴盪出深沉遼闊的巨響，讓這個半開放的空間顯得更為寬廣，也為其中快步疾行的三個人影提供了絕佳的掩護。

這掩護極為巧妙，規律的潮聲既讓整個空間顯得寂靜，卻又響得足以蓋過不適合被聽見的聲音——尤其是走在中間的那個細瘦身影，不顧自己正在進行祕密行動，憤憤然發著牢騷的時候。

「……伊按呢實在是傷過頭矣，阮兜毋是干焦佮阮母仔囝兩个有關係呢，若是真正去予人發現，會影響偌濟人伊攏毋知！」

……她這樣真的太過分了，我們家可不是只關係到我們母女倆，要是真的被人發現了，那會影響多少人，她都不知道！

「就是講啊，」雖然看不見表情，不過走在最前頭那個回話的聲音，聽起來就像帶著一絲笑意。「啊你就無共伊講，伊當然啥物攏毋知，這敢毋是你家己作孽？閣想欲怪伊？」

就是說啊，

你就沒有跟她解釋過，她當然什麼都不知道，這不是你自己造的孽嗎？還想怪她？

「當做我毋知影這个道理？我若是會當講，我早就講矣！我是為伊好，無愛伊予恁遮有的無的代誌牽連！你當做我按呢做雙面刀鬼是歡喜甘願？」

你以為我不知道這道理嗎？我要是可以說，我早就說了！我是為她好，不想讓他被你們這些破事拖累！你以為我這樣兩頭燒是我自己心甘情願的嗎？

「是是是，你上不得已，你姑不而將……猶毋過，若是平常時的阿母，看著查某囝佮別的查埔做伙，恐驚毋是煩惱厝內年久月深的祕密予人發現，應該是先煩惱彼个查埔的，敢會對家己查某囝做啥物歹代誌才著……」

是是是，你最不得已，你最無奈最委屈……不過啊，要是一般的母親看到女兒跟別的男生在一起，恐怕不是煩惱家裡的陳年祕密被發現，應該是先煩惱那個男生會不會對自己家女兒做什麼壞事才對……

「啥物歹代誌！伊會對阮想想做啥物歹代誌！」

什麼壞事！他會對我們想想做什麼壞事！

「喔，這我就毋好烏白講矣喔……欸，是講遮規个暗趖趖，新來的彼个，你敢綴會著？」

噢，這我就不好亂說了……欸，是說這裡整個黑漆漆的，新來的那個，你跟得上吧？

問句後方的上揚尾音，在黑暗中悄無聲息地消失，像是被這空間裡帶著濃重油臭味的潮濕空氣給吞了似的。

半晌後，那聲音才突然驚覺自己的疏忽。

該死，我竟然忘記了……

「啊哭，我竟然袂記……抱歉抱歉，我忘了你聽不懂鯨語，我剛說，這裡黑得路都看不清楚，新來的你跟得上嗎？跟不上要說喔。」

聽見了熟悉的語言，走在一行人之中最後一個身影，這才趕緊回話。

「喔，您是在跟我說話？我可以的，剛進來會看不清楚，但過一會兒就習慣了。而且外頭應該還沒天黑，稍微有點光線在水面上反射也有幫助。」

你擔心這麼多幹什麼？我還希望他走丟算了。奇怪欸，你到底帶他來做什麼啊？你明明知道他做了什麼事！他是害死……

「你哪會遮厚操煩？我閣希望伊拍無去咧。奇怪，是講你到底揣伊來創啥？你明明就知影伊做出啥物代誌！伊是害死……」

「啊，那我們就放心了，你剛開始熟悉化外，應該很多事不習慣，對鯨語也不熟，有什麼問題就直接跟我們，呃，跟我說，別客氣。不過，還是希望你平時多用點心思在鯨語上，畢竟像現在這種要在樂土境內行動的時候，為了避免不小心外流機密，我們還是比較習慣使用鯨語。」

「我明白，不好意思，我會認真學習的。」

像是怕那人看不見自己的白眼、聽不懂自己的語言似的，走在中間那個始終不悅的女性聲音用力地嘆了口氣。

我就說了，帶這個廢物來到底是要幹什麼？一點用都沒有。

「我就講嘛，揣這个抾捔的來到底是欲創啥？一點仔路用都無。」

我們前陣子才損失了那麼多夥伴，如果不訓練新人，以後難道靠我們兩個就好了嗎？你願意我還不肯咧，我才不想累死！

「咱頂日仔失去遐爾濟有志，若無訓練新人，以後靠咱兩个敢會看口？你欲，我是袂癮，我才無想欲忝死！」

你也不想想看，我們會損失那麼多夥伴，就是因為這個人……

「你也無想看覓，咱會失去遐濟有志，就是因為這个人……」

你夠了吧？

「你嘛較拜託咧！」最前面的人影腳步沒停，但語氣一反方才的輕鬆嬉鬧，竟微有斥責之意。

人家他再怎麼說都是樂土人，打出生就受這樣的教育，現在才要加入我們，如果有什麼做錯的，也已經過去了，他也是有努力要補償。那你呢？那時為了一個男人，拋棄我們這些家人，說什麼都要去樂土當人家養的狗，這樣難道比較高尚嗎？

「人伊閣按怎講嘛是樂土人，一出世就受這款教育，現此時才欲來加入咱，往過若有做毋著的代誌，嘛已經過去矣，伊嘛是有想辦法彌補。啊你咧？彼當時為著一个查埔人，放揀阮遮厝內人，死活攏欲去樂土做人飼的狗仔，按呢敢有較高尚？」

語聲停息，四周回到一片蒼涼壯闊的浪濤聲中，三個人影便在這僵滯的氣氛中繼續前行。最後面那個人影雖然對前頭那兩個人說的語言一知半解，但也嗅得出氣氛低迷、生人勿近，只能乖乖安靜跟著，將自己的存在感壓到最低。

他們現在的所在位置是天市站的船隻修繕區，位於整個島站下方，這裡多半是空曠無人的，但也因此，一旦被發現就很難解釋動機。

在水沒市，三十一個島站是構成整個城市的主要單位，因為與鯨落湖的關係如此緊密，幾乎每個水沒市民都是在水上長大的。但即使是低樂值的樂土人，除非萬不得已，多半不太願意靠近水邊觸霉頭——這也正是這三個人能夠輕易潛入這船隻修繕區的原因。

每個近水的島站，都有供低樂值居民乘船的渡船塢，而修繕區經常就設置在人來人往的渡船塢的另一面，如今，這三個在開闊的修繕區中快步奔走的人影，與爭先恐後擠著搭船的人群只隔了一道厚厚的防蝕牆，卻像是身處截然不同的平行時空。

而走在三人中最後一個的壤，此刻完全不懷疑這世上真有平行時空的存在。幾週前，他才剛從自己從小生長的那個時空踏入了另一個，現在，他回到這裡，準備將更多在「這個」平行時空的人，帶往他處。

他深吸一口氣。不多久前曾在城寨島親眼看著器警隊以殘虐手段逮捕甚至殺害樂土人，他很清楚自己正面臨的是什麼挑戰。

「我們今天真的能把雲救出來嗎？」

「免煩惱……我是說，不用擔心啦，我們不也把你移植出來了嗎？」

「但我那時跟她的情況不同，她現在狀況很糟，汐不是也說了嗎，她被送到醫院之後，幾乎沒有多少時間是有意識的……」

「你要這樣想，她既然以疑問人物的身分被送到醫院，就表示我們有機會救她，不然警務局審訊的牢房，以我們目前的能力是不可能進得去的。至於沒有意識，我倒不覺得是個問題，雲之前就是協助我們移植的夥伴，所以就算她在移植的過程中突然醒過來，也會知道要怎麼配合，不會有事的。」

「瞧你擔心成這樣，不知道的人還以為雲被逮捕和你沒關係呢。」

「山娘（藍鵲）！」

三個人影都停了下來。

「怎麼了，我有說錯嗎？是他害死左，害雲被帶走，連他們本來要移植出來的人也死在那些機器人手上，你要我怎麼能跟這種人合作？」

海潮嘩啦嘩啦地退去，又嘩啦嘩啦地湧上，島站上的燈光映在水面上，瀲灩晃漾的微光，讓他們的表情不再隱藏於黑暗中。

於是走在最後的壤看見了，走在中間的汐眼中，同樣閃著微光的淚。

「還是你又要跟我說，反正我當初也離開了……她和你們，所以我沒有資格說話？」

「我呢，是和你一起長大的，所以就算你不認化外的家了，我也永遠不會說你沒資格，但是，山娘，你要知道，我提醒你當初也曾經傷了我們大家的心，不是為了責備你，是要讓你知道，壤和你同樣有資格彌補自己犯的錯。」

「他哪裡是想彌補自己的錯？他根本不在乎別人死活，只是想救回他的愛人，但我們的左，我們的、我們的左……他再也回不來了！」

潮聲再度淹沒空間裡的其他聲音，但壤知道汐在哭泣。走在最前面的男人沒再多說，只是嘆了一口氣，繼續往前走去。

那個男人，化外之人都叫他鯪鯉（穿山甲），他不像走在中間的汐，在化外與樂土都曾長時間生活過，因此擁有兩個名字，也不像壞是個徹頭徹尾的樂土人。鮍鯉從出生便是化外之人，除了必須涉險進入樂土境內的移植行動期間，一直在離水沒市很近的山區，靜靜看著這個極度扭曲的平行時空。

他是怎麼看待樂土的？又是怎麼看待像自己這樣，為了樂值庸庸碌碌奔忙的樂土人？壞很好奇，但始終不曾真正問到核心。

「咱佇遮轉斡，愛會記得，遮若斡毋著爿，彼爿是無路喔，而且一下仔就會予人發現。」（我們在這裡轉彎，要記得，這裡如果轉錯方向，那一邊是死路喔，而且很容易被發現。）

鮍鯉的鯨語，他只聽得懂三成，但也大概能夠理解，這時他是在叮嚀自己記得在這裡轉彎。

逃出樂土之後，壞從化外之人口中那些他聽得一知半解的鯨語裡，知道了一些事。其中包括水沒市器警隊殺進城寨島那一晚，雲和左以及壞的同僚君，為什麼會在雲的房間裡。

當時他們在執行的，和自己現在加入的一樣，是一種被稱作「移植」的祕密行動。那時雲和左正在準備將君移植到化外，如果不是壞突然出現，君就能在他們的協助下安全離開樂土，而他們也能繼續暗中幫助其他無法再忍受樂土生活的人——在這一切發生之前，壞是不會懂的，他根本不能理解，為什麼會有人無法忍受樂土生活，他們因為擁有高等基因才能幸運生在樂土，其他地球人想當樂土人都不可得，怎麼可能會有樂土人不想繼續留在樂土？

壞是在離開樂土之後，才從化外的人那兒知道了樂土的真相，有趣的是，身為前輿論師，許多「真相」，壞並不是真的一無所知，只是在他所處的環境氛圍裡，那對任何樂土人而言，都只能是無稽之談，他甚至在控制輿情時，還會有意識地嘲弄這些真相，這麼一來，輕易就能得到高轉載率，追蹤他的人也會變多，大大提高他的樂土價值。

然而這一切在他逃到化外之後都變了。當他有餘裕好好思索，並且開始回頭質疑包括自己在內的主流意見，便驚訝地發現，那些可笑的說法，全都剛好能嵌入樂土人素來被法令與社會氛圍要求「不要問」、「不要做」、「有失樂值」的那些日常縫隙之中，甚至為那些令人略感奇怪卻只能忽略的細節，提供了合理的解釋。

那些存在於樂土中的日常縫隙，因為藏汙納垢，從沒有樂土人願意低頭去細看甚至清理，於是它們的勢力愈發壯大，更加適合藏汙納垢，只要需要，就能被任何有心人用來做任何事。

那些縫隙，就是樂土與整個世界，像是渡船塢與修繕場那樣，不僅同時存在，而且緊密相依，卻又能完美錯開的原因。但在另一方面，就像壞在樂土學到的：許多帶有毒性的動植物，本身可能就藏有解毒的關鍵。這些樂土暗藏的髒汙縫隙，同樣也是化外之人得以探入樂土的孔隙。

比方說，渡船修繕區這類尋常樂土人不屑接近的近水暗處，便經常被樂土的執法單位用來不著痕跡地祕密逮捕或移送疑問人物。所以，他們也同樣利用這些縫隙，將那些不適應樂土的人「移植」出來。

只是，原本負責這件事的雲和左，再也無法繼續參與行動。

那是他的錯，壞知道。

「咱就按這搭（我們就從這裡……）……欸，這習慣真難改。」走在最前面的鯪鯉在存放修繕工具的小倉旁停了下來。「這倉庫後面有個凹槽，就算剛好有人過來，也很少會留意這裡。你需要做的就是在這裡等，等到我共山娘……我和汐把人帶出來交給你，接著一樣先躲在這裡，等我們自己的船來了再送出去。」

「等船來？那樣不會很危險嗎？」壤疑惑地問。「既然有人工腮和腳蹼，我們在水裡來回不是比較隱密嗎？」

「為了騙過你們體內的晶片，移植對象都得用萃草進入深度昏迷狀態，要帶著沒有意識的傷患在水裡移動太冒險了。比起來，大半夜穿上地球人的那種防護裝，用船送出去，還比較安全些，反正樂土人看到地球人就跟看到水一樣，能躲多遠是多遠。」

壤記起自己從前每一次看到那套防護裝時的心境，便也點點頭。

「你東西都有帶齊嗎？」

壤低下頭，原本想確認隨身的厚帆布小袋中裝著的萃草藥劑，但天色已暗，他們愈來愈難從水面反射的波光獲取光線，便用手摸了一下袋子的輪廓，確認裡頭放的物件。

「應該沒問題。」

「記得，不管你們在這裡等多久，每個小時都要量一次萃草濃度，如果不夠就立刻補，在離開水沒市之前，絕對……」

「鯘鯉，我覺得你還是跟他一起留在這裡，我可以自己把人帶下來。」

汐打斷了鯘鯉的叮嚀，鯘鯉嘆了口氣，轉向她。

「我知道你不想冒險，怕這傢伙沒人看著就會幹出什麼背叛我們的事，但比起他自己一個人待在這裡能做的事，你在島站上要把人帶下來的這一路風險更大，更需要支援。再說，雲被逮捕之後變成這樣，現在我們還能在樂土裡面接應的人不多了，你的角色比起以前更重要，不能再出一點差錯，我不會讓你自己去的。」

「但我不放心這傢伙……」

「要不然，讓鯘鯉留在這裡等，我跟汐一起去，這樣你們又能看著我，又有人能幫汐帶雲下來。」壤好心地提議。

空氣凝結了半晌，壤連忙補充：「我知道上面的工作比較危險，我沒關係，為了救雲我什麼都願意做。」

汐狠狠地翻了個白眼，眼珠子終於回到正確位置時，她不顧笑得彎下腰的鯘鯉，很快地做了決定。「好，剛剛是我沒想清楚，鯘鯉，就照你安排的去做吧。」

鯘鯉還在笑，笑得說不出話，只能一邊點頭，一邊對汐雙手一攤、兩肩一聳。

壤不知道鯘鯉的動作代表什麼，不過從汐的表情與碎聲咒罵看來，可以想像那不是什麼多正面的意思。

明月燈在島站的東邊亮起，在西邊投下長長的影子，同時，他們三人也留意到所處的修繕區比之前更暗了。那仿造自然的全像投影從來沒有陰晴圓缺，永恆光亮圓潤，為每個島站帶來光亮，也同時讓不在島站上的人，處於更幽深的陰暗之中。

鯪鯉長長呼出一口氣，好不容易收起笑，臨走前，忍不住囑咐壤一些他早已說過的事：

「記得，在這裡等的時間可能會很長，你要有點耐心，不管是把人帶下來或者派船過來，都需要時機，急不得……」

「哎，說夠沒你這傢伙，我們走吧，我的值班時間快到了。」

汐翻了一個白眼，在黑暗中拉走永遠叮嚀不完的鯪鯉。

「你實在是足厚話屎，伊會當一个人踮佇遐一定足歡喜，若無喔，我看伊真緊就會予你齪死。」

你廢話真的很多，他可以一個人待在這裡一定很高興，要不然我看他很快就會被你煩死了。

「哎喲，這陣會替伊想矣是無？我就看你啥物時陣才會替恁查某囝小考慮一下，欸，伊才十三歲呢，當是需要友伴的年歲，你掠準會當關伊偌久？」

哎喲，現在會替他著想了是嗎？我就看你什麼時候才會幫你女兒著想一下，欸，她才十三歲，本來就是最需要朋友的年紀，你以為你可以關她多久？

不再需要顧慮初次參與行動的壤會跟不上或聽不懂，此刻的鯪鯉與汐，無論是動作或語速都變得飛快，他們在充斥整個船隻修繕區的墨色與潮響之中，熟門熟路地找到了離開的路徑。

「你莫共話頭牽對阮想想遐去，我當時共伊關起來矣？而且伊這个年歲閣按怎？我才欲講，伊哪會到今猶閣遮爾毋捌代誌？我佇伊這个歲，早就……」

你不要把話題扯到我們想想那裡去，我什麼時候把她關起來了？而且她這個年紀又怎麼樣？我才要說呢，她怎麼到這年紀還這麼不懂事啊？我在她這個年紀的時候，早就……

「早就佮恁母仔拚性命矣，哪有可能干焦佮你冤家？」

早就跟你媽拚命了，怎麼可能只是跟你吵架？

「伊才毋是阮老母！」

她才不是我媽！

「你家己聽看覓，你講這句，佮恁查某囝今仔日講的敢有無仝？啊毋是攏無愛認老母，這遺傳，遺傳啦……」

你自己聽看看，你講的這句話跟你女兒今天說的有什麼不一樣？還不是都不認娘了，這是遺傳，遺傳啦……

「你講啥！你好膽閣講一遍！」黑暗中，鯪鯉仍然能意識到山娘那雙他自小就招架不住的一雙眼睛瞪了過來，他突然意識到，自己這麼積極參與這個樂土移植的行動，至少有一半是為了與十幾年未見的山娘，再次這樣旁若無人的鬥嘴鼓，宛若往昔。

你說什麼？你有種再說一次！　拌嘴

「我無膽我無膽，我這个人上術仔，甘願褪腹裼去佮虎相拍，嘛毋愛和你佮恁母仔相罵，笑死人，我啊無咧戇！」

我沒種我沒種，我這個人最沒用了，寧願衣服脫了去跟老虎打架，也不想跟你或你媽吵架，笑死人了，我又不是笨蛋！

「你佮阮母仔相罵？是按怎？」

你跟我媽吵架？怎麼了？

「嘛毋是相罵，就是……伊一直真反對咱做移栽，嘛無願意佮政府做對，驚去激著頂懸的人，予個有藉口對咱起跤動手……」

也不是吵架，就是……她一直很反對我們的移植行動，也不想跟政府作對，怕激怒了上面的人，讓他們有藉口對我們做些什麼……

「個已經對咱動手矣，伊哪會到今猶閣看袂清？」

他們已經對我們做什麼了，她怎麼會到現在還看不出來？

「嘛毋是按呢講，伊是相信樂土佮化外會當四勻是上好，咱按呢做移栽，是咧無枷夯交椅，家己咧揣死……」

也不是這麼說，她是相信樂土和化外之間最好能達到平衡，我們這樣移植，根本是沒事找事，自找死路……

「恁莫插伊啦，伊逐擺攏嘛按呢，頭腦停佇咧五十冬前，根本無想欲知影咱這代想欲過啥

你們不要理她啦，她每次都這樣，腦袋還留在五十年前，根本不想知道我們現在的人想要什

物款的生活！」
麼樣的生活！

「阮是那苦勸伊想較開咧，那按阮家己的意思去準備，不而過，我是感覺伊上煩惱的猶是你，尤其你人就佇樂土內底，佮阮比起來是閣較危險……」鯪鯉頓了頓，打開暗門前，他轉頭笑著對汐說：「欸，山娘，我雄雄發現，你頭拄仔講的彼句，若恁查某囝來對你講嘛誠適合呢……」
我們是一邊勸她想開，一邊也照我們自己的想法去準備，不過，我覺得她最擔心的還是你，尤其你人就在樂土體制裡，比起我們又更危險了……
欸，藍鵲，我突然發現，你剛剛說的那句話，聽起來也很適合你女兒對你說耶……

「你這个死無人哭的，是咧講啥貨……」
你這該死的傢伙，是在說什麼……

幾句鬥嘴，幾個轉身，他們在走出修繕區的門扇、旋身混入人群的那一瞬間，也換上了相應的表情、語言及肢體動作。

與湧向渡船塢的人潮方向相反，汐與鯪鯉一邊表情煩躁地擠開人群，一邊互相抱怨對方對這座島站不熟，明明要去浮軌站卻不小心走到渡船塢來，這些抱怨和厭煩穩妥地融入和他們的表情一模一樣的人群之中，便讓他們的逆行顯得一點都不惹人注目了。

他們加入了等待電梯的行列，接著各自搭上了不同的梯廂，不著痕跡地分道揚鑣。汐在電梯中待了很久，直到抵達位於超高樓層的醫院，梯箱裡已經只剩她一人了。她走出電梯，一如往常地在管制閘前伸出手臂驗證身分。

「嗶——」

管制閘口響起尖銳的警示音，應該開啟的閘門並未移動分毫。

汐和平時一樣的冷淡表情稍微波動了一瞬。她瞟了一眼閘口的晶片感應儀，重新翻過自己的手腕，再感應了一次。

「嗶——」

由於是人人避之唯恐不及的醫療院所，大廳裡的人寥寥無幾，多數是來去匆匆的醫療機器人，然而當警示音第二次響起，還是招來了兩個前來查看的同事。

「我還以為發生什麼事了呢，原來是汐啊，怎麼回事？你剛剛來上班的路上掉到湖裡，晶片浸水了嗎？」

「嘻嘻嘻嘻……」

汐沒有回話。她在醫院工作了十幾年，之間同事來來去去，她卻一個朋友也沒交到的原因，並不是因為汐是一個多麼冷淡寡情的人，而是那些人，幾乎沒有例外地，都很無聊，無聊已經令人提不起勁了，最糟的是他們還經常把無聊當有趣。

一開始她還想過要維繫基本的人際關係，後來便放棄了，在化外長大的壞處就這麼明顯：她根本忍受不了樂土人。

當然，多年前讓她甘心捨棄化外生活的那人，是個例外。十幾年來，她遇過的例外並不多，其中一個是左，她情同手足的樂土丈夫，一個是雲，為了避人耳目鮮少見面但卻合作無間的移植夥伴，而他們現在一個死了，一個傷重昏迷。

這一切都是那個壞害的。

「這閘門故障了嗎？這樣的話我要回家了。」

「哎，等等啊汐，怎麼那麼沒耐性，你要是回家了，八九六四那個疑問人物誰來處理？我可不要。」

「你們不都還在嗎？我平常都不知道幫你們接手幾次疑問人物了，偶爾幫我代班一次也沒關係吧？」

「不不不不，要是跟疑問人物接觸時間長了，害我掉樂值怎麼辦？我又不像你，我可還要找個好男人結婚的……」同事們顯然都讓她這句雲淡風輕的話嚇著了，一邊叨唸著，一邊趕緊回到院裡的機台邊，手忙腳亂地查看系統，搜尋故障原因與排除辦法。

汐嘆了口氣，在閘門邊等著同事們排除障礙的同時，她沒有浪費一點時間地在心裡沙盤推演今天的行動——首先和前兩天一樣，為雲手動分次注射萃草藥劑，等到夜裡，人變得更少，而留下來的病患都睡著、其他偕護員也累得不想多管別人閒事的時候，再為她一次注入大量藥劑，等到系統判定失去生命值，等到島上的明月燈在午夜時準時熄滅，就可以……

汐的腦內排演還沒跑完，一隻修長有力的男人手掌從腦後倏地出現，緊緊掩住她的嘴。她瞪大眼睛，深吸一口氣，正要蓄力反擊掙脫，耳邊突然響起一個說不上喜歡或熟悉，但不久前才聽過的聲音。

「是我，壤。」離她耳邊很近的聲音表明身分，接著鬆開掩住她嘴唇的手，但另一隻手已不由分說地將她拉走。「你們剛離開，就來了一艘載滿武裝器警的警務船，我聽到船上的人說醫院裡那個疑問人物是個陷阱，就趕在器警隊上來前先來警告你，你現在就得走，行動必須中止。」

「什麼？但，鯪鯉和雲……」

「鯪鯉應該還沒被發現，我們去找他。可是雲……這次我們救不了她了。」

匆促間，汐驚訝地抬起頭看壤，嘴裡那句「但你不就是為了救她才來的嗎」還沒來得及出口，壤那張蒼白側臉透露出的悲傷與堅定，已被暗處巨大的陰影覆蓋。

「咦，汐，系統資料裡說你被列為疑問人物耶，怎麼回事啊？我就說吧，照顧那些疑問人物肯定會出事嘛，就跟大家都要交高樂士朋友一樣，要是跟那種疑問人物靠得很近，系統就容易把你們當作同一種人嘛……咦？汐？她人呢？她剛剛不是還在這裡嗎？」

汐的同事在空蕩蕩的管制閘口前，正東張西望著，還來不及搞清楚發生什麼事，便看見閘口不遠處的那排電梯，其中一道門緩緩開啟，接著是旁邊的另一道電梯門，以及更旁邊的另一道。

從接連打開的電梯口湧出的，是一個個揚起武裝手臂的器警隊，銀閃閃的金屬光芒，一波接著一波，像是島站外頭，永無止境的浪。

在漱底的黑暗中墜落，很容易失去對時間與空間的感知。覺心想，尤其是和自己一起墜落的另一個人，安靜得像是躺在床上睡覺，連打呼聲都聽不到的情況下，一般人都會忍不住懷疑自己究竟是不是真的在墜落。

不過這念頭維持不了多久。在長長的、不知道什麼東西組成的甬道裡，墜落時身體不斷撞擊甬道的強烈體感與聲響，讓覺確定自己在下墜，而他的上方不遠處，是不由分說將他推進甬道後，自己也接著跳下來的想。

彎彎曲曲的甬道，長得像是永無止境似的，這個甬道顯然並不是為了讓身在其中的人感到舒適愉快而建造的，覺還沒有摔到底，甚至不知道還要多久才會到底，但他已經感覺到，自己的皮膚下方漫出了幾塊瘀血，連頭部也是。

痛……

真的不能叫出聲嗎？覺緊緊咬住自己的嘴唇，記起不久前，想將他推進藏在櫥櫃裡的甬道前，匆促丟下的叮嚀：「我知道會有點嚇人，但不可以叫喔，不然會被發現的！」

這豈止是嚇人。

覺本來以為想的母親突然出現又忿忿離開之後，他們今天最大的危機就算是過去了。想雖然因為和母親吵了那麼一架，在某些片刻看得出來心情鬱悶，但覺總是想盡辦法找話題跟她鬥嘴，暫時掃除很不適合在她那張臉上出現的若有所思。

他知道想的母親晚上還要在醫院值班，如果自己也離開了，想就只能自己一個人，待在這個她剛和母親吵完架的地方，所以即使已經天色漸暗，覺還是掙扎著，希望能在想的身邊多待一陣子。

耳邊不斷傳出系統通知叫他回家的提醒，即使音量降到最低了還是令人厭煩。覺心裡知道，即使回家也是自己一個人在房裡吃著無味的餐點，根本不會有人在乎他這個次子，但若是家人突發奇想要追查他的所在地，就會被發現他根本不像自己宣稱的那樣，留在學校加強讀取知識流，這可能會間接威脅到他往後照著自己心意來去湖區與陸區的自由。

多待在想身邊半分鐘，這樣的危機就增加一分，覺是知道的。

他萬萬想不到的是，就在他在心底默默掙扎的時候，遠方湖面上飛來了一只高速的遊隼型無人機，那架無人機完全不是城寨島的低樂佬慣用的麻雀規格，不過一個眨眼的時間，無人機便從還在遠方高處的一個小點，以驚人的速度俯衝到想的面前，感應她的晶片、確認身分後，在想的手心裡放下了一只閃著銀光的金屬小環。

看清楚眼前是什麼之後，想幾乎是立即跳了起來。

「我們得走了！」

她快速地將那只小環套進自己的指頭，接著一把捉住覺的手腕，在他還沒想清楚該問什麼問題的時候，就將他推進窗戶，接著自己也爬進屋子。

「我、我還不想回家，你剛跟母親吵完架，心情一定不好，我、我想多陪你一下。」覺紅著臉說。

「什麼？」想進屋裡後，忙著鎖上剛爬進來的窗，聽到覺的話，忍不住滿臉疑惑地轉過身看他。「你搞錯了，我不是要趕你回家，你不能回家了。」

「什麼？」覺沒想到想的回應會是這樣，一時間反應不過來。

「媽媽傳了緊急訊息給我，我們家已經不安全了，你現在離開的話，會剛好被過來搜索的器警隊逮個正著的。」想一邊說，一邊將覺不久前才剛幫忙關上的藏書暗格打開，鑽進去不知道做了什麼事，又鑽出來，接著動作迅速地收拾了一個小包包。

「你沒把暗格的門關好，如果器警隊真的來了，這樣會被發現違禁品的。」

「就是要讓他們發現啊，這裡的書會讓他們以為找到想找的東西了，可以隱藏我們的行蹤，也能多爭取一點時間……」

門外一片人們驚叫與撞擊破壞聲響交織，離想收到那枚金屬環大概不到五分鐘的時間，覺完全狀況外，只能照著想的指示做。因此，當想拉開櫥櫃暗門，將自己一把推下偽裝成櫥櫃櫃底的甬道之前，覺並不知道，所謂的「你不能回家了」和「隱藏我們的行蹤」，原來是這個意思。

頭頂上某個遠處，傳來轟然的爆炸聲響，甬道隨之劇烈搖晃，同一時間，他毫無預警地重重摔在一塊舊床墊上，雖然記得想的叮嚀，還是痛得忍不住悶哼一聲。

「你到底了就快走開！」

說時遲那時快，想的聲音從頭上傳來，和本人幾乎同時抵達，覺才閃身閃了一半，想便從天而降，狠狠摔在覺的半邊身子上，痛得他又哀號起來。

樂土在上！知識流裡那些浪漫的英雄救美故事，可不是這麼說的！

「你也太溺了吧！別叫了，待會引來那些器警可就糟了。」想一邊從舊床墊上爬起來，一邊嫌他吵。

「很痛耶！不然你讓我摔在你身上試試看呀！」

「你這話更海了，怎麼能對一個淑女說這種話呢，嘖嘖。」

覺一邊爬起身，一邊苦著臉搓揉自己被撞得幾乎要移位的肩胛，一邊試圖搞清楚目前的處境。

「彼星啊，剛才那是什麼臭湖的通道？我怎麼覺得我好像沿路掉到城寨島最底下了？」

「你的感覺沒錯喔，我們的確可以算是穿過大半個城寨島了。」

「怎麼會有這種東西？難怪我那麼痛！這種通道是合法的嗎？」

「這裡可是城寨島，是人蓋出來的城寨島，不是島站或水上公寓那種模組化的建築耶。有什麼意想不到的機關都不奇怪吧！」

想聳聳肩，一邊滿不在乎地說，一邊熟門熟路地走往角落，捻亮了小小的燈。

覺四處張望了一下，發現在自己腳下的床墊之外，這個空間其實非常小，加上堆在角落的雜物，真正能供站立的位置只有僅容兩人並肩的馬蹄鐵形地面，房間的中心部分則被挖空，露出下方水面，水上泊著一艘小船。

小船？

覺簡直無法再承受更多想的祕密，她們家到底有多少祕密？為什麼連小船這種東西都有！相較之下，自己只讓想保守一個祕密，簡直就虧大了。

小船看來只容得下兩個人，除了船體和船尾的黑色機器之外，別無他物。小船後方的水面上則有兩片薄薄的板子，聊備一格地虛掩著，避免被外頭的人一眼看進來，卻關不住外頭水面反射城寨島燈火的波光粼粼。

「這是怎麼回事？為什麼會有船！我們一路摔到湖底了嗎？」

從小在良好的家庭教育規範下成長，覺從來沒有真正地搭船過，也從來不曾離湖面、或者一艘船這麼近。

但那艘船就在距離他三五步遠的地方，泊在挖空的房間中央，船身下方水波蕩漾，讓小船也微微地搖晃著。

聖哉祖國！他光是看著那艘小船搖晃，就覺得自己暈得快吐了。

「怎麼會是湖底？覺，你要有點常識，如果在湖底，那你就看不到船了，船應該是在湖上，對吧。」想連轉過頭來看他都沒有，背對著他不知道在燈下忙什麼。「我們剛剛在通道裡穿過了整個城寨島，現在是在整座城寨島的最下方，也就是城寨島剛開始蓋起來的那個……」

「是、是悲愴之戰的遺跡上面嗎？那個、水沒市被淹沒的時候，僅存的高樓樓頂？那些古地球冤魂徘徊不去、等著抓樂土人當替死鬼的地方？」覺真的很不願意在想的面前顯得這麼驚慌，但實在無法控制自己的聲音拔尖。「我們在這裡幹什麼！」

「這裡沒有鬼，就算有，也沒有我們頭上那些搜索我們的器警可怕，不，應該是待在警務局裡操縱那些器警的人更可怕……」

想轉過身，背對著光源，手上拿著在背光下看不清楚的不知道什麼東西，朝他走過來。

「來，這個是給你的，痛一下子而已，接下來你就會覺得很舒服……」

「等一下！什麼東西？為什麼會痛？你要幹什麼！」

「你不要害怕，我們是好朋友，我不會害你的……」

「你這樣講我更怕了！」

想走近他，輕輕抓住他的手腕，似笑非笑地望進他的眼睛。「別說傻話了，你難道不相信我嗎？」

等等，這些對話，他有印象，根本是哥哥想要誘騙未婚少女跟他繁衍的標準說詞吧！

繁、繁衍？

這兩個字掠過心頭，害覺差點忘記呼吸。他想說些什麼機靈的俏皮話，卻做不到。他突然覺得想背後的那盞小燈太亮，而想離他太近，握住他手腕的指尖不斷傳來炙熱的體溫和節拍紊亂的心跳——喔不，那是他的體溫，他的心跳，不是想的……

回過神來，低下頭，覺看著想輕敲手上的針筒，接著按下手上的針筒推柄，讓針尖在昏黃晃動的燈光下，泌出一顆藍紫色的水珠。「等等，這是什麼……」

「別擔心，」想用再令人擔心不過的輕快語調說。「這只是一種植物萃取，它可以暫時阻斷你的神經和晶片之間的傳導，這樣我們待會的行蹤就不會被……」

「但我身上沒有晶片啊。」覺說，即時停下了想正要將針頭戳進覺手上的動作。

「對耶！」想收回針筒，覺鬆了一口氣。「你只要把連結儀丟掉就可以了。」

覺立刻往頭頂的方向伸出食指。「連結儀在你家裡，我剛才根本來不及拿連結儀就被你推下來了。」

「那就算沒有炸爛，反正也追蹤不到你在哪裡了……」想用一種讚賞的表情看著覺。「想不到你沒有晶片的這個祕密還挺不錯的！」

「什麼嘛，你到底要做什麼？為什麼要避免被追蹤？」

想將原本要往覺身上招呼的針尖毫不猶豫地往自己手上戳，推送藍紫色的液體後，極其熟練地用蘸了酒精的棉花壓住傷口，抽出針頭。

「剛才我在屋頂上收到的，是媽媽傳給我的暗號，那個銀色的圈圈是外婆的婚戒，無人機是媽媽事先預訂的『時空膠囊』服務，隨時都能傳送需求，如果她不在我旁邊，只要用無人機把這個婚戒送過來，我就能收到她的暗號……」

「等一下，婚戒是什麼？」

「哎，真的很難解釋，講一件事還得先解釋一堆別的東西。」想嘆口氣，但一點也沒有停下手邊動作，她從那堆雜物之間拖出一個用沾滿髒油的臭塑膠布包起來的東西。覺趕緊上前幫忙，卻發現自己有一點力不從心。

「古地球人締結婚約的時候會交換戒指，我外公外婆就是用古地球人的方式結婚的。」

「在樂土可以用古地球人的方式結婚嗎？」

「哎，我說的外公外婆本來就是古地球的外公外婆，不是樂土說的那種外公外婆，雖然是一樣的字，但意思不一樣的。」覺想起那些漫畫書裡描述的友情、正義與愛，大概可以理解想的意思。「總之，我如果收到這個戒指，就表示媽媽的祕密被發現了，家裡也不安全了，我必須立刻離開，走之前要打開藏書暗格裡的那個小型定時炸藥，用這個通道滑下來之後，從這裡扳動一個手把，讓剛剛下來的通道接到另一邊直通水面的開口，這樣即使被發現，他們也會以為是用來把垃圾直接丟進湖裡的裝置，這些媽媽都陪我演練過很多次，所以我知道該怎麼辦。」

太好了，覺發現自己已經被太多的問題訓練到連想的家中有炸藥都可以略過不問緣由了。

「那，所以，接下來該怎麼辦？」

「我要去化外找外婆，媽媽和我會在外婆那邊碰面。」想歪著頭停了半晌，補充道。「但我在化外那個外婆不是擁有婚戒的那個古地球外婆，比較像是你們樂土上的外婆。」

「哇……」覺開始感受到壓力，這短短幾句話資訊量太大，他甚至不知道該先問什麼問題。「但是，你母親怎麼不來帶你一起走呢？你自己一個人去化外，不危險嗎？」

「她如果可以帶著我一起走，就一定會回來。之前她就跟我說過，這個暗號是以防萬一，在最糟的狀況下，她沒辦法回來的話，我得要自己去……」

「她沒辦法回來的，最糟情況？」覺遲疑了一下，不敢再說下去，這聽起來很不妙。

「我不知道媽媽怎麼了，可是她告訴過我，與其胡思亂想，又哭又擔心的，不如趕緊去做好自己能做的事。」想的語氣堅定，但覺仍聽得出微微顫抖。「我只是，只是有點後悔，她出門前我那樣跟她吵架……」

「我雖然只見過你母親一次，但從那個無人機運送的戒指、炸藥、逃生通道和這艘船，都可以看得出來，可以事先考慮到而且安排好那麼多事情，她應該是個非常聰明，也很堅強的人，她不會有事的，你放心吧。」

想點點頭，眨回眼底的水光。「你說得沒錯，媽媽的確都安排好了，我只要按照她教我的去做，到了化外，找到外婆，就可以當面跟媽媽道歉了。」

「呃，對，但是，但是化外……」說到化外，輪到覺有點心神不寧了。「化外不會很可怕嗎？不是會有全身都是各種傳染病的野生動物？還有碰到就會全身發癢，癢到讓人寧可獻給繁星的藤蔓？還有不肯洗心革面，所以流放出去的犯人？還有……」

「你說的都有喔，但是也都沒有那麼可怕，我媽媽就是來自化外，她跟我說過很多化外的事情，那裡不是樂土，但也不是什麼地獄，只是和樂土很不一樣而已，而且還有一些我認識的人，和我該認識的人。我雖然沒有去過，但媽媽跟我很詳細地說過要怎麼樣才能到達那裡，所以沒問題的。」

想將他們合力搬出來的塑膠布拉開，從裡面翻出兩套黃黑相間的全身防護裝。「穿上吧，待會我們要穿著這個才能駕船出去。」

「穿這個？這不是地球人在樂土境內時必須穿的衣服嗎？」

覺瞪著那兩套攤在地上的防護裝，那個巨大的供氧頭盔，還有帶蹼的足部……心底升起一股強烈的排斥感，耳邊似乎聽見母親語帶嫌惡說起那些地球人的語氣。

「對呀，如果被當作在做水下工作的地球人，就不會有任何人想要靠近我們了，很聰明對吧！」

該說是聰明嗎……覺簡直想都沒想過這種事，但，這一切如果是和想一起做，似乎沒有想像中不能接受。

「你別擔心，這種衣服你只要穿一下子就好，我待會會先用小船送你去學校，到那邊，你就可以脫掉這身衣服了。」像是看出覺的抗拒，想很快地說。「現在學校裡應該沒有人，你就用學校的設備聯絡你們家的飛艇來載你回家，如果被追問什麼事，只要把事情都推給我……」

「等等，我們以後再也見不到面了嗎？」

「我想應該是這樣沒錯，媽媽說過，收到這個戒指的意思，就是我們要澈底放棄在樂土的生活了。」

「但，你一直都在樂土長大不是嗎？這裡的生活，可以說放棄就放棄的嗎？」

「你覺得，一個沒有朋友，樂值只有二十級的小孩，會有什麼不能放棄的嗎？」

你不是一個朋友都沒有啊。

這句話，覺說不出口，他望著想，記起她不久前站在自己身前，大張著雙手，對母親喊著「他是我的朋友！」的模樣。

「那，那我跟你一起走。」

「什麼？」想沒料到她會聽到這樣的回應。

「我說，我想跟你一起去化外，我不想要假裝我沒有跟你在一起，我不想假裝我和其他人一樣，我不想把事情都推給你，我不想……我不想回家，也不想再去沒有你的學校。」

「但是，媽媽說……」

「你母親很擔心我會把你們的祕密洩露出去對吧？所以如果我和你一起去化外，她就不用擔心我會洩密了，她會很高興的。」

「……真的嗎？」可惡，覺說的好像有道理。「但是，你的家人都在樂土耶，你不會捨不得嗎？」

「不會。」

覺腦中一一浮現父母親、兄姊和妹妹的臉，發現他們之間的連結淡得甚至沒辦法讓他產生一絲遲疑，但只要一想到想的母親離開前最後那一眼複雜的情感，一想到自己從此以後沒辦法和想這樣鬥嘴，他就感覺自己的心臟像是被誰掐住了那樣。「帶我一起去吧。」

「好吧，你最好不要後悔喔。」想居然沒有再多說什麼，只是點點頭，將一套防護裝丟給他。「穿上吧，剛才雖然有製造一點小爆炸和障眼法，不過器警隊還是很可能找到這裡來，而且今天剛好是中秋，媽媽說過，這是潮汐回家的日子，時間差不多，我們立刻出發的話，就剛好可以趕上……」

「潮汐回家？潮汐是誰？」

「潮汐就是，呃，你怎麼會連這個都不知道啊？這怎麼解釋呢……我媽跟我說，湖裡的水都是天上掉下來的，所以他們經常會想要回到天上去，每天的某個時候，湖裡的水就會一直往上跑，跑到更靠近天空的地方，但是他們沒辦法真的回到天上去，所以又會被拖回原來的位置，然後下一次想家的時候，再一次往天空的方向去，這就是潮汐。」

不知為何，想這段沒頭沒尾的說明，讓覺聯想到想來自化外的母親。

想的母親，也渴望回到化外的家嗎？那麼她一開始，是怎麼落到這湖裡來的呢？

「那潮汐應該每天都會回家啊，什麼是潮汐回家的日子？」

「每個月的某幾天，潮汐會特別想家，會比平常更靠近天空。」想很認真地解釋。「媽媽說，這是潮汐回家的日子，而在一年之中，中秋的潮汐會比平時更接近它們的家。」

「所以，今天是潮汐回家的日子，而且是一年之中，潮汐離家最近的日子？」

「對！就這麼剛好，抓對時間的話，我們搭著小船，也可以趁著潮汐回家，到比較遠的地方再下船。」搖晃的微弱燈光下，想愉快地笑瞇了眼，動作俐落地套上防護裝。「趕快穿吧，我們要和潮汐一起回家！」

覺一邊偷偷觀察想的穿戴順序，一邊笨手笨腳地模仿她穿上那套造型愚蠢的防護裝。令他意外的是，本以為戴上頭盔後，他們會聽不清楚彼此說話，但交談起來其實相當順暢。

「你先上船。」

「唔，為什麼？你怎麼不先上船？」覺突然起了戒心。

「因為我要從岸上解開纜繩啊，不然船怎麼出得去？」想指了指與小船相連、繫在岸邊的麻繩。「你連船都不敢搭的話，別說到不了化外，連學校也去不了喔，你只能待在這裡等到器警隊發現你喔。」

覺順著想的手勢方向，看到了繫在陸上的粗繩，只好不甘不願地，顫巍巍踏上小船。「好吧……噢，聖哉祖國，這也太晃了，踩上去真的沒關係嗎？船不會翻嗎……」

「你是不是這輩子都沒搭過渡船啊？」

「我從安生日那天就是八十八級耶，我怎麼可能搭渡船啦。」

想沒說話，只是丟給覺一個鄙視的表情。確認覺上船坐穩了之後，她動作俐落地關上燈，解開繫在岸邊的麻繩，接著自己也跳上船，示意覺模仿自己拿起小船裡的槳，用力撐住岸邊，將小船推離方才那個小小的空間。

小船剛離岸，覺就再也沒有餘力抓著槳了，只能用雙手緊緊握住舷邊。他這輩子都用家裡的飛艇出入，偶爾搭過幾次浮軌，萬萬沒有想過，自己有一天必須離水面那麼近，竟是為了要離開樂土。

他想過無數次要離開家，但離開樂土這個念頭，在十分鐘之前還不曾出現過，就好像這個概念並不存在。

小船極其自然輕巧地從城寨島剝離，像是吃祖國派時輕易就會掉下來的一塊碎屑那樣。想放下槳，在船尾那個看起來非常老舊的機器上，熟練地接上油管，按壓油管上的油球，轉動開關，接著，伴隨著想猛力拉動繩索的動作，那機器居然悶悶地吼了起來。

「好了！這下子我們要跟著潮汐一起回家了！」

「等等，那是什麼東西？你真的會用嗎？」

「這叫船外機，我可是受過訓練的，跟你玩《祖國爭霸》一樣熟練好嗎！」

機器發出的聲音不小，但在空曠的湖面上、眾聲喧嘩的城寨島邊，絲毫引不起誰的注意。小船緩緩離開城寨島，想彷彿對水面上的方位了然於心似的，控制著船尾那個機器的方向，推著小船往她想去的方向行進。

與平時一樣，入夜空中交錯著許多夾帶貨品的無人機，光點忙碌穿梭，但有一批無人機顯然任務不同，它們循著同樣的方向，從遠方往城寨島而去，覺朝著無人機群前進的方向望去，看見他們剛離開的那座建造得無比巨大又扭曲歪斜的島上，有一個小小的房間正發出紅光。

覺想了片刻才醒悟過來，那是他們下午還躺在那兒看漫畫的小屋頂，而那裡正在起火。

「想……那是你家嗎？那些器警剛剛把你家給燒了！」

「不是他們燒的，是我燒的。我剛才有說呀，離開之前，要打開藏書那個格子裡的定時炸藥，那就是收到戒指之後其中一個步驟呀……」想沒有回頭，專注地凝望著船頭前方。「放心吧，媽媽說那個炸藥就是小小的，剛剛好可以處理第一批衝進我家的器警，幫我們爭取一點時間而已，不太會波及到隔壁鄰居的。」

「你母親真是……不，你也是，你們都好冷靜，怎麼能炸了自己的家還這麼冷靜？」

「媽媽畢竟是化外長大的嘛，在她心裡，哪裡是家，可能也沒有一定的答案。」在黑暗中航行，有點像是在黑暗中墜落，不容易掌握時間與空間，比方說，現在船尾那個機器的聲音雖然聽起來很費勁似的，但在偌大的城寨島旁，小船感覺卻像是只前進了一點點。

「至於我，媽媽跟我說了很多化外的事，還有那裡的人……講得我都覺得他們好熟悉，至少，比學校裡那些討厭我的同學，更熟悉。那些我沒見過的人、沒去過的地方，聽起來比較像是我的家人，更像是我的家。」

「你可以說給我聽嗎？你母親……不，你媽媽說的那些人，那些地方，還有，她怎麼從化外來到這裡的？」

「媽媽說，不能隨便告訴別人。」

「你不就是為了這個跟你媽媽吵架的嗎？我不是別人，我是你的朋友。」覺補充道。「而且，我們現在可是在同一條船上了。」

小船微微搖晃，像是附和著覺的話。

湖水與天色同樣漆黑，想確認了他們的小船離城寨島已有一段距離，捻亮了船頭的一盞微弱黃光，然後，開始說媽媽的故事。

「媽媽在化外出生，從小被外婆，還有很多化外之人撫養長大，他們在化外過得很開心，雖然沒有感官池或連線裝置可以玩好玩的遊戲，但他們有古地球的知識，可以在化外用古地球人留下來的那些遺物和遺跡，過自己的日子……可是有一天，媽媽救了一個不小心掉進湖裡的樂土人，外婆他們想辦法讓那個樂土人活下來了，但為了保護化外的祕密，只把那個樂土人留在岸邊，等其他樂土人來救走他……後來，媽媽就常常去偷看那個樂土人，那個樂土人不知道媽媽是化外之人，他們相愛了，然後媽媽就跟外婆吵著要離開化外，要跟著喜歡的男人一起去當樂土人，外婆沒有辦法，只好想辦法偷了一個剛溺死的樂土女人的身分給媽媽，讓媽媽使用那個女人的晶片，變成樂土人，去樂土和她愛的人一起過著幸福快樂的日子。」

「這故事簡直太美了！根本應該要收錄在知識流裡面，一點也不比我姊姊的故事遜色啊！」

「你要聽我講完嘛……等等！」

想輕呼一聲，示意覺往船頭的方向看去，覺迅速轉頭，看見一段距離外，有一艘燈火通明的渡船，剛離開了附近的水上公寓，目前的航線看來正直直朝著他們的小船而來。

「雖然偽裝成地球人了，不過為了保險起見，我們還是先躲一下。」

想推拉船尾機器的把手，將船就近駛向城寨島在湖面上投下的陰影範圍，覺沒等想說話，便先去關上了船頭的照明。兩人幾乎沒有交換一句話，僅僅憑藉著默契便合作無間，一眨眼，小船就已經靜靜停在暗處水面。

渡船載著滿滿的燈火與人聲笑語駛來，航線比預期中更靠近小船，為了以防萬一，在渡船接近時，想拉著覺一起往靜止的小船中央彎腰伏低，讓他們防護裝上的黃黑條紋，在遠方看來與湖水波紋幾乎合而為一。

小船很小，幸而兩個伏低的孩子都身形纖細，但伏低後，他們兩人巨大的頭盔緊緊靠在一起，幽暗之中，覺隔著兩層透明的頭盔視窗，與想無言相望。

他發現自己的心跳得極快、極響，他幾乎要擔心自己的心跳會被渡船上的人聽見，接著發現他們。

黑夜的湖上，想的那雙眼睛，為什麼還能這麼清亮？她專注地望著自己的時候，想的是什麼呢……會不會，和他一樣？

覺的腦中浮現剛才想說的故事，想的母親為了與想的父親共度一生而來到樂土的歷程，那不是普通的浪漫故事！來自不同世界的男女，迸出愛情火花之後，不受樂土的禮教約束，而、而且，在還沒有結婚之前，就，就繁衍了……當然，他絕對不是打算對想做這麼無禮的事，但……

彼星啊，覺吞了一口口水，覺得防護裝裡變得比剛才更熱更悶，更難以呼吸。

尤其是，在想一瞬也不眨地近距離凝視著自己的時候。

「你……你這是在臉紅嗎？」想疑惑地問。「你幹嘛臉紅？呼吸不到空氣？防護裝有濾氣孔你知道嗎？你的該不會沒打開吧？」

「有、有啦……」覺別開視線。「只是、只是這姿勢有點彆扭啦。」

「再等一下就好。」

渡船從他們前方不遠處駛過，掀起大浪，小船被拍來的浪上下振盪，彷彿隨時可以把他們甩出船外，兩個孩子在船裡不由得同時握住了彼此的手。

覺發誓，透過兩層防護裝，他依然感覺到想的手有多暖，不，她的手幾乎是燙的。

「你的臉為什麼愈來愈紅？不舒服要跟我說耶！」

「渡船靠近我們了啦，你不要講話！」

渡船駛近他們。

很近很近的時候，連想都安靜下來。但其實渡船上熱鬧得很，不會有人聽見兩個孩子的聲音，也沒有人想從自己身處的光亮中，往外頭的黑暗多看一眼。

即使他們多看一眼，就會發現那黑暗裡的自由，就近在咫尺。

覺偷偷看著那艘船上的人們，想著自己不過幾十分鐘前，都還和那些人在同一個世界裡，而此刻，他已經在黑暗中了。

黑暗，但是自由。

渡船的光圈險險掃過他們的舷邊。

與他們擦身而過的那艘渡船上，人聲笑語和光線一起來了又走，接著漸漸遠離。

「可以坐起來了。」想說。

他們這才發現，剛才趴下來雖容易，但頭盔很重，要在狹小的船艙裡爬起來可不簡單。想和覺互相幫忙，在搖晃的船上互相攙扶支撐著坐了起來。

不知道為什麼，經過這一遭，兩個人都覺得船比剛剛更小了。

他們靠得好近，彷彿船太小而沉默太大，把他們兩人擠到了一塊。覺看著想重新拉動機器上的繩索，小船再度發出隆隆聲響，他忍不住好奇：想的父母，不，她的爸爸媽媽相遇的時候，也是這樣嗎？

「被那艘渡船這麼一攪和，我頭都昏了，得重新定位一下方向……」

想從隨身小包裡拿出一個小小的圓盤，平放在手掌上，接著比對著圓盤東張西望了起來。

「你還沒把故事說完，後來呢，你爸爸怎麼了？」

「喔，你的意思是剛剛說的那個樂土人吧？他不是我爸爸。」想語氣輕快地說，順手收起圓盤，接著掀開腳下的隔板，從船身裡取出兩包即食包。「餓了嗎？要不要吃點東西？這裡有祖國派和星際角餃，你要吃哪一種？」

「怎麼都是這種沒營養不健康的？」

「你在船上！我們家的樂值才二十級還住在城寨島！你想要什麼營養健康美味的東西請搭飛艇回家好嗎！」想瞪他一眼，將手上的即食包丟了一包給他。

想還沒罵人，覺就已經知道自己說錯話了。他一聲不吭地接下想丟來的即時包，搓揉外層閃著金屬光芒的包裝袋，等到感覺裡頭的食物變熱，這才打開了包裝袋，默默地湊近嘴邊。

居然是角餃，他寧願是祖國派，但覺什麼都沒說，打開包裝就啃下去。角餃難吃死了，不管是地球角餃還是樂土角餃都很難吃，星際角餃則是星際級的難吃。如果以後會移民到彼星去，希望那裡不會出現彼星角餃……啊！

覺一邊啃著手裡那包一無是處的食物，一邊恍然記起，自己正在離開樂土，這也意味著，他永遠不可能去彼星了。

……不去就不去吧，反正那裡沒有想。覺發現，那個從自己有記憶開始就一直被提醒著的人生唯一目標，竟然轉個彎換個位置，就一點都不重要了。

「那個樂土人不是你爸爸？」覺咬下一口硬邦邦的餃皮，一點餡也沒吃到。「我以為你的原生母親是你媽媽，所以你的原生父親就應該是你爸爸，不是這樣嗎？」

想搖搖頭，防護裝巨大的頭部輕輕晃了晃。「照樂土規矩，他們應該要結婚，生下我之後，人口部來帶走我，將我安排到其他教養家庭。不過，你知道的，只有男人才可以隨意繁衍，女人必須等到結婚後才能繁衍，所以未婚女性產下的瑕疵嬰兒，都帶有無法控制慾望的母系劣等基因，會降低樂土人基因素質。在出生之前就會立案提供樂土家庭認養，如果沒有自願認養的家庭，就會被獻給繁星。」

想一口氣講完了這一長串「自己曾是一個有劣等基因的瑕疵嬰兒」的說明，然後咬了一口包裝紙裡的祖國派。「媽媽本來是打算和她愛的人結婚，他們用夫妻的名義認養我的話，那就可以解決所有的問題了。」

啊，的確可行。覺點點頭。

「可是那個人說，會在婚前和男人繁衍的女人都不是好女人，而且一旦認養劣等基因的瑕疵嬰兒，他這輩子就算毀了，所以不肯跟她結婚，媽媽只能自己生下我，我剛出生，人口部就派了人來處理，結果派來的那個人覺得媽媽很可憐，又不忍心處理我，所以就乾脆和媽媽結婚，自願養育瑕疵嬰兒……這個人，才是我的爸爸。」

想將故事講得很簡單很簡單，只是覺知道，就和這湖水與天空一樣，看著簡單，沒有起伏沒有濃淡的黑，其實既複雜又巨大。

覺沒有說話，他知道，關於想的爸爸，還有後續。

「你知道的，因為我們家又有未婚生子的不貞女性，又有瑕疵嬰兒，連帶也拖累了爸爸，所以我們全家的樂值幾乎是卡在二十級，一動也不能動，根本升不上去。可是爸爸說他覺得這樣很好，他追求了一輩子的樂值，這表示他從今以後再也不用被樂值綁架了。爸爸說，他跟誰結婚都沒關係，因為他喜歡的不是女人，是男人，但是在樂土，男人的職責是跟女人繁衍，如果不跟女人繁衍，反倒去跟男人交往，就是違反繁衍基準法，違背全人類利益，犯下反樂土罪，會被列為疑問人物，被祕密逮捕──所以，他說跟媽媽結婚，還有一個小孩，對他和他喜歡的國叔叔來說，是很好的事情。這樣大家就不會懷疑他們的關係了。媽媽也說，這樣她可以照顧我，爸爸可以和他愛的人在一起，我們所有的人都很快樂，婚姻和家庭真是太完美的設計了！我們就在這種完美的婚姻和家庭裡，度過了很幸福的時光。」

覺望著一直待在船尾操作機器的想，她背後那個像巨大怪物般的城寨島，離他們愈來愈遠。那是他的家庭拚命避開的地方，卻是想描述中那個幸福快樂的家庭的所在。

「可是有一天，爸爸和國叔叔相愛的事情還是被發現了。他們很快就被逮捕了，祕密逮捕是一瞬間的事，如果不是那一天我剛好和爸爸都在家裡，我和媽媽根本不會知道他是被逮捕了還是掉進湖裡去了，就算你在現場，那些器警也不會告訴你為什麼逮捕那個人，控制器警的那些人會從器警的肚子裡跟你說『不要知道就不會犯法』，但不知道要怎麼避開犯法的事情呢？我不懂。」

「器警逮捕你爸爸的時候，你就在家裡？」覺難以想像她會有多害怕，他自己就連遠遠看到器警都忍不住腳軟，下意識想找個地方躲起來了。

那些金屬光澤的非人類，手段之冷漠兇殘，絕對是人類辦不到的，不可能有任何一個人類能夠那樣對待同類。

不能嗎？不能吧，怎麼說都不能的吧，但那些地球人的歷史上那麼多殘暴的武力輾壓，都是怎麼來的？不，是地球人才會那樣，幸好自己是樂土人，我們樂土人不會那樣。

透過頭盔上的視窗，覺看見在城寨島之外，離他們更遠的地方，有幾座島站的邊緣發亮著，從近到遠，從立體變成平面，離得更遠一點後，就會變成夜幕被劃破似的一勾光痕，像是器警身上會發出的那種，冷冷的光澤。

而每個島站上空的明月燈雖照亮了整座島站，但也在湖面上投下了比島站本身更巨大的陰影。原來從這個角度看到的水沒市，是這個模樣。和他們家位於高處的家裡與飛艇上看下來，那麼地不同。

「是啊。所以，後來媽媽就開始安排我們回化外的事情，可能也是被那件事嚇到了，覺得樂土不太安全。」

「但，你們到現在還在樂土，沒有回到化外啊。」

「媽媽為了成為樂土人，跟她在化外的家人斷了聯繫好幾年，那時終於連絡上之後，發現想離開樂土的樂土人不止她一個，化外的家人一直暗中幫助一些樂土人離開，剛好這個工作很需要媽媽從內部接應，所以媽媽掙扎了一陣子，就決定留下來了。」

「可是，你不是親眼看到你爸爸被逮捕了嗎？都這樣了還決定留下來？」

「所以我說媽媽掙扎了好一陣子啊，她說，如果發覺不對勁的人都走光了，剩下那些不覺得哪裡不對勁，或者沒有辦法自己察覺哪裡不對勁的人，那這世界會愈來愈不對勁的。」

想說起媽媽的語氣與神情充滿了孺慕，與稍早對峙時當著媽媽的面撂下狠話的那種「充滿感情」大相逕庭，覺忍不住想，如果想的媽媽能夠親眼看到這一刻的想就好了，她臨走前望著想的那一眼，多麼傷心。

「媽媽本來要我自己離開樂土，到化外找外婆，但我不肯，吵了半天只好我們都留下來。但也因為這樣，我們家的祕密愈來愈多，所以媽媽也同時開始安排像今天這樣離開樂土的緊急計畫，她說，我們隨時要做好離開樂土的準備，這裡不是給人生存的地方。有好一陣子，我晚上都要利用一點睡覺時間，跟媽媽一起練習駕船，她說她得確認我就算沒有她也能夠獨自離開樂土。」

就算沒有媽媽，也能獨自離開樂土？覺聽著想恍若雲淡風輕地說著，心頭卻悚然一驚。

這麼說來，想的母親很可能早已作好自己逃不出去的心理準備……

「但其實這些準備一直沒有用到。過了幾年，聽說爸爸堅決不認罪，被放逐到化外去了，我聽到很高興，我想外婆他們一定會照顧爸爸的。只可惜國叔叔不是，他選擇被送進重生所，我聽說，為了獎勵願意洗心革面的疑問人物，他們在重生所裡都會換上最好的身體，給他們比從前更好的樂值和身分，從那裡面出來之後，和剛開始進去的那個人會完全不一樣，誰也不會認得他們本來是誰，這樣就可以獲得真正的重生。」

覺靜靜聽著，就連頭頂不遠處一片嗡嗡低鳴的烏雲飛過，他們也絲毫未覺。

「可是媽媽說，她在醫院裡常常看到那些重生者，他們要割捨從前的記憶，又要適應不一樣的身體，其實很痛苦……後來我就想，早知道後來會變成這樣的話，媽媽就應該早點認識國叔叔，告訴他化外的生活有多麼開心，他就不會和大家一樣害怕化外，不敢選擇放逐，寧願進重生所了。」

「你是我認識的人裡面，第一個不怕化外，還想去化外的人耶。」

「你怕化外嗎？」想歪著頭，看著覺說。「你如果怕化外，為什麼還要跟我一起去？」

「因為……」

因為是跟「你」一起去啊。

不知怎的，這話那麼簡單那麼理所當然，覺卻沒辦法坦然地說出口。他不知道怎麼解釋自己的心情，這肯定不只是友情，但應該也不是愛情——如果，愛情就是父親和母親之間那種關係，那絕對不是，他也不願意是，太噁心了。

如果不是友情，也不是愛情……樂土在上，那、那總不至於是繁衍本能吧？

覺甩甩頭，趕緊把那個念頭與嗡嗡聲一起甩出腦子外頭。「反正，樂土容不下壞孩子啊，我這種無法植入晶片的小孩，說不定基因比未婚生下的瑕疵嬰兒還劣等，早在一開始就該送回人口部去獻給繁星了，要不是父親母親想要維持家裡孩子的數量，也不會把我留到現在……」

「怎麼可能只因為對晶片過敏就要把你獻給繁星？太誇張了吧，而且你的樂值那麼高，真要說起來，我們這種城寨島的小孩，才是樂土容不下的壞孩子吧。」

覺聳聳肩，他說不出口，他說不出父母親一直在爭取多一個教養名額，就是為了在維持高教養率之後能夠擺脫自己……而他之所以還在這裡，是因為父母親的計畫失敗了，他們原先預定的新孩子，缺陷比他還要明顯，從一開始就不能要。

他聽過父親母親無數次為了他的缺陷而爭吵，一開始他們的爭執還避著他，後來也不管了，在他面前就彷彿他不在場那樣，質問對方「如果老三這樣害我們大家的樂值掉下來怎麼辦？」

家裡的孩子如果被發現是壞孩子，這個家庭會掉樂值；少了一個孩子，這個家庭也會掉樂值。他進退兩難，想過很多次，要不要乾脆自己消失算了，反正家裡終歸是會因為自己掉樂值，但是，消失了能去哪裡呢？

如果有個地方可以去，而且還能和想一起去，那麼他沒有不去的理由。

即使那是化外，即使那是充滿難測威脅的化外。

「那你為什麼會想去化外啊？」一覺心想，如果他有一個會用那種眼神看著自己的母親，他什麼地方都不會去的。「化外有什麼特別好的地方，是我不知道的嗎？」

「我超級想去化外的，因為到那裡，就能見到爸爸了。自從爸爸和國叔叔被祕密逮捕之後，我就再也沒有見過他們了，我問媽媽，媽媽也不肯告訴我爸爸後來怎麼了，可是我覺得她一定知道……但是沒關係，我就快要可以見到爸爸了，他和媽媽和外婆，都在化外等我。」

想的故事告一段落，兩個人各有心事地靜默著，在黑暗中坐直了原本伏低的身子，此刻，無論是島站、水上公寓、城寨島，或是渡船，都只剩下遠方點綴湖面的亮點。

寂靜中，覺手上的難吃角餃竟就這麼無意識地吃完了，此時他才發現，遠方湖面上的亮點開始變多，細細碎碎，一直延伸到他們船邊來。

「啊，好像下雨了。」一想望著遠方，說出了覺心中所想的話。

湖面被紛落的細雨激起無數光點，兩個孩子望著湖面上的雨點半晌，才逐漸發現不對勁，遲疑地朝湖面伸出手，感覺到雨滴落在防護裝上的那一瞬間，他們同時轉頭，猛地互望一眼，接著用同樣驚疑的表情抬起頭。

下雨了，但他們的頭盔上沒有任何淋到雨的感覺。

天空如預期中是一片烏茫，乍看確實毫無異狀，可是一旦定睛細看，便能看到雨水從天而降，並在他們的頭頂不遠處，像是撞上了什麼東西似的，四散逸開，造成了黑暗中幾乎看不出來，但只要發現就能察覺到的，極不自然的波紋擾動——

覺倒抽了一口氣，想將手中吃剩的即食包裝袋揉成團狀，往上一扔，包裝袋像是撞上什麼東西似的掉了下來，緊接著頭頂的波紋擾動更加劇烈，沒一會兒便現出了灰白色的無人機機身，大小幾乎和小船一樣大，以驚人的扁平魟魚形狀懸浮在他們上方。

「是隱形追蹤機！」

「把燈關掉！」

一路上始終維持低聲交談的兩個孩子同時大喊，想將早已震得她手掌虎口發麻的船外機引擎推到最大檔次，在湖上簡直像是被踢了屁股的猴子那樣彈起來往前直衝。

離開無人機的遮蓋後，雨勢往他們劈頭蓋臉地打了下來，落在他們過大的頭盔上，在頭盔裡聽起來就像是驚人的巨響，不知道是剛好雨變大了，或是推到底的船速讓雨點也朝著他們加速撲擊，但他們一點都不在乎了。

「你抓緊！」雨滴撲面而來，想根本看不清前方，也管不了那麼多了。

那架無人機被發現之後也不再隱藏行蹤，飛快地追在他們船後，眼看無人機已不再偽裝，兩個孩子自然也不再顧慮說話大聲可能會被發現，不斷慘叫起來。

「偉哉領袖！你快一點啦！它們就在後面，快碰到你了！」

「不要再喊領袖了啦！現在是我在開船不是領袖好嗎！這無人機就是領袖派來抓你的，你還喊他！」

「我習慣了嘛——啊！領袖……不，樂土在上，拜託快一點！甩掉它們！」

「你以為這是什麼高樂產品啊？不能再快了啦……」

想的話還沒說完，無人機便追了上來，甚至從想的頭上掃過，機翼狠狠搧過巨大的防護頭盔，撞得她一個踉蹌，鬆手跌在船舷上，雖然幸虧沒摔出去，但速度開到最大的船外機失去控制，瘋狂地在湖上亂竄，這完全不按牌理出牌的行進方向，雖將原本追上他們的無人機又拉開了些距離，但也讓兩個孩子陷入極大危險，小船在風雨中的湖面上發狂似的亂竄，就像是想盡辦法要把兩個孩子甩進湖裡似的。

覺連忙要去扶起想，但一個轉念，先伸手抓住了控制方向的把手，穩下船身。「你沒事吧？」

「沒事。」

沒事才怪。覺看見想斜斜倒在船邊，拔下自己的巨大頭盔，露出濕濡散髮的臉，喘著氣，表情痛苦地用左手抓住自己的右手腕。

她一定受傷了。

雨落在他們身上，而想的髮絲早在拔下頭盔前就已經濕透了，為了控制這個老舊的動力機，她一定累壞了，自己卻完全沒有發現，只顧著聽她的故事，還嫌棄她分享給自己的食物，現在還讓雨水那種沒有經過過濾的骯髒液體直接碰到她，如果她因此生了重病……

「你這樣可憐兮兮地看著我是怎麼回事？」想抬起頭，罵他的聲音因為少了頭盔隔絕，聽起來特別清晰有力。「你快一點！那架無人機又追上來了！」

覺趕緊學著想的模樣操縱機械，機械將驚人的力量從把手傳達到他的手心，沒一會他就被震得虎口發疼，差點要握不住把手。

「有其他無人機朝著我們過來了！」想喘著氣喊著。

遠方幾個光點，在雨勢中愈來愈大，陣型卻絲毫不亂，排成人字形的隊形尖端直直指向他們，針對性不言可喻。

「我們光是這一個都甩不掉了，那幾架過來該怎麼辦？」覺拚命地抓緊船外機的把手，卻覺得這架機械像是認生似的，和自己一樣拚命地想擺脫對方。

該怎麼辦？想倉皇四顧，卻只看到一片黑暗，經過這麼一折騰，她早就搞不清楚方向了。

覺說得沒錯，光靠這艘小船配置的簡單機械，他們就連一架無人機也甩不掉。

他們這艘小船上裝備的，是媽媽不知道從哪裡撿來的，古地球的小型船隻動力機械，連接著船艙裡同樣不知道哪裡弄來的汽油桶作為燃料——從小在化外長大的媽媽很習慣也很知道要去哪裡撿拾古地球的遺跡當作日常用品，因此想雖然過著樂值二十級的生活，但卻不虞匱乏，甚至有趣得很，不過，這些古地球的動力機，速度當然遠遠比不上緊跟在後的那一架會隱形的無人機，想只能不斷變換方向，祈禱自己甩得掉這跟在他們頭頂不知已經多久的冷酷機械。

可是想也很清楚，這樣一邊加速一邊連續急轉，會有什麼風險，再說了，雖然媽媽帶著她在無人的深夜裡練習過無數次，但這既然是古地球的遺跡，就沒人說得準，這樣瘋狂的使用方式，會不會有什麼不良後果，更別提現在她的手受傷了，覺還是第一次碰到這樣的古地球機械……

她沒有考慮的餘地了。

「我們不能再待在湖上了！」

「不然呢？我們總不會要跳進湖裡吧！」覺在那顆巨大的防護頭盔裡拚命搖著頭，眼睛瞪得像島站上的明月燈一樣圓。

「不然呢？現在除了船上和湖裡，我們還有什麼選擇？」

想瞪著他，透過覺頭盔上的透明視窗，望著覺眼裡的驚恐，突然弄懂了覺的恐懼來源。她忍著痛匍匐過去，在覺兩隻手都得緊緊握住動力把手的時候，用力把他的防護頭盔拔下來。

「你做什麼！這樣我會淋到雨的！」

覺真的被嚇壞了，他此生從來沒有讓任何一滴雨，像這樣噴到他的臉上頭上，甚至噴進了眼裡，他的眼睛好痛！「我要瞎掉了！我會瞎掉的！快把頭盔還給我！」

「都什麼時候了還戴頭盔，他們都發現我們了！再假裝是地球人也沒用了啦！」想氣極了，脫口說出媽媽交代過她不可以對別人說出的話。「雨水和湖水沒那麼可怕好嗎？那是領袖用來控制你們，不讓你們離開樂土才這樣說的！」

覺沒來得及對這大溺不道的言論發表看法，早前那架無人機已經趁他們鬥嘴的這半晌追上小船。從兩個孩子頭頂呼嘯而過時，想不顧自己的傷勢，往覺撲了過去，環住他的肩背往下沉身，閃過了刻意低飛的無人機。

想撲上來環住他，將他往下拉的那一瞬間，兩人之間從未有過的極度親密感，已經讓覺的腦袋一片空白，更別提想還在此時併攏了指頭，往他頸上深深地按了一按，這完全莫名其妙的動作，讓他差點呼吸不過來。

無人機飛過，想拉著他站起來。

「聽著，接下來跟著我做就對了，記得下去之後絕對不能說話，然後現在，深吸一口氣！」

「什麼？」

「快！深吸一口氣！」

覺深深地吸了一口氣，同時眼角餘光看見無人機再度朝他們直衝而來，然後——

然後，他被想推下小船，直直地落進深沉闃暗的湖裡。

湖。

湖，惡水匯聚的地方，不幸潛藏之處。往湖底沉落的那無法計算時間的幾秒鐘或幾十年之間，不知為何，覺想起了躺在感官池裡讀取知識流時，被一次一次在他眼前展示、在他耳邊覆述，並且塞進他腦中的字彙解釋。**常被引申為嘲笑、否定或辱罵他人的負面意涵，如：「臭湖的」、「湖說」、「湖裡湖土」**。

覺往下沉。

他快要接近湖裡湖土了嗎？會有悲愴之戰的鬼魂糾纏著他的雙腳嗎？那隻傳說中的巨鯨會一口撕裂他的身體嗎？或者他會無聲無息地被這充滿病毒細菌的湖水腐蝕得只剩白骨，會有人把他的白骨帶回家嗎？媽媽看到他的白骨，會為他落淚嗎……

覺往下沉。

往下沉。

覺很意外地發現，除了往下沉之外，在湖裡感覺並沒有想像中那麼糟，他原以為骯髒的水會立刻腐蝕他的全身，劇痛會麻痺他的其他知覺，但居然就和在感官池裡差不多——或者說，這感覺就像是在感官池裡模擬掉進水裡的體感，只是更全面、更猝不及防、更……更不真實。

不——一個從未出現過的想法冒出覺的腦海：像自己這樣一出生就在架設好的島站上生活，在感官池裡理解世界的十三歲男孩，究竟要用什麼基準點來分辨真實與不真實？

才正這麼想著，他便感到臉頰被再真實也不過地拍了兩下。覺在水裡睜開眼，在流動的黑色之中適應了一下，才看見蕩漾的波紋之後，想那雙瞪得亮晶晶的眼睛。

想對他做出往某個方向去的動作，然後自己率先往那個方向游去。

她怎麼就這麼離開了？覺情急之下學著想的姿態，用力踢動雙腿，手臂奮力往前划開水牆，根本還沒來得及煩惱自己不會游泳，就發現自己已經學會了游泳。

覺跟著想的方向，往湖水深處划動手腳，還在身上的半身防護裝發揮了作用，手腳處都有類似蹼狀的設計，幫助在水中行進。夜裡的鯨落湖雖然黑得深沉，卻壓根不像是水沒市民口耳相傳的那樣恐怖陰森。在水裡移動的感覺非常奇妙，他從前在虛擬樂土中的任何一款應用程式裡，都不曾嘗試在水裡移動，當然，也更不可能實際在真正的水域做這種事。如今想想這似乎有點奇怪，大家競相在應用程式裡學習如何在太空中生活，但不管在虛擬樂土或實相樂土中，都對水域敬而遠之，連多了解一點都不願意。

覺用力踢腿，防護裝在足部的腳蹼發揮了令人驚喜的作用，為他雙腿製造出的前進動力加成，身體往前移動的時候，頸邊有一股微帶麻癢的感覺，他下意識伸手摸了一下，赫然在原本平滑的頸側摸到片片排列的皮膚，水從那些片狀皮膚間流出，就像——就像鰓！

覺的腦中電光火石地閃過許多在知識流中學到的歷史畫面。他知道鰓讓水生生物能夠呼吸，人類在世界末戰前也開始使用人工鰓潛入水下，只是，在樂土從沒見過這種東西，那是非常過時又低劣的短期人體改造，會對樂土人的高尚身心產生不良影響……

這種樂土人絕不肯使用的東西，肯定又是想和她媽媽不知道從哪裡蒐集來的古地球遺跡了。覺回憶起想在將他推下船之前，突然貼近他、碰觸他頸側，應該就是為了幫他安裝人工鰓，但想起那一瞬間，還是讓他忍不住倒抽一口氣——或說倒吸了一口水。

倒吸的那口水從他頸側流出，那股麻癢的感覺幾乎和想的手指按在他頸上一模一樣，再度記起想靠近自己時的親暱，覺發現自己的臉在黑暗的水中突然變得又熱又脹，他趕緊撥水踢腳，盡可能跟上前方的想。

撥水、踢腳、前進、撥水、踢腳、前進……重複著這些單純得幾乎令人愉快的動作，覺在水裡伸展雙手雙腿，雖然是跟在想的後面，卻感受到一種前所未有的自由。

他也緊張，也恐懼，也感覺新鮮與刺激，但在這些感受之前，最巨大最明顯的是自由。

多麼陌生的詞語，多麼陌生的感覺。

適應之後，湖裡其實沒有想像中的黑暗。覺發現離自己比較近的水域雖然也偏黑暗，但卻是透明的那種黑，視線能看得見一段距離以外的想，往遠處延伸，才慢慢地變得難以穿透。

想之前也曾經在夜裡游泳嗎？如果覺早一點知道在水中是這樣的感覺，他們說不定可以一起游泳，一起鑽進古建築裡探險，會有更大的世界能探索……

覺記起想將自己推入湖裡前叮囑他不要說話，顯然這個人工腮只能讓他在水裡呼吸，但不能說話，他沒辦法把自己腦中一整座島站那麼多的問題全倒出來問想，只能努力跟著想的方向游，想每隔一段時間就會回頭確認他還在不在自己身後，每一次覺看到想微微扭頭過來望向他，就深感這湖裡真是溫暖舒適，幾乎忘了在他們頭頂上，還有四處梭巡找尋他們的無人機。

他和最喜歡的人待在一起，即使是在這人人深惡痛絕的鯨落湖中，也勝過那幢部長級高樂士才住得起的高地莊園。

游了一陣子之後，覺發現原本距離自己始終有段距離的想似乎停了下來，待游近後，覺才發現她攀上了水裡的一架塔形建築，特別停下來等自己。覺一靠近，想便示意他跟上來，自己往上爬去。

塔上纏繞著許多不知名的東西，光憑手腳踏握上去的觸感，難以判定那些東西究竟都是生是死，是新是舊，當這些不知名物事在黑暗的水裡混在一起，覺只能努力不去想像自己碰觸到的是什麼，專心地跟著想往上爬。

嘩啦兩聲，他們爬上靠近水面的塔尖，想小心地探出湖面，確認四周沒有無人機或其他渡船，接著迅速回身，不由分說地將跟著爬上來的覺壓回水下。

「你不要上來，我們脖子以上露出水面，可以說話就好。」

覺點頭照做，只露出頭部四望，遠方有幾個不動的亮點，看起來應該是島站，但他對夜裡的湖區太陌生了，幾乎無法推測所在位置。「我們擺脫他們了嗎？」

「目前看起來是這樣，那些無人機沒辦法潛入水下，這樣一來，我們在無人機眼前掉進湖裡，其實是好事，這表示他們很可能判斷我們已經獻給繁星了，我們也比較安全。」

……確實，在沒有人工鰓的情況下，樂土人掉進水裡，的確是可以直接當成獻給繁星了沒錯。

「如果你有人工鰓，那一開始我們就可以在水面下行動，為什麼還要搭小船？」覺自認提出了一個合理的疑問，想不到想那雙大眼瞪得像是可以射出雷射光線穿透他。

「你也不想想看，一開始你連船都不敢上去了，我還指望你毫不猶豫地用人工鰓跳進水裡？那時我們只能趕快離開城寨島免得被後面追查過來的器警發現，誰還跟你慢慢解釋人工鰓的用法？」

「講得像是你剛剛有解釋似的！」覺這話一出口，腦中又浮現了想傾身上前按住他頸側的瞬間，心跳一下子亂了拍，趕緊自己改變話題。「接下來你知道要往哪裡去嗎？」

「在問這問題之前，我得先問你，你知道你現在是真的回不了家了嗎？之前你可能還算得上是失蹤，現在應該是真的被判定為獻給繁星了，這樣沒關係嗎？」

「我……」覺猶豫了一下。「我是真的不想回去那個家，但是，如果我會拖累你……」

「誰說你會拖累我？沒這回事，你如果下定決心，那我們就一起走！我絕對不會把你丟下來的。」想說完便將眼光投向遠處，於是並沒有發現覺露出水面的那張臉漲紅的瞬間。

想四處張望了一下，用遠方的島站位置與遠近，試著判斷方位。「只要我們保持在水下，應該就不容易被追蹤到，我們往東邊游，游到底，上岸了就趕快跑，只要過了樂土和化外的交界，及時找到外婆他們，我想就不會有問題的。」

「真的可以嗎？」

「當然，我不會騙你的，我可是有化外之人的血統呢。」想加重語氣，用力點頭，覺很意外原來「化外之人」也是一種值得驕傲的血統，卻沒有聽出來她的斬釘截鐵是為了說服自己，只是一心想著他們倆有了頸上的人工鰓，想游得多遠應該都不成問題。

達成共識後，他們隨即鑽回水裡。這次在埋頭猛游之前，想先從纏在水中建築的混和物中，撈出了一條難以辨識原本用途的長索，兩頭各自纏在彼此的腰上，然後開始往東方游。

這一次入水，不像上回得先驚慌個一陣子，覺立刻進入狀況，賣力地跟著想的方向往前游，他實在太賣力了，以至於沒看出想不斷停下來做的手勢是要他緩下來，反倒為了不要讓想等自己而更拚命地游，覺知道想為了和自己一起逃往化外，已經被耽擱得夠久了，他絕對不能再成為想的累贅。

這個信念，像是往他的血液裡注入了燃料似的，他跟著想，心裡卻像是朝著那個與想一起展開的新生活前進那樣，雙臂與雙腿划開水波的動作充滿力量。

鯨落湖裡沒有傳說中的巨鯨屍體，至少他現在還沒看到，但卻有為數不少的水中生物，總在與他有一段距離的水中悠緩經過，他們看起來奇形怪狀，有的很扁很薄，好像只要朝他衝過來就能切斷他的身體；有的看起來又圓又滑，看起來不像是水裡的生物，反倒像是充滿了空氣，應該浮出水面才對。

他對這些平時只與他們隔著一水之遙的眾多生物毫無概念，從前選擇知識流時，誰不是盡可能挑那些高樂值限定的實用知識與技能，再不然，就是以彼星移民的相關科技知識流最為熱門，這些古地球舊事其實並沒有限制樂值，誰都能讀取，卻也因為如此，很容易就被篩選掉了，就連那些沒有多少知識流能選擇的低樂佬也沒有興趣讀取，只有在毫無選擇的情況下，不得已才會選來打發時間。

因此，他從不曾學過這些生物叫什麼名字，有什麼習性，他們會不會攻擊人類，如何攻擊，或者有沒有毒。但，說不定想會知道，對了，想和她母親常常下水撿拾古地球遺跡，一定知道很多他所不知道的事，以後一起在化外生活，他也可以從想那裡學到很多，關於這個世界，而不只是樂土的知識。

覺心底燃起對未來的嚮往，那突然開闊起來的未來想像，彷彿照亮了這黑暗的湖水，除了遠遠觀望著他的那些水中生物，水裡的古地球建築也變得輪廓鮮明，一幢一幢地從他身邊或身下經過。

覺意外地發現，這個水下的世界，單單是這樣看過去，便已經多采多姿，形態各異，不像水面上他所熟悉的島站與連通島站的浮軌，還有島站上的公寓及公共建設，全都是同一副從幼年看到大的整齊方正白淨模樣，頂多依照其中的使用者樂值稍有改變，就連衣著都能輕易讓人辨認出他們各自的樂值。

這整個樂土，把人們捏塑成了他們自身樂值等級的模樣。

並不是沒有選擇，而是每一種選擇，都讓人只想選擇最符合自身樂值的那一個。

但想不一樣，她樂值低到沒有任何選擇，那同時也表示，沒有任何樂值階級能夠限制她的選擇，他們從水底撈上來許多奇奇怪怪的衣服，從中選擇適合自己身形的就穿，像是那件綠色吊帶褲，那麼地球的服裝樣式，幾乎不可能存在於樂土人的選擇之中，但她穿起來卻那麼自然而適合。

在學校裡其他未成年女孩，都穿著大同小異的守貞女裝時，想看起來，是那麼自由。

覺始終沒有搞懂其他同學嘲笑想的邏輯，不穿守貞女裝這件事，到底繞多少個彎才能等同於淫亂不檢點呢？算了，那些人想欺負誰就欺負誰，想排擠誰就排擠誰，哪需要邏輯？

守貞女裝不過就是設計得比較複雜難以穿脫，就連女孩們平常行動都會造成困擾，所以多少也能阻止某些喜歡侵犯未成年女孩的劣等基因吧，但那也不代表沒有穿著守貞女裝，就是在邀請、引誘劣等基因侵犯她們呀……覺想起從前在學校裡無數次旁觀那些同學對想的嘲弄批評，好後悔當時的自己沒有站出來為她說話。

哼，我喜歡的想最可愛、最守貞了！不管她穿什麼衣服，她就是最可愛最守貞最高樂的女孩！

不知道在心裡對著誰發脾氣的當口，覺的眼角餘光瞥見自己的右手邊稍遠處，有一點小小的藍白色物事，在目前的距離雖然不容易辨認究竟是什麼東西，但既然在黝黯的水下還能那麼顯眼，想必那玩意兒是會發光的。

什麼東西會在水面下發光？

在水波蕩漾之間，任何光源彷彿都像是輕輕招著手那樣，帶著催眠的魔力，引誘著任何人與生物朝此而來。覺在自己還沒有意識到之前，就情不自禁地轉向，往那個光源游去。

隨著光源與他之間的距離拉近，那股召喚覺的魅惑魔力似乎也變得更強烈，甚至早忘了剛才還占有他全部思緒的想。他一個勁地往前游，任那一小點的光源在他眼裡迅速擴大，占據更多空間，等到他游得夠近了，才漸漸看清，那光源來自某個水下建築裡的其中一層樓。

覺逐漸接近，近到甚至能看清有許多人影在其中穿梭，在明亮宛如白晝的空間裡，他們梭巡來回，翻弄樓層裡的古地球遺跡，顯然是在尋找什麼。

這裡為什麼會有人類？他們不可能是樂土人，但，總不可能都是地球人吧？覺記得父親說過，為了保障樂土人的安全，政府有規範限制地球人在樂土境內的總量，雖然覺完全不記得父親是否提過確切的數字，但眼前看到的地球人實在多到令人驚訝。

他們在找什麼呢……

覺盯著那層發光的水下建築，被疑惑與好奇驅使著，沒有任何遲疑地愈游愈近，就在他完全沒有意識到危險接近的時候，冷不防地有個重物擦過耳邊，擊中左肩。

痛！

突如其來的劇烈疼痛，讓被光線誘引著全部心神的覺突然醒了過來，他驚慌地轉過頭，看見身後是一個成年男人，男人手上握著的不知名的槌狀物體正狂亂揮舞著，企圖攻擊他背後那個女孩。

……想！他背後的那女孩是想！發生什麼事了？想和那個男人在打架嗎？想怎麼可能打得過他？

他這才驚覺，自己剛才不知道擅自游離既定方向多遠了，想一定是沿著綁在他們兩人身上的那條繩索跟過來的，還在那個男人攻擊自己的當口出手阻止，才會讓男人手上的武器偏離方向，只打中他的肩側。但，那個男人是誰？也是低劣的地球人嗎？

男人表情扭曲猙獰地揮舞手上的鈍器，想在男人背後左閃右閃，避開他的攻擊，偶爾也被打中，卻始終沒有遠離男人——難道她不怕那個人嗎？覺正感到奇怪，隨即發現想並非僅僅只是待在男人背後，她的手上握著連接他們兩人的那條繩索，而那條繩索所圈住男人脖頸的圓，正在想的手中收緊。

那就是想無法直接離開的原因！覺驚恐地意識到這一點，差點叫出來，但他還記得想的警告，硬生生地將喊叫吞了進去。

所有水中發生的劇烈動作，都像是在舊型號的連線裝置裡體驗知識流那樣，被放慢了許多。但覺確確實實地知道，此刻在眼前用滑稽誇張的動作糾纏在一塊的陌生男人與想，比任何最新型號的感官池或新上市的應用程式，都更為真實。

想手上的繩索纏繞著男人，男人掙扎時在水裡發出的聲音變成一串驚慌四散的氣泡，吐嚕吐嚕地包圍了他與想。那些瘋狂的氣泡同時也擾亂了覺的思考，他企圖繞過那些氣泡與那個男人到想身旁，但男人的狂暴動作讓覺絲毫沒有靠近的餘地，只能在一段距離外焦急地看著他們卻無法靠近，偶然從氣泡的空隙間，他像是能在短暫的片刻瞥見想的表情，但那張臉太陌生，陌生得讓覺不確定那是不是想。

感覺像是過了很久，但實際上應該不是，男人終於緩下動作。

那些氣泡隨著男人的動作趨緩而漸漸平靜下來，一顆一顆慢慢在水中消融，一直到這時，覺才終於真正看見了想，她在男人身後，仍然帶著那個覺所陌生的表情，鬆開了手上原本環繞著男人頸部的繩索。

那條繩索在水中緩緩蕩開，蕩成一個悠緩的弧度，並且依然連接著想與覺。

覺急著確認想的狀況，沒等那條繩索完全鬆弛下來，便朝著繩索另一端的想游去。就在經過那個男人無力垂落的指尖時，覺心中浮起一絲難以言說的異樣，彷彿回應了這直覺，他以為已經昏死的男人突然暴起，抓住連接著覺這頭的繩索，將覺扯向自己。

男人粗壯的手臂扣向覺十三歲的頸子，狠狠收緊，這力道完全不是方才想用繩子勒住男人可以相比。覺的眼前彷彿捲起了漩渦，而他知道自己很快就會在漩渦中滅頂——真正意義的滅頂。

就在覺的視野陷入絕對黑暗之前，想奮力朝他而來的模樣從漩渦中出現。

想抓向勒住覺的那只臂膀，與男人纏鬥起來，她又踢又抓，指爪全往男人臉上七竅招呼，比起方才用繩索勒住男人時略帶猶疑的單一動作，此時的想才真正進入了戰鬥狀態。她下手毫不留情，不一會兒便在男人臉上留下許多傷痕，雖然明顯力氣較小，但纖瘦的身體在水中阻力較弱，動作更為靈活的優勢，讓男人另一隻手上的槌狀武器幾乎使不上力，最後只能放棄。

即使男人疲於應付想的攻擊，但畢竟是個成人，勒住覺的力道依然隨時可以致他於死地。眼看著覺就要失去意識，想還是無法讓男人騰出勒著覺的那隻手來處理她，她著急地一口咬住男人勒住覺的臂膀，男人口中冒出的氣泡證實了他因吃痛而忍不住出聲。

在那串氣泡中，想看見了男人粗脖子上那排一開一闔、規律排水的人工鰓。

她鬆口，想也沒想地便伸手往那排人工鰓抓去。男人大吃一驚，閃避的同時，緊勒覺的力道也略鬆了些，想發現那人的人工鰓和他們身上的那種似乎有所不同，無法徒手扯下，於是心一橫，索性撲上，張口便往那人頸上人工鰓的位置狠狠咬下——

比起之前都更多、更激烈的氣泡，從男人口鼻與脖子上失去人工腮的傷口中翻滾而出，傷口中噴發的氣泡更沾染著血色。男人終於鬆開了覺，抓住想的短髮將她扯開，卻也同時扯下了想緊緊咬住的人工鰓，男人張開嘴，按住頸上的傷口，睜著驚愕與痛苦的大眼，往後仰倒。

氣泡在染紅的水域流散，這次，他再也沒有辦法裝死了。

想吐掉口中帶著鐵鏽味的改造人體，急忙追上脫離男人箝制後隨著水流虛緩盪開的覺。她忍耐著出聲大喊的衝動，用力地拍著覺的臉頰，覺的頸側那排人工鰓開闔的速度緩慢，排水量極少，半閉的眼睛像是無法決定要不要放棄生命那樣，微微顫動著。

想恐懼得幾乎要尖叫。

不要害怕，想，不要怕，沒關係的。僅剩一絲意識的覺，好希望能將這樣的安慰說出口，他知道想一定能靠著自己找到去化外的路，她自由而勇敢，她不被水域與陸地拘束，不被樂土的規則局限，她可以無視樂值，去所有自己想去的地方。

那是什麼樣的地方呢？真實、自由，卻又殘酷的地方嗎？

他真的很想和她一起去，真的很想……

閉上眼睛之前，覺感到自己被想的淚水包圍。

再也走不動了。

想鬆開拖著覺的手，一屁股坐在地上。

四周是一片稀疏的樹林，不遠處是他們剛上岸的濕地，泥濘中長出的長草不僅互相糾纏，也糾纏著他們，讓想離水後拖著覺上岸的行動增加了不少難度，短短一段路便耗盡了她的體力。

想知道，他們藏身的樹林邊緣離水邊還太近，應該要再走遠一點會比較安全，但她已經用了全部的腎上腺素與意志力，帶著沒有意識的覺游到這裡來，還努力將他拖過那些長草濕地，來到這稍有隱蔽的地點，她真的一點力氣都沒有了。

真的，一步，都，走不動了。

想讓依然沒有意識的覺躺下，幫他撥開了滿頭滿臉的碎草，那張和自己一樣濕透又狼狽的臉，想怎麼看都看不出來，那究竟是獻給繁星了或僅僅是昏迷，想伸出手探向覺的鼻尖，卻在真正能夠確認他是否還有呼吸之前，縮回了手。

她想知道卻又不敢知道覺是不是還活著，她知道自己應該要確認這件事，但不是現在。

她現在沒有辦法。

想轉過身，離開覺，往回跑到樹林邊緣，監看著那片沒有遮蔽的岸邊濕地，生怕有奇怪的人追著他們而來。想不知道剛剛水下那個人有沒有用任何地球儀器發出求救訊號給他的同伴，就算男人來不及發送訊號，那層發亮的水下建築裡看起來有很多地球人，他們也遲早會發現同伴的屍體……想全身發抖，不知道是因為剛上岸還濕淋淋地吹了風，還是因為恐懼。

她該恐懼的事情太多了。

她怕那個地球人的同伴會追上來；她怕自己情急之下拖著覺亂游上岸的地方根本和她要去的化外是完全不同的方向；她怕自己永遠找不到外婆，回不了家；她怕他們可能會在這裡遇上那些知識流中邪惡又殘暴的變種動物；她怕……她怕覺再也醒不過來，怕到連去確認他是不是活著都不敢。

她最怕、最怕的是，不知道還能不能見得到媽媽。

媽媽說過，教她開船的這些事先準備，都只是以防萬一，媽媽無論如何都會帶著她一起離開樂土去化外的。

但這個萬一還是出現了。想好害怕，萬一，這個萬一代表了其他的萬一呢？

她好後悔，好後悔下午那樣對媽媽說話……

陣風拂過，在樹林裡帶起一陣低語似的沙沙聲，略帶潮濕的樹皮粗糙堅實又富有生命力的觸感，在手掌下感覺如此陌生又奇異，腳下的泥土在脫掉腳蹼的腳掌下，從冷涼逐漸變得微溫，長及腳踝的不知名植物在她腳下彎折，從腳底傳來微刺麻癢的感受，而遠方傳來不知道什麼生物的嗚嗚吼叫，再不久，另一頭也回應般傳來類似的聲音——這一切都是想在城寨島上的十三年人生中不曾感受的，不，別說是城寨島了，整個樂土裡，能夠並且膽敢，直接徒手接觸樹木、泥土與湖水的人，恐怕伸出雙手就能算得完。

然而，至少現在，她還沒有因此感覺到任何不適。

覺也會這樣想嗎？他醒來之後，發現自己整個人躺在樹林間長滿雜草的土地上，他會覺得噁心、恐懼，還是覺得新奇？

……他醒得來嗎？

他還能睜開眼睛，和自己鬥嘴嗎？

她會不會從此失去了媽媽，也失去了唯一的朋友呢？不，不可以，她兩個都不能失去，媽媽和她說好要在化外碰面的，媽媽一定得信守承諾才行，而覺，覺的性命是靠她救回來的，他必須活下去，不然，不然……不然，她今天晚上做的這一切，都是為什麼？

她做的一切，她做的，一切……

那個男人，被她連撕帶扯地咬下人工鰓時，那張驚恐又痛苦的臉，再度浮現想的眼前。

她殺了那個男人。

但她是為了救覺！想在心裡不知道對誰辯解似地這麼解釋：是覺自己發了瘋似的偏離了原本的方向，接近那些地球人的，而且他還笨到被那些人發現了。自己追上去的時候，那個男人已經拿起了很大的東西要往覺的頭上敲下去，如果自己沒有出手，那個男人就可能殺死覺。

她是為了救朋友。

但，她還是殺人了，無論如何都不能殺人的，不是嗎？

她殺人了。

覺如果醒過來，會怎麼看待自己呢？跟媽媽在化外見到面之後，她還會愛這個殺了人的女兒嗎？化外那些從沒見過她的外婆和其他人，能夠接受她成為化外的一份子嗎？

殺人是不對的。即使是在道德觀念沒有樂土那麼重的化外，殺人應該也是不對的，是吧？

殺人是所有不對的事情裡面，最不對的，很糟糕的那種不對，完全沒有任何餘地的那種不對。

一個人不能殺人。只有樂土政府可以殺人，只有政府殺人才是對的，政府殺的人都是壞人，所以殺人也沒關係，但人不是政府，不能殺人。

可是……

有可是嗎？這種「完全沒有餘地」的不對，有任何可是存在的空間嗎？她能對誰說出這些解釋，而不被當作是在推卸責任的強辯？

風輕輕拂來，帶來臉上縱橫的冰涼觸感，想這才發現，自己已經滿臉淚水。

她好睏好累。

想用濕淋淋的袖子抹了抹臉上的淚痕，小小的臉上髒得只剩眼睛還是黑白分明的，但就連這樣一雙眼睛，也累得幾乎要闔上。

她最後再看了一眼那長滿長草的水岸，再看一眼那片她好不容易逃出來的樂土水域，那裡沒有任何人，沒有要她償命的追兵，也沒有媽媽。

然後，她拖著腳，走回覺的身邊，累極倦極地躺了下來。

她得睡一下才行，太累了。逃出樂土好累，找不到化外也好累；沒有媽媽在身邊得自己逃亡已經夠累了，還要和覺一起逃更累；不讓自己和覺被獻給繁星好累，把別人獻給繁星也好累，在這一切之後還要痛恨自己將別人獻給繁星，最累。

想緊緊地靠在覺的身邊，伸手抱著他，像是小時候媽媽抱著自己那樣，一邊輕輕地拍著覺，一邊唱著歌。

不知道從什麼時候開始
毋知影是啥物時陣開始
整個天空只剩下少少的幾顆星
規个天頂賰無幾粒星
連月亮都不見蹤影
連月娘嘛已經拍無去
難道月亮不是永遠在那裡　她還能到什麼地方去
敢講月娘毋是永遠佇彼爿　伊閣會當去佗位
我一直想　一直想　也想不出到底什麼原因
我一直想　一直想　嘛想無到底是為啥物
年輕時喜歡去熱鬧的地方
少年時愛對鬧熱所在去

白天曬著陽光　晚上滿街燈火通明
日時曝日頭　暗時滿街燈火明
從沒想過也會有這麼烏雲密佈的一天
毋捌想過嘛會有這款烏暗天
還以為你會永遠在我身邊……
閣當做你會永遠佇阮身邊……

想閉著眼睛，再自然不過地輕輕唱起了歌。

其實她根本不知道那是什麼歌，在樂土裡大家會唱的曲子，來來去去就是那幾首文藝局公布的歌謠，頂多大家私底下改改歌詞，用同一個曲牌唱，她從沒在媽媽以外的人口中聽過類似的曲調，就連語言都是陌生的。

媽媽對她解釋過，那是這座島上的古老語言，在大家都改說祖語之後，這種語言就在樂土上消失了，只有化外的人還懂得使用這種語言，那也是媽媽的媽媽的語言。

媽媽不肯教她這種語言，擔心她在外頭會不小心說出口，引起注意，甚至遭到懲罰，所以她至今都不知道這首歌唱的是什麼，只是從小聽到大，她不知不覺地就學會了怎麼唱。

神奇的是，唱著唱著，隨著眼皮愈來愈沉重，意識開始隨著歌聲與夜風飄向遠方，她竟然像是真的感覺到媽媽的懷抱似的，竟然，好像真的聽到媽媽在她耳邊輕輕吟唱：

我到處找尋　沒有人知道你在哪裡
四界走揣　無人知影你佇佗

連水面都沒有月亮的倒影
連水面攏無月娘的照影
空蕩蕩的天空就像冷冷的眼神
空闊闊的天頂親像冷冷的目色
問我為什麼從來沒有認真把你放在心上
問我怎樣會一直無共你囥佇心肝頂
天色這麼黑　冷風寒入骨髓
烏暗遮爾深　寒風透入骨
眼前的景色我怎麼會如此陌生
面頭前的風景我怎樣會完全無熟似
想起你說過　想和我一起去一個遙遠美麗的地方
想起你講過　想欲佮我做伙去一个遙遠美麗的所在
只不過那究竟是在哪裡　要怎麼去
猶毋過彼所在是佇佗位　欲按怎去
我怎麼都想不起來
我哪會攏想袂起來
只能在孤單的夜裡　輕輕唱起你教我的歌
干焦通佇孤單的夜裡　輕輕唱出你教我的歌
在歌聲裡回想　你那時候的心情
佇歌聲內回想　你彼當時的心情

媽媽……

那懷抱與歌聲太真實，想甚至還聞見了她們母女經常使用的那種藍色藥劑的香氣，那香氣如此動人，比她從前所聞過的都更細緻，也更鮮明。

歌聲、香氣與懷抱，從想的不同感官同時包圍著她，彷彿和媽媽在一起的一切美好時光都回來了，她卻更用力地緊緊閉上眼，生怕睜開眼睛，這美好的幻覺就會瞬間消失。

卻無法控制淚水，從她緊閉的眼裡滑落。

歌聲停了下來。

「欸？你敢袂抱傷久？按呢會忝啦！不如……哎喲，小等一下，這囡仔敢是咧哭？哪會按呢？敢講伊精神矣？猶毋過我看伊目睭嘛無擘開啊。」

咦？你這樣抱著她會不會抱太久了？這樣你會很累的，不如……哎喲，等等，這孩子是在哭嗎？怎麼會這樣？難道她醒過來了？但我看她沒有睜開眼睛啊。

一句難以理解的語言突然冒出來，歌聲也隨之停下。

等等，不要——不要停，媽媽，我還要聽你唱歌，媽媽，再唱給我聽……

想哭著睜開眼，淚水迷濛間，她看見一張溫柔的臉，正略帶疑惑地俯視著自己。

那不是媽媽。

不是……媽媽？

想怔怔地望著那張也凝視著她的女人的臉，女人伸手拭去她臉上的淚，她於是能將那個剛才唱著與媽媽同樣的歌的女人看清楚。

媽媽和自己一樣是淺棕膚色，但眼前那張臉卻白得發亮，比起媽媽也年輕許多，她還有一頭金色的長長鬈髮，在髮間伸出了深綠色的美麗藤蔓，枝葉間綻放著藍色的重瓣小花，而那些花……那些花，散發出極具存在感的香氣，正是她所熟悉的，藍色藥劑的香氣。

難道……

「你醒了？太好了，都沒事嗎？有沒有哪裡不舒服？」

女人對她展開一個安撫的微笑，幫著還沒理解狀況的她離開自己的懷抱，在床上坐起身子。

女人往後坐到床邊的一張椅子上，依然滿臉關心地看著她。女人身邊是一個標準膚色的灰髮男人，嘴上咕噥著想完全聽不懂的話，看著她的表情卻滿是笑意。

這是一個她從沒有見過的房間，很小，卻乾淨整潔——這是哪裡？他們是誰？覺在哪裡？他還好嗎？

「你是想想對嗎？」女人的提問，暫時壓制住了想所有擠在腦中的疑惑。

她愣了一下，略微遲疑地點點頭。

想想？她想起不久前，她才用力地跟媽媽吵架，要媽媽不能再叫她想想。在樂土，兩個字的名字是不存在的，地球人才會取這種不夠純粹的名字，但眼前這個人，卻叫她想想叫得這麼自然。

「我就知喔，我就知！伊看起來佮山娘細漢的時一模一樣啦！連彼款聯儱歹鬥陣的表情攏全款，我是記了誠清楚，阮這陣一看著伊就知影矣，只是想袂到閣有另外一个……」

我就知道！我就知道！她看起來和藍鵲小時候根本一模一樣，連那個難相處的刁鑽表情都一樣，我可是記得清清楚楚的，我們幾個一看到她就知道了，只是沒想到還有另外一個……

「好矣，你講遮的代誌是欲創啥？這馬遮攏無蓋重要矣。」女人不知道說了什麼，將旁邊那個標準膚色的男人打發走，接著視線再度回到她身上。

好了，你說這些做什麼？現在這都不重要了。

「想想，你知道我是誰嗎？媽媽有告訴過你嗎？」

她眨眨眼，再看了一次那張她從來不曾有過任何記憶的臉，那比媽媽更為年輕的淺色五官，金黃色的長髮，長髮中不斷開枝散葉長出的藍色花朵，以及花朵散發的熟悉香氣……

她不認識這個人……嗎？

想很慢很慢地搖頭，但嘴上卻不自覺地吐出兩個字：「外婆？」

那女人用力點頭，笑得深深彎起的雙眼中含著淚光，朝她伸出手，將她再度緊緊擁入懷裡。「我想要見到你、抱抱你已經好久好久了，每天我都要壓抑著自己去樂土找你們的念頭，天啊，終於見到你了，終於……」

藍色小花隨著髮絲撲騰而揚起的香氣之中，想聽見那個女人，不，是外婆，她說：

「歡迎回到化外，親愛的想想。」

✦漫長的末日－Endless

「再跟我說一次，」她說。「再跟我說一次，你那時為什麼找我加入這個計畫。」

「因為，如果我們對這個醜陋的世界已經無能為力了，我希望，至少規劃新世界的那個人，不僅有能力創造世界，還要擁有足夠勇敢與美麗的心靈。」

「聽起來，你要找的不是我，祂應該叫做上帝。」她重複了當年回他的那句話。

「如果這世界真的是我知道的那個上帝創造的，我想，祂現在應該正忙著後悔。」他促狹地說，很配合地完整還原了那時的對話。

可是，她卻再也沒辦法，像第一次聽見這句話時那樣爽朗大笑了。

她望著自己深愛的那張臉，眼眶忍不住蓄滿了淚，卻始終說不出她最惶惑最恐懼的那個問題——

「有一天，我們也會為現在後悔嗎？」

地底深處傳來沉沉的震動，從她們的腳底順著脊椎一路竄上後頸，月明與琥珀對望一眼，無聲傳遞了彼此心知肚明的絕望與驚恐。

她們從日光中無聲傳遞的意念，在其他人的聲音裡具現為恐懼的驚叫，在對講機裡爆開，接著在她們耳邊化為鬼魂般的餘音。那些聲音的來處都是她們的夥伴，目前四散在鯨島曾經的首都鯨眼市各處，鯨眼市位於鯨島北部的鯨眼盆地，是戰時遭受最劇烈攻擊的地區之一，卻也是目前絕大多數的鯨島人聚集的殘破城市。

這已經是第四次勘查了，也是預定中的最後一次，這次的勘查小隊共二十人，前兩週已經去過了其他預定地，原定下週就會結束勘查，回到他們工作了一年多的團隊總部，並統合這幾次勘查得到的資料，為樂土計畫做最後的修正補遺。

原本前三次勘查都死活不答應讓懷孕的月明隨隊前往鯨島的諾亞，在這次也退讓了。琥珀一方面怪他讓即將臨盆的月明涉險，但也不怪他，或許諾亞和琥珀一樣，也被說服了：即將誕下一個新生命的月明，為了在鯨島建立一個能讓人們安身立命的樂土而竭盡所能的月明，值得最後一次踩在這塊土地上，向她的故鄉告別。

沒有人想得到，就在一切即將底定之際，如今因為各種原因而身處鯨島上的，來自世界各地的鯨島居民，無論是感染災疫的重症輕症患者、重刑罪犯、政治流放犯，或者戰後的鯨島遺民，竟在島上各處展開了反抗世界聯合政府的暴動，其中事態最為嚴重的就屬鯨眼市。

暴民砸毀了街上無處不在的監視器，用火燒刀割將自己後頸上標示的編號抹除，焚毀各種宣導旗幟與標語，搶奪治安單位的武器，並監禁這些公務員，禁止他們對一個海峽之遙的聯合政府中心傳遞訊息。

鯨島在經歷了災疫與戰爭後，原本比肩全球各大城市的進步建設早已殘破不堪，在領袖決議將這座大島當成病患與罪犯的巨型收容所之後，也只是在北中南分別設立了管理基地，不管從世界各地運來了什麼人都塞進去，生活條件極差，況且這些被監禁的人們，絕大多數在戰前都來自於自由國度，不難想見起而抗爭是遲早的事，這也是諾亞一開始的建議讓領袖點頭的原因：建立一個內建制衡系統的社會，降低內部反抗的風險。

或許是祖國在古域實施的類集中營管理方式太多暴動前例，從現實面來考量，不斷加壓也是頗耗成本的做法，領袖於是同意了諾亞的建議。

然而還是太遲了，在他們能夠用全新的樂土系統管理鯨島之前，大規模的叛亂已然成形。

「……快逃……高處，不是高樓，是高處……」遠在那片樹海裡坐鎮指揮，無法到鯨島勘查的諾亞，在通訊器上的微型投影開始晃動斷訊，參差嘈雜的訊號讓早已急得語無倫次的諾亞看來更是狼狽。「……快……安備組開始行動了！」

最後一句話說完，訊息彷彿被硬生生截斷一般，原本搖晃不穩的影像與聲音全忽地收束在一片寂靜中，諾亞消失。

安備組行動了。這句話在月明的腦中迴盪，那麼響亮，響得她幾乎要頭痛。

「怎麼可以？諾亞不是計畫主持人嗎！他不是應該有權阻止安備組的嗎！他們明明知道我

們還在這裡，怎麼可以……」琥珀失控地大喊，早在地震開始前她就已經頭昏胸悶了好一陣子，此刻卻再也管不了那些小症狀了，她轉頭看見月明煞白的臉，微微發顫的唇瓣幾無血色。「你沒事吧？有哪裡不舒服……」

「諾亞管不上安備組，安備組直接對領袖負責，聽領袖指令，他，不，我們，我們只能盡一切力量讓樂土運行得讓領袖滿意，不然，領袖根本不在乎鯨島，也不在乎我們，就像從前一樣，他只想占領與擁有，其他的他全不在乎……」

「但這裡有很多他想要利用的資源不是嗎？用之不竭的人體實驗、器官和基因庫，他……」琥珀喊著，聲音卻漸漸放弱。她也知道的，這一切對領袖來說，只是很不錯的附加價值，如果大家都很乖的話，這些附加價值可以保住鯨島，但如果不是……

如果不是。

「我們繼續往東走，琥珀，你看看其他通訊裝置還能不能用，想辦法提醒大家離開市中心，往盆地四周的山區避難。」

「為什麼？你知道安備組會怎麼做嗎？」一陣眩暈襲來，琥珀體內彷彿有一股力量與地底的震動相呼應，她想起自己這幾日的症狀，有點擔心是不是染上了鯨島裡四處流竄的災疫，但現在完全不是她可以多想的時刻，她只能勉力穩下自己。

「我只知道他們的目標是不費一兵一卒就能遠距滅掉鯨島，除了領袖手上的核彈按鈕，我猜他們也會打算利用盆地西北角那個極不穩定的斷層，甚至北海岸的核電廠……」

就像是應和月明的猜想，一陣低沉隆響再度自地底發出，絲毫不尖銳高亢，卻足以令人恐懼到神經繃斷，彷彿不需要太多知識，就可以本能地知道這是多麼危險龐然的力量，那低得宛如來自地心的聲音化為震動，波浪一般席捲而過。

「啊……」月明俯身抱住肚子。

「怎麼了？你還好嗎？寶寶還好嗎？」琥珀扔開了手上毫無反應的各種電子通訊器，連忙扶住月明。

「這震動……」這震動，彷彿在呼喚她的孩子。月明的聲音微顫，卻怎麼也說不出這麼荒謬的話，只能攀住浮木般地抓住琥珀。「通知其他人了嗎？」

「我……」我聯絡不到任何人。琥珀無法對月明說出這種話，只能撒謊。「我傳出文字訊息了，雖然語音和影像傳不出去，但他們應該都會看到。」

「太好了……希望他們來得及……」月明深呼吸，知道這不是放任自己虛弱的時候，努力地站起身。「我們得趕快離開，幸好我們本來就是往東走，要離開市中心，我們朝這個方向繼續前進就可以……」

「樂土在上！怎麼會所有事情都剛好這個時候發生啊！」

聽見琥珀的慘叫，月明蒼白著臉，居然笑了出來。「你竟然也會脫口說出樂土在上了，我們的工作還真的是做得很不錯啊……」

琥珀翻了個白眼。「見你的鬼，我怎麼會說出這句……對了，你不覺得很奇怪嗎？照理說，樂土明明在下，為什麼這句話會設計成在上啊？根本不合邏輯，我們回去得把這個改掉……」

話說到一半，琥珀才意識到她們很可能沒有「回去」的機會了。

「傻瓜，你還不懂嗎？」月明喘著氣，努力移動腳步。「他們得要把樂土看得比自己個人更重要更優先，才會放棄自由夢想或者其他的什麼，去迎合體制，讓自己長成樂土的形狀啊……這是一種催眠，如果每個人都說這句話，一直說，說到沒有人在乎這不合邏輯，那麼樂土就當然在上，不是在下了……」

「天啊你還真是邪惡大魔王！」琥珀繼續翻白眼，奮力將月明攙扶到汽車後座，為她繫上安全帶，很快地也坐進駕駛座，設定離線導航。「我們一樣以水返腳為目的地嗎？」

「對，那裡，是盆地邊，邊緣，剛好也，多山……」月明的聲音間斷夾雜著壓抑的低喊與喘息，琥珀一邊提醒自己不要慌了手腳，一邊克服自己的不適，用力踩下油門，還故作輕鬆地問月明：「剛剛，我們不是有聊到，你說的那個潮汐回家的傳說……」

「……對，潮汐回家……」月明深呼吸。那是故鄉水返腳的傳說，地上的水每一滴都是來自天上，每一滴水都想著要回家，因此每當滿月大潮，就會藉著潮汐的力量拚命往高處去，而在鯨眼盆地，潮水能夠抵達的最遠的地方，就是水返腳。

水返腳這個地名意味著，到這裡就必須止步，這是他們離天上的家鄉最接近最接近的地方了。最接近，卻還是那麼遠。

「這、這個傳說，不會太悲傷了嗎？拚了命要回家，最接近天空的地方還是那麼遠！這個太不吉利了吧？你們鯨島人怎麼回事，怎麼會想出那麼悲傷的故事啦……」琥珀努力控制著油門與方向盤，四肢從骨髓裡傳來的痠痛感卻愈來愈難壓制，然而她無暇考慮自己可能的病因，往東行駛的途中沿路都是因持續不斷的地震而驚慌失措的行人與車輛，琥珀只能在這些內憂外患中盡可能穩住陣腳，一邊繼續和月明聊著天，努力轉移她的注意力。

「我也，我也不知道……哈啊，呼，老天，我覺得……我覺得，那就是現在的我，好像終於回到家了，卻，卻再也，再也，回不去了……」月明喘息著，每一聲壓抑的呻吟中都飽含痛楚。

「不會啦，那個，你不是說今天是你們的中秋節，本來就是回家團圓的日子嗎？而且今天的滿月聽說是很難得的超級藍月，是月亮最接近地球的日子，能夠引動更大的潮汐，所以沒問題的，今天那些可愛的小水滴一定能跑得更遠一點，離家更近一點的……」天啊她到底在說什麼！琥珀忍不住自問，同時用力轉動方向盤，險險閃過一輛失去控制打橫衝到對向車道的車子，而她到底為了安撫月明說了什麼蠢話，幾乎是此刻最不重要的事了。餘震頻繁且強烈，眼前的交通愈來愈混亂，四處湧動的驚恐與混亂隨著震波傳入車內深深影響著她，好幾次強烈的地震也逼得她必須停車等待一切過去。

但這一切能過得去嗎？

「藍月……超級藍月，糟糕，這樣不行，如果他們這時候引動斷層，這樣會……」琥珀還來不及搞清楚她在說什麼，月明的低喃隨之拔高拔尖，轉為痛苦的嘶喊。琥珀轉過頭，發現後座已經水汪一片。

天啊天啊，月明破水了，怎麼辦！怎麼會在這個時候！

反正車子全一團混亂地塞在馬路上了，琥珀乾脆解開安全帶，奔出車外尋求幫助。路邊有的建築物外牆懸吊的各種輕型店招已經開始崩落，裡頭的人驚慌失措地逃了出來之後又想回到建築內搶救寵物與財物，有人群聚在一起互相安慰，彼此問著無法得到答案的問題，有人四處高喊家人的名字，互相幫著做些力所能及的小事，卻早已沒有人寄望戰後早就不存在的救災系統。琥珀努力在一片混亂中用盡氣力大叫尋求幫忙，用祖語亂喊了一陣之後，她也情不自禁地喊出月明教過她的鯨語。

「夭壽喔，竟然揀這个時陣欲生！」（要死了！竟然挑這時候生小孩！）一個花白頭髮削得極俐落的婆婆聽到琥珀的鯨語，原本驚恐萬狀的表情立刻收束，轉過身來就順口對琥珀啐出髒話，啊，那髒話太有生命力，琥珀記得很清楚，那也是和月明熟稔之後，月明經常不小心冒出嘴邊的鯨語。

來不及多想，她帶著婆婆找來的一眾幫手奔回車邊，月明已經完全無法克制自己的尖叫。

琥珀從沒遇過這種場面，只能模仿從前在影劇中看見的那樣，撲過去握住月明的手，任她將自己的手心掐出血痕。

該死的，她很樂意為月明做這樣的蠢事或任何事，但真正該這麼做的那個諾亞為什麼不在這裡！他阻止不了安備組也就算了，在自己的愛人身邊陪著生下他們的孩子也做不到嗎！這些蠢到外太空去的異性戀都在幹什麼！

哎喲我的天啊，你這個外國人是腦袋壞了嗎？叫我們來幫忙還一直來搗亂，走開啦！

「哎喲僥倖喔！你這个阿啄仔是頭殼歹去喔？叫阮來鬥相共閣一直來亂，閃啦！」婆婆氣呼呼地把含淚緊握月明的琥珀趕走，一派鎮定地指揮其他人幫忙將月明移出車外。

看著這些人把月明搬出車外，坐進不知道哪裡弄來的輪椅。琥珀突然有點緊張：該擔心那個婆婆以及她找來的這些人嗎？鯨島勘查的期間，她們恪守規則，盡可能減少與人們的接觸，畢竟現在這裡可是搜羅了全球的染疫者，而那些疫病的類型與變種根本已經失去控制，雖然這些鯨島人看起來不像生病的樣子，但……

但現在的情勢不容得她挑三揀四了。

月明被推進街邊的屋裡，琥珀追進去之前，見那小小的屋子不像一般常見的鋼筋水泥房，在地震中嘎啦嘎啦的屋頂和牆壁看起來危險極了，看起來……看起來就像是薄薄的一層金屬似的。

那個房子，危險，不可以！

「那個房子，」琥珀大喊，想了想，換成鯨語。「彼个厝，危險，毋通！」

這時候還挑剔？是在造什麼孽啊？這是我們做生意的地方，有水有電有床鋪還可以燒開水，這樣才能幫她接生！如果房子塌了還有後門可以逃，不會危險啦！外面廣告看板到處亂飛才危險！還

「這時閣咧嫌東嫌西！是咧孽潲喔？遮阮做生理的所在，有水有電有眠床閣會當燒滾水，按呢毋才通予伊生囝！若厝欲崩落來嘛有後壁門通走，袂危險啦！外口看板四界飛才咧危險！若

無是欲予伊佇大路邊跤開開擠出來喔？猴毋才按呢！莫佇遐厚沙屑，緊入來啦！」是你要她在路邊腳開開把小孩擠出來？猴子才會這樣！不要在那邊挑剔了，快進來啦！

婆婆在門前對她大喊的鯨語中，琥珀聽得懂的大概只有三成，但婆婆的氣勢驚人，額前兩道特別顯眼的白髮化為中分瀏海，在朝她大喊時微微晃動，她被那說不上來的煥發英姿說服，便乖乖地跟了進去。

這間屋子構造簡單，前半段是黃色系的布置，有擺滿紙片的櫃檯，也有幾張桌椅，後半則是隔出不大卻萬事俱足的生活空間，沐浴間洗手台瓦斯爐一應俱全，甚至還有彈簧床和冰箱。

幾名女性和婆婆在月明身邊忙碌，明明地震仍斷斷續續，她們卻一改方才還因地震而驚慌失措的模樣，各自分工合作地準備幫月明接生，說的鯨語又短又快又急，琥珀只能勉強聽出，她們似乎在戰後因為失去穩定的醫療資源，便多多少少都有幾次替別人接生或被別人接生的經驗，才稍微放心了點，很快地，她便因為空間狹小又毫無用處，也被趕了出去。

「記得，確認一下，呼，大家安全……啊……」在琥珀離開前，月明在陣痛間提醒她。

「你好好生小孩啦，不要擔心，我會找到大家的。」

「還有，不要，不要怪諾亞……」月明從齒間吸氣。「跟他說，孩子，會平安出生的……」

這個笨蛋……琥珀心裡嘟囔著誰在乎那個沒用的諾亞，接著便被不由分說地推了出去。

走到前段的空間，男人們正忙著將放在高處可能會砸落造成危險的東西搬下來，琥珀稍微安心點後，便發現全身的灼熱與疼痛再度回到她的意識中，而暈眩的情況愈來愈嚴重。

她扶住櫃檯，努力穩住自己，有個男人走過來用祖語問她怎麼了，琥珀想假裝無事，卻連張口都感覺欲嘔，卻只能雙手撐住櫃檯，一句話也說不出來。

男人拿了一張椅子來示意琥珀坐下，她點頭致意，坐下來半晌後才終於好些，她拿起男人放在櫃檯上的水，緩緩啜飲的同時，看見櫃檯的玻璃櫥窗裡擺著一些已經看得出時日已久的紙片，琥珀盯著看了一陣子，正覺得眼熟，另一個站在櫃檯後方整理東西的男人發現她的目光，便拿起了其中一張遞給她，和善地笑出不整齊的牙齒。

「拉奇！樂透！」男人不知是在說祖語還是說通用語，總之琥珀勉強聽得出來，手上接過的這張覆著銀漆的紙片，正是自己所想的那種東西，那是在戰爭與災疫前，她也會在街邊買個兩張試試手氣的刮刮樂。

「拉奇！」男人又說了一次，琥珀懷疑如果自己不是語言天才的話，到底能不能聽懂他說的話。

是的，幸運，男人說的是幸運。他們都是手上擁有中獎樂透的人，不然無法在這幾年連綿的天災人禍之中還能活到現在，尤其是鯨島人，如今還能有暖熱血液在體內湧動的，全都是萬中選一的幸運兒。

「多謝。」琥珀用鯨語道謝，在男人揚起眉毛的表情中走出屋外。她得去車上拿剛才沒來得及拿走的通訊器才行，不知道現在大家怎麼樣了，有沒有看到她傳出的文字訊息，她得把月明生產的消息告訴諾亞才行，他最好是用自己的生命阻止安備組把最糟的伎倆用在鯨島，真是太瘋狂了，明知自己人都還在這裡，等個幾天之後再下手不行嗎……

然後，有一瞬間，琥珀感覺到全世界的聲音都消失了，彷彿整個街道整個城市都被抽成真空似的。她沒有來得及思考，直覺地緊閉上眼，就在閉上眼這一刻，原該陷入渾沌的視野一下子全讓白熾的絕對光芒覆蓋，接著以更快的速度陷入黑暗。

她心裡「怎麼回事」的念頭還沒完，一陣宛如從地獄裡颳來的惡魔暴風，已不由分說地捲起她，再將她扔進那一片黑暗之中。

在被拋飛的那一刻，她僅有的是手上那張被祝福以「拉奇」的刮刮樂，在失去意識前，她閃過腦中的最後一個念頭，竟是那個俗爛至極的問題：「如果世界末日就快要來臨，你最想做什麼？」

而她終於第一次意識到自己的答案。

琥珀酒館

月明……

琥珀低喃著，頭痛欲裂地從夢中醒來，眨眨眼，很快地回到了現實——這是她生活了幾十年的房間，而那是跟了她幾十年的惡夢，曾有很長一段時間，她已經習慣了從同一個惡夢中醒來。

不，說起來那個惡夢並不完全是同一個，在夢中，月明有各種悲慘的死法，被地震中倒塌的建物壓死、在爆炸中燒死、被濃煙嗆死、難產失血過多而死、被先後席捲盆地的海嘯與暴雨淹死……這一切都是因為，她並不知道月明最後一刻是怎麼死去的。她不在月明的身邊，她不在。

那是她的世界末日，而她並沒有在她最想要一起共度最後時刻的人身旁。

化外的生活太多挑戰，現實中的重重磨難與反覆的生離死別，讓她連在惡夢中和月明重逢的願望也被磨蝕了。樂土人有很多荒謬之處，但他們稱那場世界聯合政府不惜淹沒盆地的鎮壓行動為悲愴之戰，這悲愴二字，倒是下得很好。

不僅是所愛之人死於那場暴行的悲愴，也是這個世界居然能夠容許這種暴行卻無力抵抗違論推翻的悲愴，更是必須眼睜睜看著這段歷史被卸責栽贓給當時抗暴義士的悲愴。

黑暗中，琥珀撫過微有異狀的頰邊，居然摸到了眼淚，她都忘記自己多久沒有哭過了。琥珀沒有想過，居然在這麼久這麼久以後，她還會為了這樣的惡夢哭泣，她以為自己早已把沒有月明的生活當做日常，這樣的惡夢對她而言甚至是再見月明一面的唯一途徑，時光卻連這點救贖也剝奪了——而今晚她又夢見月明了，是因為這孩子睡在自己身旁的關係嗎？這個長得與她的母親及她的親生外婆一模一樣的女孩，想想。

自山娘長大成人，離開化外之後，她已經好久沒有見到這樣一張，讓她想起月明的臉龐。

琥珀起身，發現自己髮間的藤蔓在睡夢間悄悄伸向睡在一旁的想想，輕輕地纏住了她的臂膀。琥珀一邊試著解開藤蔓，一邊情不自禁的泛起微笑，想起了許久以前，當山娘還願意睡在自己身旁時，也常常一覺醒來發現自己被纏成了生菜捲。

那是好久好久以前的事了。

解開藤蔓，琥珀在黑暗中小心翼翼地起身下床，試著不驚醒和她睡在同一張床上的兩個孩子，想想睡得嘴唇微開的臉蛋和山娘小時候簡直一模一樣，而覺翻了個身，嘴裡喃喃說了幾句似乎和虛擬樂土裡某個應用程式有關的話，接著又沉沉睡去。

她走到階梯旁，踩動油壓升降裝置，階梯末端的金屬天花板緩緩升起，這才終於有一絲光線透入房裡，琥珀悄聲走上樓梯，從一個乾淨廚房的角落走出來，剛剛升起的金屬天花板，另一面是廚房角落的地板。

這裡是琥珀酒館的內場，而深藏地底的是她的房間，每個晚上，她都必須將自己困在那個幾乎是金屬密閉的地下室裡，才能夠安眠。

料理工作檯上正有菜刀剁剁，切碎紅黃綠三色甜椒，堆在一旁剛折成小段的九層塔讓整個廚房彌漫爽洌香氣。

「勢早（早安），琥珀。」正忙著切菜的男人叫做飯斗，背心兩側露出的粗壯手臂幾乎動也沒動，靈活的手腕輕晃，便切好了精緻可愛的彩色蔬塊。他抬起頭，對著廚房那頭的推門點了點下巴。

「飯匙銃佮鯪鯉個拄走，講小等會閣來酒館揣你。」
眼鏡蛇和穿山甲他們剛走，說等一下會再過來酒館找你。

推門的另一端通往酒館外場，琥珀想起這陣子那幾個傢伙整天跟她談的那個話題，心就先沉了一半。

「哎，較講嘛是彼條，是愛我講幾遍……煞煞去，等個來才煩惱。」琥珀搖搖頭，髮間的藤蔓彷彿被她搖醒似的，開始往外伸展。「啊你哪會遮早就咧切菜？看起來，今仔日的早頓較豐沛喔！」
哎，再怎麼說也是談那件事，是要我說幾次……算了，等他們來再煩惱吧。
你怎麼這麼早就在這切菜？看來今天的早餐比較豐盛喔！

「昨昏我看彼兩个囡仔食炊卵食甲蓋樂暢，我就想講個一定嘛會佮意烘卵，早起就來試看覓。」飯斗的肌肉僨張，切菜備料的神情卻是寧靜祥和。
昨天我看那兩個孩子吃蒸蛋吃得很開心，我就想說他們一定也會喜歡烘蛋，早上就來試試看。

「這兩个囡仔予你費神矣，多謝呢。」
這兩個孩子讓你費心了，謝謝。

「講按呢，個是逐家的囡仔，個食得歡喜健康上重要，啊，我看你的花攏發出來矣，你緊
怎麼這麼說呢，他們是大家的孩子，他們吃得開心健康最重要，啊，我看你的花都冒出來了，

去處理。」
（你趕緊去處理吧。）

琥珀稍微偏過頭，摸了一下自己頭上的藤蔓，的確開始冒出花苞了。「無，我先來去，下底房間門我就先開咧，驚佪佇內底空氣無流通，睏袂四序，佪若精神才麻煩你。」
（那我就先走了，下面的房間門我先開著，怕他們在裡面空氣不流通，睡不好，他們如果醒過來再麻煩你。）

在飯斗攪拌蛋液的篤篤聲中，琥珀隨手拉下門邊掛鉤上披掛的長巾，覆住自己的一頭藤蔓與長髮，從後門離開。外頭的陽光燦爛，近處的草地與遠處的山林在陽光下閃閃發光，鳥兒啁啾，這一切如此符合「樂土」的想像，卻諷刺地正是被樂土排除的化外，也是當初來自月明堅持的精心設計，藉以作為樂土人對於弱勢、落後、低等與不道德的投射對象，讓他們更願意安於自己的進步富裕生活圈，致力於避免遭到放逐成為化外之人，而不是探索與理解樂土以外的世界。

月明太聰明了，那時大夥兒都存疑的安排，竟然真的發揮了強大的作用，並且就如她所預想的，這刻意設定的階級差異，隨著時間過去，被樂土人自己發展出來的說法反覆補充得更加周延完整，幾乎是堅不可摧的地步，一如當年僅有遭受悲愴之戰的鯨眼市被淹沒大半，而此刻整個鯨島被泡在海水裡的已經不僅僅是水沒市。

很久以前，琥珀曾聽人說過，時間能夠撫平傷痕，而她見識到的卻是時間能夠如何反覆切割，讓鴻溝與傷痕更深。

走出後門，經過菜園與養雞場，不多久便能看見一幢幾乎讓爬藤覆蓋的兩層樓建築，一樓的紗門老舊卻乾淨，傳出裡頭斷續的哼歌聲音，琥珀輕推紗門，走了進去。

「你睏醒矣？我掠準你佮兩个囡仔做伙睏會睏較晏，佀敢攏精神矣？」穿著手染藍色花紋連身裙的大菁停下手邊工作與嘴邊的曲調，隨口問道。

你醒啦？我以為你跟兩個孩子一起睡會睡得比較晚，他們也醒了嗎？

大菁的下半身用皮帶固定在一架升降輪椅上，她是悲愴之戰後首批化外新生兒之中極少數存活下來的其中一個，她身上的天生缺陷，相較之下已經算得上輕微，至少並不致命。

「無呢，佀閣咧睏，昨暗兩个一直話袂停，嘛毋知到底是當時睏去，而且我房間閣無窗無光，我看佀會睏足晏。」琥珀自然地走向房裡一隅，在大型篩網旁的矮凳上坐了下來，扯下頭巾，開始摘下髮間的花朵，一朵一朵扔到篩網上。

沒有，他們還在睡，昨晚兩個一直說話都停不下來，也不知道到底是什麼時候睡著的，而且我房間也沒有窗戶沒有光線，我看他們會睡得很晚喔。

不過是從酒館到大菁家這樣短短一段路，琥珀髮間的藤蔓便彷彿以陽光為養分似的，用暴風般的速度飛快生長，一朵一朵的重瓣藍花在她金色的髮間綻放鮮美與馥郁，琥珀踏入建築裡時早已香氣四溢，摘下的花朵，在離枝後更散發出強烈而不容忽視的豐美氣息。

「哎喲，就叫你毋通家己挽矣！你挽甲有夠清彩，愛連蒂頭做伙挽落來，按呢激出來品質較好……哎喲，我那講你閣那挽，氣死！手共我放落來！」大菁趕緊收拾好手邊的東西，推著輪椅趕過來，篩網旁這矮凳高度原就是為了每天兩次的採集，輪椅移動到琥珀身邊後幾乎無需調整高度，就能直接接手摘花的動作。

哎喲，就叫你不要自己摘了，你摘花摘得很隨便耶，那個要連蒂頭一起摘下來，這樣蒸餾出來的品質比較好……哎喲，我愈說你還愈摘，氣死人了，手給我放下來！

「這我頭殼頂的花，我敢袂當挽？」

這我頭上長的花，我還不能摘？

你頭上這是我們大家的花，別亂說。

「你頭殼頂的花是咱公家的，莫烏白講。」大菁笑著拍開琥珀的手，細細地一一摘下她髮間的花朵，一雙長期浸泡在染料裡的手並不美麗，但撥髮、摘花、收集的手勢卻極為俐落優雅。

「你無大無細，哪通按呢拍序大人的手！」（你沒大沒小，怎麼可以這樣打長輩的手？）

「你是偌久無照鏡？拜託咧，看外表，你叫我阿姨嘛袂過份。」（你是多久沒照鏡子？拜託喔，看外表的話，你叫我阿姨也不過分。）

「你這个屁窒仔卻是愈來愈過份呢……」（你這個臭小鬼倒是愈來愈過分啊……）

兩人說說笑笑，摘下的重瓣藍花很快地集滿了一大篩網。每天晨昏，琥珀的例行工作便是到大菁家裡，將這滿頭繁花採集下來，接著大菁會用這些花蒸餾出精油與純露，提供所有化外之人使用，當然，偶爾也會經由特殊管道送進樂土，在某些必要的時刻發揮作用。

她頭上這種無人認得的植物，是琥珀在悲愴之戰後整整昏迷了三個月醒來時，便開始在她髮間生長的，沒有人知道為什麼這種植物會從她的頭皮和髮絲一樣自然地冒出來，並在每天晨昏都開出滿頭藍花，但自琥珀從昏迷中醒來，與這頭藤蔓一起出現的，還有停止老化的「症狀」，兩者似乎可以很自然地聯想在一起，但基於化外之人的處境與能力，至今仍沒有人能證實這藍花與停止老化的情況有關。

讓琥珀連續高燒昏迷三個月的，除了悲愴之戰當時的爆炸波傷害與原爆後遺症之外，更有她在那之前就已感染的災疫。在當時的醫療資源與無數瀕死的傷者病患之中，始終高燒不退且毫無意識的琥珀，與其他傷病殘疾者一樣，被視為將死之人，只能靠著尚有餘力助人的鯨島人們給予最基本的照護。而當她從九死一生中恢復意識，世界已經澈底變了樣，無數大小主震餘震引發的海水倒灌與連續兩個月停留在鯨眼市上空的強烈颱風，讓鯨眼市遭惡水淹沒，所有來不及救出的人們，都永眠在那片水域底下，就算從那片惡水中逃了出來，隨著水災而來的瘴癘更使原本以病毒為主的災疫更加猖獗，死者無數。

琥珀在滿是病患、傷者與難民的體育館裡醒來不久，那位幫月明接生的婆婆便為她帶來了月明的死訊與倖存的嬰孩。據婆婆說，災禍降臨的那瞬間，她才剛把月明產下的女嬰抱給月明，女嬰在月明懷裡正與母親第一次四目相對的時刻，她們身處的簡陋鐵皮屋瞬間塌毀，婆婆傾身護住母女倆，救援來到時，被兩個女人交身護在懷中的女嬰幸運生還，婆婆受了傷但沒有危及性命，月明卻回天乏術。為了保住更多人的性命，他們只能把還活著的人先帶往安全的地方，沒有人想到，不多久後整個盆地便全遭淹沒，死者也只能永遠留在他們的殞命之處。

琥珀沒來得及怨恨，就從收音機裡聽聞了諾亞與幾位團隊中的組長一同力阻鎮壓行動，被當成叛亂分子，羈押後公開處死以儆效尤的消息，她這才深刻地知道，勘查小隊不只是在鎮壓當下被棄絕在這座島上，而且即使萬幸活下來，也無法離開了。在亂世出生的這個孩子，或許是知道自己的身世與命運，總是聲嘶力竭，像是要把肺裡的空氣全擠出去那樣的奮力哭泣著，唯有在毫無育兒經驗的琥珀懷裡，她才願意緩下哭嚎，歇口氣。

說起來，一開始就是婆婆發現她髮間這種怪花的香氣，讓原本哭個沒完的嬰孩停止躁動，便試著用這種花搗碎抹在人們的鼻尖胸口，發現確實能帶來平靜，甚至嘗試著磨成泥狀敷在淺層傷口也能幫助癒合，長期使用還有提升免疫力的意外效果。

當時除了抱著月明的女兒發呆落淚之外，完全無法振作的琥珀，就這麼任由婆婆拿她頭上的藍花做出各種嘗試，婆婆用她髮間的花葉幫助了許多身心都備受傷害的人們，也是婆婆將這種植物命名為「萃草」，將月明留下的孩子喚做「山娘」。

婆婆說，山娘是一種鯨島特有種藍鵲，體型豐美，顏色豔麗，最重要的是適應力強大且性格強悍，而這是一個唯有如同山娘一般的女人才活得下去的世道。

在悲愴之戰那一日出生並見證母親與數十萬人死去的山娘，就這麼在婆婆的懷裡、萃草的寧人香氣間，以及所有倖存者拚命活下去的努力下，奇蹟般地長大了。活下來的人們見證了樂土社會如何在恐懼的廢墟中逐步建立，在淹沒鯨眼市的惡水中，以立體列印技術架設起的諸多島站與其上的建築，所能提供的生活條件雖不如戰前，但比起想盡辦法在山區外圍自力更生還是好得太多，許多流離失所的難民不得不低頭接受聯合政府的安排，從此絕口不提他們經歷過的真相，拋棄名姓，接受政府派發用以代替編號的祖文單字，成為樂土順民，而當痛苦與恐懼龐大到足以遮天蔽日，即使是留在化外不肯被招安的人們，也不忍心批評與己不同的選擇。

時光漸漸流向遠方，直到山娘已經長成一個小小少女，而婆婆臨終之際，他們才確定了一直有些懷疑但始終沒有證實的那件事：自琥珀從悲愴之戰後的高燒昏迷醒來，她的生理時鐘似乎便停止了，她不再變老，始終停留在與月明相遇與死別的年齡。

從她頭皮上與金髮一同生長的濃綠藤蔓，每日晨昏都會開滿小小的重瓣藍花，而她髮間生長週期極短且不斷凋落的花朵，彷彿代替了琥珀體內細胞代謝老死一般，成為了她的祝福，或是詛咒。琥珀知道，自己這項不知從何而來的異能，絕不能讓聯合政府知悉，她從此在戶外都不忘以長巾遮蓋髮間的藤蔓藍花，也不敢隨意離開室內，甚至夜間必須睡在全以金屬片圍起的酒館地下室裡，才能感到安心。

在大菁熟練俐落的巧手下，琥珀頭上的萃草花被摘了個乾淨，大菁還順手幫她把瘋長的藤蔓修剪得比她的原生金髮更短一些。大菁雖行動不便，但心細的她承襲了婆婆的各種手藝，婆婆離世之後，便接手了蒸餾萃草精油與純露的工作，萃草不僅有助於抵抗病毒，平靜人心的香氣更成為化外之人的精神寄託，就連山娘後來與琥珀決裂，離開化外前去樂土生活，都還得靠著鯪鯉他們每個月偷偷送去一批萃草精油與純露，也是在那之後，他們才漸漸發現，體內萃草的濃度到達某個數值，可以悄無聲息地阻斷樂土人體內植入的晶片與神經系統的連結，避開精密智能政府的監控。

化外現在這些只會講祖語的樂土傢伙，幾乎都是這麼來的。

別過大菁，承諾她稍晚會請酒館的海量仔拿雙倍的啤酒來交換，琥珀便蓋回頭上的長巾，拎著兩瓶蒸餾好的萃草精油，離開大菁那幢被爬藤覆蓋的綠色小屋，才剛闔上紗門，裡頭便又傳出了大菁閒適的哼唱。

大菁低低喃喃的歌聲，讓琥珀感到安心。

這樣不是很好嗎？過著自己努力得來的平靜生活，那就夠了，沒有道理非要冒險改變。琥珀自語著，彷彿要對抗昨晚，前天，以及這陣子，那些想要做出改變的勸說。

不管是樂土人或化外之人，他們之中沒有一個知道，月明與她還有團隊裡的每一個人，當時是多麼努力地想要為他們在最糟的亂世與惡地裡，撐出一點點擁有尊嚴的生活空間，如今的危險平衡得來不易，怎麼能夠輕易說改變就改變呢？這樣他們當時的努力、為此承受的所有煎熬、做出的一切犧牲，難道都不算數了嗎？琥珀悶悶不樂地想著，從琥珀酒館的前門繞回家。

琥珀酒館位於幾幢相近但各自獨立的大型鐵皮屋聚落中，波浪紋理的外牆上，橫亙著一塊原本是亮桃紅如今是暗粉紅的短絨招牌，四周框著彩色小燈泡，短絨牌面上金色的花俏立體字，排列方式很是俏皮，左上先是較大的「知音」二字，右下則是字體較小的「小吃部（附設卡拉ＯＫ）」，其中「ＯＫ」二字還微微傾斜，彷彿想模擬歌唱時的搖頭擺腦。

自從琥珀住進這裡的地下空間，而一樓成為鄰近的化外之人經常聚會的場所，因此暱稱為「琥珀酒館」之後，經常有人提議要將外牆的招牌字樣換成「琥珀酒館」，但琥珀都堅不答應。

作為一個為人們保留記憶的「琥珀」，她想要盡可能地保留這座島嶼的記憶，畢竟那也保留了月明的記憶，再說，那個微妙的「卡拉ＯＫ」，雖然僅僅四個字，卻是巧妙融合了琥珀與月明的母語，甚至這個詞本身便源自於另一個戰前國家的文化，自此而後，這僅容得下祖語的世界便再也不會有那麼自然的語言文化融合了，那難道不比她自己的名字更該被留下、被記得嗎？

她推開同樣保留了原始設計的桃紅色斑駁鍍膜玻璃門，門上掛著的風鈴款擺著嘻笑起來之前，琥珀先聽見了來自屋內的片段爭執。

風鈴響後，爭執停下，化為眾人無言的目光，投向剛進門的她。

唉。

放出去的鴿子回來了嗎？
「放出去的粉鳥敢轉來矣？」琥珀穿過長型空間走向他們，兩邊靠牆擺放著幾組褪色的桃粉色系沙發軟墊雅座，其中一面長邊的牆上開了窗，鑲著霧面的玻璃，另一面則鑲嵌了半身高的鏡面，一邊反射了窗外映入的光線，一邊映照著印花壁紙與貼皮木紋地板之間，正大踏步往空間末端的半圓形小舞台走來的琥珀。

這個用兩層階梯稍微墊高的小舞台，從前原來是提供用餐客人唱歌的設備，如今他們在原本掛投影布幕的地方貼上大幅鯨眼市地圖，標上了水沒市各島站位置與周邊幾個已知的化外聚落，成為聚在一起研究路線的會議角落。

還沒。
「猶未。」名喚鯪鯉的男人搖搖頭，答得簡單扼要，眼光瞟向牆上的地圖，又轉回琥珀身上。
這樣的話，你想通了沒？
「若按呢，你想通矣未？」

還沒。
「猶未。」琥珀也答得乾脆，她走近地圖，端詳了片刻，確認其中並沒有更新的資訊。

完全沒有消息嗎？
「敢完全無消息？」

沒有人答話。

酒館深處，五六個人群聚在地圖前，地圖上方與鄰近的吧檯設置的幾支發光二極體燈條，是酒館裡少數的人工光源，但經由大面鏡牆與天花板上各處懸掛的旋轉燈球交相反射映照，偌大的空間裡其實並不昏暗。

這樣的光線，已經完全足以讓琥珀看清楚，這群人眼神中的憂慮與焦急。他們之中有人來自樂土，也有土生土長的化外之人。

唉。

「這馬外口有幾隻粉鳥……（現在外面有多少鴿子……）」琥珀摘下頭巾，順口說出的話語略頓了頓，顧及在場的人之中有的來自樂土，不諳鯨語，便改口使用祖語。「現在外面有幾個人了？」

「不算山娘的話，放出去七隻了。」一身黑的夜婆臉龐被落腮鬍掩住大半，仍看得出疲憊的臉龐上鑲著英氣眉眼。「三個樂土來的，還有飛鼠、草猴、柑仔蜜和烏秋（飛鼠、螳螂、番茄和大卷尾）。」

「沒一個傳消息回來？」

夜婆搖頭，伸手指著地圖上標記出來的幾個島站。「這次我們找遍了他們可能關人的地方，但是怎麼都找不到山娘，連她的位置都沒辦法確定，別說是救人出來了。而且，這次派出去的人回報消息是五天前的事情了，到現在都還沒有消息，我擔心，他們說不定也……」

夜婆停下來，瞥了一眼旁邊抱著嬰孩，滿眼憂慮都快要從眼角流出來的樂土女人，那女人和她的丈夫是山娘與鯪鯉帶出樂土的最後一批人，叫做蓮的女人在化外生下了孩子沒多久，她的丈夫就因山娘在行動中被捕而投身救援行列。

夜婆可以想像這女人有多擔心，她怕孩子才生下來就失去父親。但夜婆同時也能理解琥珀的焦慮，一直以來，只有遭到樂土官方「放逐」的少數樂土人能在化外生活，雖然幾十年來還是有少數主動離開樂土的樂土人，但畢竟數量極少，化外也只是被動地接納他們，而這個相安無事的平衡卻在這幾年被打破了。

自從那個和山娘結婚的樂土男人左，因性傾向被判刑後放逐到化外，一切都變了。左原本便因為與山娘的相處而對化外頗有好感，遭到放逐後更是如魚得水，認為化外的生活比起樂土更自由寬容，於是和還留在樂土裡的山娘聯手，利用萃草精油能夠阻斷晶片與神經連結的特點，將一些不適應樂土生活的樂土人帶往化外，稱之為「移植」，而鯪鯉、夜婆這些化外之人，也因為認同左與山娘的理念，加入了協助移植的行列。

隨著主動離開樂土的人愈來愈多，琥珀也愈發擔憂。她深知化外的存在只是為了用來強化樂土內部的文化制約，破壞平衡的後果很可能不堪設想，她曾與左爭執過，也曾託鯪鯉傳話給山娘，要她即使阻止不了也至少別參與這麼危險的行動，但他們深信人人有權知道世界的真相、選擇自己想要的生活。琥珀還沒來得及說服他們，左便在一次移植行動中遭到水沒市市警局派出的器警隊殺害，山娘則為了救出與左一起行動時重傷被捕的夥伴，自己也被捕了。

琥珀如今面對的為難，是該不該為了拯救自己帶大的心愛女兒，而冒著激怒聯合政府的危險，派出更多化外之人去涉險救人。

「這件事都怪我不好，山娘那時已經跟壞躲了起來，是為了救我，山娘才現身引開那些器警，不然他們大可平安無事地逃回化外。山娘被抓走這件事，我應該要負起責任，」鯪鯉不等琥珀開口阻止，搶先說了。「我的傷也沒有什麼大礙了，今晚我就出發去支援他們。」

鯪鯉和山娘是幼時一起長大的青梅竹馬，即使山娘不是為了救他而被捕，鯪鯉也還是會將救回山娘這事攬在身上，琥珀清楚得很。

「我說過很多次了，沒有人怪你，而且現在沒有半點消息回來，更不能讓你就這樣莽莽撞撞跑去送死。」鯪鯉的左腿分明還上著夾板，說什麼沒有大礙？太荒唐了。

「現在說這種話未免也太遲了。你當初就該想清楚，不應該為了救自己的女兒叫別人去送死。」飯匙銃雙手抱胸，揚起下巴的一瞬間，馬尾在她的腦後隨之擺動。「我們剛剛已經決定了，鯪鯉、夜婆和我今天晚上出發，我們會把人找回來。」

「我什麼時候把他們當成別人了？更不用說叫他們去送死……」

「這批人裡面有夜婆的兒子飛鼠，有我的愛人柑仔蜜，還有她的丈夫和這孩子的爸爸……」飯匙銃下巴輕點了點，示意站在一旁的蓮與她懷裡的嬰兒。「他們這麼久沒有消息，你難道就要我們什麼都不做，跟你一樣在這裡空等？我本來就反對讓他們去救山娘，十幾年前是山娘跟你翻臉，自己要離開化外去樂土，她都改了樂土名字，叫汐叫了十幾年，根本已經不是你們的山娘了。自找麻煩被抓了以後，反倒要我們的家人愛人冒著危險去救她回來？現在連他們也沒有消息了，總不是還不准我們去找吧？」

「飛鼠、草猴、柑仔蜜和烏秋都是在外面跑慣的，他們很清楚怎麼躲樂土人或無人機，如果連他們都遇到困難，我怎麼可能情況不明的時候，讓更多人再去冒險？」

「不是只有他們，我們都跑過好幾次外地去收集太陽能儲能電池和發電機燃料，在這裡生活誰不是這個樣子？我們可不像那些樂土人都被圈養得好好的。只有你，只有你，好像頭上會開花有多了不起似的，從來不肯離開你的地下室太遠，什麼都怕得半死，要我們低調一點，不要做任何會激怒外面那個聯合政府的事，你就只會待在這個酒館裡，小心翼翼地養著你滿頭長生不老的花，要我們過你們設計的這種沒有尊嚴的生活，然後說這是在維持他媽的平衡……」

「夠了！」鯪鯉沉聲怒斥。「你說這是什麼鬼話？如果不是為了保留萃草給大家用，琥珀何必限制自己只能待在酒館附近？化外之人每一個都用萃草用得那麼兇，更不要說現在還要支應一些樂土人，她難道喜歡限制自己的行動嗎？」

「一開始或許是吧，但你看看她現在這樣，不只自己不敢離開酒館太遠，連我們想要爭取更多自由她也要阻止，你敢說這不是她自己貪生怕死嗎？」

「阿銃，」琥珀開口。「我從前也是在自由國家長大的人，要說自由，我比你們這些在這座島上出生，從沒經歷過戰前的人更懂，但你知道嗎？自由是要付出代價的，而且不是每個人都付得起那些代價，甚至，這個世界之所以曾經自由，現在卻不自由，也是因為有些人認為，比起自己的利益，比起多得到一點想要的好處，自由沒有那麼重要，可以一點一點讓出去，我們原本擁有的自由是這樣消失的。」

「那不就是你現在這樣嗎？」飯匙銃毫不退讓地看著她。「你不就是為了維持現在的生活，不願意付出代價去爭取嗎？」

「不，我是知道代價。我失去過心愛的人，我不想再失去一次。」琥珀眼睛一閉，眼前映出早前的惡夢，再也說不下去。

眾人安靜了半晌，夜婆長嘆一口氣。「我們不是不知道必須付出代價……」始終站在眾人身後，用花布頭巾包住大半頭臉的女人也輕輕地說：「我不清楚化外，但在樂土，每一天都在付出代價，只是一開始，我們根本不知道那是代價，還以為是特權。」

「你們以為那樣就是代價嗎？」如果不是諾亞和月明，如果不是他們的付出與努力，你們付出的代價會更高昂，高到你們根本連自由是什麼都不敢想。琥珀深吸一口氣，將後面這些話吞了回去。

但飯匙銃並不領情。

「代價代價，你說得好像我們只是一群不知感恩、整天吵著要吃糖的小孩，我倒想問問你，要多輕微的代價你才肯試著爭取自由？你自己難道不是也痛恨這種生活嗎？你難道不是也恨透了只能偷偷摸摸去撿那些他們默許我們撿來用的東西勉強維持生活？明明不知道界線在哪裡，卻拚命後退限縮自己的行動，就怕別人找到理由對付我們，所以先綁住自己的手腳，什麼都不敢做——有無人機的地方要避開，樂土人住的地方要避開，明明知道樂土人都把我們當成垃圾，我們還要告訴自己沒關係至少我們化外活得比樂土人更自由……自由？自由不是這樣在別人眼皮子底下看臉色，不是自己先畫一個框框說只要我不越線就很自由，還把那個框框愈畫愈小！你們喜歡這種自由就自己好好享受，我不要！我告訴你們，我不要！我寧願因為站出來爭取而死，也不要這樣活著！」

飯匙銃甩頭離開了這一小群人，沿著琥珀剛走進來的來路，離開了琥珀酒館，她與她腦後的馬尾姿態昂然，一如吐信的眼鏡蛇。

向聯合政府要求自由要付出什麼代價，她是知道的，但相反地，琥珀似乎並不那麼確定，默不做聲必須付出什麼代價。

或許依然會失去所愛，只是用不同的方式，就像現在，她即將要失去山娘一樣。

飯匙銃離開了。只是走了一個人，酒館裡卻一下子安靜下來。

怎麼能委屈鱉三地縮在他們允許自己苟活的這一小角，這麼沒有尊嚴地活著，還不知羞恥地說這是自由呢？琥珀問自己，並且意識到，同樣的疑惑與同樣的鄙視，也曾是她對月明的想法，她瞧不起月明被滅了國還加入無疫之島的籌備團隊，她瞧不起月明明知她的工作是一種極致的剝奪，還能發自內心地專注投入於設計出一個能夠自然平衡的社會系統——直到她知道月明是在一種極度的絕望下奮力在地獄業火裡為這座島上的人們撐出一片清涼地，直到……

直到她自己也在悲愴之戰中，經歷了那樣的、極度的絕望。

沒有人應該經歷那一切，所以這近五十年來，她拚命避開事態朝那個方向傾斜的可能。但，那就代表他們應該要經歷這樣的生活嗎？如果說樂土人是被豢養的家畜，那麼他們這些在外圍依靠舊時鯨島留下的物資勉強過著這幾十年日子的化外之人，甚至算不上野生動物，充其量只是流浪貓狗罷了。

琥珀完全能夠理解鯪鯉與飯匙銃的想法，不，恐怕不只是他們，而是更多化外之人的想法，他們絕大多數在悲愴之戰後才出生，從懂事開始就過著這樣的日子，他們肯定很渴望改變——但她，她是經歷過那些地獄場景的人，她深知如今的生活或許算不上好，但絕對能夠更糟。

他們想要說服她，只是因為她是聚落裡最年長的人，她傳承了許多能在化外的現實條件下活下去的知識，提供了源源不絕的新鮮萃草維繫大家的身心健康，大夥兒就算不認同她的想法，也希望給她基本的尊重。可是，說穿了，他們若真的想要起而反抗，根本不需要琥珀點頭。

她只是一個空有年輕美好的外表，心卻枯槁凋萎，比起爭取幸福，更恐懼招致災禍的「長輩」而已。但她是經歷過悲愴之戰的人啊，她是知道對方有多麼強大、多麼無情、多麼殘酷的倖存者，這些傻孩子為什麼就是學不會認清現實呢？

「剛才飯匙銃說的話，你不要太放在心上……她這個人就是這樣，你也知道，而且她和柑仔蜜感情好，這麼久沒有柑仔蜜消息，伊一定足煩惱，一時衝碰才會按呢講。（她一定很擔心，一時衝動才會說這種話。）」吧檯後的海量以鯨語祖語交雜著，企圖緩頰。「阮攏知影你毋是因為山娘是恁查某囝才想欲救伊，飯匙銃按呢講實在無公平。（我們都知道你不是因為藍鵲是你女兒才想救她，眼鏡蛇這麼說實在不公平。）」

「是嘛，所以說這時不是應該來一杯啤酒嗎？喝一杯大家才能消消氣啊。」鯪鯉刻意輕浮地用指節敲敲吧檯，企圖軟化氣氛。

「我們琥珀酒館是有原則的，今天啤酒的供應時間可以從太陽下山往前提早到下午，不過中午前就喝，是有點太過頭了！」海量笑著說。「我倒是準備了一些給那孩子們的牛奶，你要的話……」

「不用不用，那玩意兒產量那麼少，留給小孩喝就好。」鯪鯉話沒說完，吧檯後便傳來兩個孩子完全不知節制音量的爭執。

「……外婆怎麼不見了？是不是你搶了外婆的被子，害外婆沒睡好啊？」

「什麼啊，明明是你睡在我跟外婆中間，要搶被子也是你搶的……啊不對，要叫阿媽，阿媽有說要用鯨語叫她阿媽，不要叫外婆，你都忘記了！記性超溺的耶。」

「喔你好吵，都是你硬要跟我們擠啦，一定是床太小了睡不好所以外婆……所以阿媽才那麼早就起床了，你真的很煩欸，今天晚上你可不可以讓我們獨處啊？」

「欸你怎麼這樣，我也是跟你患難與共一起逃出樂土的耶，我也有心理陰影好嗎？我也需要有人一起睡才……」

「你心理陰影個海啦，後面根本是我把你拖回來的……」

都還沒見到人影，吧台後方傳來的你一言我一語，已經悄悄鬆動了酒館裡原本僵滯的氛圍。孩子就是孩子，連心理陰影都能聊得這麼輕快。

「恁起床囉？恁阿媽佇……」
你們起床囉？你們外婆在……

「好香！好香！這是什麼！好香！」

「哎喲恁兩个！無想欲活矣呢！這菜刀足利啦！」
哎喲你們兩個！不想活了嗎？這菜刀很利耶！

「聽不懂啦聽不懂！這是什麼！好香！」

「九層塔啦，謼！拜託你們不要那麼瘋，這菜刀我每天磨，利得很，這樣很危險！」

「但是這很香！這在樂土都吃不到！」

「城寨島才吃不到，我在我家有吃過喔。」

「怎樣？現在樂值二十級也吃得到了啦！」

「我又不是那個意思……」

彷彿說好了似的，吧檯前的幾個人，都沒有開口說話，靜靜地聽著他們的拌嘴。琥珀唇邊泛起無人得見的微笑，尋思著這兩個孩子，或許是月明為她年老的餘生安排的美好伏筆。

真的很神奇不是嗎？才相識短短一年的人，居然能在往後的數十年裡，成為她記憶中最難以割捨的一段，而那個人的女兒、孫女，甚至這座與她原來毫無關係的島嶼，全都成了她生命的重心。

「好矣啦，你們這樣生吃吃光的話，我等等沒辦法做烘蛋給你們吃。」

「烘蛋？你是說，前天晚上吃的那個？」

「毋著，是別款做法，若摻九層塔落去，讚！愈芳喔。」不對，是另一種做法，如果把九層塔加進去，哇喔，那就更香了！

「好好吃的樣子！雖然聽不太懂但是聽起來就好好吃！飯斗阿叔拜託你趕快做！」

「那你們不要再偷吃了，大家都在前面，你們先過去等吧，我做好就給你們送過去。」

「飯斗阿叔最好了！」隨著歡呼聲，兩個孩子爭先恐後地從吧檯旁的推門闖進酒館。

琥珀看見，他們靈動的眼睛在發現自己時的一瞬間發出了光，他們喊叫著，張開雙手，朝她奔跑過來，一點也沒有遲疑地撲上前抱住她。

「阿媽！你在這裡喔？你起床很久了嗎？你是不是被想想的打呼聲吵醒的？」

「你才磨牙！你還講夢話！」

酒館裡的幾個人全都笑了起來，極為自然地，他們離開了地圖前那個氣氛凝重的位置，和孩子們一起在吧檯旁的桌邊坐了下來。

「喔，想想，你罵阿覺的那個氣口，跟你媽小時候一模一樣，你知道你媽以前也是這樣罵我的嗎？」鯪鯉大笑，坐到兩個孩子身旁。

「真的嗎？好好笑喔哈哈哈。」覺開心地嚷著。「我好像可以想像耶，那天想想跟她媽媽吵架時我也在旁邊，那真的超海的啦！」

「喔我還沒看過兩個山娘吵架，那一定跟打雷一樣吧？」

「真的，鯪鯉阿叔，你講的一點也沒錯！」

鯪鯉和覺彷彿兩個年紀接近的青少年似的，你一言我一語地損起他們的青梅竹馬。

「早知道你來這裡這麼吵，我那時就把你留在樂土就好，我一路上還會少很多麻煩！」

「你怎麼這麼說呢？光是為了飯斗阿叔做的晚餐，我們經歷的這些都太值得了，對吧，想想！」

覺很自然地跟著琥珀阿媽和化外的大家，也開始喊兩個字的「想想」，彷彿他一直都是這樣叫她似的，甚至也習慣了大家喊他「阿覺」或「覺仔」，彷彿他從來不曾和所有樂土人一樣，自小便相信唯有基因低劣的地球人才會取那種超過一個字的複雜名字。

想想沒有回話，她相信對覺來說是真的很值得，但她不確定對自己來說是不是也這樣——想喜歡化外，喜歡阿媽，喜歡每一個人都認識她也知道她媽媽，而且可以告訴她很多媽媽小時候的事情，甚至喜歡這裡特別乾淨清爽的天空和綠地，但是，這一切真的都值得嗎？

值得她為了來這裡，而親手奪走一個人的生命嗎？

或者說，想，一個為了逃離樂土拯救朋友而殺了人的女孩子，值得這麼美好的化外嗎？

「等早餐的時候先喝點牛奶吧。」海量將牛奶壺與幾個杯子用托盤一起端到桌邊，在覺的歡呼聲中，想甩甩頭，努力忘記那個男人的血與氣泡一起從頸間湧出的畫面。

「哇，海量仔，你端牛奶的姿勢跟表情，和端啤酒的時候完全不一樣耶！」

「哈哈哈哈哈，鯪鯉阿叔你太好笑了，海量阿姨端啤酒的表情是怎樣？很兇嗎？」

「這個應該要用鯨語說，赤，足赤，哈哈哈。」

「足赤！」覺大聲重複，和鯪鯉一起笑得東倒西歪。

「再講我的壞話，信不信我就去廚房跟你們飯斗阿叔告狀，叫他不用準備你們的早餐了。」海量覷了他們一眼，將牛奶壺遞給蓮身旁那個包著花布頭巾的女人，笑著走回吧檯後方。

花布頭巾女人靜靜地倒了三杯牛奶，將其中一杯遞給一旁的蓮，蓮趕緊搖手婉拒。「不不，牛奶產量不是很少嗎？我就不跟孩子搶了。」

「你懷裡這個也是孩子，媽媽要多點營養，才有力氣好好照顧孩子啊，你也要適時休息一下。」花布頭巾女人溫柔地堅持著，一旁的鯪鯉也順手接過蓮懷裡的嬰兒，讓她有餘裕好好喝杯牛奶。

「對呀，蓮阿姨，杉教回來要是發現我們沒有分你牛奶喝，他會罵我們的！」想一邊說著，一邊將手上的杯子撒嬌地湊到琥珀嘴邊，好說歹說地一定要阿媽先啜上一口，自己才肯喝。

「我以為在化外什麼東西都有，連這裡都不容易拿到牛奶嗎？」覺咕嘟咕嘟大喝了幾口之後才說。「我們家以前每週日早上都會有無人機送過來耶。」

想正要說話罵罵覺那種老是展現自己家樂值很高的討厭態度，那個花布頭巾女人先說話了。

「就算每個禮拜都有，也輪不到你喝啊，不都是父親喝掉了嗎？」

「你怎麼知……」覺抬起頭，目光對上女人露出來的一雙藍眼睛，便硬生生地呆住了，唇上半圈白鬍子似的牛奶痕跡，搭配驚愕半張的嘴，以及險險就要掉出來的大眼，那樣子說多傻就有多傻。

「你這表情會害我們家掉樂值的，太蠢了。」女人笑著，拿下了花布，露出一頭墨黑短髮與任何樂土人都不會認錯的那張臉蛋。

「姊姊！」覺的嘴唇勉強張合，說出這兩個字後便衝上前去撲進園的懷裡。「姊姊！你沒有獻給繁星！你沒有掉進湖裡！太好了，姊姊……」

「對呀，我沒有獻給繁星也沒有掉進湖裡，我只是，不在樂土了，不過還真沒想到，掉到湖裡的人是你啊，原來你也跑到這裡來了，早知道你也要來，我就帶你一起來了呀。」園微笑著低下頭，溫柔地拍撫弟弟，嘴裡不忘揶揄他幾句。「哎，我還真不知道我們倆感情這麼好，你這麼擔心我呀？」

「也，也不是，我……」覺有點不好意思地鬆開環抱住姊姊的手，後退了一步，還悄悄偷看了一眼想。「畢竟是一起長大的家人嘛……只是，他們怎麼沒人跟我說你在這裡呀？」

「你們一個黑一個白，長得完全不像，誰會知道你們是姊弟啊？」夜婆笑道。

「你們剛來的那幾天，我剛好跟著化外的朋友一起去附近的聚落交換物資了，昨晚才回來，聽他們說來了兩個新來的孩子，愈聽愈像你，就跟過來看看了。」園說。「你也是瞞著母親來的嗎？家裡還好嗎？」

姊弟倆說起家裡的事情，彼此交代來到樂土的契機與原因，而琥珀卻注意到想的表情開始出現微妙的變化，彷彿若有所思。

她是在擔心自己的媽媽嗎？

廚房裡的飯斗很快地準備好了早餐，烘蛋、炒菇、燒餅、熱豆漿，雖說是為孩子準備的，但分量十足，人人都有得吃，大家在將食物塞進嘴裡時，全都發出了滿足的嘆息。

即使是來自高樂值家庭的園與覺，也極少吃到熱呼呼的現做餐點，別說他們是第一次看見這些原始的鍋碗瓢盆，連廚房這個概念都是從知識流裡學來的，畢竟在樂土，家家戶戶家裡都是日糧列印機，樂值高一點的家庭則依賴食物調理機器人，有什麼需要擺闊的宴會場合，可以預定無人機送來昂貴的原型食物，但像是飯斗手下變化出來的料理，那可是他們平生僅見。

滿桌食物的香氣搭配歡聲笑語，琥珀卻感覺到自己的靈魂漸漸飄離，無論是生死未卜的山娘，或是失去音訊的夥伴們，都讓她牽腸掛肚，當然，還有不久前飯匙銃所說的那些話，琥珀很清楚，其他人心裡也是這麼想的，只是他們沒說，或者，不會說得這麼尖銳。

她老了，縱使外表仍是光燦亮眼，但她心裡早已遠遠老過她應有的年紀，她很久以前就放棄計算自己的年歲了，粗略估計，大概也有個八十了吧，但事實上她覺得自己的心，在悲愴之戰過後便已經如同百歲。

作為化外經歷過最多事情的老人，琥珀並不介意一再對人訴說他們不曾經歷的那一切，然而琥珀沒料到的是，這些對她而言彷彿是上輩子的故事，說出口之後，卻像是一個種子，在年輕一輩的心裡生根茁壯，長成一個難以企及的渴望與困惑：如果這世界曾經容許那樣的生活方式，為什麼明明在同一座島嶼上的他們，卻只能把那樣的生活當成故事？

作為設計出這個社會的規劃團隊之一，某些人將她當成幫兇，有的人開始恨她，山娘便是其中一個，並且是表現得最激烈的一個。琥珀可以理解，化外之人恨她，就像她和當時許多團隊成員那樣，也只能恨著離他們最近的月明與諾亞。

吃過早餐，夜婆早早便答應過兩個孩子要帶他們騎馬四處走走、認識環境，想和覺在樂土長大，別說沒騎過馬，他們甚至連圖片都沒見過，只在知識流裡的歷史背景中見過這種動物模糊的輪廓，因此非常興奮。

「這次不能像第一次看到雞和狗那樣大叫了喔，你們想要騎馬的話，至少裝也要裝出很冷靜的樣子，不然馬很有可能因為不信任你而不讓你騎在牠們背上，那可是很危險的。」鯪鯉警告他們。「要不是我的腿受傷了，真想跟著一起去，夜婆，你一打二真的沒問題嗎？」

「沒問題……吧？」夜婆聳聳肩。「頂多就把他們綁起來，捆在馬背上當貨物載回來囉。」

「我也一起去吧。」琥珀想了想，對夜婆說。「一人一匹馬，一人顧一個，這樣也比較安全……再說，我好久沒有看到海了，他們應該也沒有看過海吧，剛好趁這次機會一起去。」

「什麼？你要去看海？這樣回來的時間恐怕……」

「恐怕要晚上才能回來。」琥珀一邊說，一邊重新覆上頭巾。「不過，想想我也沒有必要為了黃昏的那一次採收，就非得像阿銃說的那樣整天只敢躲在酒館裡，少採收一次，應該也不至於造成什麼嚴重的後果吧？」

「可是現在移植到化外的樂土人愈來愈多了，這樣的話……」鯪鯉是化外之人當中最早開始和左合作移植行動的，他比誰都清楚，為了確保澈底阻斷晶片與人體的連結，離開樂土前後都需要消耗大量的萃草精油，萃草產量又完全依賴琥珀一個人，每天的固定產出其實都非常重要。

「沒關係的，」夜婆阻下鯪鯉後頭的話。「琥珀為了大家把自己困在這裡那麼久，只是想和孫女一起去看看海，能有什麼關係呢？」

「好耶！」想和覺的眼神亮了起來。「阿媽說故事最好聽了，阿媽可以沿路說故事給我們聽！」

在化外之人裡，琥珀確實排得上數一數二會說故事的人，那大部分要歸功於，她是用自己去經歷這些故事的。

琥珀的故事的確信手捻來，比方說，他們騎上馬，琥珀就告訴他們，悲愴之戰剛結束時，他們幫忙照顧這附近兩個馬術俱樂部裡的馬匹，原本只是不忍被豢養的動物突然面臨自生自滅的命運，沒想到過了一段時日後，不僅汽機車的燃料愈來愈難取得，而且許多道路因為日久失修，比起跑慣人造公路的車輪，馬匹更擅於適應荒煙蔓草，後來便自然而然更依賴馬匹。

「但是你媽媽跟馬處不來，他們個性太像了，通常馬要是鬧起脾氣，騎士就應該要安撫馬兒，拿點糖或紅蘿蔔哄哄牠們，但你媽媽可不是，她會跟馬一起鬧脾氣，一人一馬鬧僵了，通常都是人吃虧，好幾次你媽都差點被摔下來，還得靠鯪鯉救她。」琥珀笑著回憶道。

「彼星啊，聽起來想想也不能騎馬耶，她也是這樣！」

和琥珀同乘一匹馬的想氣得伸腳要踢另一匹馬上和夜婆共乘的覺。

「你到現在還滿嘴彼星呀？」夜婆笑道。「還沒人跟你說過，沒有彼星這回事嗎？」

「有啦，有聽過海量阿姨和飯斗阿叔提過，那只是當初計畫裡願景設計的一部分，可是後來我想了想，在阿媽和月明阿媽一起工作那時，可能還沒有星際移民這種事，但過了這麼久以後，說不定真的有啊！」

「說不定呢！如果有的話，你也會想移民彼星嗎？」琥珀順著覺的思路問下去，絕口不提他們這些年從舊式收音機裡接收的片段外界訊息中，在在顯示地球聯合政府的高壓統治下，科技教育與發展都受到極大的限制，比起進步，人們更願意致力於自保。

在語言、文化與思想的箝制下，戰前原本高速成長的科技，近年的突破並不如預期，或者不如說是遲滯。這一點，琥珀並不意外，任何領域的進步都仰賴於思想的開放，生活處世都綁手綁腳的話，誰能放心提出什麼創新的思維呢？

「當然想啊，如果，如果想想也能一起去的話。」

「我才不想去呢，在化外多好啊，自由自在，還有馬可以騎，比在樂土開心多了，彼星那裡肯定都是些高樂值的無聊傢伙，我才不想去那裡！」

「高樂土又不一定很無聊，我就，我就很有趣啊……」

「拜託，你哪裡有趣了啦……」

他們四人雙馬，繞了聚落一圈後，一路往東北海岸而去，琥珀與夜婆沿路向他們講解，目前各個聚落多半仰賴戰前在鯨島民間相當盛行的太陽能與水力兩種發電方式供電，必須定期到各個能源場更換與收集儲能電池，也要與周邊其他需要用電的化外聚落協調使用量，只是這麼多年後，原本戰前生產的儲能電池與發電機具，其效能難免漸漸走下坡，化外之人面臨的生存問題愈來愈嚴峻，除了謹慎計算用電量，將每一度得來不易的電力用在刀口上，他們也不得不開始思考其他的可能性。

「無論在樂土，或是化外，」夜婆偷覷了一眼琥珀的表情。「如果我們只能在別人設下的界線裡，靠著別人的默許過日子，那我們遲早會把這日子過得愈來愈小。」

琥珀望著前方，彷彿沒聽出夜婆的意有所指。「日子過得再小，也總是日子，有時候，能過日子已經是不簡單的事。」

夜婆沒再說話，但覺聽見了，自己頭頂上傳出那聲夜婆以為沒有人聽得見的嘆息。

離開聚落後，分別馱著夜婆與覺、琥珀與想的兩匹馬兒開始往無人居住的半林地走去，所經之處看來已經完全被植物占領，唯有馬兒慣走的那條路線，若仔細看，還能依稀看得出荒草藤蔓底下曾有柏油或水泥，遠處仍有被綠意吞沒的建築，不時有蛇、蜥蜴或囓齒類小動物，在很接近他們的地方倏忽出現又消失。

對於不時擦過光裸臂膀的枝葉，或者近在咫尺的生物蹤跡，兩個孩子的情緒始終保持在高度的亢奮中，這也難怪，他們雖然從琥珀與化外之人的口中稍微理解了樂土、化外與整個世界間的關係，但畢竟是在此中最封閉的樂土長大，仍免不了要對抗從小被教育的「動植物既骯髒又危險」這類內在制約，另一方面，還沒有被完全綑綁的少年之心，依然對世界充滿好奇，渴望伸手觸碰每一樣即使被三申五令過的新鮮事物。

他們在這樣的小徑走了好一陣子，就在兩個孩子比較習慣了穿林拂葉的觸感，以為就要這麼在一片深淺不同的綠色裡走下去時，一個轉彎，眼前意外朗闊起來，翠綠山巒與藍天白雲之間突然出現交錯的巨大人造物，每隔一段距離就有灰色的高聳支架，支架與支架之間則是同樣材質的灰黑色長條，橫跨整個空中，流暢的線條順著山勢蜿蜒，甚至不時岔出分支，往上或往下，延伸到另一條支線上，看起來有點像是水沒市裡島站與島站間的浮軌軌道，但又更大、更繁複、更有威脅性、更具存在感。

「哇——」兩個孩子同時發出驚嘆。「那是什麼？」

「那是路啊。」夜婆和琥珀也同時說了類似的話，心裡的感受卻大不相同。夜婆在悲愴之戰發生時才不到十歲，他的泰半記憶中，世界就是人造物一點一滴被動植物吞沒的歷程，那些巨大的人造物對他而言是過去世界的遺跡，一種證言般的存在，展示給兩個初次見到的孩子們看時，他的心中不免有種「你們看，我們說的那些都是真的！」的驕傲感。

但對琥珀而言，這樣的高架道路，在往昔不過是尋常的生活一角，上下匝道時，飛馳其上時，甚至和一大堆各式車種一起塞在上頭動彈不得時，都不曾有任何人，想要為這樣的風景發出這樣的驚嘆，心懷那樣的驕傲。

琥珀完全能夠理解夜婆與孩子們不同的心情，但此刻，能夠理解這一切不過是曾經的無聊日常的人們，都已經入土，唯有這山巒間交錯橫亙的灰色無機物，能夠同理她此刻沒說出口的淒涼。

夜婆忙著跟兩個孩子解釋這高架道路由於遠離地表，所以不像其他建築容易被植被覆蓋，化外聚落也經常派人來簡易修整，避免地面上的植物順著地勢長上去，這留下來的高架道路便成為化外之人騎馬的捷徑，讓馬匹能夠用更快的速度抵達遠方。

高架道路上的風勢強勁，整條寬闊的八線道上只有兩匹馬並肩奔馳，兩個孩子被這種前所未有、彷彿飛起來的體驗弄得完全無法安靜，整路興奮得大叫，隨即被自己的唾液噴得滿臉，又因此大笑起來。

「這世界上怎麼可能會有這種東西！」覺又笑又叫，隨即被自己嗆得咳起來。「樂土在上！這太好玩了！我要飛上彼星啦！」

坐在身前的想忙著罵覺滿嘴都是樂土和彼星，琥珀倒是一句話也沒說，默默繫緊了頭巾，免得被風吹落。在高架道路上奔跑的馬兒讓琥珀想起當初在自動駕駛電動車上放空的感覺，雖然速度沒有在電動車上那麼快，但耳邊飛快後退的景色，讓她短暫地連結了過去與現在，時空重疊。好讓她逃遁到仍有諾亞與月明的那個遠方，暫時遺忘此刻關於化外與樂土，或說與聯合政府之間的衝突難題。

高架道路帶著他們繞過連綿山區，覺依然維持著整路都過度激昂的狀態，倒是琥珀身前的想，很快便靜了下來，就算覺在另一匹馬上還是不斷丟來各種話題，想也是有一搭沒一搭地回著。

這孩子跟她媽媽一樣，有心事都藏不住的。

高架道路並未直通海岸，最後他們仍走入了山林，這裡的山林比起聚落周遭的半林地更為原始，雖勉強能看得出過去曾有人與馬行經的痕跡，但很容易就會迷失，沿路與覺有問必答的夜婆此時也不再說話，專注在馬匹前行的方向上，不忘沿途留下記號。

就在接近黃昏，琥珀髮間再次冒出藍色花蕾的時候，他們從山林間走了出來，在一座山崖上，終於看見不遠處的海岸。

這一次，兩個孩子驚異的表情依舊，但卻不像之前看到高架道路時那樣咋咋呼呼，只是亮著一雙使勁睜大的眼睛，從左邊看到右邊，再從右邊看回左邊，最後是極目望去也望不到盡頭的倒抽一口氣。

「樂土在上！那、那就是海嗎？」

「那麼、那麼美的東西，怎麼可能，怎麼會，都拿來罵人啊……」

從看見海，到他們真的抵達岸邊可以碰觸得到海之間，又花上了好一陣子。孩子們平生所見最大的水域便是布滿島站的水沒市湖區，真的到了海岸旁，竟然一時間說不出話也做不了任何事，只能站在岸旁，傻傻地看著滿眼浪花拍擊、水色連天。

「不知道為什麼……」想的語氣彷彿被催眠一般，夢幻而遙遠，甜蜜又痛苦地說：「我好想叫救命喔。」

「我也是……」覺低聲回應，微帶沙啞的少年聲腔從喉間小心翼翼地探出，方才的放肆激動全不復見。

「救命啊——」他們站在海邊，對著無際的藍，小小聲喊著，尾音拉得好長好長，彷彿害怕被海聽見，又渴望被海聽見。「救命啊——」

夜婆將馬兒在草叢邊拴好，給了乾淨的水，讓牠們能夠自己飲水覓食，好好休息，然後才走到琥珀身邊。「琥珀，歹勢，我袂使傷晏轉去。我知影你無歡喜，猶毋過阮都講好矣，今暗欲做伙出發……」

琥珀，抱歉，我不能太晚回去。我知道你不高興，但我們都說好了，今晚要一起出發……

「我知，你免煩惱，恁應該是揀半暝出發，著無？咱看一下仔海，予馬歇一下，咱就轉來去，袂延著時間。恁攏是大人矣，恁決定的代誌，我袂共恁阻擋。」琥珀點點頭。「我只是想欲予個看海，個佇這个海島生活，煞無看過海，這敢袂傷譀？」

我知道，你不用擔心，你們應該是選在半夜出發，對嗎？我們看一下海，讓馬休息一下，我們就回去，不會耽誤時間的。你們都是大人了，你們決定的事，我不會阻止。我只是想讓他們看看海，他們在這個海島生活，卻沒有看過海，這不是太離譜了嗎？

「是啊。」夜婆笑了笑，張口想再說些什麼，最後還是什麼都沒說，大步離開琥珀身邊，走向孩子，教他們如何除去鞋襪，捲起褲管，蹲下來，在海浪起落之間的片刻空檔，觸碰仍帶有白沫的濕涼石岸，然後讓腳尖去感受拍擊，從浪花邊緣慢慢接近海。

月明啊，你從沒想過吧，這居然也是需要教的事情。

兩個孩子在夜婆的看顧下，在海岸邊痛快地玩了一場，琥珀坐在岸邊尚未被海岸植物全員吞沒的消波塊上靜靜看著他們，漫天灑起的水花在漸暗的天色中逐漸失去光彩。

「外婆……阿媽，你真的都不把頭巾拿下來嗎？」玩累的想走到她身旁，摸摸她的頭巾，頭巾下方的萃草花已經開得滿頭都是。

「對，在外面我不想把頭巾拿下來。」琥珀簡短地說。頭巾下蓬勃生長的萃草其實讓她的頭皮又悶又癢，但即使是在這樣遠離樂土，不太可能會出現無人機的地方，她也不想冒著被發現的危險。

她什麼時候變得這麼膽小的？琥珀無法回答自己這個問題。

「阿媽，你後來，有覺得後悔嗎？樂土的事。」眼前的少女一邊拉扯著腳邊的天人菊，一邊若無其事地丟出了更沉重的問題。

「我的話，沒有喔。」或許是因為，這個問題，她已經問了自己將近五十年，翻來覆去的答案最終都指向同一個方向。「也許有一些小地方，可以做得更好一點，但是，在那個時候，我想我們所能做出最好的選擇，就是這樣了吧。」

「這樣就夠了嗎？」想一瓣一瓣地撕掉天人菊的豔黃花瓣。

「你在後悔什麼事情嗎？」

「嗯，好多。」少女低著頭，凝視著手裡的一抹黃，說起她與媽媽最後一次的對話，那時候沒有對媽媽那麼兇該有多好？如果那是和媽媽最後一次說話該怎麼辦？好後悔自己沒有成熟一點，沒有幫媽媽分擔心事，她不知道爸爸在不久前為了移植行動而殞命在器警隊的手下，媽媽一定非常傷心，如果她成熟一點，媽媽或許也能把她當成像爸爸那樣的好朋友，一起分擔失去爸爸的悲傷，但她沒有，她只是一個勁地煩惱著，為什麼自己不能跟大家一樣，在放學後用感官池進入虛擬樂土和同學們一起玩，為什麼媽媽教她這麼多事情，卻又規定她不能做也不能讓人知道……爸爸和國叔叔會被逮捕，會不會是因為她不小心對同學說溜嘴的關係呢？但她那時並不知道兩個男人相愛是犯法的呀，如果能更早察覺出樂土的歪斜，對爸爸和媽媽帶來的壓力，她是不是能夠成為一個更能夠陪伴他們承擔壓力的人呢？至少，不應該成為更多壓力才是……

她後悔的事情太多了，相較之下，她以為最糟糕的那件事，好像，並不是她最後悔的……

「最糟糕的那件事，是你們離開樂土的過程中，殺死了一個陌生人的那件事嗎？」

想滿臉驚訝地抬起頭，看著琥珀，眼中充滿羞愧與恐懼。「阿媽，你、你們都直接說殺死嗎？聽起來，好可怕……」

「對，我們都直接這麼說，有時候，你得把發生過的事情乾脆俐落地說出來，不能把什麼事情都推給繁星，繁星才沒有想要那麼多死人呢。」琥珀引導她。「我們一起面對這件事，要面對，就得先說出來，好不好？」

想的眼睛瞬間紅了，她艱難地點頭。「阿媽，你怎麼會知道，我、我，我殺死，殺死別人的事情……」

「這件事啊，覺到化外第二天就說出來了，他說他後來昏過去了，不太確定發生了什麼事，但如果那個人沒有死掉，你們是不可能逃出來的，所以他覺得那個人後來應該死了，可是他不敢對你提起那天晚上的事。我想，你一定也很煩惱，但如果你還說不出口，我也不想逼你說。」琥珀說得很慢很慢，希望每一個字都讓想聽得清楚。「那件事對不對或好不好，一定有很多種可以解釋的方法，可是我知道，你不是個會故意去做壞事的孩子。」

想望著頭巾中竄出藍花的琥珀，眼裡開始閃爍，最後哇地一聲哭出來，抽抽噎噎地開始說起那個晚上發生的事。

「我一直很害怕，如果爸爸知道了，他會怎麼想，如果媽媽知道了，會不會覺得，自己怎麼會教出這樣的女兒……」想哭得滿臉都是眼淚鼻涕。「所以，當我發現爸爸媽媽都不在化外，我覺得，我有一瞬間，鬆了一口氣，我好怕，好怕他們知道我殺了人，可是，可是我，我又寧願他們好好的在我身邊，罵我也好，生氣也好，都沒關係，可是，他們都，他們都不在……後來聽到你們說，爸爸為了移植他的朋友，已經獻給繁……已經，死掉了，媽媽也不知道什麼時候能回來，我就，我就，我就好後悔自己怎麼可以鬆一口氣，我，我好後悔……嗚嗚嗚……」

「你有好多好多後悔啊。」琥珀伸手，輕輕地環住想的頸子，將她拉到自己懷裡。「可是你才十三歲，你這樣以後該怎麼辦呢？」

「我不知道……」想哽咽地說。「怎麼辦……」

「你知道嗎？我也應該要後悔的。」琥珀溫柔地說。「我應該要後悔當初讓你媽媽去樂土，我應該要後悔那麼喜歡你的月明阿媽，我應該要後悔自己沒有在最後一刻待在她的身邊，我應該要後悔當初沒有以死明志，絕不參與這個籌備計畫，我應該後悔……我甚至覺得，我應該要死在悲愴之戰裡……」

想努力抹掉眼淚鼻涕，眼淚鼻涕還是一直流下來。「不能，阿媽，你不能死……」

「如果那些後悔的事情裡，其中有一項成真了，我就沒有辦法在這裡，好好地抱著你，跟你說，不管是你的爸爸或媽媽，或者我，甚至你的月明阿媽，都很愛你很愛你，他們可能會對那一件事有不同的看法，但是他們會跟我一樣，還是很愛你，因為我們不是因為你做每一件事都做對才愛你，我們愛你是因為你就是你，如果你做了壞事，或者做了沒那麼好的事，我們也會陪著你一起面對，一起彌補，一起改變。」

想哭得簡直沒辦法看清楚琥珀的臉。

「話是這麼說，但是我覺得，你沒有做錯事，那是你在那個時候所能做的最好的選擇。」

琥珀非常專注地看著她，想起好久以前，月明也曾經在自己面前哭得這樣一臉鼻涕眼淚。

天啊，歲月。

天啊，人生。

「月明阿媽也煩惱過跟你一樣的事，而且煩惱了好多次。她在每一個時刻，都努力做出那時最好的選擇，有時候，那些選擇並不一定帶來她最想要的結局，也不一定每個人都覺得她做的事情是對的——但是到頭來，你會發現，大部分的時候，人生並沒有那個完全正確的選項，而大家都覺得你該怎麼做的那個選項，經常也不是你真正該選的選項……」

「那我要怎麼知道什麼才是該選的選項……」

琥珀突然有點恍惚。

這對話，好像在很久以前，在那個他們一直到最後都不知道究竟坐落於地球哪個角落的祕密工作地點，他們也曾這樣淚眼相對地問著對方。

他們在做正確的事嗎？如果不正確，那麼他們有其他選擇嗎？

他們經常徹夜討論這些問題，然後隔天懷抱著沒有答案的黑眼圈，盡力做好他們能做的事。

琥珀想起月明，也想起今天早上，飯匙銃說過的那些話。

那些話，聽起來就像月明在他們還不相識的時候，早在整個世界崩毀之前，會說的話。

月明也曾在人人寧可避禍的時刻選擇挺身阻止，而她當時太渺小，她的挺身而出並沒有任何用處，世界還是如她所恐懼的那樣傾頹了，她的努力沒有守護她愛的人們、土地與生活，最後她被迫用最卑微的方式繼續守護，卻不被諒解，被她想保護的這些人深深地誤解與痛恨著。

「你的月明阿媽說過，每一個選擇背後的原因都不一定相同，重要的並不是你選擇什麼，而是你為什麼那麼選擇。」琥珀試著用一個在樂土長大的十三歲女孩所能理解的語言，解釋不存在於樂土的「價值觀」。「你殺了一個人，這可能是因為你不在乎別人的生命，也可能是因為你在那個時候，除了殺死那個人，你沒有別的方式可以救你更在乎的人；同樣的，你如果沒有殺死一個人，可能是你很在乎別人的生命，可能是你根本沒有必要殺死他，也可能是因為你不想背負殺了一個人的痛苦，寧願讓別人去承擔不殺人的後果……在這些可能之中，表面上看起來好像只有殺死別人和不殺死別人兩種結局，但實際上，選擇這麼做的原因，才是最重要的。」

琥珀雙手放在想的肩上，非常認真地直視她的雙眼，就連海風將自己的頭巾吹落了，她也不管。「我知道你為什麼這麼選擇，我認為這個背後的原因，沒有必要後悔。」

想點頭，她點頭點得那麼用力，用力得就像她也想藉此說服自己。

「我想，雖然已經很久沒有見到她，但是你媽媽一定也經歷過一些必須做壞事，以及必須成為壞人的時候，其實，我懷疑這個世界上有沒有任何一個人，真的能夠隨心所欲地善良。」琥珀摘下一朵髮間的藍花，揉碎之後，將被染得藍藍的指尖輕輕按在想的鎖骨中間，就像很久以前，山娘在哭得聲嘶力竭時，她曾做的那樣。「想清楚你這麼做的原因，然後在這個前提下盡力不傷害人，我們只能這樣了。」

「阿媽，那你，你不想和聯合政府起衝突的原因，是什麼呢？」想抹掉最後一波眼淚鼻涕的時候，這麼問她。「你選擇這麼做的原因，和很久以前你和月明阿媽一起籌備樂土時，是一樣的嗎？」

「……你們早上偷聽到的吧？就知道你們那時躲在廚房裡偷聽外面大人講話，不然怎麼可能起床的時機那麼剛好？」琥珀笑著揉亂想的一頭短髮，不遠處的夜婆和覺正走向她們，手上是被琥珀風吹遠的頭巾。

「時候不早，該回去了。」夜婆將頭巾遞給琥珀。

「是差不多了。」琥珀重新繫好頭巾，將滿頭盛放的藍花裹得嚴嚴實實。「怎麼回事？覺的眼睛為什麼紅紅的？」

「啊他就說，自己沒有從壞人手上拯救喜歡的女生，反而讓女生為了救他做了這麼大的犧牲，覺得自己很沒用啊……」

「你不要亂講話！」覺又羞又氣，撲上去要掩住夜婆的嘴。「不是這樣！不要聽夜婆阿伯亂說！」

「哎呀，原來是有毒的男子氣概啊。」琥珀拉著想一起從消坡塊上站了起來，拍拍屁股上的灰塵，和一老一小兩個打來打去的男生一起走向拴馬的地方。

「我剛剛也是這麼跟他說的，他完全不相信我……」夜婆笑著說。

「本來就是了！男生本來就應該要有男子氣概，男子氣概怎麼會有毒！」

「啊，看起來這孩子中毒很深，夜婆，你回去得好好教教他……」

「我才不要夜婆阿伯教，他都亂講話，我才沒有，才沒有喜歡……」覺愈說愈小聲，話頭像是麥芽糖那樣卷在舌尖，怎麼也出不去。

他們再度上馬，在夜色尚未完全籠罩海岸前，踏上歸途。

兩個孩子很快地睡著了，他們在馬上反坐著，伏在夜婆與琥珀的懷裡睡去，兩個成人用布巾將身前的少年與少女綑在腰間，免得他們睡歪了掉下去，因為天色暗了，回程比來時路更需要專心，走在前方的夜婆整路都沒有說話，也不知道跟在後頭的琥珀，滿腦子轉的都是想在海岸邊提出的最後一個問題。

等到他們走到兩個孩子初次看見海的那個山崖時，月亮已經從海上升起，明澈月光迤邐，在無際的海平面上落下長長一痕碎光瀲豔的月路，彷彿一道毫不遲疑的專注凝望，將山崖上兩匹馬馱著的人們，連上了遠方的月亮。

宛如被什麼召喚似的，夜婆和琥珀同時停下馬。

琥珀在馬上回頭，望向那一道迷幻燦爛的月路，不無遺憾地想著，如果此刻朝著那月路走去，應該就能遇見月明吧。

可是，她在這世上還有人要守護，還不能就這麼任性地拋下一切去找她。

「遮風景真媠，敢愛叫個起來看？個應該攏無看過。」
（這風景真美，要不要叫他們起來看？他們應該都沒看過。）

「免啦，個以後閣有足濟機會，」琥珀說。「閣有足濟機會。」
（不用啦，他們以後還有很多機會，）（還有很多機會。）

「嘛是。」夜婆點點頭，策馬繼續前行。
（也是。）

他們循著夜婆之前留下的記號，順利穿過山林，走回高架道路，秋夜朗朗，他們背後的月亮彷彿想追上他們一樣，在山巒間時隱時現。

馬兒在高架道路上奔馳時，琥珀情不自禁唱起那首歌。那首月明教給她，她教給山娘與孩子們，而山娘與孩子們又教給想與更多孩子們的歌。

少年時愛對鬧熱所在去
（年輕時喜歡去熱鬧的地方）

白天曬著陽光　晚上滿街燈火通明
日時曝日頭　暗時滿街燈火明
從沒想過也會有這麼烏雲密佈的一天
毋捌想過嘛會有這款烏暗天
還以為你會永遠在我身邊……
閣當做你會永遠佇阮身邊……

還記得你說過有個古老美麗的地方
閣會記你講過一个古早美麗的所在
你說如果我們不小心走散　只要記得去那裡等待彼此
你講若咱無細膩走散　只要會記去彼位相等
只要記得你永遠愛我　那麼一定能夠再相見
只要會記你永遠愛我　有一工一定閣會當相見
那個地方就是我們所有的希望　只要我們都不要忘記　總有一天　總有一天……
遐就是咱所有希望的所在　只要咱攏莫袂記得　總有一日　總有一日……

歌聲不知何時，加入了夜婆的低音，嘹亮與低沉共同鳴響在月娘初升的山谷間。他們放開喉嚨唱著，不知道是因為聲音很快就被風吹往身後，還是他們的歌聲與自然幾乎融為一體，兩個孩子一點都沒有被吵醒。

琥珀感覺，整個山谷都迴盪著想最後提出的那個問題。

從前從前，她與月明雖然看似都沒有選擇地做著樂土的籌備工作，但她當時是為了保住性命的無可奈何，月明卻是賭上對世界的盼望，在崩裂的時代，拚命為這座島嶼上的人們撐出多一點呼吸的空間。

她們在沒有選擇的時候，做著一樣的事，背後卻是截然不同的原因。

那麼，如果在稍微有更多一點選擇的時候呢？

如果是月明活下來，如果是月明的頭上長出了萃草、開出了藍花，如果是月明，在此刻，面對數十年後的時空轉變，她會做的是堅持眼前依然沒有選擇，守住自己曾經撐出來的這一點呼吸的空間，還是再賭上一次，去爭取更多一點呼吸的空間？

自然不是每個人都像月明那樣，懷抱著對世界無限的愛去做出每一個抉擇，但若說要阻止這樣的人，那也不是琥珀做得出的事。

離開高架道路，他們止住歌聲，踏上聚落附近熟悉的林地後，夜婆與馬兒都放鬆下來，就連馬蹄聲也變得輕巧許多。

「夜婆，我想通矣。」趁著兩匹馬並行時，琥珀說。
蝙蝠，我想通了。

「啥？想通啥物？」
什麼？想通什麼了？

「你佮鯪鯉這幾日一直問我的彼个問題，我想通矣。」
你和穿山甲這幾天一直問我的那個問題，我想通了。

「我佮鯪鯉……？啊，你是講……」夜婆驚訝地轉頭望著她。「你無反對矣？」
我和穿山甲……？啊，你是說……
你不反對了嗎？

「是啊，多謝恁閣帶念我的意見，我知影恁嘛是會當莫插我。」
是啊，謝謝你們還顧慮我的想法，我知道你們也是可以不用理我的。

「話毋是按呢講，阮遮的人，自細漢到大漢攏是你顧的，而且，若是欲佮政府起衝突，萃草佮你袂老袂死的這件祕密，可能就會煏開，若按呢，上危險的是你，阮無資格央你來擔這个風
話不是這麼說，我們這些人，都是你看著長大的，而且，如果和政府發生衝突，萃草和你長生不老的祕密就可能被發現，這麼一來，最危險的是你，我們沒有資格要你承擔這個風險，這道

險，遮的道理阮嘛攏知知，猶毋過，阮實在……」（理我們也知道，只不過，我們實在是……）夜婆深深地看著琥珀。「總講就是，感謝你的諒解，這對阮實在是足重要，咱轉去連鞭來佮鯪鯉個參詳！」（總而言之，感謝你的諒解，這對我們實在很重要，我們回去就立刻跟穿山甲他們一起商量！）

或許因為感染了夜婆的振奮，兩人胯下的馬兒似乎跑得更輕快了些，他們很快地就回到了聚落。

但似乎有什麼不太一樣了。

接連經過幾戶人家，他們的屋內都沒有透出燈火，這不尋常的細節讓琥珀與夜婆忍不住對看一眼，兩人一句話也沒有，但手下的韁繩催得更急了些，他們的焦躁感染了馬兒，連帶著兩個孩子也在淩亂的急步中醒來。

馬兒快步奔過幾幢沒有透出燈光的屋子，回到琥珀酒館前，那塊巨大桃紅色「知音小吃部（附設卡拉ＯＫ）」的招牌前，亮著聚落裡為了節省能源很少拿出來用的強力螢燈，橘黃色的光芒映得那兒每個人的臉都亮晃晃。

幾乎所有的人都在那裡。

粉鳥轉來矣！（鴿子回來了！）

夜婆和琥珀急急解開綁住自己與孩子的布巾，兩人都感覺胸口的心跳節奏變得瘋狂而激烈，像是心臟等不及想要先趕在他們的動作前下馬奔進人群。

好不容易帶著孩子下馬，顧不得將馬帶回馬廄，隨便找了個地方拴著，便趕緊和孩子們一起擠入人群中，匆促推擠之際，琥珀的頭巾又鬆脫了，她卻絲毫無心回頭撿拾。

夜婆首先抱住了向他撲來的飛鼠，一邊又笑又罵地拍飛鼠的背，怪他那麼久沒有消息；站在一旁的飯匙銃和柑仔蜜，看來已經度過了剛見面時的激動情緒，兩個二十來歲的女人靜靜相依著，長髮卻像洩漏了兩人對彼此的思念那樣，情不自禁地纏繞著對方；杉懷裡抱著嬰孩，蓮整個人彷彿就要融化在甫安全歸來的丈夫懷裡；烏秋和草猴這對姊弟斜靠在茄芷色系的摺疊椅上，和一旁另外兩個來自樂土的男人一樣，看起來都帶著傷，正在接受消毒、治療與包紮……

山娘呢？

山娘呢？

「媽媽？媽媽？」另一雙與琥珀尋找著同一個人的眼睛，移動得比她更快更急。「我媽媽呢？你們不是去救我媽媽的嗎？媽媽！我媽媽在哪裡？！」

琥珀也想喊山娘的名字，她也想，但一眼望去，非但見不著女兒的蹤影，那些熟悉人們眼中的欲言又止、哀戚憐憫，卻堵得她的喉頭連空氣都快吸不到，遑論發出聲音。

她不斷回身，轉頭，尋找，滿頭已然凋謝的藍花從她豐沛的金髮間落下，飄然萎於她匆匆踏過的地面上，標示出她期盼如何落空的軌跡。

整個水返腳聚落的人都在這裡，但出奇地安靜，彷彿沒有人願意戳破他們緊緊抱持的那一點希望。

山娘，山娘啊……

「阿媽，媽媽在哪裡？他們都回來了，可是我媽呢？我媽，我媽在哪裡……」

遍尋不著母親的少女，迴身撲進琥珀懷裡，她深深抱住少女，低頭無語，淚水傾落，在少女頭頂的髮旋間消失。

滿地都是凋萎的萃草藍花。

鯪鯉、壤和柑仔蜜不約而同地離開人群，走到琥珀與想的身邊。

「對不起，我們，沒有救出汐……」壤的聲音像是奮力從喉間擠出來那樣，壓得扁扁的。「我們有見到她，但那時她已經傷得很重……安全部利用汐當餌，引我們去救她，我們中了計被困住，幸好那裡有原住民部落，把我們救了出來。但因為安全部的無人機和器警一直在那一帶搜索，我們有好幾天沒辦法傳消息出來，後來又躲了幾天，在部落朋友的掩護下我們才逃回來，只是，我們在見到汐之前，她已經被調查師過度用刑，我們還在躲安全部的那幾天，她就，就走了……」

琥珀望著壤，覺得自己像站在颱風天的礁岩上，被瘋浪痛打猛擊，卻連張口呼救的片刻空檔都沒有，只能任由強力浪濤掏空她所有記憶與思考能力——那個人在說什麼？這一切是怎麼發生的？這些人是誰？眼前這個帶來愛女死訊的人又是誰……

除了懷中少女的哀泣，四周靜得連琥珀都懷疑自己的聽覺是否也被這個惡耗剝奪，這也難怪，山娘已經離開化外十幾年了，化外之人對她要不是幾近全然陌生，就是感情已淡，就連組織援軍去救她出來都不怎麼樂意，她的死訊又怎麼能激起一點情緒呢？

然而慢慢地，靜得出奇的人群裡開始出現抽泣與哽咽的聲音。

琥珀抬起淚眼，往聲音來處望去，那兒站著一群從樂土移植過來的人們。杉神情悲戚地抱著孩子，另一手安慰地拍撫著掩面哭泣的蓮；園抱著覺低頭啜泣，還有更多……他們都是左被放逐到化外後這三年間，由左與山娘聯手策劃、行動，移植而來的樂土人。

琥珀曾經無法理解左與山娘為什麼要做這麼危險的事。他們明明很清楚，化外已經是某種為了維護體制而生的體制外，光譜上的位置原本就非常微妙，輕易破壞平衡極其愚蠢，最終他們兩人前後在移植行動中遇害的結果，也證實了他們的愚蠢。

然而此刻來自這些人的悼念，似乎讓琥珀理解了某些事。山娘畢竟遺傳了來自父母的某種性格底色，那樣的底色，無論在樂土、化外或地球上的任何地方，在任何時代與環境條件下，都會自然而然成為生命主題。

不為了成為某個故事裡閃耀光芒的主角，也不為了此刻會被悼念。

「最後那些日子，汐，或者說山娘，她和我們在一起，有些話，我想該轉達給你們知道。」一壤蹲下身，對依然將臉深深埋在琥珀懷裡的想，輕輕地說話。「想想，你媽媽知道你平安抵達化外，她很開心，她希望，如果她沒有來得及告訴你這些話，我能代替她告訴你。」

壞拿出始終護在懷裡的太陽能影音存放儀，當時山娘顧慮到自己傷重的模樣可能讓家人更難受，因此只錄下了聲音。

他開啟聲音檔案，山娘不復平時的語氣冷淡，虛弱卻無比溫柔的聲音，在屏息的人群裡迴盪。

「天啊，想想，你真的到化外了，我好高興，那是媽媽長大的地方，你喜歡化外嗎？我相信那是一個比樂土更適合你長大的地方，很抱歉我沒有更早一點帶你去，也很抱歉我不能和你一起待在那裡，可是我還是好高興，我好高興可以當你的媽媽，就算我們不能講天啊，不能講媽媽，不能擁有兩個字的名字，但是成為想想的媽媽，是整個樂土加上整個化外可以發生的最好的事，謝謝你成為我的女兒，謝謝你原諒不擅長當媽媽的我，所做的一切不夠好的決定，我不要說我愛你，因為這不應該是你從一臺機器上聽到的，而是我早就應該讓你知道的事，如果以後我沒辦法再一直對你強調這件事，你也絕對不要忘記，好嗎？」

「不要！我不要！我不要……我會忘記，媽媽，拜託你回來告訴我，我不行，我不要，拜託，我還沒跟你說我也愛你，你不可以自己講完就不見，不可以，拜託你，不可以……」想哭得雙腿發軟，即便在琥珀懷中，還是無法控制地滑落地面，琥珀只能趕緊蹲下來，重新抱緊她。

猝不及防地，山娘的聲音從母親的角色切換為女兒。

「媽媽，我不知道我愛你和對不起，哪一句話是我最該說的，我想你一直到現在都還不知道這兩件事，但其實我一直都知道，尤其是想想出生以後，我很傷心很生氣的時候，我想到的常常是你太辛苦了，因為我比想想更難搞更叛逆了幾百倍，你帶著我長大的環境也比我帶她長大的環境糟糕了幾百倍，我還整天喊著你不是我媽媽，覺得自己理所當然可以不聽你的話，罵你們弄出這種討厭的制度要我們遵守，真的太對不起你了……」

「可是，雖然如此，媽媽，我還是想去做，也得去做那些我該做的事，而直到我真的去做了這些事，我才知道，你和月明媽媽當時的心情。就算不被諒解，就算會被那些我想保護的人誤解討厭，我也得咬牙去做，那是因為我真心想要這麼做，而不是因為那麼做會成功，也不是因為那麼做會被誇獎。」

琥珀微微恍然，那恍然不只是因為太強烈的哀痛，更是因為山娘透過存放儀所播放出來的這些話語，簡直就像是月明所說的，無論是那聲音、那語調、那堅決、那一往無前的淒然。琥珀確信，在她們還不相識以前，在戰前鯨島上的月明，一定也為了為保護鯨島獨立，不被祖國併吞，曾說過類似的話，做過相仿的事。

「無論是在樂土，或在化外，我都不想要在別人默許之下可憐兮兮地富裕著或自由著，就算最後很可能不如所願，我也得做出一些，未來的自己不會後悔的抉擇。所以，媽媽，請原諒我，這是我必須去做的事，所以，想想就拜託你了，媽媽。」

琥珀聽見，來自四周的啜泣聲更多更響，有許多土生土長、根本不認識或不熟悉山娘的化外之人都忍不住哭了，而在洶湧的淚水中，她的眼眶反而收乾了。

琥珀好想大罵山娘自私，有老母有女兒的人，學人家當什麼悲劇英雄，這些人的眼淚就算全部加起來，比得上親自抱抱女兒的一瞬間嗎？比得上在十幾年後回到化外和她相聚嗎？這些對山娘來說，都不重要了嗎？

為什麼……

然而，琥珀的心痛畢竟沒有吞噬她的理智，她知道，可以拿來罵山娘的太多了，但「自私」絕對不在其中。

月明啊，你看看你女兒，真搞不懂，你和諾亞怎麼生的這款女兒？竟讓我這樣的人養了她那麼久，也收束不了她命中帶來、對真正的自由的渴望。

月明啊，我們當時費盡心力，用法律制度習俗社會文化輿論密密架起的這個結構，只要碰上這種命帶自由的靈魂，就一點意義都沒有了。你怎麼會沒想到呢？畢竟你就是那樣的靈魂啊。還是說，其實你想到了這一層，而且默默期待著有一天，能被這樣的靈魂顛覆一切？

山娘的聲音消失在一片低泣聲中，入秋的戶外空氣清冷，人群也漸漸散去，然而還不願離開的人也不少，他們之中有化外之人也有樂土移植而來的人們，全都一圈一圈地，沉默地圍繞著失去女兒的媽媽與失去媽媽的女兒，像是一種保護，或是一種支持。

「對不起，我們沒能讓她活下來，也沒有帶她回來，那是因為……」

「我猜得到是為什麼，」琥珀擦掉眼裡僅餘的水霧，打斷了壞的解釋。「如果山娘是一個引子，你們又在那裡躲了好幾天，都沒有被無人機找到，那他們肯定是想放長線釣大魚，讓你們把山娘帶回聚落裡，好讓他們搞清楚是哪一個聚落想造反。你們應該是考慮到這一點，才沒有把山娘的屍體帶回來，對嗎？」

壞點點頭。「其實這是她警告我們的，我們一開始沒辦法接受，堅持要帶她回來，但她說，這樣會害慘整個聚落，她已經夠讓人操心了，不想再給大家添更多麻煩……」

「傻孩子。」琥珀低低地罵了一句。「不過山娘想得沒錯，看起來，從他們知道用雲來當餌抓人，到現在知道要耐住性子等你們把人帶回聚落，我們應該是被盯上了。」

她長嘆一口氣，沒把心裡那句「這就是我之前最擔心的事，也是我一直阻止你們的理由」說出口。

鯪鯉幾乎和琥珀同一時間嘆氣，但他可沒那種把話藏在肚子裡的細膩心思。

雖然說，這時講這些對你很不好意思，但是，琥珀，我真的覺得，我們要做一些事，不能讓藍鵲、阿左、阿雲這些人白白犧牲，他們都是很好的人，我和他們一起做移植，也知道他們不是完全沒在想，只是靠著一股愚勇，我們的移植行動是有計畫的……

「雖然講，這站仔講這對你足歹勢，猶毋過，琥珀，我真正感覺，咱愛做一寡代誌，袂當予山娘、阿左、阿雲遮爾濟人白白犧牲，個攏是足好的人，我佮個鬥陣做移栽，嘛知影個毋是完全無咧動頭腦，干焦靠蠻勇，阮做移栽是有計畫……」

是，不過從現在的情勢看起來，你們的計畫還不夠……

「是，猶毋過按這馬的情勢看起來，恁的計畫閣無夠……」

你不要理她啦，她只是看起來年輕，腦子裡根本就是老糊塗，我們的命運我們要自己努力，問她做什麼？她只要每天看著他頭頂上的花就夠了，反正她怎麼樣都不會死，有很多時間可以慢慢

「你莫插伊啦，伊只是看起來少年，頭殼內底根本就是老糊塗，咱的命運咱愛家己拍拚，問伊創啥？伊只要逐工看伊頭殼頂的花就有夠矣，橫直伊按怎攏袂死，有足濟時間寬寬仔

等……
等……」飯匙銃走到愛人柑仔蜜身邊，毫不客氣地打斷了琥珀。「你就慢慢在你黑漆漆的地下室
你就沓沓仔佇你烏烏暗暗的地
裡，關在你幻想中可以保護你的金屬外殼裡，儘管等，等我們去反抗去犧牲，等我們成功那一天，看
下室，關佇咧你數想會當保護你的金屬殼仔內底，做你去等，等阮去反抗去犧牲，等阮成功彼一
你走出來的時候會不會有一點點心虛！
日，看你行出來的時陣敢會有淡薄仔心虛！」
你這傢伙實在是……
「你這支銃實在是……」這時才走到他們身邊的夜婆，狠狠拍了一下飯匙銃的後腦勺。
琥珀才剛收到藍鵲死去的消息，你說話可不可以好聽點？而且，我們從海邊回來的時候，琥珀已
「琥珀才拄收著山娘過往的消息，你講話敢會當較好聲嗽？而且，阮對海邊仔轉來的時陣，琥珀
經跟我說了，她說她想通了，要支持我們想做的事，我本來一回來就要跟你們討論的，只是剛好遇到
已經共我講矣，伊講伊想通矣，欲來支持咱想欲做的代誌，我本來按算轉來隨欲佮恁參詳，只是
了這件事。
拄好搪著這件代誌。」
她剛剛自己說我們……
「伊頭拄仔家己講咱……」
我是說，你們這些小孩有計畫歸有計畫，但還不夠周詳，這件事不是我們幾個人下定決心就
「我是講，恁遮的囡仔有計畫是有計畫，毋過猶無夠周至，這件代誌毋是咱幾个人落決心
可以成功的，我們要先想遠一點，聯合其他聚落，甚至是樂土內部的人，這樣才叫做不辜負他們的犧
就會當成功的，咱愛先想較遠寡，聯合其他聚落，甚至是樂土內底的人，按呢毋才叫做無辜負個
牲……
的犧牲……」

「那個，容我插句話……」壤忍不住插嘴。「我雖然已經聽得懂七八分，但很多移植的同伴對鯨語還是不太熟悉，能不能用大家都能溝通的……」

「你的意思該不是要我們冒險去移植你們，還得配合你們說祖語吧？」飯匙銃圓睜著一雙杏眼，扠腰瞪著壤。「你們想要移植過來，不就該連著語言一起移植嗎？」

「當然，大家已經很努力在學了，但這種事情畢竟不是一天兩天就能做到的，在討論重要

事情時，不就該用大家都能聽懂的方式？這樣才能好好合作啊……」

「你不知道我們說鯨語的好處之一就是這樣討論重要事情的時候不會被邪惡的樂土人聽到嗎？你們不想當邪惡的樂土人，想要參與重要討論，就努力好好學鯨語啊……」

「吵架的時候，你倒是很樂意用祖語。」柑仔蜜微微一笑，親暱地勾了勾飯匙銃的頸子。

「好啦，我們先進酒館慢慢說，裡面有地圖，方便大家討論，我們這次除了壞消息，也帶了不少情報回來，尤其是山娘對我們透露了一些調查署的內部作業，還有和那個原住民部落的交涉也很有意思，我想，他們說不定可以成為我們第一個考慮結盟的聚落，只是他們似乎也有自己的語言系統，聽起來和我們很不一樣……」

「是啦是啦，我們再幫大家準備一點吃的喝的，補充一下能量，之後要怎麼辦再慢慢談。」飯斗微笑的嘴角和他的一身肌肉一樣線條明確，趕緊招呼著大家進門。

「什麼？我不記得我們有接觸過原住民，他們是哪種原住民？如果是幾百年前的那種鯨島原住民部落，他們應該有自己的語言，完全不是說祖語或鯨語的吧？如果是這樣的話，怎麼會覺得他們應該是第一個考慮結盟的對象？我們之前不是接觸過不少聚落嗎……」潑辣的飯匙銃完全沒有意識到自己正被戀人哄著換了話題，乖乖地讓柑仔蜜攬著一路走進酒館。全場最悍的人一軟化下來，氣氛隨之驟變，大家也就樂得跟著進門。

琥珀正想著是不是該讓想與覺先去梳洗休息，畢竟今天在馬上的行程非常累人，回到水返腳之後還受到這麼沉重的精神打擊，這對十三歲的孩子來說，無論如何都不是能夠參與這種嚴肅會議的狀態，但琥珀認為自己應該參與這場會議，另一方面，也覺得自己需要陪在想的身邊……

剛走進門，兩個樂土人便走到他們面前，其中一個是園，她自來到化外後，為了隱藏自己在樂土無人不識的容貌，避免不小心被樂土人認出而造成不必要的紛爭，因此總包著頭巾，在她身邊那個男人，也是其中一隻放出去的粉鳥，才剛參與完這場山娘救援行動，回到水返腳聚落。

「我能和想聊一下嗎？」男人說。

琥珀看了他們倆一眼，轉頭問想：「想想，這位，呃，叔叔，認識你爸爸媽媽，他想和你聊一下，你覺得呢？如果太累了，或想靜一靜，你也可以先休息，請他明天再來找你。」

「他認識我爸爸媽媽？」想抬起仍然濕紅的疲憊雙眼，露出迷惑的眼神，看了看這個她完全沒見過的男人，緩緩點頭。「好啊。」

琥珀點點頭，交代想與覺如果累了或者有任何不適，都隨時可以找她，即使會議正在進行中也沒關係。她將想與覺留下，走到另一頭去和其他人一起開會，最後拋下來的那個眼神，覺前不久才剛剛見過，那是想的媽媽離開她們在城寨島的家之前，留下的最後一個眼神。

那麼複雜，又那麼簡單清澈。

男人就近挑了一張靠近門口的桌組坐下來，與靠近吧檯與地圖區的會議稍稍拉出一些距離。

「想想，好久不見了，很難過是在這樣的情況下再見到你。」

兩個孩子坐在男人對面，園則坐在男人身旁。男人看著想，雙手不自覺地在桌上互相扣緊，彷彿很擔心對方會有什麼反應。

「好久不見？我們見過嗎？」

「你不認識他嗎？他是樂土英雄啊，他叫做島，之前救了我姊姊，有一陣子到處都看得到他和姊姊合拍的政策宣導廣告、趣味互動全像，還一起上了很多節目，很有名的。」覺似乎沒有感覺哪裡不對勁。「只是，我只知道他在姊姊失蹤之前就消失了好一陣子，不知道他居然也移植到化外來了。」

「喔，是嗎？我們家沒有感官池，城寨島訊號又不好，隨身連線裝置很少連得上線，放學後我就很少進入虛擬樂土了……但是，好久不見？聽起來好像我們見過……」

「我們見過，見過很多次。」男人深呼吸，接著說。「之前，你爸爸來找我的時候，如果剛好你媽媽得去醫院值班，他就會帶你一起來，我們會一起做星際口味的祖國派，或者把難吃的角餃打碎重烤，做成脆餅……」

「國叔叔？」想驚叫出聲。「你是國叔叔？怎麼，怎麼可能……」

「我們被逮捕判刑之後，左不願意悔改，被放逐到化外，而我，我選擇悔改，接受了重生所安排的洗心革面，所以現在，長得跟你認識我的時候完全不一樣了。」

「偉哉領袖啊……」覺喊得比想更快、更大聲、更驚訝。「那、那你那時候跟我姊姊……」

「我一開始是真的很喜歡他，覺得他很特別，跟其他樂土男人完全不一樣，讓我有種很安心的感覺，後來，可能是我太想跟他結婚，把他逼得太緊了，他不得已只好跟我坦白，他其實是洗心革面後的重生人，而且，他發現洗心革面之後，他還是喜歡男人，不，應該說，他根本心裡一直只有同一個人，無論那個人是男是女，總之，那個人不是我。」園進屋後便解下了頭巾，說這些話時的笑意真誠坦然，看來絲毫沒有芥蒂。「這時我才搞清楚，原來他之所以這麼特別，和其他男人都不一樣，是因為這種原因。」

「你是說，那個原因就是爸爸嗎？可是爸爸他……」

「我知道，我剛移植過來時，也以為自己見得到他，結果，想不到還沒來得及等到左完成那次移植行動回到化外，他就在那場行動裡，遇害了。」那個曾經是國，後來被迫成為島，如今又選擇恢復原來身分的男人，輕輕地說。「我想，我也許是最能了解你現在感受的人吧，我那時也一直等著左回來，想要跟他道歉，想跟他說，我不應該為了留在從本質上就不適合我的樂土，否定我們之間的感情，去接受那些洗心革面的處置；我想告訴他，我現在拿回我真正的名字了，我重新成為國，不管別人怎麼叫我，我要先承認自己的名字；我想告訴他，我要用這個名字，和他在化外重新開始……但我再也沒辦法當著他的面說了。」

國深吸一口氣，繼續說。「其實，我也很想當面謝謝你媽媽。雖然我在還沒被捕之前，不曾和她見過面，但我從左那裡知道，她一直默默地支持著我們，也在生活上給了左很多的幫助。

更別說，我成為島之後，在醫院那段時間，因為左拜託你媽媽照顧剛離開重生所的那個新的我，我才靠著萃草，度過了那段一不小心就會露餡的時間，後來也才有機會發現，原來化外可以容許我和左這種人的存在。」

「可是，我本來就不覺得你們有犯什麼罪啊。」想回憶起和爸爸一起去找國叔叔玩的那些往事，心微微地抽痛。

「那可能是因為你媽媽是山娘，她是一個在化外長大的人，所以給你的教育，也沒有那麼樂土吧。如果我那時候知道她是這樣的人就好了，不……其實我知道，我知道她對我們這樣的人一點也沒有偏見，所以才這麼自然地和左結婚，一起照顧你，也自然地看待左和我的關係，其實介意的人一直是我，我沒有辦法不認為自己是個性傾向不正常的變態，所以我一直無法鼓起勇氣面對左的妻子……」

想記得，媽媽以前好幾次都提過要和國叔叔見面，她也記得，每次國叔叔和爸爸見面時，國叔叔經常露出幸福又煎熬的複雜表情。

有些事情，別人說都沒用，得要自己心裡過得去才行。

「原本我以為，我是一個洗心革面也救不了的變態，我離開樂土是為了要逃避我終究是個變態的事實。但是，到了這裡我才知道，原來我們這樣的人叫做同性戀，而不是違反基因繁衍法的罪犯，原來在這座島上，同性戀曾經可以結婚，而且曾經有很多人，為了我們可以結婚而拚命努力。這是在樂土的我，想都沒有想過的事，如果沒有左，如果沒有在樂土用汐這個身分幫助了很多人的山娘，我不會走到這裡，不會知道這些，我會永遠活在痛苦中，即使洗心革面了也一樣。」

「我的爸爸媽媽，超級高樂的，對吧？」想的淚水再次傾落，但這一次，在她上揚的唇角轉了彎，變了流向。

「高樂不足以形容他們，他們值得上一百次彼星，他們好到沒有任何樂土上存在的詞彙可以形容。」國又露出了痛苦但幸福的複雜表情。「我很榮幸能認識他們，這是我這一生中最幸運的事情，我想要告訴你這些，也是因為，他們不僅非常非常值得你驕傲，而且他們也為你驕傲，這一點，即使他們不幸過世了都不會改變的，想想。」

「如果你問我的話，我可能永遠無法原諒你媽媽做的某些事，但是，我現在知道，有時候光是活在這個世界上，就得要被彎曲成某個樣子，才活得下去。我必須承認，你媽媽是一個很強大的人，她做的每件事，可能不一定都是最對的，但或許都是她所能做到的事情裡最對的……」

園甩甩一頭墨黑短髮，皙白的臉上鑲著兩顆同樣淚水未乾的紅眼眶。「我覺得，我能理解她，而且我得說，我希望，我能像她一樣，那麼篤定，那麼堅強。想想，我認為，你媽媽也是這麼篤定這麼堅強地，想讓你成為一個比她更篤定更堅強的人。」

想的雙肘支在桌上，手掌用力摀著臉，淚水來不及沿著她的手臂滑下，便從她的指縫間落到桌面，很快地積成一面小小的湖。

那是個小小的湖，就和他們終於離開的水沒市一樣，只是一個小小的湖，但唯有離開，走遠，從另一個角度觀看，才會知道，原來那並不是全世界，也並不是絲毫越界不得。

「我、我好想他們……」想哭得幾乎要潛入她製造出來的那一小片湖裡，而一旁的覺攬住她的肩膀，成為她脆弱時的支撐。「我好想念，我們以前三個人一起生活的時候，只要是我們三個人在一起，就，就夠了，就很快樂很幸福了，我以為，到了化外我們就可以回到以前那樣一起生活了，可是，可是……為什麼……」

雖然沒有辦法代替你的爸爸媽媽，但是，我、我也……

覺的心裡正無比掙扎地搖擺著該不該在這時把這些話說出口，他整個人，不，整個琥珀酒館，就真的物理意義上地搖擺了起來。

酒館裡，每一個手上或桌上的啤酒杯，同時嗆出了橙黃的酒液與泡沫，彷彿一場盛大華麗的舉杯。每個坐著的人都同時站了起來，而每個站著的人反倒都踉蹌了一下。

不知道是這個巨大的晃動先開始，還是那聲爆響先傳來，或者在這兩者之前，酒館外已經隱約開始零星的驚叫，總之，這一切的總和，摔裂了那個深藏在惡夢與記憶裡的恐懼盒子，狠狠地將琥珀擲回近五十年前的那一天。

她失去月明的那一天，她的，上一個末日。

琥珀驚恐地嚎叫起來，彷彿要把她在近五十年前沒有來得及哭喊的份都一起爆發出來似的，絕望地嘶喊起來，並且毫不遲疑地，推開眼前所有的人，奔向想。

她絕不再離開心愛的人。這是她唯一的念頭。

琥珀聽不清身邊的鯪鯉如何勸她冷靜，海量要她先回到地下室的房裡因為大家不能失去她與她頭上的萃草，夜婆喊著要大家就近從酒館後門疏散到外頭，飯匙銃嚷著要回去拿武器……

而她奔向酒館前門那一頭的想。

「想想！」她緊緊抱住少女。「你不能死，你這次不能死！」

「我不會死，阿媽，我會活下去，和你一起。」想的淚水未乾，聲音卻是清晰堅決的。

不，我好怕，我好怕……恐懼瞬間吞吃了琥珀的理智，所有的記憶如鬼魅般跟著她，卻像是所有人都看不到似的。

「不要怕，阿媽。」

我們躲起來吧，拜託，我們躲起來，等這一切過去就好……樂土需要化外制衡，他們不至於把我們全部殺死的，只要靜靜等這一切過去就好……琥珀想說什麼，卻發現所有梗在喉間的聲音都只剩嗚呃。

「琥珀阿媽，往這邊走！」

她以為自己是衝過來保護想的，最後卻是覺和想一人一邊攙住驚懼不已的她，在國的協助下，他們很快地離開酒館，從前門走出來，一架無人機正從他們頭上飛過，走在第一個的圜毫不遲疑地扔出還在手上的瓷杯，擊落一架無人機。

園很快地上前，抓起門邊的水桶，用力把掉在地上的無人機澈底打爛，左右張望了一下，確認近處沒有其他威脅，迴身幫忙弟弟和想將琥珀帶出來。

琥珀很害怕。

沒有人能責怪她的害怕。

殿後的國走出前門，與琥珀酒館相距不過百尺的另一幢屋子被無人機投擲爆裂物，已經火勢熊熊地燒了起來，從後門出來的柑仔蜜、海量與飯斗等人已經前去協助疏散，而更遠的地方，他們放眼所及，好幾戶人家都已是一片烈焰。

「大菁！」琥珀大喊。「大菁行動不方便，她那裡又有一堆乾草和布料，都是易燃物……」

「鯪鯉和杉已經過去幫忙了，你不要擔心。」趕過來溫言勸慰的，竟是飯匙銃。「我們大家平時在你的堅持下都有好好做防災準備和演習，你不要擔心，大家都會沒事的。」

「他們……他們是不是找過來了？」琥珀顫抖地說。

「但是，阿伯他們甚至連媽媽的身體都沒有帶回來，他們怎麼會知道……」

「他們如果真想處理掉我們，是不會只布一條線的，肯定有什麼漏了，不過現在不是反省這個的時候，現在看起來都是無人機，不知道晚點會不會有器警過來，保險起見，得先離開這裡才行。」國沉聲說。

「離開？可是我們才剛到……」

覺的話尚未說完，另一架無人機從他們頭上掠過，身後的琥珀酒館隨即轟然火起，他們趕忙離酒館更遠一點。

覺說不完本來想說的話，甚至也想不起來他本來想說什麼了。

「怎麼會這樣，我們不是明明說好了要有個平衡嗎？對樂土的穩定來說，化外也是很重要的，他們怎麼可以……」

琥珀低喃著，但隨即對自己的情緒感到遙遠的似曾相識，悲愴之戰彼時，她也曾無法置信，聯合政府怎麼可能在勘查小隊分明都還在島上的時候發動如此慘烈的鎮壓。

她覺得自己好傻，怎麼會以為那些人會願意遵守任何遊戲規則？怎麼會以為他們在乎任何其他人？在她近五十年前就經歷了那慘烈的一役之後。

「現在那都不重要了，琥珀，重要的是，我們都有準備，我們知道該做什麼，老的小的該往哪裡躲，有戰力的要去哪裡拿武器，怎麼組織起來反擊，我們都知道。」飯匙銃平時的嗆辣聲線，如今聽來格外令人心安。「我們都很怕這一天，但就是因為我們怕，所以我們有做好準備，對嗎？琥珀，這是你一直教我們的。」

可是我還是怕。琥珀想說，卻說不出口。

「園，你知道那個微型水力發電機的位置吧，你帶著琥珀他們到那邊去，會有人帶你們去防災預備所，」國說。「我留下來幫忙，晚點再過去和你們會合，這樣可以嗎？」

「知道了。」園沒有一點遲疑。

「我也想留下來幫忙！」想和覺同時說。

「不可以！」琥珀拉住想。「你不可以！」

「阿媽……」

「你們兩個才剛到化外，還不知道你們在這裡可以做什麼，所以把這些事留給我們，你們到預備所去，整理一下物資，等我們結束這裡的事情之後，讓我們有個好好休息、好好討論的地方。」飯匙銃一隻手一個地壓住少年與少女的肩膀。「那些事情也非常重要，在我們還在這裡的時候，都必須先做好，這樣我們過去就能立刻接上。所以，那邊的事情就拜託你們了，好嗎？」

「……好。」

國對園點點頭，隨即轉身，與飯匙銃一起奔赴火焰燃燒的彼處。

琥珀酒館已經在頃刻間化為火海。

轉身往反方向離開前，琥珀回頭望向她住了快五十年的酒館，那個如同琥珀一般留存著樂土以外真實世界記憶的酒館，前門的桃紅色絨底店招上，那標著「知音小吃部（附設卡拉ＯＫ）」的金色立體字，在狂烈的火勢間紛紛掉落，扭曲燒熔。

從今而後，沒有酒館，只有琥珀自己，能夠成為繼續記得真相、訴說故事的載體了。

圜喚她，而她轉頭，背對著琥珀酒館，和想與覺一起邁開腳步，離開這個她住了好久好久的聚落。

身旁這些年輕人的冷靜與勇敢感染了她，她再次想起今晚稍早前，從海岸邊回來時，在身後追著她的那輪明月，終於也按下自己心中的恐慌。是了，在一切都不確定時或許還能恐慌，但是當問題清晰地擺在眼前，更重要的是如何解決。

沒有後路了，除非他們自己覺悟，除非他們願意忍著腳底的痛，踩過烈焰後的灰燼，挺身去爭去搶，去渾身髒兮兮血淋淋地，付出代價，以換得他們所要的人生。

火光熊熊，眼前這幅末日情景，讓琥珀想起很久以前，自己曾經遭遇過的那些末日，第一個，第二個，下一個，無數個。

以琥珀的實際年齡來說，她該是地球上經歷過最多次末日的人了。

她曾經驚慌，曾經哀嘆，曾經怨天尤人，曾經倉皇逃生，曾經默不吭聲，曾經哭天搶地，曾經咬牙隱忍，但這一回，她第一次想要扭轉，渴望奮力一搏，並且已經做好了奮力一搏的準備，唯一遺憾，是自己太晚想通。

太晚，但也沒有那麼晚。

因為無論何時，在這個世上，她總是心有所愛，願意為之挺身而戰。

琥珀望向身邊的少女，她害怕得發抖，卻依然揚起下巴，睜大眼睛，迎戰似地望著眼前的一切，絲毫不打算逃避，與她的媽媽和親外婆一樣勇敢而堅強。

「阿媽，紲落來咱欲按怎辦？你共我講，我嘛欲鬥跤手。」（外婆，接下來我們要做什麼？你跟我說，我也要幫忙！）少女在奔跑的同時大聲問她。

「你什麼時候偷偷把鯨語學得這麼好了？都沒跟我說，太奸詐了！」跑在少女身旁的少年驚訝地看了她一眼，不甘示弱地說。「我嘛是，阿媽，啥物代誌攏會當交代我，我比想想閣較厲害。」（我也是，外婆，什麼事情都可以交代我，我比想想更厲害。）

火光在兩個孩子堅定的臉龐上閃動，她知道，這世界或許與她習慣的、期待的還有一點差距，但還不到傾頹的時候，還不到放棄的時候。

樂土在上，彼星為證，改變就要發生，而她終於不再靜靜坐在被改變的那一邊。

專文推薦✦當自由已成往事

淺析劉芷妤的《樂土在上》

作家・張亦絢

「人性具有可塑性，它不是固定不變的東西，而是有一個斷裂點，屆時我們的本質將不再真正具有人性。我們可能決定快樂地通過那個門檻，但也需要誠實面對該付出的代價。現在，人類並沒有掌握自己的方向。〔……〕我們正漂向壟斷、盲目因襲和科技公司的機器。」[1]——「斷裂點」、「屆時」——這些詞很關鍵，「門檻」也行。我邊讀著上面這段話，邊覺得比較理解，我一開始讀《樂土在上》之時，感到困擾的東西——請等等，我的意思並不是小說本身有什麼匱乏，而是我原本的預設偏了——我以為我會先讀到那個「臨界點」——但並沒有。然這並不是小說家的疏忽，而是另一種安排。小說開始說到「無法確知那個真正的『末日點』究竟在什麼時候」，即與此有關。可是，真要定義，小說的第一個下錨點，已位在「對臨界點記憶模糊的時刻」了。

記憶很玄——時間靠近事件，不見得就能記得清楚。在大部分的狀況裡，文學可以說是記憶能人的領地。閱讀，有一半的樂趣在於記憶補血，就算記憶不那麼實用、不直接涉己，我們往往還是讀得津津有味。但有一、兩個類型，與記憶的關係，既非普魯斯特，也非托爾斯泰——而是誠如夏宇詩所說「〔……〕但是我們不記得未來」[2]。「但是我們想記得未來」的小說——理念、科幻、預言、反烏托邦或架空，都可能是它的前身或參照——它們最常被提及的往往是內容——可我歷來對此類型的抱怨，是某些作者「太不注意時態了」——這裡要說的不是「正確時態」，而是「文學的時態」。小說家對文學，而非文法的時態，負有責任。

1. 匍匐前進的《驚愕交響曲》

坦白說，在最前面兩章，我讀起來都不免要與無趣對抗——因為主要人物，剛好都是「隱蔽記憶」的角色——琥珀是語言天才，島是「重生後」的樂土畫家，園是剛滿十六歲不久的陪伴女孩「樂土甜心」——後兩者都有特定原因淺碟化，小說慢慢會解密。琥珀則代表另一種典型，就

1. 法蘭克林．富爾，《被壟斷的心智》，天下文化，二〇一九。
2. 夏宇，〈繼續／繼續／繼續／繼續〉，《Salsa》，一九九九。

是只有專業是身世，其餘不太算——我們只知道她成長於「祖國與鯨島」之外的某大陸。因此，即便她的意念中，有「鯨島的末日就是世界的末日」這樣的句子，感覺仍像氣象播報。

不過，由於我對劉芷妤還算有了解，她的小說經常起於平淡，繼而異軍突起——開場的「太陽底下無新事」，更像匍匐前進——何況，儘管「陪伴女孩」的「諄諄愛意」令人煩膩，但劉芷妤的反厭女立場與書寫，仍保持了她首屈一指的功力。我之所以要說「前面有點無趣」，並非真覺得無趣——或許可比於海頓《驚愕交響曲》獅子吼的前置催眠——那些黯淡，有其作用。而很有趣的是，「話少位低」的偕護員汐，對照兩個「主角」，更像「堅實的影子」，牢牢勾引我們的興趣。後來她果然扮演了關鍵角色。

因為推薦《家畜人鴉俘》的緣故，我將斯威夫的《格里弗遊記》又重讀了一遍。這兩部作品既有傳承，也有分歧。如果再加上著名的「反烏托邦三經典」：《一九八四》、《我們》、《美麗新世界》——以及近年更以女性中心出發的相關書寫，這個「偽預言」的諷刺譜系並不單薄，也在文學手法上樹立了諸多典範——帶著這類的養成閱讀《樂土在上》，對於劉芷妤如何策反權力的語言，應會最快體認箇中滋味，無論是「祖國」與「好棒」等用語「制定」，都不採取對立，而是「以刻意更大的屈服測繪權力的路徑」，可謂精采至極——與其他此類文學前行者的很大不同，還在於這些「語言的殘酷遊戲」根基於兩個脈絡，性別的、台灣的。——這是對於文學老讀者而言。

但另方面，如果毫無以上的閱讀背景，《樂土在上》因其強烈的當下性，未嘗不會更有利於今日讀者的進入——畢竟，前述諸作固然都已出現關於全控、階層、成癮……等描述，但上述作品面對的，基本上還是古典的極權主義。在全球化多年之後，對新極權主義更精確的定義，是如《監控資本主義》中所區分的（同樣是極權的）「機器控制主義」。而在「機器控制主義」中，西方與中國發展出的結構並不完全一致，前者至少有兩個角色：資本主義大企業與國家時而對抗時而合作，後者則可說「一切盡在國家」。

2. 在分析的死角上說故事

《樂土在上》設定的暗黑未來，是其他結構都被消滅，只由祖國特色的機器控制主義統領全球的狀態。可能嗎？很多研究都顯示，就算只靠傳統的手段，中國也已控制了全球大半領域。而對監控資本主義的研究，因為西方中心的弊病，往往還把「中國模式」視為「較極端的案例」，認為受到威脅的只限中國國民。——即便是帶有極高警覺的著作如《銳實力製造機》，都尚未趕上分析「祖國特色的全控獨裁」，仍在處理較傳統的領域。以上三種分析（國際政治、監控資本主義分析、中國在台灣與亞太布局），因為不同的原因，台灣在不同層面都「被流失了」——《銳》或許有最清楚意圖的台灣保衛意識，但要進行日常對話，就離「數位原生世代」似稍有距離。《樂土在上》坐落之處，恰好在以上三種分析死角的疊加處——在其中，臺語、紙本書、還有感情性關係等等，都成為違禁品或「古地球」的事物，既被遺忘又如藏匿的寶藏。

小說不是星座運勢，不必靠預測準度而成立——對於不同情節，讀者可能會因為經驗的不同，受到不同程度的啟發。事實上，小說裡不少看似誇張的「制度」，都在過去歷史中存在過，但因其黑暗面而未被多談。整個小說最讓我感到興味的，有部分是關於「樂值」無所不在的描述——我會稱它為「度量衡不是無辜的」。度量衡看來透明，且與公平彷彿有關，但它其實也是幻覺與錯覺的「功臣」。在「樂土」中，每個人都配有樂值——家庭與婚姻又會加上另一套合併計算的法則。樂值牽涉到樂土人的自我認同與社會關係，因為以數字表示，又能通過行為加值，可說把「自由的奴性」與「服從的自由」做了完美的演繹。

在關於納粹或法西斯的研究裡，常常說明它能奏效，不在於新的發明，而是如何將壓迫性的發明嫁接到人們早已熟悉的事物上，使得人們看不出改裝與變調，因而不覺反感。機器控制主義的基底，根本上也是度量衡擴張與去民主化。度量衡的重要性經歷過多次暴漲，但對它的政治認識始終不成比例地低。「（……）人們總是比較順從物品的指示，而抗拒人的命令。」[3]在讀

《樂土在上》時，我忍不住會想：如果不需要「樂值」，人類就已經照著「看不見的樂值」在自我監控、在摒除他人呢？——這固然悲哀，但這個特性，也可能就是「樂土降臨」時，統治與服從會「無縫接軌」之處。——那些「我們內建的反自由結構」。《樂土在上》因而不只關於政治，也有高度的內省性。

3. 占領絕望之必要

前面說過，小說家對於「時態選擇與創造」負有責任——我以為，這正是《樂土在上》驚人的任務與達陣。這是長於以說故事阻斷反智的工程。它選擇以台灣為據點的發想，可與《著陸何處？》併看（比如選擇汐止，也是充滿台灣史迴響的選址）——以小說論小說，《樂土在上》寫出了「當自由已成往事」的時態——而自由，是萬不可成為往事的——絕望已被占領。接下來，請走絕望以外的另條路，請走下去。

3. 大衛・魯尼，《改變人類文明的12座時鐘》，遠流，二〇二一。

國家圖書館出版品預行編目資料

樂土在上/劉芷妤 著. -- 初版. -- 臺北市：皇冠文化出版有限公司, 2024.06
面；公分. -- (皇冠叢書；第5162種)(劉芷妤作品集；01)

ISBN 978-957-33-4157-4 (平裝)

863.57　　113006564

皇冠叢書第5162種
劉芷妤作品集 01
樂土在上

作　　者—劉芷妤
發 行 人—平　雲
出版發行—皇冠文化出版有限公司
臺北市敦化北路 120 巷 50 號
電話◎ 02-27168888
郵撥帳號◎ 15261516 號
皇冠出版社（香港）有限公司
香港銅鑼灣道 180 號百樂商業中心
19 字樓 1903 室
電話◎ 2529-1778　傳真◎ 2527-0904
總 編 輯—許婷婷
責任編輯—黃雅群
美術設計—嚴昱琳
行銷企劃—薛晴方
台語校訂—鄭清鴻
著作完成日期— 2024 年 3 月
初版一刷日期— 2024 年 6 月

法律顧問—王惠光律師

如有破損或裝訂錯誤，請寄回本社更換
讀者服務傳真專線◎ 02-27150507
電腦編號◎ 595001
ISBN ◎ 978-957-33-4157-4
Printed in Taiwan
本書定價◎新台幣 530 元 / 港幣 177 元

國|藝|會 NCAF
本書榮獲國家文化藝術基金會常態補助